KB206600

몬스터

2

Monster 2

몬스터

넬레 노이하우스

장편소설 — 전은경 옮김

북로드

내 자매
클라우디아와 카밀라에게
언제나 내 옆에 있어줘서 고마워.

괴물과 싸우는 사람은 싸우면서
스스로 괴물이 되지 않도록 조심해야 한다.
당신이 심연을 너무 오랫동안 들여다본다면,
심연도 당신을 들여다본다.

—프리드리히 니체,《선악의 저편》에서

등장인물

호프하임 경찰서 강력11반(K11반)

올리버 폰 보덴슈타인: 고참 경위, 강력11반 수사반장

피아 산더: 예전 성은 키르히호프, 강력11반 소속 경위

니콜라 엥겔 박사: 호프하임 경찰서 과장

카이 오스터만: 강력11반 소속 경위

카트린 파힝거: 강력11반 소속 경장

셈 알투나이: 강력11반 소속 경위

타리크 오마리: 강력11반 소속 경장

크리스티안 크뢰거: 경위, 감식반장

메를레 그룸바흐: 호프하임 경찰서 피해자 대변인

슈테판 스미칼라: 호프하임 경찰서 언론 대변인

타냐 가츠케: 경위, 특별수사팀장

헤닝 키르히호프 박사: 교수, 프랑크푸르트 법의학연구소장

로니 뵈메: 부검 보조

율리우스 로젠탈 박사: 프랑크푸르트 검사장

외르크 하이덴펠트: 프랑크푸르트 검사

그 외 등장인물(성의 알파벳 순서대로)

필립 알트파터: 연방범죄수사국 내부 수사관

소피아 폰 보덴슈타인: 보덴슈타인의 막내딸

크벤틴 폰 보덴슈타인: 보덴슈타인의 남동생

안네 뵐레펠트: 리시의 엄마

외르크 뵐레펠트: 안네의 남편, 리시의 아버지

요나스 뵐레펠트: 외르크의 남동생

발리드 부아지즈: 프로그래머

마르쿠스 부르크하르트: 연방범죄수사국 직원

한네로레 파힝거: 카트린의 할머니

에발트 프리체: 기동수사대 반장

콘스탄틴 하벨카: 프랑크푸르트 지방 법원 판사

이름가르트 프라이탁: 피아의 어머니

투르가이 카라만: 바트 캄베르크의 정육업자

크리스티네 켈멘디: 점성술사, 영매

베르너 콜베: 뵐레펠트 가족의 이웃

사라 코르브마허: 리시 뵐레펠트와 가장 친한 친구

비올라 코르브마허: 사라의 어머니

파바드 마흐무디: 망명 신청을 거부당한 아프가니스탄 난민

폴커 마자넥: 장례업자

얀 페퍼코른 박사: 형사 사건 변호인

다니엘 라들로프: 아동 살해범

울리케 라들로프: 다니엘의 어머니

크리스토프 산더 박사: 피아의 남편, 오펠 동물원장

카림 샤리튀아르 교수: 통역자 일바의 의붓아버지

일바 샤리튀아르: 외르크 뵐레펠트의 딸

볼프 졸베르크: 타우누스의 버섯 재배업자

우도 스자마이트: 형사 사건 변호인

데니스 바이너트: 수학, 체육 담당교사

레오나 바이너트: 데니스의 아내

마르코 베제닉: 블루스카이 창고 사장

마르첼라, 린, 율리카, 파울라: 리시의 친구들

차례

Monster **2**

12월 17일 화요일

보덴슈타인은 너무 추워서 새벽 3시에 잠이 깼다. 어제저녁에 어머니에게서 전기담요를 빌려왔고, 그 온기가 내면의 떨림을 몰아내서 잠들 수 있었지만 밤에 담요가 꺼졌는지 다시 추워졌다. 끔찍할 만큼 추웠다. 그는 이를 딱딱 부딪치면서 스위치를 찾아서 제일 높은 단계에 맞췄다. 몇 분 지나자 열선이 따뜻해지고 아늑한 온기가 몸을 감싸는 걸 느꼈다. 이 오한은 늦게 나타난 쇼크 반응일까, 아니면 몇 시간이나 셔츠 바람으로 돌아다녀서 그저 감기에 걸린 걸까?

일어난 모든 일에 대해 코지마와 이야기하니 기분이 나아졌다. 더는 부부 관계가 아니고 보덴슈타인이 간의 일부를 코지마에게 이식해준 뒤로 둘은 좋은 친구가 됐다. 서로 믿을 수 있는 친구였다. 화학요법이 끝난 후에 코지마의 머리카락은 은회색으로 다시 자랐는데, 원래 적갈색보다 더 잘 어울렸다. 그녀는 보덴슈타인에게 현명한 조언을 해주지는 않았다. 그는 자살 테러범의 결단에 직면하여 자신이 느낀 무기력함, 그리고 인질을 구할 기회가 전혀 없었다는 이야기를 했다. 하벨카는 그를 이 사건에 끼어 들였고 그래서 그는 고통스러웠다. 그가 법정에 가지 않았더라도, 하벨카가 인질 중 한 명을 먼저 쏘았더라도 결과적으로 차이점은 없었을 터였다. 그리고 그가 항상 돌봐주고 격려했던 젊은 동료 카트린 파힝거 이야기도 했다. 온갖 능력에도 야망이 없고 승진 기회를 모두 거절한 동료, 하지만 이제 와서 보니 그가 전혀 알지 못했던 동료인 그녀 이야기를! 코지마는 두 시간 동안 그의 말에 귀를 기울였다. 그녀는 그가 겪은 일을 가족에게 일단 말하지 말라고 했다. 집은 그가 법정의 끔찍한 장면들을 잊을 수 있을 때까지 언제든 물러가 쉴 수 있는 아늑한 공간이어야 했다.

늦은 저녁에 루퍼츠하인에서 숲을 지나 집에 오면서 그는 잔인한 사건을 잊게 되리라고 기대했다. 가족이, 아이들과 손주들이, 부모님이, 크벤틴과 코지마가 있으니까. 이제 다시 그의 집이 된 농장과 동물과 자연이 있으니까. 그리고 이제 곧 크리스마스라서 함께 사랑의 축제를 열 테니까. 그의 생각이 농장에 살게 된 뒤로 너무나 행복해하는 소피아에게로 옮겨갔다. 따뜻한 전기담요에서 다시 잠이 든 그는 네 시간 후에 알람 소리와 막 내린 커피 향기에 잠에서 깼다. 잠깐 이사를 하고 새로운 장소에서 잠이 깬 듯한 느낌이었다. 그가 미처 깨닫기도 전에 잠재의식이 이제 뭔가 영원히 달라졌다고 알려줬다.

그가 깨끗하게 면도하고 옷을 차려입고 하루를 시작할 준비를 하고 부엌에 들어섰을 때 소피아는 학교에 가져갈 빵에 뭔가를 바르는 중이었다.

"안녕, 아빠." 소피아가 지나가듯 말했다. "아빠 커피 다 됐어요."

"잘 잤니?" 그가 가까이 가서 아이의 정수리에 입을 맞추었다.

이제 반년 전과 달리 몸을 깊이 숙일 필요도 없었다. "고마워, 우리 아기."

"오늘 학교에서 마니또를 하는데 완전히 잊고 있었어요." 소피아가 도시락에 빵을 넣으며 말했다. "당장 가져갈 만한 게 여기 없을까요?"

"뭘 생각했는데?" 보덴슈타인이 커피를 홀짝이며 물었다. 진하고 새까만 커피가 그에게 활력을 불어넣었다.

"몰라요. 아빠 혹시 아이디어 있어요?" 소피아가 인상을 쓰며 되물었다. "다리우스 이름을 뽑았는데, 그 아이는 트랙터에만 관심이 있어요. 할아버지 서재에 미니어처 트랙터가 많던데, 할아버지가 하나 주실까요?"

보덴슈타인은 웃음이 터졌다.

"그건 역사적인 의미가 있는 미니어처야. 마니또를 하기에는 좀 값어치가 나가지. 트랙터 1회 이용권 쿠폰을 주렴."

"아이고, 아빠 진짜. 그건 너무 시시해요! 그러면 그 애는 제가 줬다는 걸 바로 알 거예요!" 소피아는 마니또 관례에 대한 그의 무지에 고개를 절레절레 저었다.

"그래, 알았다. 그러면 학교에 도착할 때까지 뭔가 생각해내야겠구나. 이제 출발해도 될까?"

거의 매일 그렇듯이 그는 소피아를 앞쪽 도로 버스 정류장까지만 데리고 갔다. 숲 한가운데 어두운 버스 정류장에 딸을 혼자 남겨둘 때면 느낌이 늘 좋지 않았지만 딸에게 그 말을 할 수는 없었다. 그런 말을 하거나 학교까지 데려다준다고 제안하면 딸이 예민하게 반응했기 때문이다. 소피아는 한 정거장 앞서 슈나이트하인에서 타는 제일 친한 친구와 함께 가려고 스쿨버스를 타겠다고 고집을 부렸다.

"하루 잘 보내고 몸조심해라." 헤어질 때 보덴슈타인이 말하자 소피아는 눈을 흘겼다. 그 나이 또래인 모든 십대처럼 소피아도 스스로를 불사의 존재라고 느꼈고, 사실 그래야 했다. 그는 딸이 겁쟁이가 되는 건 원하지 않았다. 하지만 경찰인 그는 다른 대부분의 사람들보다 더 많은 것을 목격했고, 아이가 실종되거나 살해된 부모들이 얼마나 자책하는지 알고 있었다. 어둠을 뚫고 혼자 걸어서 집에 돌아오다가 살인범을 만난 리시 뷜레펠트도 소피아처럼 아마 스스로를 불사의 존재라고 여겼을 것이다. 보덴슈타인은 소피아에게 다시 손을 흔들고 좌회전하여 슈나이트하인 방향 국도로 들어섰다. 아이들을 서서히 놓아주고 각자의 삶을 살게 하는 것은 부모들이 해내야 할 아주 어려운 과제 중 하나였다.

* * *

경찰서 주차장에서 보덴슈타인은 방금 도착한 니콜라 엥겔을 만났다. 어쩌면 나를 기다리고 있었는지도 모르겠네. 이 사람은 계산하지 않고 행동하는 일이 거의 없으니까.

"어때?" 그녀가 그를 자세히 살피며 물었다.

"아주 좋아. 난 쓰러지지 않으니 걱정하지 마. 심리치료 서비스를 받으라고 몰아대지만 말아줘."

"그 제안을 받게 될 거야." 니콜라가 인정했다. "당신과 당신

팀이 말이야. 동료의 잔혹한 죽음은 늘 트라우마니까."

보덴슈타인은 반평생도 더 전에 약혼녀였던 상관을 가만히 바라봤다. 니콜라는 한때 그를 사랑했고 그 후에는 증오했으며, 그에게 해를 끼치려는 확고한 의도를 지니고 호프하임 경찰서로 왔다. 그가 코지마 때문에 자기를 떠난 치욕에 대한 보복이었다. 그는 오랫동안 니콜라를 믿지 못했지만, 이제 무조건은 아니더라도 믿게 됐다.

"난 해당 주제에 관한 재교육에 다 참가했어." 그가 말했다. "심각한 심리적 스트레스 상황을 극복하기 위한 여러 가지 자격증도 땄고. 내 인사 기록을 봤으니 알겠지. 나중에 다 처리할게. 지금은 아니야. 지금은 이 사건을 해결해야 해."

"오케이." 과장은 이렇게만 대답하고 움직이기 시작했다.

둘은 주차장을 가로질러 건물 입구로 향했다.

"피아와 난 어제저녁에 하벨카의 집에 갔었어. 파힝거가 일요일에서 월요일로 넘어가는 밤에 그의 집에 있었더라. 하벨카가 그녀를 화장실에 가뒀어. 자기를 방해하지 못하게 말이야."

"그의 계획을 카트린이 알았다는 뜻인가?" 보덴슈타인이 걸음을 멈추고 물었다.

"그렇다고 봐야지."

토막 난 온갖 생각들이 보덴슈타인의 머리를 스치고 지나갔지만 아무것도 끝까지 제대로 생각할 수 없었다. '제가 함께 들어가야 해요! 제가 그에게 포기하라고 아마 설득할 수 있을 거예요!' 그의 앞에 서서 이렇게 애원하는 카트린은 평소와 너무나 달랐다. 하지만 그녀는 그를 설득하지 못했다. 오히려 반대였다. 하벨카는 증오에 가득 찬 반응을 보였다. 증오한다고 카트린의 얼굴에 대고 직접 말하지 않았던가? 도대체 왜?

"올리버?" 과장이 그의 어깨에 가볍게 손을 얹었다.

"카트린은 자기가 죽을지도 모른다고 예상했을까?" 보덴슈타인이 물었다.

"아니, 아닐 거야." 니콜라 엥겔이 고개를 저었다. "그녀는 하벨카의 결단과 절망을 완전히 과소평가했어."

"심지어 그를 자극했지." 보덴슈타인이 천천히 말했다. "충동적으로 총을 쏠 만큼 그를 분노하게 만들었어. 인질들과 나는 신경도 쓰지 않았다고! 카트린이 이렇게 배려심이 없으리라고는 결코 상상하지 못했는데! 어쩌면 이렇게 속을 수 있지?"

"아마 우리 모두 속았을 거야." 니콜라가 대답했다. "당신 팀원들도 당신과 똑같은 기분일 테고. 그러니까 이 사건이 한 톨의 의심도 없이 해결되게 최선을 다해야 해."

"그럴 예정이야." 보덴슈타인이 "나는 완벽하게 임무를 수행할 수 있어. 그러니 이제 더는 안부를 묻지 마. 알았어?"

"원하신다면." 니콜라가 어깨를 으쓱하며 대꾸했다. "하지만 외부 사람이 특별수사팀 팀장을 맡게 될 거야. 내무부에서 결정한 사항이야."

"외부 사람이라……. 혹시 바덴뷔르템베르크 출신의 그 동료인가? 내 자리를 원한다는 사람?"

"아니." 니콜라가 고개를 저었다.

"나는 수사 지휘권을 절대로 넘기지 않을 거야." 보덴슈타인이 말했다. "어제 그 사건 이후에 이건 나에게, 아니 우리 모두에게 개인적인 일이 됐으니까."

"바로 그 이유에서 이 사건에 객관적인 시선을 갖춘 사람이 특별수사팀 팀장을 맡아야 해." 니콜라가 말했다. "당신은 너무 많이 연루되어 있어. 우리 모두 그래. 우린 실수해서는 안 돼. 그리고 라리사 묄레펠트 사건도 놓치지 않게 조심해야 하고."

"당연하지!" 보덴슈타인이 확언했다. "우린 최선을 다할 거야. 새로운 단서가 생길 때까지 수사에 가끔 진전이 없을 때도 있다는 걸 당신도 알잖아!"

"올리버, 외부 동료가 참여해도 되는지 지금 당신에게 허락을 구하는 게 아니야." 니콜라가 부드럽지만 단호하게 말했다. "뒤셀도르프 지역범죄수사국 타냐 가츠케 경위가 와서 특별수사팀을 이끌 거야. 나는 그녀를 잘 알아. 유능하고 전문성을 갖췄고, 평판도 아주 좋고 관리 경험이 있어."

보덴슈타인은 이미 이 정도로 결정이 다 된 일을 받아들여야 한다는 사실이 전혀 마음에 들지 않았다. 하지만 어제 점심 이후로 아주 많은 결정이 이루어졌음은 그도 분명하게 알고 있었다. 그는 일에 백 프로 집중하지 못하고 그저 기계처럼 작동할 뿐이었다. 그러니 자기가 책임진 업무의 일부를 남에게 넘기는 게 사실 최선일 수도 있었다.

"당신은 여전히 수사 전체를 이끌어갈 거야." 니콜라가 말을 이었다. "동료 가츠케는 특별수사팀의 의사소통과 인프라 구조를 책임지고 내무부와 경찰청장에게 보고할 거고. 그러면 당신 팀원들은 자기 일에만 집중할 수 있어. 가츠케 경위는 당신을 건너뛰고 결정하지 않아. 당신이 계속 전술과 전략을 결정해."

니콜라가 그를 가만히 바라봤다. 보덴슈타인은 강인한 니콜라 엥겔 과장의 눈이 갑자기 수상쩍게 부예져서 깜짝 놀랐다.

　"난 어제 당신이 겪은 끔찍한 일에 책임을 느껴." 과장이 잠긴 목소리로 말했다. "어떤 상황에서도 당신을 거기 들여보내서는 안 되는 거였어. 당신에게 전화도 하지 말았어야 했어!"

　그녀가 입술을 앙다물었다. 보덴슈타인은 니콜라의 이런 모습을 처음 봤다.

　"무슨 일이 벌어질지 당신도 그땐 몰랐잖아." 보덴슈타인이 말했다.

　"나는 파힝거와 당신이 거기 들어가는 데 동의했어. 이런 나를 스스로 절대 용서하지 못할 거야." 니콜라가 말을 이었다. 보덴슈타인은 과장 또한 그만큼이나 트라우마에 시달린다는 사실을 깨달았다. "이제 파힝거는 죽었어. 어제 나는 잠깐…… 당신도…… 죽었다고 생각했어."

　과장이 그를 쳐다봤다. 이제 눈이 다시 말라 있었다. 하지만 보덴슈타인이 지극히 잘 아는, 단호한 결심을 나타내는 입매를 지었다.

　"우린 지역범죄수사국에 **아무것**도 넘기지 않을 거야. 지겔 사건도, 라들로프 사건도 안 넘겨. 경찰청장이나 내무부장관이 뭐라고 하든." 그녀가 목소리를 낮추어 말했다. "나는 이 사건 뒤에 뭐가 숨어 있는지, 파힝거가 어떤 관련이 있는지 알아낼 거야. 우리가 수사에 집중할 시간을 얻기 위해 동료 가츠케에게 특별수사팀을 맡기자고. 무슨 말인지 알아?"

　보덴슈타인은 자기도 모르게 미소를 지었다. 니콜라 엥겔은 정말 훌륭한 상관이 됐다.

"그래, 알아." 그가 대답했다. "그렇게 하자."

* * *

"아이고, 사라. 그건 정말 말도 안 되는 소리야!" 사라가 친구
들에게 자신의 추측을 이야기하자 마르첼라가 말했다. "음, 그
러니까 내 말은 이런 뜻이야. 리시는 죽었고, 죽은 사람에 대해
서는 나쁜 말을 하면 안 되겠지. 하지만 그건 모두 리시가 꾸며
낸 이야기야. 넌 거기 속은 거고. 리시는 언제나 판타지 같은 이
야기를 했었잖아."

"그래, 맞아." 율리카도 동의했다. "난 리시를 무척 좋아했어.
하지만 지금 들은 말은 진짜 리시가 지어낸 거야. 걔는 항상 뭔
가 과장하는 버릇이 있었잖아."

"나도 안 믿어." 파울라가 말했다. "바이너트는 완전 친절한
선생님이잖아. 리시는 자기에게 친절하게 구는 사람이면 그게
누구든 바로 사랑에 빠졌어. 그러고는 러브 스토리를 지어냈
고."

"맞아, 우리 7학년 때 생물 과목을 담당하던 피셔 선생님을
생각해봐!" 율리카가 킥킥거렸다. "리시는 그 선생님 미소가 귀
엽다고 계속 말했잖아. 진짜 웃겼어! 그 선생님은 완전 구역질
났는데!"

사라는 한숨을 내쉬었다. 이런 일이 생길까 봐 걱정했었다.
바이너트와 리시 사이에 정말로 뭔가 있었다는, 아주 작은 증거

라도 하나 손에 쥐었더라면! 리시와 바이너트 이야기를 한 그 모든 시간은, 둘이 함께 그의 모든 시선과 모든 문장과 모든 우연한 만남을 분석하던 시간은! 그 모든 것이 정신 나간 소리였다는 말일까?

"나 이제 어떻게 해야 하지?" 사라가 친구들에게 물었다.

"아무것도 하지 마!" 마르첼라가 단호하게 대답했다. "바보처럼 굴지 말라고! 증명조차 할 수 없는 그런 비난을 들고 나타나면 너는 인생 망치는 거야!"

"그 남자가 저지른 일이야. 경찰이 찾는 그 난민 말이야." 파울라가 말했다.

"맞아. 우리가 그를 봤어." 린도 동의했다.

"우와, 바이너트를 하필이면 데이먼이라고 부르다니. 진짜 역겹다." 린이 킥킥거리며 덧붙였다.

아이들은 그 이야기를 하며 즐거워했고 사라는 리시를 배신했다는 불편한 느낌이 들었다. 스케치북 이야기와 리시가 분명히 뭔가를 두려워했다는 말을 꺼내지 않은 게 다행이야. 이 무식한 것들에게 내 의심을 털어놓다니, 전혀 좋은 생각이 아니었어. 말하기 전에 비해 더 알아낸 것도 없잖아. 다른 아이들에게 리시는 그저 정신 나간 아이에 불과하겠지. 항상 실제보다 과장하고 일을 더 중요하게 만들려는 이야기꾼. 이건 정말 야비해.

* * *

모든 일간지, 텔레비전과 라디오의 모든 방송 채널에서 프랑크푸르트 지방 법원에서 일어난 자살 테러를 쉬지 않고 보도했다. 당연히 언론은 인질범의 가족이 2015년 맨홀 뚜껑을 던진 사람에 의해 살해됐다는 사실을 이미 오래전에 알아냈다. 심리학자들은 이 비극이 콘스탄틴 하벨카가 저지른 자살 테러의 원인인지 토론했다. 하벨카가 법정에서 내보낸 지방 법원장, 율리우스 로젠탈 검사장, 참심원 중 한 명, 속기사와 검사는 다들 충격을 받고 그중 몇몇은 눈물까지 글썽이며 카메라 앞에서 진술했다. 그들은 콘스탄틴 하벨카를 오래전부터 알고 있었으며 그를 정중하고 배려심이 많고 정의롭고 현명하다고 묘사했다. 그가 그런 범행을 저지를 만하다고 생각한 사람은 아무도 없었다. 법정 안에서 일어난 일, 독일 사법체제와 범죄를 저지르는 외국인에 대한 하벨카의 선동적인 연설은 아직 공개되지 않았지만, 다섯 명의 희생자는 그사이에 알려졌다.

얀 P. 박사, 변호사, 52세.

우도 S. 박사, 변호사, 47세.

외메르 P. 구직자, 18세.

메틴 Y. 구직자, 19세.

카트린 F. 경찰, 36세.

니콜라 엥겔과 피아가 카트린의 할머니로부터 다른 유족이 없다는 사실을 확인한 후에 프랑크푸르트 경찰들은 카트린의 사진을 헤센 경찰 웹사이트와 페이스북 사이트에 공개했다. 콘스탄틴 하벨카의 사진도 공개됐다.

보덴슈타인과 니콜라 엥겔이 회의실에 들어섰을 때, 강력 11반 외에 크리스티안 크뢰거도 와 있었다. 타리크가 텔레비전을 껐다. 셈과 카이가 자리에서 일어나 뭔가 말하려고 했지만 보덴슈타인은 안심시키려는 듯이 양손을 들어 올렸다.

"괜찮습니다. 나 때문에 걱정하지 말아요. 회의를 시작하기 전에 엥겔 과장님이 하실 말씀이 있답니다."

과장은 주차장에서 보덴슈타인에게 했던 말을 되풀이했다.

"카이, 자네에게서 뭘 빼앗으려는 게 아니야." 보덴슈타인이 오스터만에게 말했다. "하지만 지난 24시간 동안 사건들이 연이어 발생하고……."

"반장님, 특별수사팀 팀장을 맡겨주셔서 정말 영광이었습니다." 카이가 그의 말을 막았다. "하지만 솔직하게 말씀드리자면 저는 앞자리에 어울리지 않아요. 다른 업무에 제가 더 필요하잖아요."

보덴슈타인은 고맙고 안도하는 마음에 카이의 어깨를 두드리고 다른 동료들의 얼굴을 하나하나 차례로 바라봤다. 그들은 자기 자신과 자신의 업무 능력을 현실적으로 평가할 수 있을 만큼 충분히 경험이 많았고, 이렇게 중요한 수사에서 잘못된 야심은 전혀 필요 없다는 사실을 알고 있었다.

"저는 동의해요." 피아가 말했다.

"저도요." 타리크도 동의했다.

"문제없습니다." 크뢰거의 말이었다.

"저도 그렇습니다." 셈이 대답했다. "예전에 그 네프 같은 키 작은 나폴레옹만 상관으로 모시지 않아도 된다면 말이죠."

"걱정 말아요. 타냐 가츠케는 다르니까." 니콜라 엥겔이 보증했다. "그 사람은 우리 팀에 잘 적응할 겁니다. 46세, 경위, 뒤셀

도르프에서 오고, 새로운 방향을 찾기 위해 맡고 있던 자리를 석 달 전에 자발적으로 내놓았습니다. 우리에게는 행운이에요. 인적 사항 중에서 이곳에 아는 사람이 아무도 없다는 점이 특히 마음에 듭니다."

"언제 시작하죠?" 피아가 물었다.

"아마 오늘 시작할 겁니다." 니콜라 엥겔이 대답했다.

다들 지극히 평범한 수사인 척하려고 애썼지만 이건 그렇지 않았다. 카트린 파힝거의 의자는 비었고, 모두 그녀를 애도하려고 했으나 동시에 이 동료가 과연 어떤 행위를 했는지 의문을 품었다.

"우리가 지금까지 알아낸 것을 특별수사팀에게는 일단 알리지 않기로 하지요." 니콜라 엥겔이 말했다. "적어도 파힝거 형사가 이 사건에 관련됐는지, 만약 그렇다면 어느 정도 관련됐는지 좀 더 알아내기 전까지는 말입니다."

"카트린이 관련됐다는 증거가 하나라도 있습니까?" 셈이 흥분해서 물었다. "지금까지는 그저 모든 게 추측일 뿐입니다! 카트린을 벌써 판단하는 건 정말 부당하다고 생각합니다! 카트린은 우리 동료였어요. 그걸 잊어서는 안 됩니다!"

"증거가 있다는 걸 이제 곧 알게 될 겁니다." 니콜라 엥겔이 대답했다. "안타깝지만요."

"어쨌든 쿠키는 거짓말이었어." 피아가 말했다. "카트린은 쿠키를 구울 줄 몰라. 그동안 내내 할머니가 구운 거였지."

"헛소리하지 마!" 셈이 짜증을 내며 대꾸했다. "카트린은 늘 내가 원하던 쿠키를 일부러 가져왔단 말이야."

"그래, 나도 부탁했어!" 크리스티안 크뢰거가 끼어들었다. "잼 샌드 쿠키랑 초승달 모양의 바닐라 쿠키였지."

"아이고!" 피아는 자리에서 벌떡 일어나 자기 사무실로 성큼 성큼 가서 어제저녁에 한네로레 파힝거가 준 양철통 두 개를 들고 돌아왔다. 그리고 탁자에 내려놓고서 뚜껑을 열었다.

"자!" 피아가 씁쓸한 목소리로 말했다. "드시라고! 카트린의 할머니가 오스터만 형사와 그의 동료들에게 인사를 전하래. 매년 그렇듯이!"

다들 당황하여 침묵했다.

"카트린은 쿠키를 굽지 못했어!" 피아가 목소리를 높였다. "우리에게 한 번도 언급하지 않은 오빠가 있었고! 그리고 열세 살에 부모님이 그녀의 눈앞에서 총에 맞아 사망했어!"

그들 모두는 거짓말을 능숙하게 알아챘다. 그게 직업이었으니까. 하지만 카트린에게는 그러지 못했다. 이제 와서 생각해보니 가끔 의심스러울 때도 있긴 했다. 하지만 카트린은 늘 그럴듯한 해명을 내놓았고, 다들 그 해명을 기꺼이 받아들였다.

"엥겔 과장님과 나는 어제 카트린의 집과 하벨카 판사의 집, 이어서 차일스하임에 있는 카트린 할머니 집에 다녀왔어." 피아는 차분해지려고 애썼지만 힘들었다. "감식반은 하벨카의 집 곳곳에서 카트린의 지문을 발견했어. 일요일 저녁에 두 사람은 함께 적포도주를 마시고 운터리더바흐 동네에서 가져온 피자를 먹었지. 그 후에 카트린은 그 집에서 잤어. 게다가 세탁실에서 폭탄 벨트를 조립할 때 함께 있었던 게 거의 분명하고. 거기 사방에서 카트린의 지문이 발견됐으니까. 하벨카는 어제 아침에 카트린이 마지막 순간에 자기 계획을 틀어버리지 못하게 그녀를 화장실에 가두었어. 하지만 카트린은 거길 벗어나 어떻게 갔는지는 몰라도 어쨌든 프랑크푸르트에 갔지. 동료들이 그녀의 자동차를 리더바흐의 한 이면도로에서, 그리고 각종 열쇠와 서류와 휴대폰이 든 가방은 하벨카의 집 쓰레기통 가운데 하나에서 발견했어. 그러니 우린 카트린이 어떻게 프랑크푸르트에 왔는지 몰라."

셈은 경악하여 침묵했다. 어제저녁 니콜라 엥겔과 피아가 돌아왔을 때 그는 사무실에 없었으므로 이 모든 상황을 지금 처음 들었다.

"말도 안 돼." 그가 고개를 저었다. "우린 지금 **카트린**에 대해 이야기하는 중이야! 우리가 매일 만난 동료! 우린 카트린을 알아!"

그러자 피아가 폭발했다.

"어이, 셈. 당신은 '아니, 우리 이웃은 늘 다정하게 미소를 지었고 내가 어디 들어갈 때면 문을 잡고 기다려줬어요. 그가 지하실에서 창녀 열다섯 명을 토막 냈다는 건 말이 안 돼요!'라고 말하는 사람들과 똑같은 헛소리를 하고 있어!" 피아가 셈에게 고함을 질렀다. "카트린은 우리 모두를 엿 먹인 거야! 우린 너무 멍청해서 그런 그녀를 꿰뚫어보지 못했고!"

"나에게 소리 지르지 마!" 셈도 고함을 질렀다. "내가 사람을 그렇게 잘못 봤다는 게 믿기지 않아서 밤새 한숨도 못 잤어!"

보덴슈타인이 끼어들어 싸움을 말리려고 했지만 니콜라 엥겔이 그러지 말라는 신호를 보냈다.

피아는 아랫입술을 깨물었다.

"빌어먹을, 미안해." 그녀가 셈에게 말했다. "내…… 내가 당신에게 소리를 지르면 안 되는 거였어. 하지만……." 피아는 입을 다물고 어쩔 줄 모르겠다는 듯이 양팔을 벌렸다. "어제 우리가 겪은 모든 일에 그럴듯한 해명이 있다면 좋겠어. 예를 들어 카트린이 러시아 비밀 정보조직이 만들어낸 전설적인 스파이라든가 그런 거 말이야. 하지만 아니잖아. 아니, 혹시 그럴까?"

피아는 팀원들을 둘러봤다. 동료들의 얼굴에도 그녀 자신의 무력감과 당혹감이 투영되어 있었다.

"아니, 카트린은 당연히 스파이가 아니었어요." 니콜라 엥겔이 말했다. "하지만 우린 서로를 비난하면 안 됩니다. 그리고 양심의 가책 없이 우리가 알던 카트린 파힝거를 애도할 수 있어야 해요."

"자살 테러범이 혹시 유서를 남겼나요?" 타리크가 물었다.

피아는 하벨카 집의 다락방에서 가져와 화이트보드 그의 사진 옆에 붙여둔 아이의 그림을 가리켰다. "하벨카는 가족의 죽음을 극복하지 못한 것 같아."

셈은 양철통을 자기 앞으로 끌어당겼다. 그리고 손을 넣어 크리스마스 쿠키를 한 움큼 집어 자기 앞 탁자 상판에 내려놓고 먹기 시작했다.

"이 쿠키와 카트린의 강림절 리스가 없으면 나에게 크리스마스는 아무것도 아니야." 그가 쿠키를 씹으며 그녀를 위해 튀르키예어로 신의 용서를 빌었다. "탄리 세니 아페트신."

* * *

르네 지겔 시신에서 발견된 상처는 폴커 마자넥의 개가 문 것이 확실하다는 사실이 실험실에서 확인됐다. 마자넥은 여전히 입을 다물고 있었지만 르네 지겔과 다니엘 라들로프가 죽던 날 밤의 알리바이가 없었으므로 영장 심사 판사가 그를 미결 구금시킬 확률은 꽤 높은 편이었다.

카이와 타리크는 피아와 니콜라 엥겔이 어제저녁에 가져온 카트린의 우정 노트에 적힌 글에서 단서를 얻어 조사를 시작했는데, 카트린의 오빠 토마스 브룬너와 장례업자 폴커 마자넥, 버섯 재배업자 볼프 졸베르크가 1996년에 헤센 슈바르첸보른 크닐 병영에서 함께 기본 병역을 끝냈음을 확인했다. 세 명 모두 2년 동안 지원하여 군복무를 마쳤다. 그 후에 토마스 브룬너는 경찰이 되어 2006년까지 제9국경경비대에 근무했다. 그 후에 알프스에서 실종되기 전까지 6년 동안 어떤 직업에 종사했는지는 알려지지 않았다. 그가 등록한 마지막 거주지는 제9국경경비대가 있던 본 근처의 장크트아우구스틴이었다.

두 사람은 또한 1996년에 발생한 카트린의 부모 라이너와 실비아 브룬너의 살해에 관한 세부사항도 조사했다. 카이는 이미 월요일에 실종자와 신원미상 시신 데이터뱅크에서 범인의 이름을 봤지만, 알리 캄리칼리에게 살해당한 희생자가 카트린 파힝거의 부모라고는 예상도 하지 못했었다. 캄리칼리는 1997년에 체포되고 1998년에 소년범으로 10년형을 선고받았다.

"2008년 9월 10일에 베를 교도소에서 석방된 이후 실종됐습니다." 카이가 말했다. "공범은 확인되지 않았습니다. 하지만 제 생각에는 부퍼탈의 튀르키예 식품 상인 에르칸 도스도그루인 듯합니다. 그도 2008년 9월에 실종됐거든요. 그는 도르트문트 출신이었습니다."

"그리고 림부르크의 장례업자 폴커 마자넥에 대해서도 알아 낸 것이 있습니다." 타리크가 보고를 이어갔다. "그의 아버지와 삼촌, 그리고 그들의 친구 두 명이 2008년 1월 마자넥의 정원 오두막에서 일산화탄소 중독으로 사망했습니다. 조사 보고서에 따르면 난방기 배기가스 호스에 결함이 있었어요. 네 명 모두 폴커 마자넥과 그의 여동생 비르기트—이 동생은 17세에 자살 했습니다—에게 행한 150회 이상의 심각한 성적 학대로 4년에 서 2년의 자유형 선고를 받았습니다. 사망했을 때 이들은 형기 를 모두 마친 상태였습니다."

"끔찍하네!" 경악한 피아가 말했다. 남자들이 정원 오두막에 서 죽은 일을 말하는 게 아니었다. 그 정중한 장례업자가, 개를 사람보다 더 사랑하는 그가 끔찍한 일을 겪었구나. 그도 희생자 였다가 가해자가 된 걸까?

"자, 카트린에게 토마스라는 이름의 오빠가 있다는 게 이제 확인됐군요." 보덴슈타인이 요점을 짚었다. "볼프 졸베르크도 누군지 확실하고요. 그런데 하벨카가 어제 언급한 마르쿠스는 누굽니까?"

"그건 아직 알아내지 못했습니다." 카이가 대답했다. "하지만 데이터뱅크에서 우리 패턴과 정확하게 일치하는 미제 살인사건 과 실종사건을 여러 개 발견했습니다."

"어떤 패턴?" 니콜라 엥겔이 물었다.

"판결을 받은 범죄자가 복역한 후에 살해되거나 흔적도 없이 사라지는 패턴입니다." 타리크가 설명했다. "르네 지겔처럼 말이지요."

"그리고 다니엘 라들로프처럼." 피아가 보충했다. "헤닝은 정확한 사인을 알기 위해 오늘 아침에 그를 바로 부검했어요. 그런데 한 가지는 이미 확실합니다. 그는 지겔처럼 추위에도 불구하고 맨발이었어요. 라들로프는 개에게 공격당하지는 않았지만 총알을 많이 맞아 벌집이 됐습니다."

"처형당한 것처럼 들리는군요." 니콜라 엥겔이 말했다.

"그리고 우연히도 바로 그 시점에 라들로프에게 희생된 아이의 부모인 페터와 린다 샤르펜베르크가 미국에서 독일로 왔지요." 보덴슈타인이 덧붙여 말했다. "이른바 쾨니히슈타인에 있는 집 매매 공증 계약서에 서명하기 위해서 말입니다."

타리크가 일어나서 둘의 이름을 화이트보드에 쓰고, 다니엘 라들로프의 사진과 화살표로 연결했다.

"버섯 농장 갱도의 감방 한 곳에서 라들로프의 지문을 발견했습니다." 크리스티안 크뢰거가 이렇게 말하고, 셈이 다 먹어치우기 전에 양철통을 빼앗았다.

"카이, 데이터뱅크에서 뭘 찾았지?" 보덴슈타인이 원래 주제로 되돌아왔다.

"디터 바르와 지그린데 되를람. 우리 중에 나이가 좀 있는 분들은 이 이름이 익숙하겠죠." 카이가 말했다.

"적군파(과거 서독의 극좌파 무장집단—옮긴이) 테러리스트들 아니었나요?" 니콜라 엥겔이 물었다.

"네, 맞습니다. 둘 다 적군파 2세대이고, 26년간 복역한 후 2008년에 보호 관찰로 출소했습니다. 2009년 4월에 2번 고속도로 벨리츠 인근 휴게소에서 디터 바르의 시신이 발견됐습니다. 목덜미 총상으로 숨졌어요. 그로부터 겨우 며칠 후에 지그린데 되를람의 시신도 1번 고속도로 바트 뮌스터아이펠 근처 휴게소에서 발견됐습니다. 역시 목덜미 총상이었어요. 두 사람은 적군파의 여러 행동에 가담했는데, 구체적으로 어디에 가담했는지 알아내겠습니다."

"2011년에 34세 마이크 티메가 치료 감호소에서 출소했다. 그는 16세에 아동 두 명을 성적으로 학대하고 살해했으나 심신미약으로 유죄 판결을 받지 않았다." 타리크가 자신이 찾아낸 내용을 낭독했다. "사흘 후에 그는 6세 무스타파 일마츠를 컨테이너로 유인하여 성적으로 학대하고 목 졸라 살해했다. 얼마 지나지 않아 그의 모친 집에서 체포되고, 심신미약으로 치료 감호소로 보내졌다. 그러나 정신병원으로 가던 중 탈출했다. 공식적으로는 현재까지 도주 중이다."

"아이큐 53인 사람이 도망치고 잠수를 타기란 상당히 힘들죠." 셈이 화를 냈다. "그 남자도 분명히 죽었어요. 우리 사회에 손실은 아니겠네요."

"알투나이 형사! 그런 말은 여기서 듣고 싶지 않습니다!" 과장이 날카롭게 말했다.

"다시는 그러지 않겠습니다." 셈이 대답했다.

"저희도 그런 일은 상당히 어렵다고 봅니다." 카이가 보고를 이어갔다. "그래서 이 사람도 우리 목록에 포함됐어요. 마르쿠스 마리아 프라이도 마찬가지입니다."

"전직 프랑크푸르트 검사장?" 보덴슈타인이 물었다.

"네, 바로 그 사람입니다." 카이가 고개를 끄덕였다. "당시 파리에서 체포된 그는 웃기게도 과실치사라고 집행유예 판결만 받았습니다. 그런데 2013년 7월 7일, 쾨니히슈타인에서 조깅을 하러 갔다가 돌아오지 않았고, 지금까지 실종 상태입니다."

피아는 인생에서 가장 끔찍한 몇 시간을 겪게 만든 남자를 생각하니 소름이 끼쳤다. 하지만 누군가 사적 제재를 가하며 타인을 살해하는 건 절대 옳지 않아! 법과 법원이 왜 있겠어? 판결이 설령 너무 관대하게 보이고 자신이 느끼는 정의와 맞지 않더라도 법을 잘 아는 사람들이 판결을 내린 건데.

모두 일단 이 새로운 소식을 소화해내야 했다. 미제 살인사건과 실종사건들 중 어떤 것은 너무 옛날 일이라 이미 오래전에 우선순위에서 밀려났다. 예전 적군과 테러리스트나 아동성애자, 살인자와 상습범처럼 자기 문제를 어딘가에 탄원할 수 없는 사람들이었다.

누군가 이들의 판사가 된 걸까? 혹시 르네 지겔과 다니엘 라들로프를 죽인 사람과 동일인일까?

"그런데 파바드 마흐무디는 이 패턴에 어떻게 들어가죠?" 셈이 물었다. "그는 판결을 받은 범죄자가 아닌데요."

"아니, 맞아." 보덴슈타인이 헛기침을 하고 설명했다. "마흐무디는 몇 주 전에 하벨카 판사에게 성폭행 혐의로 유죄 판결을 받았어. 그의 변호인 페퍼코른 박사가 항소하여 판결이 확정되지 않아서 다시 구치소로 돌아갔지. 그런데 그는 이미 너무 오래 구치소에 있었기 때문에 페퍼코른이 구금 부당 항소를 했고, 고등 법원은 그를 석방해야 했지."

다들 마흐무디의 이전 이야기를 알고 있었지만, 누가 그의 변호인인지는 몰랐다.

"이게 하벨카가 저지른 범행의 배경이야." 보덴슈타인이 말을 이었다. "그는 마지막 공판일을 일부러 이날 월요일로 정했어. 모든 걸 아주 철저하게 계획했지. 카트린을 쏘고 폭탄 벨트를 터뜨리기 전에 그는 20분 동안 독일의 이민 정책과 법원의 과부하, 전반적인 사법체제, 그리고 특히 페퍼코른과 스자마이트처럼 부도덕한 형사 변호인에 대한 좌절감을 쏟아냈어. 그는 체념하고 환멸을 느꼈지. 자신이 유죄라고 판결한 망명 신청자가 미결 구금에서 풀려난 지 사흘도 안 되어 라리사 뷜레펠트를 살해했다는 사실이 이날 자기 목숨을 끝내기로 결정한 동기라고 말했어."

"세상에!" 카이가 경악하여 중얼거렸다.

"마흐무디가 리시를 살해했다는 증거가 전혀 없는데도!" 피아도 아연실색하며 고개를 저었다.

"난 어제부터 다른 생각을 거의 하지 못해." 보덴슈타인이 말을 이었다. "마흐무디를 납치하라고 지시한 사람은 틀림없이 카트린일 거야. 발견된 DNA 증거가 마흐무디와 일치한다는 지역 범죄수사국의 정보를 우연히 그녀가 제일 먼저 받았어."

"실험실에서 전화가 왔을 때 카트린은 회의실에서 제 옆에 앉아 있었어요." 카이가 그 사실을 보증했다. "바깥으로 나가더니

15분쯤 후에 다시 돌아오더군요. 그런 다음에야 실험실에서 나온 결과를 저에게 말했고요. 그리고 나서 피아, 당신에게 알린 거야."

"기억나." 피아가 말했다. "카트린이 전화했을 때 우린 학교에 있었어. 나중에 회의할 때 카트린은 에슈보른에 순찰차를 이미 보냈다고 했지. 일요일에도 다시 한번 그렇게 말했고."

"같은 날 저녁에 카트린은 나와 함께 라리사 뵐레펠트의 부모 집에 갔는데, 그녀가 아이 엄마와 둘이 이야기했어." 보덴슈타인이 말했다.

"무슨 이야기를 했어요?" 셈이 물었다.

"나도 모르지. 아마 안네 뵐레펠트에게 딸을 죽인 살인자를 직접 죽일 수 있다고 제안하지 않았을까 싶어."

"그때 카트린은 마흐무디가 졸베르크의 부지 갱도 감방에 갇혔다는 걸 알고 있었어요." 피아가 보충 설명했다. "버섯 재배업자 졸베르크는 카트린 오빠의 오랜 친구이고 말이죠. 폴커 마자넥도 그렇고."

"아마 그래서 버섯 농장에 대한 수색 영장 신청도 미룬 것 같군요." 과장이 어두운 표정으로 말했다. "전국적으로 망명 신청자에 반대하는 분위기가 발생할 위험이 있는데도."

"우리가 고민할 때 카트린 선배도 아주 열정적으로 참가했잖아요!" 타리크가 흥분했다. "마흐무디가 어디에 있는지 이미 알고 있으면서도! 속으로 우리를 엄청나게 비웃었겠네요!"

"우리가 그의 뒤를 바짝 뒤쫓고 있다는 것도 알지." 피아가 그의 말을 이어받았다. "그래서 토요일에 병가를 낸 거야."

"발리드 부아지즈를 찾아가 조사한 것도 아주 싫었겠죠." 타리크가 말했다. "하지만 우릴 막을 수는 없었고요."

"그래서 그들은 마흐무디를 다른 곳으로 이송해야 했을 테고." 셈이 말했다. "그리고 졸베르크도 그 후에 바로 도망쳤고 말이야."

"그런데 왜 폴커 마자넥에게는 경고하지 않았을까요?" 타리크가 물었다.

"했지." 보덴슈타인이 대답했다. "그래서 그가 어제 라들로프의 시신을 소각하려던 거야. 그게 성공했다면 지금 증거가 없을 테고."

보덴슈타인이 자리에서 일어나 창가로 다가갔다. 이미 수백 번도 더 그랬듯이 거기서 주차장을 내려다봤다. 아직 제대로 알 수 없을 뿐, 모든 것이 어떤 식으로든 서로 연결되어 있었다. 카트린 파힝거는 스파이였다. 보덴슈타인은 스파이가 그녀뿐이기를 바랐다.

"자, 일합시다! 계속 패턴을 찾아내고 연관성을 밝혀내요." 그가 말했다. "IT팀이 카트린의 업무용 컴퓨터와 개인 태블릿, 스마트폰 채팅을 조사하고 경찰 정보 체계의 웹 검색 행태도 확인해야 합니다. 스마트폰에서 동선을 확인할 수 있을지도 모르지만 그럴 희망은 거의 없겠지요. 그런 걸 흘리기에 카트린은 너무 똑똑하니까."

* * *

카이는 피아와 함께 쓰는 사무실로 들어갔다. 셈과 타리크는 아래층 특별수사팀 공간으로 내려갔고, 피아와 보덴슈타인은 간이 주방으로 향했다. 니콜라 엥겔이 두 사람을 따라갔다.

"어제 파힝거의 할머니가, 카트린은 사랑하는 사람을 잃는 데 항상 제일 큰 공포를 느낀다고 했거든요." 피아가 생각에 잠긴 채 입을 뗐다. "그런데 오빠의 죽음에는 그다지 큰 충격을 받지 않은 걸까요?"

"무슨 뜻이야?" 보덴슈타인이 되묻고서 먼저 피아 잔에, 그런 다음 자기 잔에 커피를 따랐다. 니콜라에게도 권했지만 그녀는 고개를 저어 거절했다.

"할머니 말로, 파힝거는 2012년 12월에 오빠를 찾으러 스위스로 갔다고 했어." 과장이 피아 대신 대답했다. "그래서 난 당황했지. 직원의 가족에게 뭔가 일이 발생하면 보통은 상관도 아는데, 난 그때 그런 일이 있었다는 기억이 안 났지. 기억력이 좋은데도 말이야. 그래서 어젯밤에 지난 몇 년간의 휴가 계획서를 훑어봤어. 파힝거는 그 기간에 휴가를 내지 않았어. 팀원 중에서는 피아가 유일하게 휴가를 신청했지만 가지 않았고 말이야."

"맞아!" 피아도 기억해냈다. "그때 타우누스 스나이퍼 사건이 일어났지. 크리스토프와 나는 그 사건 좀 전에 결혼했고."

"내 기억에 카트린은 지극히 평범하게 일했어." 보덴슈타인이 커피를 홀짝이며 말했다. "지역범죄수사국의 프로파일러와 계속 다퉜는데, 실종된 오빠 이야기를 한 기억은 없어."

"그게 무슨 뜻일까요?" 피아가 물었다.

"흠, 오빠가 빙하 틈새로 추락해 실종되어도 상관없거나, 아니면 그런 일은 전혀 일어나지 않았다는 뜻이지." 니콜라 엥겔이 대신 대답했다.

"그러니까……" 피아 머릿속에서 톱니바퀴가 맞물려 돌아갔다. "카트린의 할머니가 어제 거짓말을 했고, 카트린의 오빠가 어쩌면 죽지 않았을지도 모른다는 말이야?"

"그럴 수도 있어. 올리버, 당신 생각은 어때?"

"무슨 생각을 해야 할지 지금은 전혀 모르겠군." 보덴슈타인이 대답했다. "파힝거는 이중생활을 했어. 그건 의심할 여지가 없지. 상상하지도 못한 일인데 말이야. 카트린과 하벨카가 연인이었다는 걸 언론이 알아내면 표제를 어떻게 쓸지 상상하기도 싫다." 그가 커피에 설탕을 탔다. 평소에는 절대로 하지 않는 행동이었다.

"어, 뭐하세요?" 피아가 놀라서 물었다. "벌써 세 숟가락이나 넣으셨어요!"

"나 저혈당인 것 같아." 그가 대답했다. "계속 추워."

문간에 제복을 입은 경비대 소속 동료가 나타났다.

"이게 좀 전에 반장님께 왔어요." 그녀가 이렇게 말하고 보덴슈타인에게 봉투 하나를 건넸다.

"고맙습니다." 그는 80센트짜리 접착식 우표가 붙은 하얀 봉투를 건네받았다. 올바른 주소, 올바른 직책이 컴퓨터 글씨로 쓰여 있었지만 발송인은 없었다. "누가 가져다줬나요? 정확하게 언제?"

"우버 택시 기사가 10분쯤 전에 가지고 왔어요." 동료가 대답하고 돌아갔다.

"열지 않을 거야?" 니콜라 엥겔이 물었다.

"여기서는 안 돼."

그가 복도를 지나고, 피아와 니콜라 엥겔이 그 뒤를 따라갔다. 사무실로 간 그는 책상 앞에 앉았다. 라텍스 장갑을 끼고 봉투 칼로 조심스럽게 봉투를 열었다. 하얀 가루는 없고 겹쳐진 종이 두 장뿐이었다.

대문자로 쓰인 짧은 문장을 읽은 그는 전기 충격이라도 받은 듯이 벌떡 일어섰다.

"왜요?" 피아가 호기심 어린 목소리로 물었다. "누가 보낸 거예요?"

"이것 좀 봐!" 보덴슈타인이 두 사람에게 첫 번째 종이를 내밀었다가 니콜라 엥겔이 잡으려고 하자 다시 자기 쪽으로 당겼다. "스톱! 장갑 끼지 않은 손으로 만지지 마!"

'여기 파바드 마흐무디가 있습니다.' 그렇게 쓰여 있었다. 다른 말은 아무것도 없었다.

두 번째 종이는 손으로 아주 자세히 그린 약도 같았다. 주소와 건물에 대한 상세한 설명도 있었다. 건물 열쇠가 있는 장소, 지하실의 특정한 방으로 가려면 어떤 길로 가야 하는지 등에 대해서.

"이게 진짜일까요, 아니면 장난일까요?" 피아가 물었다.

"장난이라는 생각은 안 들어." 니콜라 엥겔이 대답했다.

"내 명함에서 그대로 옮겨 쓴 주소야." 보덴슈타인이 말했다.

"일반적으로 아무도 내 계급을 쓰지 않아."

"최근에 누구에게 명함을 줬어?" 니콜라 엥겔이 물었다.

"여기저기 많이 줬지." 보덴슈타인이 대답하고 종이 두 장을 모두 투명 파일에 넣었다. "하지만 누가 보냈는지 알 것 같아."

"안네 뷜레펠트 말인가요?" 피아가 물었다.

"맞아."

"왜 그 사람이라고 생각하지?" 과장이 물었다.

"지난번에 찾아갔을 때 이상하게 행동했으니까." 보덴슈타인이 대답했다. "우리를 속인 게 확실해."

"피아, 팀원들을 다 소집해줘. 크론베르크로 갈 거야. 크뢰거와 그의 팀원들도 가야 해. 카트린의 집은 나중에 조사해도 돼." 니콜라 엥겔이 말했다.

"알겠어." 피아가 몸을 휙 돌려 달리기 시작했다.

"단서가 생겼다!" 보덴슈타인이 니콜라 엥겔에게 말하고 주먹을 쥐었다. "이 빌어먹을 사건에서 처음 제대로 된 단서가 나타났어!"

"거기서 정말로 마흐무디를 발견한다면 적어도 여론의 압박은 조금 줄어들겠지." 니콜라 엥겔이 차분하게 대답했다.

"어쩌면 한 시간 후에는 라리사 뷜레펠트 사건이 해결될지도 모르고." 보덴슈타인이 말했다. "자, 가자고!"

* * *

그가 교실에 들어서자 마르첼라와 린, 율리카와 파울라는 킥킥거리며 사라에게 슬쩍 시선을 던졌다. 마르첼라는 소리 내지 않고 입술로만 '데이먼'이라고 말하고는 야비하게 눈을 흘겼다. 사라는 못 본 척했다. 이 멍청한 아이들에게 리시 이야기를 한 건 실수였다. 다시 학교에 온 것도 아마 실수였을 것이다. 사라는 바이너트를 그냥 무시하기로 마음먹었는데, 충격적이게도 그가 먼저 말을 걸었다.

"다른 아이들과는 성적에 대해 모두 이야기했단다." 그가 다정하게 말했다. "그런데 넌 지난주에 결석했잖아. 지금 잠깐 같이 나갈까?"

사라는 고양이 앞의 쥐처럼 그를 쳐다보다가 고개를 끄덕이고 자리에서 일어났다. 입이 갑자기 바짝 말랐다.

"다른 사람들은 소음을 내지 않고 할 수 있는 일을 하고 있으렴." 그가 교실에 있는 학생들에게 말하고 사라에게 문을 열어줬다. 사라는 귀에서 피가 와글와글 소리를 내는 통에 그가 무슨 말을 하는지 거의 알아듣지 못했다. 그는 사라에게 성적을 어떻게 예상하는지 다시 한번 질문했다.

"어, 모르겠어요. 아마 수일 거예요."

"필기시험에서 두 번 수였고, 구두시험도 수였어. 그러니 성적표에 깔끔하게 수라고 적힐 거야."

"좋아요. 고맙습니다." 사라가 나지막하게 대답했다.

사라는 그를 쳐다볼 수 없었다. 두려워서, 그리고 역겨워서. 리시가 그린 그림들이 머릿속에서 사라지지 않았다. 그가 리시에게 키스하던 모습이, 리시가 그에게 키스하던 모습이. 수학 선생님과!

"리시 일은 정말 안타깝다." 바이너트가 이렇게 말했다. 이 남자는 얼마나 위선적인가! "리시가 너랑 제일 친한 친구였던 거 알아. 그러니 리시가 무척 보고 싶겠구나."

그는 사라를 쓰다듬으려는 듯이 손을 뻗었다.

사라는 뒤로 물러서며 그를 노려봤다. 사라는 그를 좋아했다. 그는 친절한 교사 중 한 명이었다. 그에게서 수학을 배우는 게 재미있었다. 하지만 이제 더는 그를 좋아할 수 없었다.

'리시 일은 정말 안타깝다.' 이게 혹시 자백일까? 나에게 내밀었던 손으로 리시의 목을 졸랐을까?

"고맙습니다." 사라는 쥐어짜듯 겨우 대답했다. "네, 보고 싶어요."

그리고 교실 문을 획 열어젖히고 고개를 숙인 채 자기 자리로 급히 돌아왔다. 리시의 사진에 눈길이 갔다. 자기도 모르게 충동적으로 액자를 들어 책상에 납작하게 엎어뒀다. 주변에서 웅성거리는 소리가 잠잠해졌다. 모두 사라를 빤히 바라봤다. 바이너트도 마찬가지였다. 마치 사라가 리시를 방금 두 번째로 살해하기라도 했다는 듯이. 사라는 목구멍에서 올라오는 울음을 억눌렀다. 리시에게 너무나 화가 났다. 그날 저녁에 리시의 진짜 계획이 뭐였는지 경찰에게 말하지 않아서 죄책감이 들었다. 형사에게 전화를 해야겠어. 아니면 메일을 써야지. 그래, 그게 낫겠다.

                                    * * *

　"여기 도대체 무슨 일이야?" 내비게이션에 따르면 제일 끝에
37번 건물이 있는 막다른 골목으로 피아가 차를 꺾었을 때 보덴
슈타인이 물었다. 스무 대쯤 되는 자동차들이 오른편 길가에 주
차되어 있고, 거기서 내린 운전자들이 막다른 골목의 마지막 건
물 앞에 서 있는 순찰차 세 대를 호기심에 찬 시선으로 건너다
봤다. 1980년대에 지어진 3층짜리 상가 건물이었다.
　"건축 자재 시장이 열린 모양이네요." 피아가 대답하고 순찰
차 뒤에 주차했다. "오늘은 일하는 현장에 구경꾼이 많군요."
　셈이 내려서 순찰차에 탄 경찰과 이야기를 하더니 잠겨 있지
않은 대형문을 열었다. 모두 넓은 마당으로 차를 몰고 들어갔
다. 마당은 건물 뒤편으로 50미터쯤에 있는 여섯 개의 차고 앞
까지 이어졌다. 다들 내려서 둘러본 후에 방탄조끼를 입었다.
카이는 토지 등기부에 따르면 이 건물이 프랑크푸르트에 사는
카를-하인츠 바케스의 소유이며 골동품 창고로 쓰인다는 사실
을 미리 알아냈다.
　"꽤 삭막해 보이네요." 셈이 말했다. "차고도 사용하지 않는
것 같고요."
　한때 노란색이었을 회반죽은 벽에서 부서졌고, 유리창도 흐
릿하고 불투명했다. 위층 블라인드들이 떨어져서 비스듬하게
매달려 있고, 여름에 마당 전체와 차고 문 앞에 높이 자란 잡초
를 아무도 뽑지 않았다. 지난주에 내린 눈에 잡초들이 납작하게
눌려 있었다. 울타리 바로 뒤에서 전철이 요란한 소리를 내며

                                                          45

지나갔다.

보덴슈타인은 상황 회의를 짤막하게 하려고 직원들을 불러 모았다. 산만한 동시에 흥분한 모습이었다.

"저 사람을 잘 보고 있어야 해." 니콜라 엥겔이 걱정스러운 표정으로 말했다. "원래 여기 있으면 안 되는데."

"우리가 조심할게." 피아도 상관을 걱정하며 대답했다. 보덴슈타인은 긴장하고 지친 모습이었지만 불행한 두 번째 결혼생활의 마지막 시기였던 작년과는 달랐다. 피아는 이런 종류의 탈진을 열차 사고나 총격 사고 등 여러 사고에서 목격했고, 업무 중에 심각한 트라우마를 겪은 동료들에게서도 봤다. 보덴슈타인이 겪은 일을 극복할 방법을 찾을 때까지는 오랜 시간이 걸릴 터였다.

"셈, 자네와 내가 들어가지." 보덴슈타인이 말했다. "과장님과 피아는 여기 바깥에서 기다려요. 누가 구급차를 불러야 해. 아니, 아직 안 부르는 게 낫겠다."

"보덴슈타인 형사! 할 말이 있어요." 과장이 그를 손짓하여 옆으로 불렀다.

"왜 그러시죠? 우리 얼른 들어가야 하는데!" 그의 눈이 열에 들뜬 듯 번쩍거렸다.

"당신은 안 돼요." 공개적으로는 늘 그렇듯이 과장은 그에게 존댓말을 했다. "크뢰거와 산더, 알투나이가 순찰대원들과 함께 임무를 맡아요."

보덴슈타인이 항의하려고 했지만 과장은 자기 주장을 굽히지 않았다.

"이건 명령입니다." 과장이 날카롭게 말했다. "산더 형사에게 종이를 줘요."

보덴슈타인은 바람 빠진 풍선처럼 쪼그라드는 것 같았다. 아드레날린이 피에서 빠져나가고 그와 함께 힘도 사라졌다. 그는 피아에게 안내 문구가 적힌 종이 복사지를 내밀며 말했다.

"서둘러. 어쩌면 그가 아직 살아 있을지도 몰라."

지체할 시간이 없었다. 마흐무디가 정말로 이 건물 지하에 있고 아직 살아 있다면 건강 상태가 안 좋을 가능성이 매우 높았다. 피아가 출입문 옆의 우편함을 열어보니 열쇠가 있었다. 셈, 전신 작업복과 장갑을 갖춘 크뢰거, 제복을 입은 동료 경찰이 총을 겨눈 채 앞장서고 그 뒤를 피아와 또 한 명의 경찰, 크뢰거의 팀원 두 명이 따랐다.

"왼쪽 계단 아래로!" 피아가 지시했다. "붉은 철문이 나올 때까지 갑니다. 그 뒤에 보일러실이 있을 거예요."

삐걱대는 소리를 내며 무거운 문이 열렸다. 난방기가 나지막하게 윙윙 소리를 내며 돌아갔다. 동작 감지기로 조명이 작동했다. 피아는 지도에 묘사된 낮은 문을 보일러 뒤에서 발견했다. 그녀가 문을 열자 셈과 동료가 몸을 숙이고 들어갔다. 끔찍한 악취가 밀려왔다. 창문이 없는 지하, 그리고 일종의 우리 안에 깔린 얇은 매트리스에 어떤 형체가 미동도 없이 누워 있었다. 그 주변 바닥에는 빈 플라스틱 물병들이 보였다. 오줌과 배설물 냄새가 너무 지독해서 피아는 숨이 막혔다. 크뢰거가 볼트 클리퍼로 자물쇠를 따고 우리 문을 열었다.

"다들 뒤에 있어요." 그가 셈과 제복을 입은 경찰에게 큰 소리로 말하고 우리로 기어들어가 매트리스에 누운 사람 옆에 쪼그리고 앉아 장갑을 낀 손가락으로 맥박을 확인했다.

"크리스티안은 정말 아무 상관도 없나 봐." 셈이 구역질난다는 표정으로 소곤거렸다. "으악, 나는 토할 것 같은데."

"어때?" 피아는 셈에 비해 덜 예민했지만 그녀의 위도 뒤집혔다. "마흐무디 맞아?"

"그런 것 같아." 크뢰거가 대답했다. "살아 있어. 그런데 맥박이 아주 약해."

"구급차를 부를게." 셈이 낮은 문을 빠져나갔다.

크리스티안 크뢰거가 피아를 흘긋 봤다. 일주일 후에 드디어 이 남자를 발견했다! 잠수한 것도, 외국으로 도망친 것도 아니었다. 누군가 그를 납치하여 비인간적인 조건하에 이 우리에 가두어두었다.

"난 우리가 그를 산 채로 발견할 수 있으리라고 더는 믿을 수 없었어." 피아는 몸을 돌리다가 뭔가를 밟아 미끄러졌는데, 젊은 경장이 재빨리 잡아주지 않았더라면 바닥에 쓰러질 뻔했다.

"아이고!" 피아는 스마트폰 손전등을 켜고 쪼그리고 앉아 타일 바닥을 비추었다. "어라, 이게 뭐지?"

"탄피군요." 제복 차림의 동료가 대답했다. "9밀리 파라벨룸 같습니다."

피아는 탄피를 증거물 봉투에 넣어 크뢰거에게 건넸다. 그러고 문에서 나와, 계단참에서 통화 중인 셈을 지나갔다. 바람이 찬 바깥에 나와 심호흡을 몇 번 하고 니콜라 엥겔과 보덴슈타인에게 건너가서 둘에게 알렸다.

"마흐무디 맞아요. 살아 있어요."

"좋은 소식이네!" 니콜라 엥겔이 안도하며 말했다.

"게다가 그는 살인이 일어난 날 저녁에 알리바이도 있는 것 같아." 보덴슈타인이 휴대폰을 들어 올리며 말했다. "방금 타리크가 전화했어. 슈발바흐 난민 지원협회 도우미가 핫라인으로 신고했다고 해. 슈발바흐 망명 신청자 숙소에 사는 아프가니스탄 출신의 어떤 거주자가 살인사건이 일어난 날 저녁에 마흐무디와 함께 프랑크푸르트에 있었다고 말했다는군."

"말도 안 돼요!" 피아가 믿을 수 없다는 듯이 소리쳤다. "왜 더 일찍 신고하지 않았대요?"

"흠, 그거야 모르지. 타리크가 지금 그 남자와 이야기하려고 통역자와 함께 거기로 가는 중이야."

"마흐무디에게 알리바이가 있다면, 그게 무슨 뜻인지 아세요?" 피아가 물었다.

"알지." 니콜라 엥겔이 휴대폰을 흘낏 보고서 말했다. "난 사무실로 가. 마흐무디가 병원에 가면 지켜야 해."

"그건 우리가 알아서 할게." 피아가 약속했다.

"다른 일도 신경 쓸 거지?"

"응, 물론이지."

과장이 공무용 차량 두 대 중 한 대에 올라타고 마당을 빠져나갔다.

"'다른 일'이라니?" 보덴슈타인이 의심스러운 표정으로 피아를 곁눈질했다. "혹시 과장님이 자네에게 나를 잘 살피라고 말했나?"

"네, 그런 방향이죠." 피아가 그를 쳐다봤다. "과장님은 반장님을 걱정하니까요."

"난 괜찮다니까! 베이비시터는 필요 없어." 보덴슈타인이 화를 냈다.

"저도 그런 역할은 전혀 하지 않을 거예요." 피아가 대꾸했다. "자, 들어보세요. 마흐무디가 갇혀 있던 우리 앞의 바닥에서 탄피를 발견했어요. 9밀리 파라벨룸이에요. 누군가 아래에서 총을 쏜 거예요."

"안네 뷜레펠트가?"

"그 사람밖에 더 있겠어요? 그렇다면 그 사람은 총이 있다는 뜻인데, 엄청나게 못 쏘나 봐요."

"아니면 마지막 순간에 양심의 가책을 느꼈는지도 모르지." 보덴슈타인이 추측했다. "약국에 전화해서 그녀가 거기 있는지 물어봐. 거기 있다면 전화를 그냥 끊어."

"왜 지금 바로 안 가고요?" 피아가 의아한 얼굴로 물었다.

"파바드 마흐무디가 금요일 저녁에 정말 알리바이가 있는지 그 일부터 먼저 알고 싶으니까. 안네 뷜레펠트가 약국에 있다면 권총이 있다고 해도 이상한 짓을 하지는 않을 거야. 일단 법의학연구소부터 먼저 가자고. 그런 후에는 마흐무디의 알리바이에 대해 아마 더 많은 걸 알 수 있겠지."

멀리서 사이렌 소리가 가까이 다가왔다. 전철 한 대가 지나갔다. 피아가 타우누스 약국 전화번호를 찾는 동안 보덴슈타인은 셈에게 갔다. 셈은 마흐무디가 병원에서 1인실에 입원하고 24시간 경찰 보호를 받게 조치를 취할 터였다. 안네 뷜레펠트가 어쩌면 제대로 끝내지 못한 일을 다른 누군가가 해결하면 안 되니까.

* * *

　법의학연구소 출입문에 붙은 쪽지에 모든 강의와 강좌는 추후 공지가 있을 때까지 휴강이라고 쓰여 있었다. 법의학자들은 자살 테러로 숨진 여섯 구의 시신만으로도 할 일이 아주 많았다. 사인은 이미 확실하므로 온전한 부검을 할 필요는 없었다. 그들의 업무는 법정에서 확보하고 어떤 것은 벽과 가구에서 긁어낸, 부분적으로는 몇 센티미터밖에 안 되는 뼈와 조직 조각들을 식별하고 맞추는 데 집중됐다. 시간에 쫓기는 힘겨운 이 퍼즐 작업은 무엇보다도 희생자들의 유족에게 의미가 있었다.

　"레머 박사와 동료 두 명은 아직 현장에 있어. 폭탄이 모든 것을 문자 그대로 가루로 만들었지." 보덴슈타인이 화장실에 잠깐 간 사이에 헤닝이 피아에게 말했다. "올리버는 어때?"

　"그 일에 대해 말을 하지 않아. 내 생각에는 모든 걸 밀어내려고 애쓰는 것 같아."

　"아마 지금으로서는 그가 할 수 있는 최선의 일이 그거겠지." 헤닝이 한숨을 내쉬었다. "그의 속마음이 어떨지 상상할 수도 없을 정도야. 난 끔찍한 장면을 볼 때가 많지만, 일이 다 끝난 뒤에야 가거든. 그런데 그는 현장에 있었어. 거기 서서 아마 자신도 어쩌면……."

　보덴슈타인이 돌아오는 걸 본 그가 말을 멈췄다.

세 사람은 계단을 내려갔다. 다니엘 라들로프의 시신은 일주일 전에 리시 뷜레펠트가 누웠던 부검대에 누워 있었다. 죽음은 선과 악을 구별하지 않고 모두를 평등하게 만든다.

"사인은 이 할로 포인트 탄입니다." 헤닝이 쟁반에서 샘플 통을 집어 올렸다. "폴리머 팁을 갖춘 루와 액션 이펙트."

"저지능 총알이야. 특공대가 이런 걸 사용해." 피아가 말했다.

"아주 가까운 거리에서 쏘았습니다. 총알이 뒤에서 그의 갈비뼈를 뚫고 심장을 산산조각 냈어요." 그가 샘플 통을 치우고 라들로프의 몸에 난 상처들을 가리켰다. "하지만 그 전에 이미 총알에 의한 부상을 많이 입었습니다. 총상 열한 군데, 총알이 스친 찰과상 아홉 군데를 찾았습니다. 양쪽 허벅지와 종아리, 엉덩이, 왼쪽 위팔과 오른쪽 어깨에서요."

그는 사이드보드에 놓여 있는 노트북으로 다가갔다. 엑스레이 사진을 라이트박스에 걸던 시대는 이미 오래전에 지나갔다.

"여기 이걸 보세요." 그가 흑백 사진을 확대했다. "총알이 몸속에서 버섯처럼 터지면서 근육 조직, 힘줄과 혈관, 간과 신장, 위와 비장, 오른쪽 폐 등 모든 것을 파괴했습니다. 견갑골과 오른쪽 상완골, 왼쪽 경골과 비골이 부서졌고요."

"엄청난 고문을 했군요. 그가 쓰러질 때까지 한 발씩 계속 쐈어요." 보덴슈타인이 입술을 비틀며 말했다. "심장에 쏜 건 확인 사살이었고요."

총알에 맞은 사람이 그 자리에서 쓰러져 죽는 것으로 묘사되는 영화나 드라마와는 달리, 현실에서 사살은 빠른 죽음을 불러오지 않는다. 총알이 일으킨, 지금 몸에서 확인되는 심각한 파괴에도 불구하고 라들로프는 아마 한동안 더 살아 있었을 것이다. 고통스러운 시간이 흐른 후에, 심장에 총을 맞아 죽지 않았더라면 아마 과다 출혈로 사망했을 터였다.

"힌터타우누스에서 사망한 남자와 아주 비슷하게 여기서도 발과 발가락, 무릎에서 동상과 부상이 확인됩니다. 손가락과 손, 귀도 마찬가지예요. 손목이 묶여 있었고, 입에서는 접착테이프 흔적이 발견됐습니다." 헤닝이 설명했다.

피아는 몸을 앞으로 숙이고, 긁히고 베인 상처가 가득한 시신의 발바닥을 살펴봤다. "아마 그들이 르네 지겔 때처럼 숲에서 몰아댔나 봐. 하지만 사형집행인들이 이번에는 야구방망이가 아니라 총을 사용했군."

"그의 손톱과 발톱에서 발견된 흙을 지겔의 샘플과 비교하기 위해 실험실로 보냈습니다." 헤닝이 가운 주머니에 손을 넣고 말을 이었다. "늦어도 모레까지는 결과가 나올 겁니다."

"헤닝, 고맙습니다." 보덴슈타인이 말했다. "도움이 무척 많이 될 겁니다."

그가 망설이다가 피아를 바라봤다. 피아는 바로 알아들었다.

"우리 혹시…… 카트린을 봐도 될까?" 그녀가 헤닝에게 부탁했다. "아주 잠깐만."

헤닝은 잠시 고민하다가 고개를 끄덕였다. 두 사람은 그를 따라 시신용 냉장실로 갔다. 헤닝이 6번 냉장 칸을 당겼다.

"끝나면 냉장 칸을 그냥 다시 닫아주세요." 그가 말했다. "난 위층 내 사무실에 있을 테니까."

두 사람은 그가 갈 때까지 기다렸다. 피아는 심호흡을 하고 검은 시신용 가방의 지퍼를 열었다. 카트린은 아직 옷을 벗기고 씻기지 않은 상태였다. 이마에 총알이 들어간 상처를 제외하고는 얼굴이 놀랄 정도로 온전했다. 마치 잠든 것처럼 누워 있었다. 그녀가 다시는 눈을 뜨지 않으리라고 알려주는 것은 대리석처럼 창백한 피부와 푸르스름한 입술뿐이었다. 피아는 입술을 꽉 다문 채 카트린의 오른손을, 그리고 왼손을 살폈다.

"손가락 마디와 손바닥에 난 상처." 그러고 목소리가 제대로 나오지 않아 나지막하게 말했다. "하벨카의 집 손님용 화장실에서 탈출할 때 생긴 거예요."

피아는 카트린의 뺨을 아주 살짝 쓰다듬으며 말했다.

"안경을 안 쓰니 너무나 어려 보여요."

그러다가 갑자기 감정에 휩싸였다. 카트린에 대해 이야기하는 것과 낯익은 카트린의 얼굴을 보는 것은 완전히 다른 일이었다. 피아는 카트린이 죽었고 다시 올 수 없다는 사실을 이제야 제대로 깨달았다.

"카트린, 왜 그랬어?" 피아가 흐느끼며 말했다. "당신에게 너무나 화가 나! 어떻게 우리 모두를 그렇게 속일 수 있어?"

보덴슈타인은 시신용 가방의 지퍼를 잠그고 들것을 냉장 칸에 다시 밀어 넣었다. 그러고는 울고 있는 피아를 조심스럽게 당겨 품에 안았다. 피아는 그의 어깨에 이마를 대고 마음껏 울었다. 그는 피아를 꽉 안고 울게 내버려두었다. 울 수 있는 피아가 부러웠다.

* * *

두 사람은 돌아오는 내내 말이 없었다. 피아는 보덴슈타인이 어제 겪은 일에 대해 말하지 않았고, 그도 피아가 방금 법의학 연구실 지하에서 자제력을 잃은 일을 언급하지 않았다.

보덴슈타인은 라디오를 나지막하게 틀어놓았다. 모든 채널이 어제 비극으로 끝난 인질극을 다루었다. 경악과 당혹감이 컸다. 독일에서 이와 비슷한 사건이 없었으므로 이제 이 일을 설명하고 책임자를 찾으려고 했다. 범인은 한때 피해자였고 그의 범죄는 절망으로 인한 행위였을 수도 있었기 때문이다. 가족이 사망한 후에 판사가 어떻게 변했는지 아무도 몰랐고, 여섯 명이 사망한 이 끔찍한 비극을 어쩌면 막을 수도 있었을 심리적 도움을 그가 받지 못했다는 사실은 감정적으로 격앙된 토론을 불러일으켰다.

5번 고속도로에서 마인강을 지나고 있을 때 카이에게서 전화가 왔다. 보덴슈타인은 피아도 들을 수 있게 블루투스로 스피커폰을 켰다.

"발리드 부아지즈는 어제 구치소에서 나왔습니다. 그가 방금 핫라인으로 신고했어요. 우리가 페이스북 사이트에 올린 카트린의 사진을 금방 알아봤답니다. 당시에 자기에게 말을 건 사람이 바로 카트린이랍니다. 틀림없대요."

"빌어먹을." 보덴슈타인이 한탄했다.

"부아지즈는 한동안 여길 떠나라고 조언한 사람도 아마 그녀였을 거라고 합니다."

"좋아. 다른 일은 없나?"

"있습니다. 어떤 택시 운전사가 전화했어요. 텔레비전에서 카트린의 사진을 봤답니다. 월요일 오전 10시 14분에 그녀가 리더바흐 시청에서 택시를 타고 호프하임 경찰서로 가자고 했대요. 레베 슈퍼마켓 회전 교차로까지 왔을 때 라디오에서 지방 법원 인질 사태 뉴스가 나왔답니다. 그러자 카트린이 차를 돌려 프랑크푸르트로 최대한 빨리 가자고, 자기가 경찰인데 급히 그곳에 가야 한다고 했답니다. 카트린은 흥분한 상태였고, 운전사는 그녀의 양손에 난 상처를 봤다고 합니다. 피가 좌석에 묻을까 봐 걱정됐대요. 가는 내내 카트린이 전화를 하거나 휴대폰을 만지작거리지 않아서 운전사는 의아했다고 합니다. 요즘은 누구나 그러니까요. 프리드베르크 공원 적십자 병원 위치에서 도로가 막히자, 카트린이 요금도 내지 않고 택시에서 내려 달려갔다고 합니다."

"그럼 이제 최소한 카트린이 어제 프랑크푸르트에 어떻게 갔는지는 알게 됐군." 피아가 말했다.

"타리크에게서 들은 소식 있나?" 보덴슈타인이 물었다.

"그는 통역자와 마흐무디의 친구와 함께 프랑크푸르트로 갔습니다. 그날 저녁에 그들과 카불 바자르 식품점에 들렀다가 시샤 바에 갔던 또 다른 친구들을 만나려고요. 마흐무디의 알리바이는 꽤 확실해 보입니다."

"다니엘 라들로프는 아주 가혹하게 처형당했어." 보덴슈타인은 다음 문제로 넘어갔다. "그 장례업자……."

"폴커 마자넥이에요." 피아가 작은 소리로 이름을 알려줬다.

"……그는 반드시 구치소에 있어야 해. 로젠탈 검사장에게 전화해줘. 오늘 오전 언젠가 영장 심사 예약이 되어 있을 거야."

"알겠습니다." 카이가 대답했다.

"그래, 고마워. 피아와 나는 지금 안네 뷜레펠트에게 가는 중이야." 보덴슈타인이 통화를 끝냈다.

"좀 쉬셔야 하지 않아요?" 피아가 조심스럽게 물었다.

"전혀 아니야." 보덴슈타인은 그녀를 보지 않고 대꾸했다. "난 멀쩡해."

* * *

대문 앞에 쌓여 있던 시든 꽃과 젖은 사진과 초들이 사라졌다. 안네 뷜레펠트는 초인종이 울리자마자 피아와 보덴슈타인에게 문을 열어줬다. 머리카락을 자르고 연하게 화장도 했지만 그건 그저 보이는 모습에 불과했다. 전보다 더 말랐고, 눈빛은 기이하게 얼어붙어 있었다. 매일 아침 일어나서 세상과 맞서는 일이 한없이 힘들 터였다. 하지만 그녀는 뭔가 달라졌다. 기다리는 듯한 긴장감이 사라졌다. 보덴슈타인은 지난번에 봤을 때 그녀에게 무슨 일이 있었는지 깨달았다. 그때 안네 뷜레펠트는 파바드 마흐무디를 어디 가면 찾을 수 있는지 연락이 오기를 기다리는 중이었다. 보덴슈타인의 생각이 옳았다.

"들어오세요."

두 사람은 그녀를 따라 집으로 들어가 부엌을 지나 거실로 가서 식탁에 자리를 잡았다. 사이드보드에 놓인 은빛 액자에 리시의 사진이 들어 있었다. 지붕이 있는 테라스에 세워져 있는 크리스마스트리가 보덴슈타인의 눈에 들어왔다. 두꺼운 빨강 리본, 꼬마전구의 불빛을 반사하는 빨갛고 노란 장식 볼들은 흐릿한 날씨와 대조를 이루어 안락한 분위기를 냈다. 안네 뷜레펠트는 커피도 권하지 않고 팔짱을 낀 채 서 있었다.

보덴슈타인은 재킷 안주머니에서 편지 복사물을 꺼내 식탁에 내려놓았다. 그걸 본 안네 뷜레펠트가 한숨을 내쉬었다.

"거기 그 남자가 정말 있던가요?"

"네. 그렇습니다. 그가 거기 있을 거라고 믿지 않으셨나요?"

"네. 아니…… 믿었어요. 모르겠네요." 그녀의 목소리에 이상한 음색이 끼어들었다. "아직 살아 있나요?"

"남편은 이걸 모르시지요. 아닌가요?" 보덴슈타인은 그녀의 질문을 무시하고 검지로 복사물을 두드리며 되물었다.

"네." 그녀가 순순히 인정했다. "그는 절대 찬성하지 않았을 거예요."

"부인도 결국은 아니었지요." 보덴슈타인이 말했다. "찬성했더라면 여기 이걸 저에게 보내지 않으셨을 테니까요."

"처음에는 확고하게 결심했었어요." 안네 뷜레펠트가 말했다. "이 약도를 보기 전까지는 말이지요. 그런데 이건 너무…… 구체적이더군요. 난 사형집행인이 아니에요."

피아는 대화를 보덴슈타인에게 맡기고 뒤로 물러나 있었다.

"누가 접근해왔습니까?" 그가 물었다.

"30대 중반의 어떤 여자였어요. 옷차림새가 깔끔했고, 처음 보는 사람이었죠. 점심시간에 제가 일하는 약국으로 왔어요. 뒷문 초인종을 눌렀지요. 저는 처음에 기자라고 생각했는데……
리시의 살인범에 대해 말하려고 한다더군요." 안네 뵐레펠트는
잠시 말을 멈추고 진정하려고 애썼다. "그 여자는 그가 어디에
있는지 안다고 했어요. 그리고 휴대폰으로 동영상을 보여줬는
데…… 마흐무디였어요. 쇠창살이 바닥까지 닿는 감방 같은 곳
에 있더군요. 오래된 서부영화에서처럼."

그녀는 씁쓸하게 웃으며 고개를 저었다.

"저는…… 그 사람에게 그를 왜 경찰에 그냥 넘기지 않는지
물어봤어요. 그 여자는 그렇게 하면 그가 종신형을 받을지도 모
르지만 실력이 좋은 변호사를 만나면 아마 우발적 살인이나 폭
행치사 판결을 받을 수도 있다고 말했어요." 안네 뵐레펠트는
잠시 쉬었다가 다시 말을 이었다. 아랫입술을 깨물고 눈을 깜박
이며 차오르는 눈물을 힘겹게 억눌렀다. "그 여자가 그는 몇 년
후에 자유의 몸이 될 테지만 리시는 죽었고…… 다시 살아나지
않는다고 했죠. 이런 일은 정당하지 않다고 하더군요."

그녀는 양 손바닥을 상판에 올려놓은 채 식탁 앞에 꼿꼿하게
앉아 있었다. 위로를 얻으려고 동물 봉제 인형을 들고 있지도
않았고, 문자를 기다리느라 강박적으로 스마트폰을 들여다보는
일도 없었다. 이제 서서히 딸의 죽음을 현실로 받아들이는 듯
보였다.

"그 여자는 그놈이 누군가에게 다시는 그런 짓을 저지를 수
없게 해주겠다고 했어요. 제가 직접 할 수도 있다고 제안하더군
요. 제 딸의 살인범을 제 손으로 죽이게 해준다고, 그게 진정한
정의라고요."

안네 뷜레펠트가 입을 다문 채 생각에 잠겼고, 보덴슈타인과 피아는 기다렸다.

"그 사람은 저에게 생각할 시간을 줬어요. 제안을 받아들인다면 차를 거꾸로 주차해서 신호를 달라고 하더군요." 안네 뷜레펠트가 보덴슈타인을 바라봤다. 그의 이해를 구하는 강렬한 눈빛이었다. "그 사람들은 보답이나 비용을 원하지 않는다고 했어요. 누군가 저와 연락할 거라고 말했지요."

그러고 한참 더 있다가 다시 말을 이었다.

"저는 밤새 고민했어요. 그런 다음 신호를 보냈지요."

* * *

보덴슈타인의 재킷 주머니에서 휴대폰이 진동했지만 그는 그 소리를 무시했다. 진동음이 멎더니 이번에는 피아의 휴대폰이 울렸다. 액정을 본 피아는 실례를 구하고 거실을 나와 복도로 갔다.

"이번에도 나야." 카이가 말했다. "페이스북에서 카트린의 사진을 본 사람들이 신고를 많이 했는데, 그중 두 개가 흥미로워. 뢰델하임에 있는 셀프 보관 창고 직원이 신고했어. 카트린이 2년 전에 그곳에서 보관함을 하나 빌렸대. 그리고 회흐스트 무술도장 소유주도 전화했어. 카트린을 무척 잘 안대. 카트린이 거기서 몇 년 동안 유도와 가라테, 영춘권과 크라브 마가(이스라엘에서 개발된 호신 무술—옮긴이) 트레이너로 일했대. 그 소유주는 콘스탄틴 하벨카도 안다고 했어. 2016년부터 고객 목록에 있고,

일주일에 두 번씩 정기적으로 훈련했는데 대부분은 카트린과 했다고 해.”

다른 사건에서 이런 정보는 피아를 기뻐 날뛰게 했을 테지만 이 경우에는 그저 그들이 동료를 얼마나 몰랐는지 알려주는 새로운 증거일 뿐이었다.

“당신은 알고 있었어?” 피아가 물었다.

“카트린이 유도를 한다는 거야 알았지.” 카이가 대답했다. “하지만 트레이너라는 건 몰랐어.”

“아마 하벨카와 카트린이 거기서 만났나 보다.”

“그럴 수도 있어. 뷜레펠트 집에 간 일은 어때?”

“반장님 추측이 맞았어.” 피아는 목소리를 낮추고 부엌 너머로 거실을 흘끗 봤다. “안네 뷜레펠트가 반장님에게 편지를 보낸 거야. 부아지즈 때랑 똑같았어. 누군가 그녀에게 접근해서 마흐무디를 죽일 기회를 준다고 제안했어. 정의라는 이름으로.”

피아는 불현듯 어떤 아이디어를 떠올렸다.

“셈이나 타리크 거기 있어?”

“타리크는 아직 통역자와 함께 움직이는 중이고 셈은 마흐무디가 입원한 병원에 있어. 왜 그래?” 카이가 물었다.

피아는 부엌 시계를 흘끗 봤다. 2시 30분이었다.

“여기서 뢰델하임까지는 무척 가깝잖아. 누군가 카트린의 열쇠꾸러미를 여기로 가져다준다면 우리가 일부러 경찰서에 돌아가지 않아도 돼.”

“사람을 보낼게.” 카이가 대답했다. “아, 정말 카트린에게 너무나 화가 난다!”

"카이, 나도 그래. 나도 그렇다고."

그러고 통화를 끝냈다.

"어제 텔레비전에서 사진을 봤어요." 피아가 거실로 돌아왔을 때 안네는 이렇게 말하는 중이었다. "거기서 그를 알아봤죠."

"어떤 사진 말씀인가요?" 피아가 물었다.

"자살 테러를 한 판사 사진. 그가 토요일에 약국에 와서 이 약도를 저에게 줬어요. 제 딸의…… 살인자가 있는 곳을 알려주는 약도요. 판사는 자기 가족이 살해당했다고, 자기가 그 살인자를 직접 죽였다고, 정의를 이루었다고 말하더군요. 그 후에 내면의 평화를 다시 찾았다고 했어요."

피아는 안네 빌레펠트를 바라봤다. 하지만 사고의 오류를 지적하지는 않았다. 하벨카가 정말로 내면의 평화를 찾았다면 이렇게 끔찍한 방식으로 자살하고 다섯 명의 목숨을 앗아가지는 않았을 것이다.

"마흐무디를 어떻게 살해하려고 하셨지요?" 보덴슈타인이 물었다. "무기를 받았습니까?"

"아니요." 안네 빌레펠트가 고개를 저었다. "연락이 올 거라고 했어요. 어제 발신 번호 표시 제한으로 전화가 두 번 왔는데 받지 않았어요."

그녀는 손으로 턱을 괴고 창밖을 내다보며 말을 이었다.

"누군가 제 신체 일부를 절단했다고 느낄 때가 많아요. 딸이 너무나 그리워요. 하지만 모든 일은 어떤 식으로든 계속 진행되어야 하겠죠. 처음 며칠은 제가 어떻게 되든 상관없었지만요. 죽든, 교도소에 가든."

보덴슈타인과 피아는 그녀에게 귀를 기울이고, 계속 말을 하게 두었다. 죽음이 마치 전염되기라도 한다는 듯이 사람들이 자기를 나병환자 취급한다는 것. 형제자매가 두세 명 있는 아이가 아니라 외동인 자기 딸이 당했다는 부당함. 아이가 누울 관을 고르고 부고장을 쓰고 장례식을 준비하는 일이 얼마나 끔찍한지. 이 상실을 상쇄할 수 있는 것은 없다는 사실. 꽃으로도, 봉제인형으로도, 초로도 안 된다는 것.

"그 개자식은 리시를 알았어요!" 안네 뵐레펠트가 갑자기 흥분했다. "그것도 아주 잘 알았죠! 어떻게 그런 짓을 저지를 수 있어요? 왜 리시를 죽였을까요? 왜? 왜?"

"뵐레펠트 부인, 마흐무디 씨는 따님의 죽음과 관련이 없을 가능성이 큽니다." 보덴슈타인이 온화하게 말했다. "제 동료가 지금 그날 저녁 그와 함께 프랑크푸르트에 있었다는 증인과 이야기하는 중입니다. 마흐무디는 그날 니더회흐슈타트 전철역에서 우연히 리시를 만났고, 리시는 그와 함께 헤센 거리에 있는 난민 숙소까지 동행하여 거기서 담배를 한 대 피웠습니다. 그의 DNA가 이 담배를 통해 리시의 손과 입술에서 발견됐을 수도 있어요."

안네 뵐레펠트는 그의 말에 얼굴이 흙빛으로 변해 더듬거리며 말했다.

"하지만…… 하지만…… 형사님이…… 그가 범인이라고 하셨잖아요."

"아니요. 저희는 그렇게 말하지 않았습니다. 오히려 반대지요." 보덴슈타인이 대답했다. "실험실에서 리시의 얼굴과 옷에 있는 그의 유전자 흔적을 발견했지만, 그게 저절로 범행 증거가 되지는 않는다고 말씀드렸습니다. 그래서 저희가 그를 급하게 찾으려던 겁니다. 그와 얘기를 하려고요." 보덴슈타인은 뵐레펠트 부인을 강렬한 눈빛으로 쏘아봤다. "부인은 이 모든 것을 더 일찍 우리에게 알리셨어야 합니다. 부인의 행위는 사법 방해에 해당하고, 이는 처벌 대상입니다."

"죄송해요. 형사님은 정말 친절하셨는데 제가 속였어요." 안네 뵐레펠트가 휴지에 코를 풀었다. "그…… 남자가 아니라면 누가 우리 딸을 죽였죠?"

"안타깝게도 아직 모릅니다." 보덴슈타인이 대답했다. "수사가 다시 출발선에 섰어요."

"부인과 이야기한 여성을 다시 본다면 알아보시겠어요?" 피아가 끼어들었다. 그리고 경찰 페이스북과 인터넷 사이트에 공개된 카트린 파힝거의 사진을 휴대폰에서 찾았다. 안네 뵐레펠트는 몸을 숙이고 사진을 잠깐 보더니 고개를 저었다.

"아니, 이 사람이 아니에요. 이분은 얼마 전에 여기 왔던 동료 군요! 사진을 텔레비전에서도 봤어요. 무슨 일이죠?"

"어제 벌어진 자살 테러 사태에서 목숨을 잃었어요." 피아가 휴대폰을 다시 집어넣었다.

"어머, 세상에! 정말…… 안타깝군요." 안네 뵐레펠트는 무척 충격을 받은 표정이었다. "무척 친절하고 공감 능력이 뛰어났는데."

"우리가 여기 함께 왔을 때 이 형사가 부인에게 마흐무디 이야기를 꺼내던가요?" 보덴슈타인이 물었다.

"아니요." 안네 빌레펠트는 단호하게 고개를 저었다. "사실 아무 말도 하지 않았어요. 그저 제 손만 잡고 있었지요."

* * *

"카트린이 연민을 느껴 자기 손을 잡고 있었다는 저 부인의 말을 믿으세요?" 차로 돌아가면서 피아가 의심스러운 표정으로 물었다. "카트린의 평소 모습과 어울리지 않는 행동이에요."

"모르겠어." 보덴슈타인은 카트린이 그날 저녁에 안네 빌레펠트와 나눈 대화를 자기에게 전했는지, 했다면 뭐라고 말했는지 생각하느라 머리가 부서질 것 같았지만 전혀 생각나지 않았다. "그런데 빌레펠트 부인이 뭘 숨기는지 알고 싶어. 왜 이 약도를 익명으로 나에게 보냈을까? 자기가 보냈다는 걸 우리가 모를 거라고 생각했나?"

그는 세월이 흐르면서 사람들이 경찰을 멍청하다고 간주하는 데 익숙했고, 과소평가 받으면 장점이 될 때도 많기에 대부분은 아무렇지도 않았다. 하지만 이 경우는 실망스러웠다.

"아마 가긴 갔는데, 용기가 사라졌는지도 모르지요." 피아가 추측했다.

"무기도 없이 거길 갔을까?" 보덴슈타인이 혼잣말을 하다가 피아에게 말했다.

"모든 게 제대로 맞아떨어지지 않아. 어떤 여성이 약국으로 안네 빌레펠트를 찾아와서 만나. 그건 부아지즈에게 온 첫 번째 전화와 마찬가지지. 빌레펠트 부인은 약속된 신호를 보내. 이

65

경우에는 거꾸로 주차된 자동차야. 여기까지는 부아지즈와 모두 같아. 하지만 희생자를 처형하기 위해 부인을 어디론가 데려가는 대신 판사가 약국으로 와서 약도를 주고 단호한 지시를 내려. 그들이 왜 진행 방식을 바꾸었을까?"

"숲에서 몰이사냥을 할 시간이 없었을 수도 있죠." 피아가 추측했다. "카트린은 흔적을 없애려고 토요일에 병가를 냈어요. 틀림없이 그녀와 졸베르크, 마자넥이 마흐무디를 갱도에서 크론베르크의 그 지하로, 그리고 라들로프의 시신을 마자넥의 장례업체로 옮겼을 테죠. 그런데 왜 마흐무디가 아직 살아 있는 걸까요?"

"그들은 안네 뷜레펠트가 그를 죽일 거라고 생각했겠지." 보덴슈타인이 대답했다. "하지만 그녀는 발리드 부아지즈나 샤르펜베르크 부부보다 양심의 가책을 많이 느꼈을 테고 말이야."

"반장님은 라들로프가 숲속에서 희생자의 부모에게 사냥을 당하고 총에 맞았다고 생각하세요?"

"우리가 지금까지 알아낸 사실을 제대로 해석했다면 아마 그랬을 것 같아." 보덴슈타인이 외투 깃을 올리며 말했다. "그 그룹은 라들로프를 출근길에 납치해서 샤르펜베르크 부부에게 알렸어. 그들은 미국에서 이곳으로 왔고. 그래서 그의 실종과 죽음 사이의 기간이 르네 지겔의 납치와 살해보다 더 길었던 거야."

순찰차 한 대가 거리로 접어들더니 그들 옆에서 멈췄다. 사복을 입은 여성이 뒷좌석에서 내려 두 사람에게 다가왔다. 청바지에 연갈색 부츠, 진청색 패딩 재킷 차림이었다. 재색 뜨개모자

아래로 연갈색 앞머리가 빠져나와 있었다.

"안녕하세요? 타냐 가츠케입니다." 여자가 자기소개를 했다. "호프하임 경찰서 강력11반 보덴슈타인과 산더죠? 오스터만이 저더러 열쇠꾸러미를 전하라고 했습니다."

두 사람이 상황을 이해하기까지는 일이 초쯤 시간이 걸렸다.

"특별수사팀 팀장을 맡은 새 동료군." 피아가 말했다.

"맞아, 바로 나야." 여자가 손을 내밀며 미소를 지었다. "타냐라고 해."

"난 피아." 피아도 미소를 지으며 그 손을 마주 잡았다. "만나서 반가워."

보덴슈타인은 기습공격을 당한 느낌이었다. 그도 악수를 했지만 이름이 아닌 성과 계급을 말했고, 귀족임을 드러내는 '폰'은 다른 때도 대부분 그렇듯이 생략했다. 둘의 눈길이 마주쳤다. 타냐 가츠케의 눈길은 '반장님이 상관이야. 존중할게'라고 말하는 듯했다.

"훌륭한 협력이 이뤄지길 빕니다." 보덴슈타인이 말했다.

타냐 가츠케는 힘차게 악수하고 호감 가는 미소를 지었다. 요즘은 높은 직급에서도 그러는 게 일반적이긴 하지만 그는 처음부터 자기 이름을 부르며 반말하는 걸 듣고 싶지 않았다. 어느 정도의 거리감은 나쁘지 않을뿐더러 가츠케 경위는 사건이 해결되고 특별수사팀이 더는 필요하지 않게 되면 어차피 다시 떠날 수도 있어. 어쩌면 나는 내무부장관과 경찰청장, 니콜라 엥겔에게 약간 화가 나 있는지도 몰라. 나를 인사 결정에 참여시키지도 않고 진행 중인 수사팀에 낯선 사람을 끌어들였으니까.

"카이가 열쇠를 가져다드리라고 했어요." 타냐 가츠케가 말했다. "두 분이 여기서 창고로 가시려고 한다고요."

"응, 맞아." 피아는 카이가 조금 전에 전화로 알려준 정보를 보덴슈타인에게 얼른 전달했다. "블루스카이 창고는 뢰델하임 고속도로 변에 바로 붙어 있어요."

"저는 순찰차를 타고 호프하임으로 돌아갈 수 있어요." 새 얼굴이 말했다.

"우리와 함께 창고로 가시죠." 보덴슈타인이 제안했다. "가는 길에 궁금한 것들을 모두 질문하시고요."

"오케이." 그녀가 제복 차림의 동료에게 데려다줘서 고맙다고 인사하고 피아와 보덴슈타인이 탄 민간 공무용 차량에 올랐다.

"일단 한 가지 질문이 있어요." 타냐 가츠케가 모자를 벗고 손으로 머리카락을 다듬었다. "그 창고가 라리사 뵐레펠트 사건과 무슨 연관이 있죠?"

보덴슈타인은 바로 대답하지 않았다. 그의 머릿속을 정리해주는 좋은 질문이었다.

"어제 지방 법원에서 벌어진 자살 테러에서 총에 맞아 사망한 우리 동료 카트린 파힝거가 그곳에 수납공간을 빌렸어." 피아가 말했다.

"우리는 그녀가 본인들이 판단하기에 처벌이 충분하지 않다고 간주하는 범죄자에게 사적 제재를 가하는 비밀 조직 소속이었다고 추측합니다." 보덴슈타인이 보충 설명했다. "또 파힝거가, 라리사 뵐레펠트의 살인자라고 의심받는 파바드 마흐무디 납치에 가담했다는 의혹도 있고요."

"네, 알겠습니다. 뭔가 연관이 있다고 생각하시는군요?"

"그렇습니다." 보덴슈타인이 새 동료에게 몸을 돌렸다. "뭔가 연관이 있어요. 어떻게 연관되어 있는지는 아직 정확하게 모릅니다."

* * *

1층 특별수사본부의 좌석이 꽉 찼고, 치안경찰 동료들은 벽에 빙 둘러가며 서 있었다. 다들 새로 온 직원이 궁금했다. 이 직원이 비스바덴의 지역범죄수사국이나 좀 더 큰 다른 경찰서에서 온 게 아니라 뒤셀도르프 지역범죄수사국, 그러니까 다른 주에서 왔다는 소문이 이미 난 상태였다. 주를 넘어서는 결정은 각각의 내무부를 거쳤다는 뜻인데 이런 일이 공공기관의 일상에서, 특히 이렇게 단기간에 이루어지는 경우는 드물었다. 그러니 새로 온 직원은 틀림없이 뭔가 특별할 터였다. 그 직원은 양쪽 옆의 니콜라 엥겔과 보덴슈타인과 함께 앞쪽 화이트보드 앞에 서 있었다. 연갈색 머리카락을 목덜미에 하나로 묶고 진회색 터틀넥 스웨터와 청바지, 갈색 부츠 차림이었다.

니콜라 엥겔 과장이 타냐 가츠케 경위를 라리사 사건 특별수사팀의 새 팀장으로 소개하고 환영 인사를 한 후에, 모든 동료가 앞으로도 최대한 협조하기를 기대한다는 말을 덧붙였다.

타냐 가츠케는 짤막하게 인사했다. 요란하게 객쩍은 소리는 하지 않고 바로 일을 시작하겠다고 했다.

"바로 뛰어들겠습니다. 최신 상황을 알려주세요. 조직도가 있다면 많은 도움이 될 것 같습니다. 누가 어떤 일을 하는지, 각각의 전문 분야는 무엇인지, 외부에서 온 것은 무엇인지 등등. 다들 지금까지 하던 대로 계속 일하세요. 저는 잘 듣겠습니다. 하루 이틀만 시간을 주시면 전체적으로 모두 들여다보겠습니다."

현명한 한 수였다. 이런 태도로 새 팀장은 직원들의 존경을 이끌어냈다. 새 팀장이 곧장 모든 것을 움켜쥐고 뒤집는 것보다 더 나쁜 경우란 없었다.

정중한 박수소리가 나고, 몇몇은 격하게 환영한다는 표시로 탁자를 두드리기도 했다.

"갑시다." 니콜라 엥겔이 나지막하게 말했지만 보덴슈타인은 그녀를 제지하고 말을 시작했다.

"어제 우리 동료 카트린 파힝거가 사망했습니다. 여러분 대부분은 인질범이 지방 법원에서 카트린을 제 눈앞에서 쏘았다는 사실을 알 겁니다."

사람들이 걱정스럽게 두런거렸다.

"여기 계신 분들 모두 카트린을 알았지요. 잘 아는 사이였습니다. 우린 오랫동안 함께 일했고, 매일 봤으며, 매일 이야기를 나눴습니다." 보덴슈타인은 여전히 예전과 같은 모습이었지만 목소리에 담긴 충격은 가려지지 않았다. "우리는 카트린을 그리워하고 애도할 테지만 다들 우리 업무에 집중해야 합니다. 희생자의 유족과 경찰 수뇌부, 대중이 수사 결과를 기다리니 열심히 일해야 하고 우리의 감정과 마음은 일단 뒤로 미뤄야 합니다. 이후 며칠 또는 몇 주 동안 어떤 수사 결과가 나오든 카트린은 우리 동료였습니다. 이제 여러분에게 모두 자리에서 일어나, 사망한 동료 카트린 파힝거 경장을 위해 묵념해주실 것을 부탁합니다.”

리놀륨 바닥에 의자 다리가 끌리는 소리가 들리고, 모두 충격을 받은 표정으로 말없이 자리에서 일어났다. 1분 동안 완벽한 정적이 흘렀다. 경비 초소에서 전화기 울리는 소리가 흐릿하게 들려왔다.

“고맙습니다.” 보덴슈타인이 말했다. “그리고 덧붙여 말하자면, 수사는 제가 계속 지휘합니다. 여러분이 제일 먼저 연락할 사람은 지금 바로 라리사 특별수사팀 팀장을 맡는 동료 가츠케입니다. 오스터만은 더 급박한 다른 업무를 담당하게 됩니다.”

그리고 누군가 말을 걸거나 질문을 하기 전에 그곳을 나왔다. 니콜라 엥겔과 타냐 가츠케, 강력11반 팀원들이 입을 다문 채 그의 뒤를 따랐다. 보덴슈타인이 그런 말을 하리라고는 아무도 예측하지 못했다. 그는 자신의 탁월함을 보여주고 동시에 자신의 리더십을 공고히 했다. 방금 새 팀장이 했던 것만큼이나 현명한 작전이었다.

회의실 탁자를 중심으로 팀원들이 둘러앉았다. 타냐 가츠케가 카트린이 늘 앉던 자리에 앉았지만 아무도 그 말을 하지 않았다.

피아가 블루스카이 창고에 갔던 일을 보고했다. 직원이 그녀를 카트린이 빌린 4층의 수납공간으로 안내했다. 열쇠 중 하나가 맹꽁이자물쇠에 맞았다. 그 공간은 텅 빈 상태였다. 그들은 12월 14일 금요일 저녁부터 일요일까지의 감시 카메라 녹화를 보여달라고 부탁했다. 그러나 불려온 IT팀 직원은 금요일에서 토요일로 넘어가는 밤 21시 32분부터 0시 16분까지 이른바 IT 인프라 정비 작업 때문에 카메라가 꺼져 있었다는 사실을 확인했다.

셈은 파바드 마흐무디가 바트 조덴 병원에 입원했다고 보고했다. 그는 고열이 나고 의식이 아직 돌아오지 않았다. 의사들에 따르면 심각하게 아파서 도망칠 형편이 아니었다. 다리와 발, 배의 상처가 감염되고 영양실조인 데다 위생 상태가 안 좋았다. 치명적인 패혈증 위험 때문에 그는 중환자실로 이송됐다. 현재 도망칠 수 없는 상태이긴 하지만 치안경찰이 중환자실 문 앞을 24시간 지키며 들어가는 사람을 통제했다.

마지막으로 타리크 차례였다. 그는 통역자인 샤리튀아르 교수와 함께 무니르 샤이야프와 이야기를 나누었다. 아프가니스탄 출신의 망명 신청자인 그는 줄츠바흐 개신교 교회가 운영하는 난민 카페에서 2년 전에 마흐무디를 만났다. 둘은 아프가니스탄의 같은 지역 출신이었다.

"마흐무디와 그는 12월 6일 금요일에 약속이 있었습니다." 타리크가 말했다. "그들은 프랑크푸르트에서 아프가니스탄의 지인을 만날 예정이었어요. 마흐무디는 19시 45분경에 헤센 거리의 망명 신청자 숙소에 도착했습니다. 하지만 바로 들어가지 않고, 하얀 재킷과 하얀 모자 차림에 백팩을 멘 어떤 젊은 여성과 함께 건물 앞에서 담배 한 대를 피웠습니다. 샤이야프는 다른 몇 명과 함께 지붕이 있는 2층 복도에 서 있었으므로 마흐무디와 그 여성이 잘 보였답니다. 마흐무디는 여성에게 담배 한 개비를 줬는데, 그게 아마 마지막 담배였을 거라고 합니다. 나중에 샤이야프에게 담배 한 개비를 달라고 졸랐으니까요. 19시 55분경, 그 여성은 슈발바흐 방향으로 가고 마흐무디는 위층으로 올라왔고, 30분 후에 그들 네 명은 전철역으로 가서 프랑크푸르트로 갔다가 새벽 2시경에 돌아왔습니다. 샤이야프는 마흐무디와 함께 그의 숙소인 니더회흐슈타트의 예전 호텔로 갔고, 그곳에서 잤습니다."

"프랑크푸르트에서는 어디에 있었지?" 피아가 물었다.

"12월 6일 저녁에 프랑크푸르트 역 지대에 있는 아프가니스탄 식료품 가게 '카불 바자르'에 갔답니다." 타리크가 대답했다. "우리가 만난 젊은 남성 네 명은 마흐무디가 최소한 자정까지는 프랑크푸르트에 있었다고 증언했습니다. 나중에 늦은 저녁에는 시샤 바에 있었고, 그 후에 마흐무디와 샤이야프는 중앙역에 전철을 타러 갔답니다. 라리사 뷜레펠트가 사망한 시점, 그러니까 20시부터 22시 30분 사이에 마흐무디는 확고한 알리바이가 있습니다. 라리사를 살해했을 가능성이 없어요."

"이제 다시 영점에서 시작이군요." 셈이 절망한 목소리로 말했다.

"다른 용의자가 있나요?" 타냐 가츠케가 물었다. 그녀는 카이에게서 사건 서류를 받아 미리 읽었다. "친구들은 어떤가요?"

"리시와 가장 친했던 친구 사라 코르브마허는 지금까지 신문받을 수 있는 상태가 아니었어요." 피아가 대답했다. "우린 그 아이가 우리에게 말한 것보다 더 많은 것을 알고 있다고 생각해요."

"사라 부모님이 나에게 사라와 말할 시간을 10분밖에 주지 않았답니다." 보덴슈타인이 보충 설명했다. "우린 그 아이를 소환할 생각입니다."

"유감스럽게도 지금까지 다른 용의자는 찾지 못했어요." 카이가 말했다. "하지만 지금까지 확인되지 않은 남성 DNA가 하나 남았죠. 범행도구인 머플러에서 발견된 유일한 흔적이라서 가장 중요한 단서이기도 하고요."

"집단 유전자 검사도 고려해봤나요?" 주의 깊게 귀를 기울이며 메모하던 타냐 가츠케가 물었다.

"네, 그랬지요." 보덴슈타인이 대답했다. "하지만 범행 동기가 뭔지 아직 모릅니다. 그래서 검사를 받아야 할 사람의 범위를 정할 수 없어요."

"라리사 살해 이후로 이제 열하루가 지났습니다. 다른 방법을 찾아야 해요." 셈이 말했다.

"라리사 뵐레펠트의 사진과 범행 세부사항을 적은 플래카드는 어때요?" 새 팀원이 말했다. "2010년 노르트라인베스트팔렌주에서 일어난 미르코 사건에서 우린 그걸 통해 결정적인 단서를 얻었어요."

"그런 플래카드를 슈발바흐와 줄츠바흐 마을 입구마다 걸면 되겠네요." 피아는 그 아이디어에 적극 찬성했다. "크론베르크 언덕 상업 지구 앞쪽 들판과 니더회흐슈타트 전철역에도 당연히 걸고요."

"좋은 아이디어군요." 셈도 찬성했다. "그러면 범인이 부담을 느끼고 실수를 할지도 모르지요."

"여러분은 범인이 이 지역 출신이라고 추측하시나요?" 타냐 가츠케가 물었다.

"네, 그렇다고 확신합니다." 카이가 고개를 끄덕였다. "리시는 범인과 아는 사이였습니다. 불특정 피해자가 아니었어요. 성폭행을 당하지 않았고, 범행 후에 범인은 시신을 덤불에 아무렇게나 던진 게 아니라 성모상 처소 뒤쪽에 눕혀뒀어요. 재킷으로 덮어주기까지 했고요."

"하지만 심하게 맞았던데요." 타냐는 그의 말에 의구심을 나타내며 부검 보고서 사진을 훑어봤다. "그리고 굉장한 힘으로 교살해서 설골과 갑상선 연골이 부러졌고요. 제가 보기에는 반드시 죽이겠다는 의지가 드러난 것 같은데요."

"감정이 심하게 개입했지요." 카이도 인정했다. "뭔가 강력한 계기가 있었던 듯합니다."

"영장 심사 판사에게서 좋은 소식이 왔습니다." 니콜라 엥겔이 말했다. 무척 피곤해 보였다. 날카로운 긴장감이 얼굴에 새겨져 있었다. 카트린 파힝거의 죽음과 그녀가 끔찍한 일을 저질렀다는, 이제 더는 부인할 수 없는 사실에 큰 충격을 받았기 때문이다. "영장 심사 판사가 폴커 마자넥의 구금을 지시했다고 로젠탈 검사가 알려왔습니다."

"좋은 소식이군요." 피아가 말했다. "반장님, 그와 언제 이야기하실 건가요?"

"누구랑?" 보덴슈타인이 당황해서 되물었다.

"장례업자, 개들, 라들로프 시신." 피아가 힌트를 줬다.

"그 일은 시간이 있어. 그 남자는 도망치지 못해."

"카트린은 토요일에 병가를 내고 마흐무디를 버섯 농장 갱도에서 크론베르크 지하로 옮겼을 뿐 아니라 창고 수납공간도 비웠군." 셈이 혼잣말을 했다.

"왜 그렇게 생각하죠?" 니콜라 엥겔이 물었다.

"수납공간을 빌리고서 아무것도 보관하지 않을 이유가 있을까요?" 셈은 그 질문에 질문으로 되물어 대답했다. "그리고 하필이면 그 시기에 감시 카메라를 정비한다고요? 이건 우연이 너무 겹치는 거죠."

"여러분." 카이가 입을 열었다. "헤닝 키르히호프가 언급한 미제 살인사건 기억하십니까? 나이지리아 출신 망명 신청자 압델 오두모수는 주유소 위탁 운영자를 칼로 찔러 살해하고 나중에 자신도 칼에 살해당했지요."

"그럼, 기억하지. 그게 뭐?" 셈이 물었다.

"살해당한 주유소 위탁 운영자 이름은 귄터 베제닉입니다." 사람 이름을 놀랄 만큼 잘 기억하는 카이가 말을 이어갔다. "웹사이트 간기에 따르면 블루스카이 창고 소유주와 운영자는 마르코 베제닉이에요. 전자 사건 서류에 살해된 주유소 위탁 운영자의 아들 이름이 마르코입니다. 뢰델하임에 마르코 베제닉이라는 이름이 또 한 명 있다고는 생각하기 힘들어요."

다들 서로 마주봤다.

"우와." 타리크가 감탄했다.

"카이, 당신 최고야." 피아도 칭찬했다.

"무슨 뜻이죠? 이해하지 못했어요." 어리둥절해진 타냐 가츠케가 물었다.

"그 수상쩍은 그룹이 당시에 오두모수가 주유소에서 유혈극

을 벌인 직후에 그를 납치했다고 가정해보죠." 타리크가 가설을
시작했다.

"그리고 희생자의 아들에게 아버지 살인자한테 복수할 수 있
는 기회를 제공했다고 가정해보고요." 셈이 그 가설을 계속 이어
갔다.

"발리드 부아지즈와 안네 뵐레펠트의 경우처럼 돈을 바라지
는 않고." 보덴슈타인이 끼어들었다. "기껏해야 소소한 것을 부
탁하면……."

"……예를 들어 감시 카메라를 몇 시간 동안 꺼달라고 말이
죠." 카이가 싱긋 웃었다. 그는 특별수사팀 팀장을 내려놓고 자
기가 제일 좋아하는 일, 즉 조사하여 연관성을 알아내는 업무를
맡게 되면서 해방된 듯한 표정이었다.

"알겠어요." 타냐 가츠케는 깊은 인상을 받았다.

"마르코 베제닉을 소환하지." 보덴슈타인이 결정을 내렸다.
"누가 할 건가?"

"제가 할게요." 피아가 블루스카이 창고 접수처 직원의 명함
을 찾느라 수첩을 뒤졌다. 그리고 전화기를 귀에 대고 자기 사
무실로 갔다.

"저는 플래카드 초안을 만들겠습니다." 타리크도 자리에서 일
어났다.

"언론 부서가 지자체에 연락해서 플래카드 게시에 필요한 허
가를 즉시 받아야 합니다. 나는 뵐레펠트 부부에게 전화 걸어
우리 계획을 알리겠습니다." 보덴슈타인이 말했다. "그리고 셈,
자네가 사건 및 증거 서류 서기 업무를 맡아줘."

"알겠습니다, 반장님." 셈이 고개를 끄덕이고 나갔다.

"언론 부서 일은 내가 할게요." 니콜라 엥겔이 말했다. "어차피 보도 자료를 내야 해요. 이제 마흐무디가 발견되고 그의 알리바이도 확인됐으니."

회의실이 순식간에 비었다.

"그러니까 여긴 이렇게 일하는군요." 타냐 가츠케가 감탄을 금치 못했다.

"네, 우린 탁월한 팀입니다." 보덴슈타인이 대답했다. "당신이 와서 기쁩니다."

"저는 라리사 뷜레펠트의 주변 환경을 다시 살펴보고 최신 상황을 숙지하겠습니다. 아래층 특별수사본부에 가 있을게요."

보덴슈타인 혼자 남았다. 그는 뻣뻣한 목덜미와 아픈 턱관절을 마사지했다. 치아가 부딪치는 소리를 아무도 듣지 못하게 오늘 아침부터 턱관절에 힘을 주고 있었다. 지속되는 한기와 귀에서 울리는 호루라기 소리, 걷히지 않는 머릿속의 안개 때문에 지칠 대로 지쳤다. 쓰러질 만큼 피곤했고, 이런 상태에서는 실수를 저지를 위험이 있다는 것도 알고 있었다.

그는 생각에 잠긴 채 화이트보드를 살펴봤다. 리시 뷜레펠트와 르네 지겔, 다니엘 라들로프와 카트린 파힝거, 발견 장소와 사건 현장, 증거물 사진이 붙어 있었다. 이름과 장소, 시간이 서로 묶이거나 다양한 색깔의 화살표로 연결되어 있었다. 원래 그는 사건이 아무리 복잡해도 전체적인 상황을 조망하고 연관성을 알아내는 데 전혀 문제가 없었다. 하지만 이번은 달랐다. 맥락을 잃지 않으려고 아주 힘겹게 노력해야 했다.

사무실로 가서 문을 닫았다. 어쩌면 럼주 한 모금이 도움이 될지도 몰라. 아주 조금만 마시자. 서류장 어딘가에 지난 생일에 팀원들이 음식 바구니에 담아 선물한 23년산 론 자카파 한 병이 있었다. 몇 년 전에 경찰 노조에서 홍보 활동의 일환으로 통 크게 나눠준 경찰 제복 차림의 봉제 곰 인형들 박스 뒤에서 술병을 찾아냈다. 그는 병뚜껑을 열고 커피 잔에 처음에는 손가락 하나 너비만큼, 그리고 두 개 너비만큼 술을 따랐다. 알코올이 식도를 편하게 데우면서 배에 따뜻한 불을 지폈다. 떨림이 곧 멎었다. 몇 모금 더 마시고 싶은 유혹에 빠질까 봐 술병을 경찰 곰들 뒤에 다시 넣고 책상 앞에 앉았다. 몸을 뒤로 기대고 다리를 뻗었다.

오늘 처음으로 조용했고, 또 혼자였다. 좋지 않은 상황이었다. 생각이 곧장 제멋대로 살아 움직였기 때문이다. 그의 생각은 지방 법원의 법정으로, 몸이 반 동강으로 잘린 변호인들, 양복바지와 가죽 구두를 신은 그들의 멀쩡한 하반신을 보여주는 끔찍한 장면으로 되돌아갔다. 소름끼치는 이 장면이 모두 그의 기억에 각인됐다. 얀 페퍼코른은 며칠 전에 마흐무디 때문에 그를 비난하러 이곳에 왔었다. 보덴슈타인의 눈앞에 경비 초소 보안 게이트 앞을 초조하게 오가는 그가 나타났다. 죽을 때 신은 이탈리아 수제 구두를 그때도 신고 있었다. 그는 오만하고 냉소적이라서 호감이 가지 않는 사람이었지만, 그런 죽음을 당할 이유는 없었다. 왜 나는 헤닝 키르히호프의 말을 듣지 않나? 왜 그 끔찍한 장소에 다시 한번 갔던가?

"이제 그만!" 그는 자기 생각에게 명령을 내리고 컴퓨터를 켰다. 메일 프로그램을 열었다. 새로 들어온 메일 발신인을 얼핏 읽었다. 그러다가 어떤 이름이 눈에 꽂혔다. 사라 코르브마허였다. 리시 뷜레펠트와 가장 친했던 친구, 방금 그 아이 이야기를 했는데! 그는 메일을 클릭해서 읽었다.

존경하는 폰 보덴슈타인 경위님, 얼마 전에 제가 진실을 이야기 하지 않았어요. 리시가 금요일에 두통이 있다고 한 건 거짓말이었어요. 리시가 그날 뭘 하려던 건지 저는 알아요. 하지만 경위님께 메일로는 쓸 수 없어요. 제 이름을 밝히지 않아주신다면 말씀드릴게요. 알려지면 저는 끝장이에요. 혼자 오셔야 해요.

사랑을 담아, 사라 코르브마허

보덴슈타인은 무기력 상태에서 완전히 벗어났다. 역시 그랬어! 그는 아이가 자기에게 연락했고, 그래서 이제 이 아이를 경찰서로 소환하지 않아도 된 것이 기뻤다. 사라 코르브마허는 마지막으로 남은 희망이었다. 어쩌면 사라를 통해 리시 뷜레펠트 사건이 드디어 앞으로 나아가게 될지도 모른다. 살인사건을 해결하지 못해서 유족들을 마음 졸이게 하는 것만큼 끔찍한 일은 없다. 그는 사라 코르브마허에게 답장을 바로 보내고 시계를 흘낏 봤다. 오늘 보덴슈타인 부지에서는 크리스마스 축제를 위해 승마장을 장식하고 쿼드릴 승마 연습을 할 예정이었다. 강력 11반은 하루 저녁 그가 없어도 잘해낼 터였다. 이제 퇴근해야 할 시간이었다.

조금 전에 형사가 전화해서 리시의 사진을 부탁했다. 리시의 사진과 사건 발생 시간 정보가 담긴 대형 플래카드를 슈발바흐 인근에 가능한 한 빨리 걸 예정이라고 했다. 경찰은 이런 방법으로 새로운 단서를 얻고 동시에 범인에게 부담을 주어 실수를 저지르도록 자극할 것이라고 했다. 그들은 범인이 이 지역 출신이 분명하며 리시가 범인을 잘 알고 있었다고 확신했다. 이 상황은 안네에게 특히 더 안 좋았다. 스스로 원하지 않는데도 저절로 리시 주변의 모두를 의심하게 됐다. 친구의 아버지였을까? 스포츠클럽 젊은 아이들 중 한 명이었나? 아니면 혹시 동물보호소 직원?

파바드 마흐무디는 아니었다. 그는 알리바이가 있었다. 리시의 손과 입에 남은 그의 유전자 흔적은 아마 담배 한 개비를 나눠 피웠기 때문일 터였다.

'리시는 담배를 피우지 않아!' 이런 생각을 잠깐 했지만, 딸이 담배를 피웠든 안 피웠든 이제 아무 상관도 없었다.

형사 목소리에는 힘이 없었다. 경찰은 수사를 원점부터 다시 시작해야 한다. 안네는 플래카드가 경찰이 더는 무얼 해야 할지 몰라서 시도하는 일종의 절박한 행위라고 생각했다. 며칠 전이었다면 이런 행위에 흥분했겠지만 지금은 그저 경찰이 이 살인 사건을 어서 해결해주기만 바랐다. 혹시 어떤 단서를 찾게 될지도 모른다는 희망으로 몇 년에 한 번씩 〈파일 번호 XY〉에 방송되는 사건들 중 하나가 될 거라고 상상하면 견딜 수 없었다. 내

가 마흐무디를 그 지하에서 쏘았더라면 어쩔 뻔했을까? 죄 없
는 사람을 죽인 살인자가 되었을 테지. 형사는 내가 진실을 전
부 말하지는 않는다는 걸 분명히 알면서도 말하라고 압력을 주
지는 않았어.

미닫이문이 열리더니 외르크가 테라스로 나왔다.

"나 왔어!" 그가 말했다.

"응, 왔어?" 안네가 그를 쳐다봤다.

"옆에 앉아도 돼?"

"그럼."

안네는 긴 의자에서 옆으로 조금 비켜 앉으며 다리를 덮고 있
던 담요를 들어 그와 함께 덮었다. 난방기가 안락하게 공기를
데웠다.

"담배 피웠어?" 외르크가 코를 킁킁대며 물었다.

"응, 그거 알아?" 안네가 장난기 섞인 표정으로 미소 지었다.
"마지막으로 담배를 산 게 17년 전이었어. 임신했다는 걸 알기
직전이었지. 그리고 이제 다시 샀고 말이야."

외르크가 그녀를 빤히 보다가 물었다.

"한 개비 더 있어?"

"응." 안네가 담요 밑에서 담뱃갑을 꺼내 남편에게 건넸다. 그
는 담배를 꺼내 불을 붙이고 연기를 깊이 들이마셨지만 바로 기
침했다.

"나도 아주 오래전부터 피우지 않았어." 그가 말했다. "우와,
좋다. 흡연은 정말 쾌락적이야."

"포도주 한잔할래?"

"아, 좋지."

안네는 적포도주 한 병과 잔 두 개, 칩스 한 봉지와 17년 동안 찬장 텀블러 뒤에 놓여 있던 재떨이를 가져왔다. 그러고 형사가 마흐무디에 관해 했던 말을 외르크에게 전했다. 약국으로 찾아왔던 금발 여성과 판사 이야기는 하지 않았다. 약도와 무기, 그리고 자기가 크론베르크의 그 창고로 정말로 가서 총을 쐈다는 이야기는 언젠가 할 생각이었다. 언젠가는.

둘은 차가운 손으로 담배를 피우고 적포도주를 마셨다. 사람들이 지금 이런 모습을 보고서 뭐라고 생각하든 상관없었다. 둘이 처음 만났을 때로 잠깐 돌아간 느낌이었다. 20년은 더 젊고 모든 것이 가능하던 그때로, 서로에게 상처를 주지 않고 미래가 둘 앞에 놓여 있던 그때로. 오랜 세월이 흐른 후에 안네의 눈에 외르크가 처음으로 사라의 아버지가 아닌, 자기가 사랑에 빠졌던 남자로 보였다.

* * *

피아가 전화를 건 지 한 시간 후에 마르코 베제닉이 경찰서에 나타났다. 이마 쪽이 대머리고 닷새쯤 자란 수염을 세심하게 손질한 30대 중반의 가냘픈 남자였다. 셈이 그를 보안 게이트에서 맞이하여 잘 사용하지 않는 2층의 자그마한 회의실로 데려왔다. 피아와 타냐 가츠케가 그곳에서 이미 기다리고 있었다. 베제닉은 용의자가 아니라 증인이므로 그들은 창문이 없는 지하 취조실이 아니라 편안한 분위기에서 대화를 나눌 생각이었다.

베제닉은 긴장한 눈치가 역력했다. 커피든 뭐든 마시지 않겠다고 했고, 아내 생일이라서 손님을 초대했기 때문에 얼른 집에 가야 한다고 했다.

"그럼 서두르죠." 셈이 싹싹하게 미소 짓고는 카트린 파힝거와 콘스탄틴 하벨카의 사진을 그에게 보여줬다. 베제닉은 이마를 찌푸리고 사진을 본 후에 고개를 저었다.

"둘 다 모릅니다." 그가 주장했다.

"얼마 전에 우연히 텔레비전에서 본 적도 없습니까?" 셈이 물었다.

"저는 텔레비전을 볼 시간이 없어요." 그가 다리를 쩍 벌리고 팔짱을 긴 채 껌을 씹으며 대답했다. 이마에 미세한 땀방울이 맺혀 있었다.

"창고의 감시 카메라가 금요일에서 토요일로 넘어가는 밤 21시 32분부터 0시 16분까지 왜 꺼져 있었죠?" 피아가 물었다. "블루스카이 창고 웹사이트에는 24시간 감독한다고 광고하던데요."

"새 소프트웨어 버전을 설치하느라고요." 베제닉이 대답했다. "언젠가 해야 하는데, 밤에는 별일 없으니까요."

"좋습니다." 피아가 압델 오두모수의 시신 사진을 그에게 내밀었다. "하지만 이 사람은 분명히 아시겠죠. 아닌가요?"

베제닉은 충격을 숨기는 데 실패했다. 강력반이 뭔가 알아챘다고는 생각했지만 그게 뭔지 몰랐는데, 이제 눈치를 챈 모양이었다.

피아는 수사 과정에서 추측이 확신이 되고, 뒤죽박죽으로 엉킨 잘못된 단서에서 옳은 단서를 찾아내는 이 순간을 좋아했다.

"네, 누군지 압니다." 그가 껌을 계속 씹으며 대답했다. "3년 전 1월에 이놈이 제 아버지를 주유소에서 칼로 찔렀어요."

"이 사람 이름은 압델 오두모수입니다. 그 후에 그가 무슨 일을 당했는지도 아시겠지요?" 셈이 다음 사진을 바로 그에게 내밀었다.

베제닉의 이마 주름이 더 깊어졌다. 관자놀이에서 땀방울이 떨어져 셔츠 깃에 스며들었다.

"네, 그도 칼에 찔렸죠."

"카트린 파힝거가 당신 창고에서 수납공간을 빌린 게 언젠가요?" 피아가 물었다.

"누구라고요?"

"여기 사진의 여성."

"글쎄요. 모릅니다." 그는 어깨를 으쓱했다. "제 고객들을 개인적으로 알지는 못해요. 계약 체결은 직원들이 담당합니다. 저는 마인츠와 다름슈타트에서도 창고를 운영해요."

남자는 이제 심하게 땀을 흘렸다. 거짓말이 들통 난 게 확실한데 아무도 그 이야기를 하지 않으니 불안한 모양이었다.

"파힝거 씨가 당신네 수납공간을 언제 빌렸는지 제가 직접 알려드리죠." 피아가 말했다. "당신 직원이 친절하게도 계약서를 찾아내어 제게 복사해줬거든요. 여기 보세요. 2017년 2월 4일입니다."

피아는 계약서 복사본을 그에게 내밀었다.

"거기 그렇게 쓰여 있다면 맞겠죠." 마르코 베제닉은 긴장감을 감추려고 했지만 점점 더 힘들어졌다. "제 창고에는 3,000개가 넘는 수납공간이 있습니다. 새로 임차하거나 계약을 종료하려는 사람들이 거의 매일 옵니다."

"2017년 1월 17일에 당신 아버지가 살해됐습니다." 피아는 그가 하는 말에 상관하지 않고 말을 이어갔다. "2017년 1월 25일에 살인범의 시신이 망명 신청자 숙소 앞에서 발견됐고요. 열흘 후에 카트린 파힝거가 수납공간을 빌렸지요. 그런데 평소 당신네 창고 계약 때와 달리, 그녀는 신분증을 보일 필요도 없었습니다."

"그럴 리 없습니다." 베제닉은 피아에게서 눈을 떼지 않은 채 어금니로 껌을 마구 괴롭혔다.

"당신 직원 말에 따르면, 모든 직원은 세 자릿수 개인번호를 가지고 있습니다. 계약을 체결할 때마다 그걸 기입해야 하고요. 안 그렇습니까?"

"네, 맞습니다." 베제닉이 마지못해 대답했다. 이제 무슨 말이 나올지 아는 듯했다. "우리 소프트웨어에 그 숫자가 필요합니다."

"하지만 파힝거 씨가 블루스카이 창고 주식회사와 체결한 계약서에는 그 숫자가 없습니다." 피아는 계약서 복사물의 빈칸을 톡톡 두드렸다. "이런 일이 어떻게 가능한가요?"

"원래 불가능하죠." 베제닉이 불편한 기색을 보이며 대답했다.

"파힝거 씨가 아마 그 시스템을 조작할 수 있는 사람과 계약을 맺은 모양이군요." 셈이 끼어들었다. "다시 말해서 당신과 말이지요."

베제닉은 그 말에 대답하지 않았다. 땀이 그의 얼굴로 폭포수처럼 흘러내렸다. 셔츠 깃이 이미 진한 색으로 변했다.

"카트린 파힝거가 빌린 수납공간이 마지막으로 열린 건 언제입니까?" 셈이 물었다.

"말할 수 없습니다. 개인정보 보호에 위배돼요. 그리고 그런 건 기록으로 남기지도 않습니다."

"흠, 말도 안 되는 소리." 피아가 말했다. "당신 직원이 출입 카드 사용은 언제나 시스템에 기록되어 3개월간 보관된다고 말했는데요."

피아의 재킷 주머니에서 휴대폰이 진동했다.

"허락도 없이 경찰에 정보를 제공하여 고객들과 문제를 일으키고 싶지 않습니다. 그러려면 법원의 결정이 있어야 해요."

"카트린 파힝거는 어제 지방 법원 인질 사태에서 목숨을 잃었어요." 피아는 이 소식에 베제닉이 느끼는 부담이 조금 줄어들기를 기대하며 말했다. 하지만 그는 반응을 보이지 않았다.

"이제 가야 합니다." 그가 말했다. "아니면 아직 뭔가 남았나요?"

"아니요. 와주셔서 고맙습니다." 피아가 정중하게 대답했다. 셈과 타냐도 자리에서 일어났다. "여기서 잠깐 기다리시죠. 직원이 와서 아래로 안내할 겁니다."

* * *

엄마가 두 번 전화했다. 피아는 곧장 가장 안 좋은 사태를 떠올리며 전화를 걸면서, 이그슈타트 엄마에게로 가달라고 누구에게 부탁할지 온갖 시나리오를 짰다. 그러나 엄마는 잘 지냈다. 그저 이야기를 하고 싶어서 전화한 거였다. 오늘 뭘 먹었는지, 이제 무슨 영화를 볼 건지 말했다. 피아는 안도의 한숨을 내쉬었다. 엄마는 시간 감각이 더는 없었고 피아가 마지막으로 언제 찾아갔는지도 기억하지 못했다. 5분 후에 피아는 엄마를 부드럽게 떼어낼 수 있었다.

"나 잠깐 바람 쐬고 올게." 회의실에 대고 소리쳤다.

"나도 같이 가도 될까?" 타냐가 물었다. "나도 바람을 좀 쐬어야 해."

"그럼." 피아가 재킷을 걸쳤다.

두 사람은 계단을 걸어 아래층으로 내려와 탈의실을 지나 뒷문으로 향했다. 피아가 주머니에서 담뱃갑을 꺼냈다.

"나는 담배를 자주 피우지 않아." 피아가 새 직원에게 고백했다. "하지만 지금은 피워야겠다. 당신도 피울래?"

"아니, 괜찮아." 타냐 가츠케가 정중하게 거절했다. "첫 아이를 낳기 전에 끊었어."

"아이가 있어?" 피아는 담배에 불을 붙이고 연기를 안으로 들이마셨다.

"응, 두 명이야. 딸은 영국에서 공부하고, 아들은 여름에 입대했어. 먼저 훈련을 받고 나중에는 뮌헨에서 공부할 거야. 그래서 난 일자리 선택이 유연해졌어."

피아는 남편에 대해 묻기는 아직 너무 이르다고 생각했지만, 새 동료가 남편 이야기를 하지 않는 걸 보니 둘이 함께 살지는 않는 모양이라고 짐작했다. 타냐는 근교 호텔에 제공된 숙소에 잠정적으로 머문다고 했다.

지나치게 난방이 잘된 회의실에서 몇 시간 보낸 후라서 차갑고 시원한 바람과 산소에 기분이 좋아졌다.

　"원래는 연말까지 쉬려고 생각했어." 타냐가 말을 이었다. "그런데 특별수사팀 팀장을 맡으라는 갑작스러운 제안이 들어왔지. 보덴슈타인의 이름을 듣자 호기심이 생겼고 말이야."

　"아, 정말?"

　뒷문이 열리더니 제복을 입은 동료 두 명이 나와서 담배를 피우려고 조금 더 걸어갔다. 피아는 벽에 기대어 한쪽 발로 벽을 짚었다.

　"이 팀은 중요한 사건들을 해결했잖아." 타냐가 이렇게 말하며 미소 지었다. 그녀는 당연히 연쇄살인범과 견사 아래에서 발견된 여성들의 시신에 관한 극적인 사건, 국제적인 아동 성범죄의 흔적으로 이어진 마인 출신의 소녀 사망 사건 소문을 들었다. 지금까지 피아는 미처 깨닫지 못했지만 강력11반은 독일 전역에서 명성이 무척 높은 편이었다. "난 보덴슈타인이 어떤 수사관인지 궁금했어. 그리고 무엇보다도 다시 수사관으로 일하게 되어 기뻐. 그 이유로 경찰이 됐으니까. 회의에 참석하여 정치하는 게 좋아서가 아니라."

　"무슨 말인지 알겠어." 피아도 미소를 지었다. 새 동료가 마음에 들었다.

　"강력11반은 정말 훌륭한 팀 같아." 타냐 가츠케가 말했다. "거의 가족처럼 느껴져."

　"흐음, 그건 좀 과장이야." 피아가 대답했다. 예전에 피아도 가끔 그렇게 생각할 때가 있었지만 어제부터는 아니었다. 가족이라면 다른 가족 구성원이 뭘 하는지 안다. "우린 무척 오래 함께 일했어. 보덴슈타인과 오스터만은 2003년에 강력11반이 만들어질 때부터 일했고, 나는 2005년에 소속됐어. 셈은 2009년에, 타리크는 2014년에 왔지. 원래 타리크는 카트린의 육아 휴직 대리였어."

"아, 아이가 있었어?" 타냐가 놀라서 물었다.

"아니. 5개월에 유산됐어. 어쨌든 우리에게 그렇게 말했지. 무슨 일이 있었는지는 아무도 몰라. 카트린이 말하지 않았으니까. 지금 막 알아냈는데, 그녀는 우리에게 하지 않은 말이 많아. 그래서 우린 지금 모두 어딘지 모르게……"

"배신당한 기분이야?"

"원래는 '엿 먹은' 느낌이라고 말하려고 했는데 배신이 더 맞는 말이겠다."

피아는 카트린에 대한 감정을 낯선 사람과 말하기 힘들었다. 배신당했다, 속았다, 실망했다. 언젠가는 동료를 애도할 수 있게 될 테지만 지금은 그저 화가 너무 많이 났다. 카트린이 그동안 했던 말이나 행동 중에 뭐가 거짓이 아니었을까? 그때 카트린은 정말 임신했었나, 아니면 그냥 한 말인가? 그녀는 언젠가 보덴슈타인에게 육아 휴직을 하지 않을 거라고 말했고, 그래서 다들 연민을 드러내는 말이나 질문을 피하고 아무 일도 없었다는 듯이 행동했다.

눈앞에서 부모가 총에 맞아 사망했을 때 카트린은 열세 살이었다. 이 트라우마는 틀림없이 카트린의 인생 전체에 그늘을 드리웠고, 그녀는 불행한 과거를 결코 떨치지 못했을 터였다. 그러다가 불행하게도 살면서 비슷한 종류의 끔찍한 일을 겪은 사람들과 만나게 됐는데, 특히 오빠 친구들 중 한 명은 1년 동안 탈레반의 손아귀에 잡혀 있었고 다른 한 명은 아버지와 삼촌의 성범죄로 가족 전체를 잃었다. 그러나 가장 운명적인 것은 아마 콘스탄틴 하벨카와의 만남이었을 것이다. 그들은 언제부터 자신에게 고통과 괴로움을 가한 사람들을 죽인 걸까? 어떻게 그 정도로 도덕적 나침반이 망가질 수 있을까? 그리고 어떻게 무슨 일이 벌어지는지 아무도 눈치채지 못할 만큼 완벽한 이중생활을 이어갈 수 있었을까? 카트린의 동료이자 상관으로서 뭔가 알아챘어야 하나? 그녀가 잘못된 길을 가지 않게 막을 수 있는 시점이 있었을까?

휴대폰이 울려서 피아는 벽에 붙은 꽉 찬 재떨이에 담배를 눌러 껐다. 마르코 베제닉이었다.

"저 아직 주차장에 있습니다." 그가 말했다. "다시 들어가도 될까요? 드릴 말씀이 있어서요."

* * *

적포도주와 담배와 시간을 과거로 돌렸다는 기분은 그들을 바로 침대로 이끌었다. 리시가 사망한 그날 저녁 이후 처음으로 부부는 성관계를 가졌다. 좋았다. 어쩌면 알코올 덕분인지도 모른다. 아니면 생존 본능이었거나. 둘은 침대에 나란히 누워 있었다.

"자, 담배 한 대 더 피우자." 외르크의 제안에 안네는 미소를 지으며 대답했다.

"좋은 생각이야."

둘은 옷을 입고 아래로 내려와 테라스로 나갔다.

"당신을 잃고 싶지 않아." 불쑥 꺼낸 외르크의 말에 안네는 순식간에 마음이 따뜻해졌다. 외르크는 자신의 감정을 말로 표현하는 사람이 아니었다. 외르크는 사랑과 관심을 늘 행동으로 보여줬다.

"나도 당신을 잃기 싫어." 안네는 이렇게 말하고 스스로도 놀랐다. "그런데 여기서 계속 살고 싶지는 않아."

이 집 거의 모든 유리창에서 리시의 시신을 발견한 장소가 내다보이는 상황을 참을 수 없다는 말은 할 필요도 없었다.

"우리 다시 미국으로 갈 수도 있어." 외르크가 말했다. "캘리포니아로. 내가 그 자리를 받아들이면 우리 사장님이 기뻐할 거야."

이 일자리 제안에 대해 몇 달 전부터 이야기하던 중이었다. 리시는 외르크가 다시 미국으로 갈 가능성을 언급하자 싫다며 흥분했다. 두 사람은 이런 딸의 격한 반응에 당황했다. 하이스쿨, 칼리지, 유니버시티 등등 미국은 리시가 늘 꿈꾸던 곳이었기 때문이다. 그들은 그 주제로 더는 이야기하지 않았다. 하지만 이제…… 이제는 리시가 없다.

"어쩌면 괜찮은 아이디어인지도 몰라." 안네는 하늘을 쳐다봤다. 달빛도, 구름도 없는 밤이었다. 그녀가 알아보는 단 하나의 별자리인 큰곰자리가 눈에 들어왔다.

외르크가 안네의 손을 살며시 잡았다. 안네는 그의 어깨에 머리를 지그시 기댔다. 두 사람의 앞에 기나긴 길이 놓여 있었다.

아마도 어떤 식으로든 헤쳐나갈 수 있을 터였다. 두 사람이 함께. 먼 훗날에는 고통도 좀 덜해질 것이다. 완전히 사라지지는 않을 테지만.

* * *

"반장님은 방금 퇴근하셨어." 피아가 마르코 베제닉이 다시 한번 만나려 한다고 알리려고 보덴슈타인 사무실 문을 막 두드리려는데, 간이 주방에서 김이 오르는 커피 잔을 들고 나오던 카이가 말했다. "딸 때문에 소피아와 급하게 약속한 게 있는데 잊어버리고 계셨나 봐."

"아, 오케이." 피아는 그가 미리 말하지 않았으므로 놀랐지만 어깨만 으쓱했다. "퇴근하셔서 다행이야. 반장님 때문에 걱정이 돼서."

"나도 걱정하고 있어." 카이가 말했다. "어제 틀림없이 정말 끔찍했겠지."

크리스티안 크뢰거가 모퉁이를 돌아왔다. 팀원 두 명이 박스를 끌고 그 뒤를 따라오고 있었다. 세 명 모두 지친 기색이 역력했다.

"우리 완전히 탈진했어." 크리스티안이 피곤한 목소리로 말했다. "어제는 벙커와 갱도를 샅샅이 뒤지고 오늘은 크론베르크 지하를, 그리고 지금은 또 카트린의 집까지."

모두 회의실로 들어갔다. 두 팀원은 박스를 책상에 내려놓고 나갔다. 크뢰거가 의자에 털썩 주저앉았다.

"뭐 좀 찾았어?" 피아가 물었다.

"얼핏 봤을 때 쓸 만한 건 없더군. 개인 증명서들이 든 서류철과 오래된 노트북 한 대야." 그는 탁자에 놓인 미지근한 물병을 들어 단숨에 반병을 마셨다. "그리고 택배 보관소에 가서 DHL 택배들도 가지고 왔어."

탄산이 올라왔다. 그의 뺨이 잠깐 개구리처럼 부풀었다.

"한 상자에는 폴란드에서 온 선불 휴대폰 40대가 원래 포장도 뜯지 않은 채 그대로 들어 있었어. 발신인은 포즈난의 마테츠 브로벨이고. 다른 상자에는 운동화가 많이 들어 있고. 그런데 마흐무디를 찾아낸 지하에서 흥미로운 흔적을 발견했어. 우리 뒤쪽 벽돌 벽에 여섯 개의 총알구멍이 있더라고. 9밀리 파라벨룸이었어."

"내가 바닥에서 찾은 탄피도 그거였지."

"맞아. 그런데 다른 탄피는 찾지 못했어."

"총알구멍은 있는데 탄피가 없다고? 그럼 누군가 탄피를 모았는데 한 개는 잊어버렸다는 뜻이네. 아닌가?"

"맞아."

안네 뵐레펠트는 지하에 가지 않았다고 주장했다. 하지만 만약 갔다면? 그리고 하벨카가 그녀에게 약도만 준 게 아니라 권총도 줬다면? 안네가 아니라면 누가 그곳에 가서 마흐무디를 쏘았을까? 아니, 안네 뵐레펠트가 틀림없어! 얼굴을 마주하자 양심의 가책을 느껴서 그를 쏘지 못한 거야. 다른 사람이었다면 쏘았을 테고, 아무리 훈련받지 않은 사람이라고 해도 그 짧은 거리에서 못 맞힐 리가 없었겠지. 그런데 안네 뵐레펠트가 총을 쏘았다면 그 총은 어디에 있지?

* * *

마르코 베제닉은 조금 전에 자신이 거짓말을 했다고 자백했다. 카트린 파힝거를 알긴 했는데, 그녀가 경찰이라는 사실은 몰랐다고 했다.

이번에는 셈과 피아가 베제닉과 함께 '두루미 방'에 들어가고 타리크과 카이, 타냐 가츠케와 니콜라 엥겔이 옆방에서 그들의 대화를 들었다. 블루스카이 창고 주인은 대화를 녹음하는 것에 동의했다. 그는 이제 껌을 씹지도, 땀을 흘리지도 않았다. 피아는 사람들이 진실을 말하기로 결심하면 긴장감이 바로 감소하는 모습을 자주 목격했다. 거짓말하기는 대부분의 사람들에게 어려운 일이고 사이코패스에게만 쉽다. 베제닉은 사이코패스가 아니었다. 그는 양심의 가책에 심하게 시달리는 평범한 사람이었다.

"아버지가 살해된 사건은 끔찍했습니다." 그가 말했다. "하지만 그 후에 일어난 일은 100배 더 끔찍했지요. 저는 그때 이후 심리적으로 폐허가 됐습니다. 그 장면이 밤낮으로 따라다녀서 수면제를 먹어야만 잠들 수 있어요."

그가 손으로 머리카락과 수염을 훑었다.

"저는 복수가 정말이지 도움이 될 거라고 생각했습니다. 젊은 여성을 추행하고 그다음에 우리 아버지를 찌른 그놈에게 너무나 분노했거든요. 그런 짓을 아무렇지도 않게 저지르다니!"

"당시 상황이 정확하게 어땠나요?" 셈이 물었다. "언제 어떻게 연락을 받았습니까?"

"같은 날 저녁이었어요. 사건이 일어난 지 두 시간쯤 지났을 때였습니다." 베제닉이 기억을 더듬으며 말했다. "경찰과 감식반은 아직 주유소와 물품 판매 공간 안에 있었습니다. 다 폐쇄됐고 저는 들어갈 수 없었어요. 그때 어떤 여성이 저에게 말을 걸었습니다."

"카트린 파힝거였나요?" 셈이 물었다.

"네, 맞습니다." 베제닉이 고개를 끄덕였다. "사건이 벌어졌을 때 우연히 그곳에 있었나 봅니다. 저더러 아버지 살인범은 '감금 상태'라고, 제가 원하면 그를 '손봐주겠다'고 하더군요. 저는 그때 너무 혼란스러운 상태라서 그 사람이 하는 말을 전혀 알아듣지 못했습니다. 그래서 무슨 뜻이냐고, 혹시 경찰이냐고 물었습니다. 그녀는 저와 비슷한 일을 겪었다고, 부모님이 자기 눈앞에서 총에 맞아 사망했다고, 저와 제 가족이 지금 어떤 상황을 겪는지 정확하게 안다고 하더군요."

카트린은 그에게 범인 압델 오두모수는 초기 수용시설에서 칼부림을 한 후에 옮겨간 정신병원에서 3주 전에 나왔다고 말했다. 정신과 감정서에 따르면 그는 범행 당시에 심신미약 상태였으므로 무죄였으나 63조에 따라 정신병원에 강제로 입원해야 했다. 이번에도 틀림없이 똑같을 거라고, 베제닉의 아버지를 잔인하게 살해했지만 기껏해야 다시 정신병원에 입원할 거라고 했다.

"저는 카트린에게 정체가 뭔지 물었습니다." 마르코 베제닉이 말했다. "자기는 정의를 위해 싸우는 그룹 소속이라고 하더군요. 사법부가 너무 관대하게 또는 전혀 처벌하지 않은 살인범과 성폭행범, 아동 성추행범과 기타 범죄자, 그러니까 제 아버지를 찌른 남자와 같은 사람들이 다시는 그 누구에게도 해를 끼치지 못하게 처리하는 그룹이라고 했습니다."

그는 잠깐 망설인 후에 동의하고, 아무에게도 말하지 않겠다는 약속을 했다고 진술했다. 무엇보다도 경찰에게 말하지 않겠다고 약속했다는 것이다.

이틀 후인 일요일에 그는 전화로 자세한 지시사항을 들었다. 차를 타고 3번 고속도로 바트 캄베르크 통근자용 주차장에 가서 기다리라고 했다. 날이 어두워졌을 때 자동차 한 대가 그의 차 옆에 와서 섰다.

"운전자는 후드 재킷 차림에 의사들이 쓰는 것과 같은 의료용 마스크를 쓰고 있었습니다." 베제닉이 설명을 이어갔다. "저는 머리에 자루를 쓰고 차 뒷좌석에 앉아야 했어요. 30분가량 이동한 후에 우리는 숲속에 내렸습니다. 아주 깜깜했어요. 저를 빼고 네 명이었는데, 다들 검은 옷에 복면, 그리고 야간 투시경을 갖추고 있었습니다. 저도 투시경을 하나 받았습니다. 그들은 모두 무장한 상태였고, 나무에 아주 커다란 개 두 마리가 묶여 있었습니다."

범인이 승합차에서 끌려 나왔다. 맨발이었고 양손은 등 뒤로 묶여 있었다. 남자 중 한 명이 베제닉에게 남자를 직접 죽일 것을 제안했지만 그는 그러지 못했다.

"저는 무슨 일이 벌어질지 몰랐습니다." 베제닉의 목소리가 떨렸다. "검은 옷을 입은 남자 중 하나가 갑자기 정신 나간 사람처럼 범인을 칼로 마구 찔렀습니다. 범인은 비명을 지르며 울었고 피가 사방에 튀었어요. 아주…… 소름끼쳤습니다. 하지만 저는…… 저는 시선을 뗄 수 없었어요. 마지막에 그 남자는 범인의 목을 그냥 그어버렸습니다. 그런 다음 그들은 저를 다시 태우고 후드를 씌웠어요. 그게 전부입니다. 그 이후로 더는 잠을 제대로 못 잡니다. 그 장면이 저를 쫓아다녀요."

"그들이 당신에게 뭔가 요구했나요?"

"아니요. 그러니까, 혹시 돈을 말씀하시는 거라면 아닙니다. 하지만 부탁을 들어달라고 했습니다."

"어떤 부탁을?"

베제닉은 망설이다가 한숨을 내쉬었다.

"그들은 제가 창고 소유주라는 사실을 알아냈습니다. 그러고 그곳에 지극히 일상적인 방식으로 수납공간을 빌렸어요. 사용료도 냈습니다. 그런데 이따금 감시 카메라를 꺼달라고 했습니다. 그것뿐이었어요. 늘 두어 시간가량이었습니다. 제가 그 그룹에서 카트린 파힝거 말고 다른 사람을 본 적은 없고 이름을 들은 적도 없습니다."

"진술하러 다시 한번 와주셔서 고맙습니다." 피아가 말했다.

베제닉이 잠깐 망설이다가 말했다.

"그게 다가 아닙니다. 카트린 파힝거는 다른 수납공간도 하나 빌렸는데, 자기 이름이 아니라 카를-하인츠 바케스라는 이름으로 빌렸습니다. 이것도 제가 그녀의 부탁을 들어준 것이었습니다. 일반적으로 수납공간 계약을 맺으려면 신분증과 같은 증명서가 필요하니까요."

피아는 뒤편에 동료들이 앉아 있는 거울을 쳐다봤다. 크론베르크 상가 건물 주인의 이름과 같았다. 이 남자가 누구인지, 이 그룹과 어떤 연관이 있는지는 카이가 찾아낼 터였다.

"제가 여기 다시 온 이유는 조금 전에 또 전화를 받았기 때문입니다." 베제닉이 자백했다. "오늘 밤 1시에서 3시 사이에 감시 카메라를 또 꺼달라고 했습니다."

* * *

보덴슈타인은 위로 두 자녀인 로렌츠와 로잘리가 말과 친하지 않아서 늘 아쉽게 생각했다. 로잘리는 그나마 이삼 년 동안 승마를 하긴 했지만 로렌츠는 딱 잘라 거부했다. 농장에 오면 기껏해야 트랙터에 앉아보는 정도였고, 그마저도 아주 잠깐이었다. 소피아는 농업이나 임업에도 전혀 관심을 보이지 않는 오빠나 언니, 조카들과 완전히 달랐다. 제대로 걷지도 못할 때부터 조랑말의 등에 매달렸다. 지금은 승마에 탁월하고 훈련이 잘되어 있었지만 승마 대회나 트로피가 중요한 게 아니라 동물 자체를 사랑했다. 마구간을 치우고, 방목장을 짓고, 건초 수확할 때면 트랙터를 몰고, 농기계 작동 방식을 모두 알고, 농장 주변 필지를 다 알고, 직접 소유한 토지와 임차한 토지를 구분했다. 보덴슈타인과 코지마는 막내딸의 미래가 어떨지 확신했고 두 사람 모두 그 미래를 좋아했다.

소피아는 전나무 가지로 장식된 승마장에서 열린 쿼드릴 연습에 예상치 못하게 아버지가 나타나자 무척 기뻐했다. 그는 30분 동안 관중석에 앉아 구경하다 보니 추워졌다. 승마장은 늘 실외보다 더 추운 듯했다. 너무 지쳐서 샤워도 하지 못하고 신발과 바지와 셔츠만 벗고는 전기담요를 제일 높은 단계로 올리고 침대에 누웠다. 귀를 울리는 지속적인 호루라기 소리와 내면의 떨림이 나아지지 않았다. 눈만 감으면 끔찍한 장면이 다시 나타나고 같은 생각이 계속 맴돌았다. 카트린 파힝거는 그를, 동료들을, '경찰'을 어떻게 그 정도로 속였을까? 그녀는 그가 생각하던 사람, 지금도 생각하는 그런 사람이 아니었다. 낯익은 얼굴 뒤편에 그가 알던 카트린과는 연결할 수 없는 잔인하고 복수심에 불타는 존재가 숨어 있었다. 카트린은 가해자가 되기 전에는 피해자였다. 하지만 달리 생각하면 가족 구성원에게 행해진 잔혹한 범죄를 목격한 모든 사람이 저절로 연쇄살인범이 되는 건 아니었다. 카트린은 어떻게 그 긴 세월 이중생활을 이어왔을까? 팀원들은 범인의 태도와 범행 동기, 범죄 실행에 대해 너무나 자주 토론했는데, 카트린은 팀원들의 의견에 늘 확신에 찬 목소리로 동의했지만 속으로는 분명히 전혀 다른 생각을 하고 있었던 것이다.

조용한 침실에서 날카로운 호루라기 소리는 뇌로 곧장 파고들었다. 잔다는 건 생각할 수도 없었다. 결국 이불을 걷고 소피아의 방으로 건너가, 에어팟이 생긴 뒤로 딸이 더는 사용하지 않는 헤드폰을 가지고 와서 비행 모드로 해둔 스마트폰과 연결했다. 그러고 다시 침대에 누워 헤드폰을 쓰고 루도비코 에이나우디(이탈리아의 현대 음악가—옮긴이)의 플레이리스트를 클릭했다. 음악이 시작되고 호루라기 소리를 덮었다. 그의 생각이 리시 뷜레펠트에게로 옮겨갔다. 내일은 리시와 제일 친했던 친구를 만나야지. 어쩌면 한 걸음 더 진전이 있을지도 몰라. 내일이 되면 크리스마스이브까지 엿새밖에 안 남는군. 피아는 오늘 법의학연구소에서 눈물을 쏟아냈어. 새 동료는 유능해 보이고. 니콜라는 나를 걱정해주고 있지. 그건 왠지 모르게……. 그는 부드러운 음악에 실려 어느새 잠에 빠졌다.

* * *

"베제닉의 아버지가 살해되는 순간에 카트린이 그 주유소에 '우연히' 있었다는 건 믿을 수 없어요!" 셈이 고개를 저었다. "그런 일은 없습니다!"

"그리고 카트린은 체중이 55킬로그램쯤 될 텐데, 정신적으로 아프고 방금 누군가를 찔러서 틀림없이 아드레날린으로 가득했을 사람을 어떻게 제압하고 납치했다는 걸까요?" 크리스티안 크뤼거도 의구심을 드러냈다.

"분명히 혼자는 아니었을 거예요." 타리크가 말했다.

"그럼, 아니지." 카이가 끼어들었다. "카트린이 한 게 아닙니다. 2017년 1월 17일은 화요일이었어요. 카트린은 이날 휴가가 아니었어요. 그러니 16시 30분경에는 아마 여기 사무실에 있었을 겁니다. 또 모든 주유소에는 감시 카메라가 있습니다. 프랑크푸르트 동료들은 아주 철저하게 수사했습니다. 〈파일 번호 XY〉에 방송되기까지 했어요! 그러니 동료들이 감시 카메라 비디오 녹화 감정을 잊었을 리가 없습니다."

"당연히 그렇겠죠." 니콜라 엥겔이 대답했다. "파힝거 형사와 차는 당연히 수사의 일부분이었을 테고요."

"그렇습니다." 카이가 고개를 끄덕였다. "카트린이 여러분 중 누군가에게 살인사건의 목격자였다는 말을 한 적이 있나요? 아니면 프랑크푸르트 동료들에게 목격자 진술을 했다는 말은요?"

카이는 주위를 둘러봤다. 모두 고개를 저었다.

"무슨 말을 하고 싶은 건가요?" 타냐가 호기심 어린 표정으로 물었다.

"아주 간단하죠. 카트린은 거기 없었습니다." 카이가 대답했다. "다른 사람이었어요. 그 사람이 카트린 또는 다른 누군가에게 알렸던 겁니다. 칼부림을 한 범인을 그들이 잡아 납치해서 죽인 거죠."

"또 다른 동료가 이 사건에 연루됐을 가능성이 있다고 추측하나요?" 니콜라 엥겔이 물었다.

"가능성 정도가 아니죠." 카이가 대답했다. "절대적으로 확신합니다. 정말 우연히 그곳에서 주유하던 그룹의 누군가에게서 카트린이 정보를 받았을 겁니다. 하지만 그랬다면 그는 감시 카메라 녹화 비디오에 보여야 하고, 확인을 거쳐 목격자 진술을 해서 수사 서류에 남아 있어야죠. 아니면……."

"아니면 뭐죠?"

"처음 현장에 출동한 동료겠지요. 이 경우라도 수사 서류에 기록되어야 합니다. 진술을 받지 않은 이유는 목격자로 간주되지 않았기 때문이에요."

"오스터만, 이건 지극히 심각한 비난입니다." 니콜라 엥겔이 주의를 줬다. "프랑크푸르트 동료들은 지금까지도 이 사건을 해결하지 못했어요."

"아마도 내부자가 수사를 방해했기 때문일 겁니다." 카이가 대답했다. "2018년 8월에 발생한, 고속열차에서 사람을 민 사건도 다르지 않았어요. 파바드 마흐무디가 리시 뷜레펠트의 살인범이었고 그의 시신이 발견됐더라면 우리도 지금 똑같은 수수께끼와 마주했을 겁니다."

"카트린 파힝거가 정말 마흐무디 납치의 배후에 있다고 확신하나요?" 타냐 가츠케가 다시 확인했다.

"백 프로 확신합니다." 카이가 고개를 끄덕였다. "지난주 화요일 오후, 실험실에서 라리사의 시신에서 마흐무디의 DNA가 발견됐다는 전화가 실험실에서 걸려왔을 때 카트린은 회의실 내 옆자리에 있었습니다. 피아, 그래서 카트린이 그 정보를 알려주느라 당신에게 전화를 걸었잖아."

"맞아." 피아가 고개를 끄덕였다.

"저는 이날 순찰차를 탄 동료들의 순찰일지를 모두 훑었습니다." 카이가 설명을 이어갔다. "이 시각에 에슈보른 그 주소로 가라는 지시를 받은 동료는 한 명도 없었어요. 정확하게 78분 후에야 갔습니다."

"마흐무디를 납치하느라 그 시간이 필요했던 거네." 피아가 말했다. "그 그룹이 항상 똑같은 패턴으로 행동하는 건 아니군. 원래는 형기를 마친 범죄자들을 납치했잖아. 그런데 오두모수와 카베리의 경우에는 마흐무디 때처럼 곧장 행동에 옮겼어. 정말

초동 수사에 참가했던 사람 가운데 누군가가 연관된 것 같아."

"아니면 고속열차에서 민 사건은 연방경찰 중 한 명일 수도 있고요." 타리크가 말했다.

"제가 검찰에 주유소 살인사건과 고속열차 사건 수사 서류를 요청하겠습니다." 니콜라 엥겔이 말했다.

"디지털 서류는 저에게 이미 있어요." 카이가 말했다.

"제가 두 버전 모두 작업할 수 있어요." 타냐 가츠케가 제안했다. "여러분이 혹시 특별수사팀 동료들을 믿지 못한다면 말이에요."

"그런 일이 없길 바라지만, 사람 일은 알 수가 없으니까요." 니콜라가 말했다. "오스터만, 당신 말이 맞아요. 우리 중 누군가와 연관된 것 같군요."

"설마 저희를 의심하시는 건 아니겠죠!" 타리크가 흥분했다.

"여기 있는 우리를 말하는 게 아니에요. 경찰 자체를 말하는 겁니다. 누가 이 사건에 연루됐는지 모르니 우리 모두 조심해야 합니다."

"르네 지겔이나 다니엘 라들로프 또는 베제닉 아버지의 살인범처럼 건장한 남자를 어떻게 아무 목격자도 없이 제압하고 납치할 수 있을까요?" 크뢰거가 의아해했다. "전문가가 저지른 일인가 봅니다."

"볼프 졸베르크는 연방군 특수부대 공병 대대 소속이었어." 카이가 말했다. "연방군의 엘리트 부대야. 그리고 실종된 카트린의 오빠는 제9국경경비대 소속이었고."

"졸베르크, 브룬너, 마자넥, 카트린, 하벨카." 셈이 한 명씩 세었다. "이 중 셋은 사망했고 한 명은 도주했습니다. 한 명은 우리가 체포했고요. 그런데 누군가 베제닉에게 전화해서 수납공간으로 들어가려고 합니다. 그러니 조직원이 더 많은 게 분명하군요."

정적.

"이제 계획이 어떻게 되나요?" 크뢰거가 물었다.

"창고 앞에 숨어서 기다리다가 오늘 밤에 누가 거기 나타나는지 보는 게 어떨까 해." 피아가 대답했다.

"창고 안에서 무슨 일이 벌어지는지 감시 카메라로 살피다가 붙잡죠." 타리크가 제안했다.

"안 돼. 감시 시스템을 정말로 꺼야 해. 그들이 똑똑하다면 금방 알 테니까." 크뢰거가 지적했다. "창고에 우리 카메라를 미리 설치해둬야 해."

"특공대를 불러야 할까요?" 니콜라 엥겔이 물었다.

"저라면 그러지 않겠어요." 피아가 대답했다. "이 그룹이 경찰에 얼마나 침투해 있는지 우린 모르니까요. 이번 출동은 노출하면 안 됩니다. 우리끼리 해내야 해요."

크뢰거는 반대했다. 오늘 밤 설령 그 그룹이 도망에 성공해서 빠져나간다고 해도 수납공간은 이미 알려졌다고, 그리고 아무도 나타나지 않는다고 해도 누가 이 일에 연루되어 있는지, 그래서 그 그룹에 미리 경고를 보냈는지 알 수 있다고 했다.

"아니, 너무 위험해요." 니콜라 엥겔이 말했다. "특공대는 부르지 않겠어요. 아주 작은 팀으로만 합시다. 계획을 짜보세요."

12월 18일 수요일

마르코 베제닉과 타리크 오마리, 크리스티안 크뢰거는 문 앞과 승강기 앞과 안, 해당 수납공간이 있는 계단실과 복도에 소형 카메라를 설치하려고 창고로 떠났다. 카이 오스터만은 노트북으로 카메라들을 조종하고 카메라가 찍는 모든 것을 볼 계획이었다. 팀원들이 서로 무선으로 대화를 나눌 수 있게 전부 연결될 예정이었다. 피아와 셈, 타냐 가츠케와 니콜라 엥겔은 자정이 막 지났을 때 뢰델하임으로 출발하여 이웃한 슈퍼마켓 주차장에서 타리크와 크리스티안 크뢰거, 마르코 베제닉을 만났다. 베제닉은 정확하게 1시에 어떤 전화번호로 문자 메시지를 보내 감시 시스템이 꺼졌다고 알릴 예정이었다. 셈과 피아와 마르코 베제닉은 크뢰거가 호프하임 경찰서 소유 차량 중에 고른 낡은 폭스바겐 미니버스에 타고, 창고 진입로가 잘 보이는 길가에 주차했다. 낡은 차의 모터는 이제 추격전에는 쓸모가 없었지만, 짙은 유리창과 눈에 잘 띄지 않는 외양 덕분에 잠복용으로 자주 사용됐다. 크뢰거는 온갖 소소한 사항들도 염두에 두었고, 그래서 슈퍼마켓 주차장에서 일반 번호판을 폴란드 번호판으로 갈아 끼웠다. 폴란드 번호판을 단 찌그러진 폭스바겐 미니버스는 상업 지구 도로변에 길게 주차된 배달 차량과 화물차들 사이에서 눈에 잘 띄지 않을 터였다. 셈과 베제닉은 뒤쪽의 긴 좌석에 앉았고, 피아는 앞좌석들 사이로 기어 올라가 뒷줄 1인용 좌석 중 한 곳에 자리를 잡았다.

창고 건물 지하의 버거킹 지점은 1시에 문을 닫았다. 그 후에 보통 15분쯤 지나면 마지막 직원도 문을 닫고 퇴근했다. 그 전에는 그 그룹 사람들이 오지 않을 터였다.

맑고 추운 밤이었다. 자동차 내부 온도가 빠르게 하강했다. 피아는 현명하게 휴게실에서 미리 담요를 챙겼고, 두 남자에게 하나씩 권했지만 둘 다 거절했다. 플리스 담요로 다리를 감고 크리스토프에게 지금 출동 중이라서 언제 집에 갈지 모른다고 문자를 보냈다.

과장이 보덴슈타인을 귀찮게 하지 말라고 엄하게 지시했지만 피아는 그가 없는 사이에 팀에 무슨 일이 벌어지는지 반장이 알아야 한다고 생각했다. 물론 전화를 걸지는 않았고 문자는 언제라도 읽을 수 있으니 귀찮게 하는 게 아닐 터였다.

"부인 생일은 어떻게 되는 겁니까?" 뒤로 편하게 몸을 기대고 비어 있는 1인용 좌석에 다리를 올린 셈이 물었다. "부인에게 지금 어디 있다고 말했나요?"

"오늘은 아내 생일이 아닙니다." 마르코 베제닉이 자백했다. "아내는 항공 관제센터에서 일하는데, 이번 주는 야간근무예요."

"그러니까 우리를 속인 거군요." 셈이 말하다가 경고하는 피아의 눈빛을 보고 입을 다물었다. 베제닉은 지금 그러지 않아도 신경쇠약으로 쓰러질 지경이라서 조금만 도발해도 협업을 끝내 버릴 위험이 있었다.

도로 건너편 버거킹은 붐비지 않았다. 드라이브인 창구도 없었다. 몇 안 되는 손님들이 건물 뒤편에 주차했다.

"제가 왜 버거킹에 임대했는지 아마 궁금해하실지도 모르겠군요. 상업 지구라서 우연히 들르는 손님도 거의 없는데 말이지요." 셈이나 피아는 그런 생각도 하지 않았는데 마르코 베제닉이 말을 꺼냈다. 추워서 검은 다운재킷 후드를 쓰고 두툼한 장갑을 끼고 있었다. "그래도 주말에는 무척 붐빈답니다. 프랑스로 가는 사람들, 또는 다시 집으로 돌아가는 사람들이 여기서 식사해요. 그리고 그들 중에 저희 창고 수납공간을 빌리는 사람도 있고요. 그러니까 추가로 돈이 들어오는 일종의 홍보인 셈이지요."

그는 말하고 또 말했는데, 아마 긴장해서 그러는 듯했다. 계속 수다를 떠는 통에 안쪽 유리창에 김이 서려서 셈은 그에게 잠시 입을 닫아달라고 부탁했다. 몇 분 동안은 잠잠했지만 베제닉은 초조해서 발을 까닥거리고, 좌석에서 이리저리 움직이고, 숨을 크게 내쉬고, 장갑을 벗고 스마트폰 액정을 두드리다가 금방 다시 장갑을 꼈다.

"제가 지금 여기서 이러고 있는 게 잘못이 아닌가 모르겠어요." 그가 울 듯한 목소리로 말했다. "함정이라는 걸 그들이 알아챌 겁니다."

"정확하게 말하자면 당시에 그 제안을 수락한 게 잘못이죠." 피아가 대꾸했다. 피아는 모자를 쓰고 인조 모피 재킷에 달린 후드도 그 위에 썼다. 편하고 따뜻했다. 이제 잠들지 않게 조심하기만 하면 된다.

"네, 그럴지도 모르지요." 베제닉은 다시 부산하게 장갑을 벗고 휴대폰으로 시간을 확인했다. "짭새…… 어…… 경찰은 누군가를 기껏해야 교도소에 넣잖아요. 하지만 그들은, 그들은 사람을 죽입니다. 그들이 얼마나 잔인한지 제 눈으로 직접 봤어요. 배신했다고 저를 죽이면 어쩌죠?"

"그러지 않을 겁니다." 셈이 대답했다. "그들의 목표는 처벌받아야 할 사람입니다. 범죄자들이에요. 그들의 도덕률은 평범한 사람이 이해할 수 없는데, 어쨌든 그 도덕률 때문에 죄 없는 사람들을 죽이지는 않아요."

"그 말을 듣고 제가 안심해도 될까요?" 베제닉이 손바닥으로 허벅지를 힘없이 문질렀다.

"운이 좋으면 그렇죠." 셈의 말에 베제닉은 입을 다물었다. 피아는 베제닉과 그의 스마트폰을 계속 살폈지만 그는 스마트폰을 좌석 옆자리에 그대로 두고 누군가에게 문자를 보내는 짓은 하지 않았다.

시간이 시럽처럼 끈적끈적하고 느리게 흘러갔다. 피아는 잠들지 않으려고 휴대폰에서 사진들을 정리하기 시작했다. 베제닉은 침묵했고, 셈은 눈을 뜨고 양손을 외투 주머니에 깊게 파묻은 채 동면 상태에 빠진 턱수염도마뱀처럼 미동도 없이 앉아 있었다. 피아는 셈과 대화를 나누고 싶었지만 베제닉 때문에 불가능했다.

"정각 1시입니다." 카이의 목소리가 불현듯 피아의 귓속에서 울리고, 그와 동시에 버거킹의 네온사인이 꺼졌다. 셈도 동면 상태에서 벗어나 옆에 앉은 베제닉에게 고개를 돌렸다.

"정각 1시예요." 피아가 나지막하게 말했다.

"아이고." 베제닉이 중얼거리며 장갑을 벗고 휴대폰을 들었다.

"정확하게 뭘 써야 합니까?" 셈이 물었다.

"아무것도 안 써요. 그냥 엄지를 올리는 이모티콘만 보내면 됩니다."

"그들은 당신이 시스템을 끄려면 사무실에 있을 거라고 생각하지 않을까요?" 피아가 물었다.

"아니요. 어디서든 작동합니다. 스마트 홈 시스템과 비슷해요." 마르코 베제닉은 핀 번호를 입력했다. 액정 불빛이 감정 갈등을 선명하게 드러내는 그의 얼굴을 비췄다. 그의 손가락이 결정을 내리지 못하고 휴대폰 위에 떠 있었다. 마지막 순간에 그가 자제력을 잃고 협조를 그만둔다면 이 온갖 노력은 물거품이 될 터였다. 수납공간을 열 수는 있지만 사건 배경에 누가 숨어 있는지 절대 알아내지 못할 테니까.

"베제닉 씨, 지금 우리를 돕는 게 옳은 일입니다." 피아가 말했다. 돕는다고 해도 살인사건을 신고하지 않아 수사를 방해한 책임은 져야 하겠지만, 피아는 지금 이 순간 지극히 신중하게 그 말은 언급하지 않았다.

베제닉은 피아를 흘낏 보고 심호흡을 한 후에 문자를 보냈다.

"문자를 보냈습니다." 피아가 나지막하게 말했다.

"좋아요." 니콜라 엥겔이 대답했다.

"어디 계신가요?"

"3분 거리의 주거지역입니다."

피아는 스마트폰을 묵음으로 하고 재킷 안주머니에 넣었다. 버거킹 내부의 불이 꺼지고 남자 한 명과 여자 한 명이 나왔다. 여자가 문을 잠그는 동안 남자는 담뱃불을 붙였다. 그리고 둘은 건물 뒤쪽으로 갔다. 잠시 후에 자동차가 도로를 지나가면서 전조등 불빛이 폭스바겐 미니버스 내부를 잠깐 비추고는 고속도로 방향으로 사라졌다.

그 후 한동안 아무 일도 벌어지지 않았다. 이 시각의 상업 지구는 쥐 죽은 듯 고요했다. 다른 팀은 위치를 바꾸어 도로 건너편에서 250미터쯤 떨어진 곳에 주차했다.

"우리, 얼마나 더 기다리죠?" 셈이 물었다.

"최대한 두 시 반까지요. 그때까지 아무도 나타나지 않으면 들어갑시다." 보덴슈타인이 없으니 저절로 작전을 지휘하게 된 니콜라 엥겔이 대답했다.

"그러니까 한 시간 남았군요." 카이가 말했다. "자, 여러분. 졸지 마세요."

"당신도." 피아가 말했다. "그쪽은 분명히 여기보다 아늑할 테니까."

농담과 놀리는 말이 이리저리 날아다니고 타리크는 객쩍은 소리도 했다. 하지만 다들 극도로 긴장한 상태였다. 앞으로 무슨 일이 벌어질지 아무도 몰랐다. 몇 명이나 나타날지, 그들이 무장했을지 아닐지. 특공대가 뒤에 있다면 다들 안심할 수 있었을 것이다.

피아는 다시 한번 휴대폰을 흘깃 봤다. 크리스토프도, 보덴슈타인도 소식이 없었지만 헤닝이 문자를 보냈다. 막 열려고 하는데 크리스티안 크뢰거의 목소리가 울렸다.

"보행자가 도로를 따라 올라와. 그 팀이 있는 방향으로 가는 중이야. 그가 주차된 차들을 살펴보고 있어."

"우리 차에서 얼마나 떨어져 있지?" 피아가 소곤거렸다.

"차 여섯 대 거리." 크뢰거가 대답했다. "이제 도로를 건너서 창고 건물 앞에 가서 섰어."

"저도 그가 보입니다." 카이가 끼어들었다. "복면을 쓰고 있어요. 건물 주변을 도는 중입니다. 이제 안 보여요. 크리스티안, 자네는?"

"여기서도 안 보여."

피아는 자신이 숨을 멈추고 있다는 걸 깨달았다. 숨을 깊게 들이쉬고 내쉬었다. 손바닥이 축축하게 젖었다.

"그가 다시 나타났어요." 카이가 말했다. "안뜰 격자문 앞에서 있습니다. 거기서 뭔가 하는데…… 흐음…… 아, 안으로 들어갔어요. 지금 뒷문에 있습니다. 뭔가를 둘러보는 중이에요."

"감시 시스템이 정말 꺼졌는지 확인하고 있는 건가." 셈이 추측했다.

"아, 그럴 수도 있겠네." 카이가 대답했다. "그가 다시 돌아가고 있어요. 휴대폰을 들고 뭔가 입력 중입니다."

"아, 이제 나도 그가 다시 보여." 크뢰거가 말했다. "도로를 건너고 있어. 손전등으로 주차된 차들 안쪽을 살피는 중이야. 빌어먹을, 이제 곧 그 팀이 있는 곳으로 갈 거야. 바닥으로 내려가.

그러면 짙은 유리 때문에 당신들이 안 보일 테니까."

셈이 바로 반응했고, 피아도 좌석에서 운전석 뒤의 아래쪽 공간으로 미끄러져 내려갔다. 그러다가 마르코 베제닉은 이 대화를 듣지 못했다는 데 생각이 미쳤다.

"바닥으로 내려가요!" 피아가 속삭였다. 블루스카이 운영자는 바로 그 말을 따랐다. 긴 좌석과 1인용 좌석 사이에 웅크리고 앉아 겁에 질려 눈을 크게 뜬 채 질문할 엄두도 내지 못하고 피아를 빤히 보기만 했다.

"지금 그 틈 차 안을 들여다보고 있어." 크뢰거가 나지막하게 말했다.

손전등 불빛이 운전석과 조수석을 오갔다. 남자는 유리창 안쪽에 김이 서린 걸 알아챌까? 아니면 짙은 유리창이라서 전혀 눈치채지 못할까? 피아의 심장이 터질 듯이 뛰었다. 자기 손이 권총에 가서 놓인 걸 깨달았다. 체중을 싣고 있는 오른쪽 다리가 근질거리기 시작했다. 옆문을 벌컥 열어젖히고 차에서 뛰어나가고 싶은 충동을 온 힘을 다해 눌러야 했다. 사이코패스에게 잡혀 자동차 트렁크에 갇힌 이후로 피아는 닫혀 있는 좁은 공간을 견디기 힘들었다. 불확실성 때문에 1초가 1분처럼 느껴졌다.

"들숨, 날숨!" 피아가 과호흡을 하기 직전 상태임을 알아차린 셈이 속삭였다. "입술 오므리고 숨을 내쉬어!"

피아와 셈의 시선이 만났다. 그는 피아가 어떻게 숨을 쉬어야 할지 시범을 보였다. 그대로 따라 하자 올라오던 공황상태가 바로 호전됐다.

"빌어먹을! 순찰차가 나타났어!" 크뢰거가 말했다. "그 남자는 이제 여기서 안 보여. 자동차들 사이 어딘가에 있는 모양이야."

순찰차는 멈출 생각은 전혀 없이 천천히 그냥 지나갔다. 특정한 목적으로 출동한 게 아니라 평범한 야간 순찰이었다.

"그가 지금 어디 있지?" 셈이 속삭였다.

"내 쪽에서는 여전히 안 보여." 크뢰거가 대답했다. "고속도로 쪽에서 차가 한 대 오고 있어. 아, 남자가 다시 보인다! 휴대폰을 귀에 대고 도로를 건너는 중이야. 자, 경보 해제. 이제 바닥에서 올라와도 돼."

피아는 안도하며 바닥에서 몸을 일으켰다. 쥐가 난 다리가 근질거리고 이마에서 식은땀이 났다.

"큰일 날 뻔했네요." 베제닉이 한숨을 내쉬었다.

"하얀 밴이야. 홍보 문구가 있는 렌트 차량." 크뢰거가 말했다. "격자문 앞에 멈춰 섰어."

"남자가 문을 다시 열었습니다." 카이가 다시 넘겨받았다. "다시 한번 거리를 살피네요. 정말 용의주도합니다!"

"남자가 지금은 뭘 해?" 피아가 초조한 목소리로 물었다. 달려 나가야 할 때 바로 꺾이지 않게 다리를 주물렀다.

"남자가 문을 다시 잠갔어. 운전사가 밴을 돌려 후진해서 차를 대는 곳에 멈추네. 이제 내렸어. 한 명이군. 운전사도 복면에 검정 옷차림이야. 표적 인물들이 칩카드로 문을 열고 있어."

"내부 카메라들도 작동하나요?" 타리크가 물었다. "카이, 뭔가 보여요?"

"그래, 아이고. 진정해. 다 잘 되니까." 카이가 대답했다. "표적 인물들은 지금 계단실에 있습니다. 계단을 올라가고…… 이제

3층에 왔어요. 두 번째 복도로 접어듭니다. 영상 품질이 최고예요!"

"그들이 하는 말이 들려?" 셈이 물었다.

"아니. 손짓으로 서로 의사소통을 하는 중이야. 작은 사람이 화물용 승강기를 누르고 뭔가 하고 있네……. 내 생각에 광전 감지기에 뭔가 붙여서 문이 닫히지 않게 하려는 것 같아. 다른 한 명은 자물쇠를 열었어……."

"그들이 바깥도 살펴봐?"

"아니. 이제 둘 다 수납공간에 들어갔어."

"자, 여러분." 니콜라 엥겔의 목소리가 들렸다. "들어갑시다!"

셈과 베제닉과 피아는 폭스바겐 미니버스 오른쪽 미닫이문을 열고 나가서 급히 도로를 건너갔다. 니콜라 엥겔과 타냐 가츠케, 크리스티안 크뢰거와 타리크는 오른쪽에서 인도를 따라 달려왔다. 표적 인물들과 달리 그들은 베제닉이 카드키로 열어준 옆문을 통해 건물로 들어갔다. 베제닉이 경찰서에서 건물 설계도를 팀원들에게 그려 보여줬으므로 어떤 길로 가야 하는지 다들 정확하게 알고 있었다. 타리크는 3층 상황이 정리될 때까지 베제닉과 함께 그의 사무실에서 기다릴 예정이었다.

공격조인 크뢰거와 셈, 피아와 니콜라 엥겔은 계단으로 3층까지 향했고, 타냐 가츠케는 아래 뒷문 앞에서 기다렸다.

카이는 건물 내부 동향을 쉬지 않고 알렸다. 복면을 쓴 두 사람은 아무런 의심도 없이 빠르게 집중하여 측면이 격자인 카트에 이삿짐 상자들을 쌓고 있었다. 카트 하나는 이미 적재가 끝나서 화물용 승강기에 실려 있었다. 공격조가 3층에 도착했다.

크뢰거가 무거운 방화문을 소리 없이 열었고, 다른 팀원들이 모두 들어간 후에 조용히 다시 닫았다. 셈과 피아가 총을 겨눈 채 먼저 수납공간에 들어가고, 크뢰거와 니콜라 엥겔이 바로 그 뒤를 따를 예정이었다. 카이에게서 표적 인물들이 무장하지 않은 것 같다는 말은 들었지만 조심이 제일이었다.

피아는 벽에 등을 붙이고 천천히 호흡함으로써 급하게 뛰는 심장 박동을 진정시키려고 애썼다. 목소리와 덜컹거리는 소리, 카트에 짐을 실을 때면 금속이 삐걱거리는 소리가 들렸다.

"표적 인물 둘 다 수납공간에 있습니다." 카이가 말했다. "문간에 있는 두 번째 카트가 입구를 막았어요."

"내가 카트를 뒤로 밀어 복도로 내보내고." 셈이 소곤거렸다.

"그러면 내가 들어가서 그들을 막고." 피아가 말을 이었다.

"우리가 당신들 뒤를 따라 바로 들어갈게." 크뢰거가 문장을 마쳤다.

피아 몸의 모든 근육이 팽팽하게 긴장하고 아드레날린이 혈관을 타고 흘렀다. 이런 공격 상황은 매일 벌어지는 일이 아니었고 훈련을 받은 지도 오래됐지만, 동료들을 믿을 수 있다는 사실을 알고 있으므로 자신감을 얻었다.

"공격!" 니콜라 엥겔이 명령했다.

피아와 셈은 재빠르게 눈길로 신호를 보내고 달렸다. 서로 어깨를 맞대고 환하게 조명이 켜진 복도로 꺾어들었다. 그들의 수납공간은 왼쪽에서 네 번째였다. 카이가 알려준 대로 열린 문간에 절반이 찬 카트가 놓여 있었다. 셈이 카트를 뒤로 당기려 했으나 바퀴가 잠겨 있었다. 피아는 권총을 겨눈 채 왼쪽으로 붙어서 부피가 큰 카트를 통과했다. 복면을 한 두 사람은 손에 상자를 들고 있다가 놀라서 얼어붙었다. 이상적인 상황이었다. 그들이 설령 무장한 상태였다고 하더라도 무기를 꺼낼 틈이 없었다. 셈은 번개처럼 반응했다. 그도 총을 겨눈 채 미닫이문을 옆으로 완전히 젖히고 수납공간에 들어섰다.

"상자 내려놓고 양손 머리 뒤로." 표적 인물들이 피아의 명령을 따랐다. 크뢰거와 니콜라 엥겔도 왔다. 크뢰거는 카트 바퀴의 잠금장치를 풀고 복도로 밀었다.

크뢰거와 셈이 수갑을 채울 때도 표적 인물 두 명은 저항하지 않았다.

피아는 권총을 어깨 권총집에 넣고 안도의 한숨을 내쉬었다. 무릎이 떨리고, 몸은 여전히 아드레날린으로 가득했다. 모든 일이 잘 풀려서 엄청난 희열을 느꼈다!

키 작은 사람의 복면을 벗기자 30대 중반의 금발 여성이 드러났다. 가냘픈 얼굴 윤곽, 커다랗고 파란 눈동자, 부드러운 피부는 너무 창백해서 관자놀이에 파란 핏줄이 드러나 보일 정도였다. 그녀의 외모는 안네 뷜레펠트가 약국으로 찾아왔다고 진술한 여성의 외모와 정확하게 일치했다. 공범은 40대 후반 또는 관리 잘한 50대 중반이었고, 마른 얼굴은 아침에 첫 커피를 마시기 전에 이미 하프 마라톤을 뛰는 엔도르핀 중독자처럼 보였다. 밝은색 눈동자에 짧게 자른 헤어스타일, 그리고 딱 달라붙는 검은 스웨터 아래로 근육이 잘 드러나고 배는 전혀 나오지 않았다. 두 사람은 충격을 바로 극복하고 저항 없이 몸수색을 받았다. 니콜라 엥겔이 미란다 원칙을 고지하는 동안 말없이 듣고 있었다. 둘 다 신분증은 없었다.

카이가 보낸 순찰차들이 사이렌 소리는 울리지 않았지만 유령처럼 번쩍이는 경광등 불빛과 함께 아래에 도착했고, 잠시 후에 창고 건물은 제복을 입은 동료들로 가득했다. 두 남녀는 화물용 승강기로 아래로 내려가 연행됐다.

피아는 제복을 입은 동료를 뒤따라가려는 셈을 뒤로 잡아끌었다.

"아까 차 안에서 고마웠어." 피아가 셈에게 지나가는 말처럼 인사했다.

"별말씀을." 그가 대답했다. 그리고 끝이었다.

강력11반의 분위기는 느슨하고 허물없었지만, 중요한 순간에는 서로 의지할 수 있었다. 바로 그 이유에서 카트린이 저지른 행위를 용서하기 힘들었다. 자신을 믿었던 동료들을 배신했으니까.

"조수석 앞 글러브 박스에 자동차 렌트 계약서가 있어요." 타냐 가츠케가 화물용 승강기와 경사로로 나가는 출구 사이의 공간에 모인 니콜라 엥겔과 피아, 셈에게 말했다.

"차는 비비엔 바이스뱅거라는 사람이 온라인으로 빌렸고, 18시 30분에 공항에서 가져갔습니다."

"여러분!" 카이의 목소리가 피아 귓속에서 울렸다. "내 말 아직 듣고 있는 사람 있어요? 여러분!"

"응, 내가 들어." 피아가 대답하고 다른 쪽 귀를 막았다. "다른 사람들은 모두 연결을 끊은 것 같아."

"피아, 내 말 잘 들어. 난 저 남자를 알아!" 카이가 흥분해서 소리쳤다. "엥겔에게 반드시 그와 함께 차를 타고, 여기로 오는 내내 그에게서 눈을 떼면 안 된다고 전해줘."

"응, 그럴게." 피아는 체포된 여성을 출구로 데려가는 제복 차림의 동료 두 명을 급히 지나갔다. "도대체 누군데?"

"진짜 대어야." 카이가 대답했다. "마르쿠스 부르크하르트, 연방범죄수사국 사이버 범죄 3부 부국장."

"이런 빌어먹을!" 피아가 자기도 모르게 외쳤다. "확실해?"

경찰 동료가 보복 그룹에 속해 있을 거라고 예상은 했지만, 연방범죄수사국의 고위 간부가 연관됐을 거라고는 꿈에서조차 상상하지 못했다. 그러지 않아도 이미 복잡한 사건에 완전히 새로운 차원이 더해졌다.

"응, 유감스럽게도. 나는 그를 알아. 그것도 잘 알지." 카이가 한숨을 내쉬었다. "프랑크 벤케와 마르쿠스 부르크하르트, 나는 1990년대에 특공대 소속이었어."

* * *

퇴근할 생각을 하는 사람은 아무도 없었다. 야간근무를 해야 한다는 사실을 다들 알고 있었다. 마르쿠스 부르크하르트와 렌트 계약서에 따르면 비비엔 바이스벵거라는 여성은 신원 확인을 거쳤고, 경찰서 지하의 유치장에 감금되기 전에 각각 한 번씩 전화 통화를 할 수 있었다. 부르크하르트는 짤막하게 통화했고 비비엔 바이스벵거는 통화를 포기했다. 둘은 말이 없고 요구하는 것도 없었으며 차분한 인상을 주었지만, 니콜라 엥겔은 유치장에 계속 불을 켜두고 지속적으로 그들을 감시하라고 지시했다. 둘 중 누구도 자살로 이 상황을 벗어나면 절대 안 되었기 때문이다.

크리스티안 크뢰거와 그의 팀원들은 몇 시간 전부터 확보된 상자 내용물을 확인하는 데 몰두했다. 다양한 장총과 권총, 망원 조준경을 갖춘 저격용 소총, 산탄총과 엽총, 칼과 야구방망이, 게다가 석궁까지 포함된 방대한 무기 외에 많은 탄약 상자와 야간 투시경, 소음기처럼 그에 맞는 용품들과 암호화 메신저 인크로챗 휴대폰, 네덜란드 선불 휴대폰 한 상자, 유럽 각국의 전화 카드, 다양한 통화로 다량의 현금이 담긴 여행 가방도 있었다.

피아와 셈, 타리크와 타냐 가츠케는 회의실에 앉아, 영장 심사 판사가 내일 부르크하르트와 바이스뱅거를 구치소로 보낼 증거가 나오길 기대하며 창고에서 가져온 20개가 넘는 이삿짐 상자를 뒤졌다. 카트린은 일단 자기 손에 들어온 종이는 뭐든 붙여서 보관한 듯했다. 그들은 아주 오래된 카트린 조부모의 은행 계좌 입출금 명세서, 무기 소지자를 위한 《독일 사격 신문》과 《칼리버》와 《독일 무기 저널 매거진》, 그리고 《파이팅 스피릿》과 《가라테 월드》와 같은 무술 잡지를 뒤적였다. 셈은 한 상자에서 카를-하인츠 바케스가 누구인지 알려주는 증거를 찾았다. 카트린 할아버지의 오랜 친구로, 일찍 홀아비가 된 사람이었다. 그는 골동품 상인으로 차일스하임의 주거용 건물에 가게를, 크론베르크의 상가에 창고를 소유했으며 카트린과 그녀의 할아버지처럼 차일스하임 사격 클럽 소속이었다. 카트린이 바케스 씨의 사보험 편지들도 모두 보관했으므로 이 남자가 알츠하이머병에 걸렸고 2014년에 프랑크푸르트의 한 요양원에서 자녀 없이 사망했음을 알 수 있었다. 그는 카트린을 단독 상속인으로 삼았고, 그녀는 그의 이름과 돈을 지극히 개인적인 보복 행위에 악용했다.

강력11반의 그 누구도 이 유산 상속에 대해서 알지 못했다.

대화는 이미 오래전에 그쳤다. 피아는 눈이 불붙은 듯 아팠다. 글자들이 눈앞에서 흐릿해졌다. 잠시 눈을 감고 책상 상판에 머리를 내려놓고 최소한 몇 분만이라도 자고 싶은, 점점 더 커가는 유혹과 싸웠다.

"커피 더 드실 분 계세요?" 타리크가 물었다. "아니면 에너지 음료?"

"커피는 이제 싫어." 셈이 중얼거렸다. "뭔가 좀 먹고 싶네."

"아, 나도." 타냐 가츠케도 동의했다.

"난 에너지 음료를 마셔야겠다." 피아는 다음 상자를 열고, 파일 등에 검은 펜으로 '**프로젝트 1977-2003**'이라고 깔끔하게 쓰여 있는 서류철을 꺼냈다. "여기 이것만 보고 담배를 피우러 가야지."

"좋아요. 그럼 저는 뭔가 먹을 만한 걸 찾아볼게요." 타리크가 자리에서 일어났다.

"평생 이렇게 피곤한 적은 처음인 것 같아." 피아가 하품을 하며 서류철을 펼쳤다. 깨끗하게 오려 붙이고 날짜를 써서 보관한 신문 기사들이 들어 있었다. 강도, 모살, 고살, 상해, 가택 침입, 절도, 사기, 아동 유괴, 납치, 성폭행, 아동 학대, 아동 포르노 등 모두 중범죄에 관한 내용이었다. 처음 기사는 1996년의 것들로, 카트린은 기사 대부분에 지독하게 꼼꼼한 손글씨로 사람 이름과 장소, 거리 이름과 시각뿐 아니라 형법과 형사소송법 조항들까지 써두었다. 처음 몇 쪽을 넘기자마자 피아는 지금 자기 앞에 있는 것이 뭔지 깨달았고, 순식간에 정신이 번쩍 들었다.

타리크가 돌아와 에너지 음료와 뮤슬리 바, 초콜릿 산타클로스를 나눠줬다.

"여러분." 피아가 말했다. "내가 뭔가 찾은 것 같아!"

다들 새빨개진 피로한 눈으로 피아를 빤히 바라봤다.

"카트린은 중범죄가 보도된 신문 기사를 모아뒀어." 그러고 서류철을 동료들에게 밀었다. "거기에 더해 나중에 조사를 했어. 모든 사건을 분류하고 우선순위를 매겨뒀군."

셈이 '프로젝트 2004'라고 적힌 두 번째 서류철을 꺼냈고, 거기서도 같은 종류의 조사를 발견했다.

"파힝거가 이 일을 언제 시작했지?" 타냐 가츠케가 물었다.

"처음 기사는 1977년도 것들이야." 피아는 '최종 프로젝트'라고 쓰여 있는 세 번째 서류철을 펼쳤다. 상당히 낡았고 고정 테이프와 고정 링이 밀려 있었다. 다른 두 서류철과는 달리 여기에는 신문 기사뿐 아니라 서류들도 많이 들어 있어서 거의 사건 서류철처럼 보였다. 피아는 첫 페이지를 읽자마자 바로 아드레날린이 온몸에 솟구치는 것을 느꼈다. 처음 서류는 1996년에 도르트문트 가판대 소유주와 그의 아내가 당한 강도 살인에 관한 내용이었다.

"아이고, 세상에!" 피아가 벌떡 일어났다. "카이! 이리 와봐!

이거 당신이 봐야 해! 여러분, 빌어먹을. 여기 다 있어!"

카이가 자기 사무실에서 달려왔다.

"카트린은 처음 두 서류철에 범죄 수사를 붙여뒀어." 피아가 흥분해서 설명했다. "여기 세 번째 서류철에는 그 조직이 실행에 옮긴 모든 **'프로젝트'**가 들어 있어!"

"프로젝트?" 카이가 무슨 뜻이냐는 표정으로 눈썹을 치켜세웠다.

"서류철 등에 그렇게 쓰여 있어. 그들의 행위를 미화한 용어겠지." 피아가 첫 서류의 표지를 두드리며 말했다. "여기…… 이걸 좀 봐! **'라이너와 실비아 브룬너에 대한 강도 살인. 1996년 12월 14일. 범인: 캄리칼리와 에르칸 도스도그루.'** 라이너와 실비아 브룬너는 카트린의 부모야! 그리고 여기 둘은 2008년 4월에 흔적도 없이 실종된 젊은 두 남자의 이름이고!"

카이가 자리에 앉아 서류를 넘기기 시작했다. 이맛살을 찌푸리거나 입술을 비틀면서 천천히 읽었다. 믿을 수 없다는 듯이 가끔 고개를 젓기도 했다.

"어때? 어떻게 생각해?" 잠시 후 초조해진 피아가 다급하게 물었다. "말 좀 해봐! 뭔가 있지?"

"응, 그렇네. 살인 계획이야." 그가 고개를 들었다. "온갖 세부 사항이 적혀 있어. 이걸로 지금까지 해결되지 않은 미제 사망과 실종 사건들을 확실하게 처리할 수 있겠군."

다른 수사에서는 모두 이런 자료에 안도하고 새로운 동기 부여가 이뤄졌을 테지만 지금은 기뻐할 수 없었다. 다들 몸이 마비된 것 같았다.

"그런데 이걸 도대체 왜 다 모아둔 걸까?" 무거운 침묵을 깬 사람은 타냐 가츠케였다. "이 서류들 때문에 어려움을 겪게 됐을 수도 있는데."

"카트린은 정리광이었어." 셈이 대답했다. "온갖 일들에 대해 항상 목록을 만들었고, 그 어느 것도 우연에 맡기지 않았지. 강박적이었다고."

"아무것도 버리지 못했던 거야." 카이가 덧붙였다. "아무리 작은 거라도 모두 보관해야 했지. 사이코패스 연쇄살인범이 트로피를 모으듯이."

* * *

"서류철에 적힌 23건의 살인 계획 중, 실종자와 신원미상 시신 데이터뱅크의 미제 범죄에서 지금까지 열네 건을 찾았습니다." 카이 오스터만이 보고했다. "10년 이상 독일 전역에서 활동하면서도 지금까지 누구의 눈에도 띄지 않은, 완벽하게 작동하는 킬러 조직입니다. 카트린의 서류에 사형 집행이 모두 기록되어 있어요. 완전히 폭탄입니다."

아침 7시였다. 그들은 쉬지 않고 온 힘을 다해 계속 일했고, 이제 야간근무에서 얻은 결과를 니콜라 엥겔에게 보고했다.

"카트린 파힝거는 아주 철저하게 일했습니다. 시작은 언제나 신문의 단신 또는 긴 기사였습니다." 타냐 가츠케가 설명했다. "처음에는 자기 자신 또는 친구들과 연관된 사건에만 손을 댔습니다. 자기 부모의 살인자, 폴커 마자넥과 여동생을 수년간 성적으로 학대한 그의 아버지와 삼촌이었죠. 그러다가 그들이 판단하기에 너무 관대한 처분을 받거나 도망가서 처벌을 면한 범죄자들을 찾기 시작했습니다."

과장은 화이트보드 앞에 서서 팔짱을 낀 채 카이와 타리크가 그곳에 메모한 것들을 읽었다.

"카트린은 믿을 수 없을 만큼 세부적인 정보들을 모으고 배경을 조사했습니다." 카이가 보고했다. "이 서류들은 마치 감시 보고서처럼 읽힙니다. 범죄자의 가족 배경과 직업 경력, 거주지, 습관, 개인적 취향, 거주지와 그 주변의 위성사진."

"어떻게 그럴 수 있었을까요?" 니콜라 엥겔이 물었다.

"경찰정보시스템과 경찰전자정보시스템에서 분명히 많은 정보를 얻었을 겁니다. 차량등록사업소와 주민등록사무소에 질문하고 연방중앙등록소와 법원 판결문 등등도 참고했을 테지요. 하지만 다른 출처도 있었으리라고 짐작합니다. 그 그룹의 주요 구성원은 다섯 명에서 일곱 명이지만, 이른바 동조자들이 무척 많았을 겁니다."

"그녀는 우리 데이터뱅크를 악용했어요. 그것도 우리 눈앞에서." 피아는 과장이 얼마나 많이 긴장했는지 다시 한번 깨달았다. 과장은 걱정하고 있었다. 자기 관할 관청에서, 자기 등 뒤에서 벌어진 일에 책임을 져야 할 테고 그러면 경력이 끝날 수도 있었다.

"왜 이걸 아무도 몰랐을까요?" 타리크가 어찌할 바를 모르고 물었다.

"우리 중 누구도 그런 일이 가능하다고 생각하지 못했기 때문이지." 피아가 대답했다. "우린 카트린을 믿었으니까."

"그리고 그저 200번째 질문마다 형식적으로 체크된다는 사실을 카트린이 알고 있었기 때문이죠." 셈이 충혈된 눈을 비비고 허리를 폈다. "저는 그녀가 만드는 목록이 뭔지 항상 궁금했어요. 이제 알겠네요. 실수로 불법적인 질문을 하다가 우연히 적발되지 않도록 자기 질문 목록 개수를 세었던 거예요."

이 교활함에 다들 한동안 입을 열지 못했다.

"그 그룹의 행동 결정 기준은 뭐였죠?" 니콜라 엥겔이 물었다.

"반장님을 기다리는 게 어떨까요?" 피아가 물었다. 보덴슈타인이 없는 자리에서 이런 중요한 사건을 계속 다루는 게 옳지 않다고 느꼈다.

"기다릴 수 없어요." 니콜라 엥겔이 유감을 나타냈다. "난 경찰청장과 연방범죄수사국 국장, 내무부장관에게 보고해야 해요. 그러려면 최대한 많은 팩트가 필요하고요."

"카트린은 한 프로젝트의 모든 주요 자료가 담긴 일종의 서식 용지를 고안했습니다." 카이가 과장에게 다니엘 라들로프 사건의 서식 용지를 건넸다. "처형 집행 기준 가운데 하나는 죄의 심각성이었어요. 그런데 그보다 더 중요한 것은 유족의 개인적인 고통이었던 듯합니다. 세 번째 '프로젝트'는 2009년 8월이었습니다. 이렇게 표현해서 안타깝지만, 달리 뭐라고 말해야 할지 모르겠어요. 당시 49세 연방군 대령 우베 슈텐첼이 벨기에 헨트 인근 드롱언 노르트 휴게소에서 실종됐습니다. 그는 여름방학이 끝나고 아들을 기숙학교에 데려다주느라 아내와 십대 자녀들과 함께 영국으로 가던 길이었어요. 휴게소 화장실에 갔다가 돌아오지 않았습니다."

"그 남자는 어떤 범죄를 저질렀죠?" 과장이 물었다.

"아프가니스탄에서 볼프 졸베르크의 상관이었습니다. 자기 부대에서 작전 중에 네 명이 실종 상태였는데도 퇴각 명령을 내렸어요. 그래서 졸베르크와 그의 동료들이 탈레반의 손아귀에 들어간 겁니다. 살아남은 사람은 졸베르크뿐이고, 1년 뒤에야 자유의 몸이 됐습니다."

"슈텐첼의 시신은 발견되지 않았어요." 타리크가 언급했다. "하지만 카트린의 서류철에는 그가 반년 동안 갱도에 갇혀서 죽을 때까지 고문을 당했다는 내용이 있습니다. 그의 시신 처리는 마자넥이 했고요. 카트린 부모의 살인범들과 그다음 사건도 마찬가지였습니다."

"카자흐스탄 출신의 후기 이주자로, 무직이며 마약중독자인 세르게이 투르갈로프는 2015년 1월 22일 빅켄바흐 고속도로 다리에서 맨홀 뚜껑을 던졌습니다. 맨홀 뚜껑은 승용차 앞 유리를 뚫고 여성 운전자를 죽였어요. 자동차는 화염에 휩싸였고, 운전자의 아들도 사망했습니다." 타냐 가츠케가 보고했다. "콘스탄틴 하벨카 판사의 아내와 아들이었어요. 투르갈로프는 경찰이 놓은 덫에 걸려 체포됐습니다. 2016년 3월 영장 심사 때 탈출했지만 납치됐고요. 조직은 그를 때려죽였고, 마자넥이 시신을 처리했습니다."

"2017년 뷔르츠부르크에서 일어난 사건도 발견했습니다. 심부전으로 인한 자연사로 처리된 사건입니다." 카이가 이어서 보고했다. "마취과 의사 슈테펜 뮈켄하임 박사는 일곱 살 먹은 말렌카 브로벨의 외래 용종 수술에서 오염된 마취제를 사용하여 패혈증으로 사망에 이르게 한 과실치사 혐의로 집행유예 판결을 받았습니다. 8개월 후에 그의 시신이 어느 계곡에서 발견됐는데 부검 결과 심장 이상으로 진단됐습니다. 하지만 카트린의 서류에는 '에스코나르콘'이라는 메모가 쓰여 있어요. 수의학에서 동물 안락사에 사용되는 약품입니다."

"소소한 일을 언급하자면," 크리스티안 크뢰거가 끼어들었다. "택배 보관소에서 카트린에게 온 택배를 확보했는데요. 발신인은 포즈난의 마테츠 브로벨이었습니다. 아마도 그가 마취과 의사를 죽인 데 대한 감사 인사로 이 조직에게 폴란드 선불 휴대폰을 보낸 듯합니다."

"그게 맞겠네요." 타리크가 말했다.

"하지만 이 모든 사실은 우리에게 조금도 도움이 되지 않습니다." 니콜라 엥겔이 말했다. "기록된 게 모두 맞는 건 아니죠. 증거가 필요합니다!"

"흐음, 다니엘 라들로프의 시신이 증거예요." 피아가 이의를 제기했다. "마자넥은 불법적으로 그 시신을 화장하려고 했어요."

"우린 더 많은 증거를 찾아낼 겁니다." 카이가 과장에게 보장했다. "카트린은 '프로젝트'마다 참가한 사람 이름을 약자로 써두었어요. 처음에는 V, T, W, K뿐이었습니다. 폴커, 토마스, 볼프, 카트린이죠. 2009년에 우베 슈텐첼을 처형할 때는 M이 처음 등장했습니다. 아마 마르쿠스 부르크하르트일 테죠. Ko는 2015년 맨홀 뚜껑 사건 때 처음 보이는데, 콘스탄틴 하벨카입니다. 나중에 아마도 비비엔 바이스벵거인 Vi와 S가 추가됩니다. 이들이 내부자입니다."

"T가 카트린의 오빠라면 2012년 이후에는 없어야 하는데." 피아가 생각할 여지를 던졌다. "아니면 2012년에 알프스에서 사망한 척한 거겠지."

"어쨌든 그러면 카트린이 왜 슬퍼하지 않았는지, 오빠 이야기를 왜 하지 않았는지에 대한 설명은 되겠네." 카이가 대답했다.

"그가 왜 죽은 척했다는 거야?" 셈이 물었다.

"모르지." 피아가 어깨를 으쓱했다. "뭔가 문제가 생겨서 잠수해야 했는지도 몰라. 아니면 전문 킬러거나."

회의실 문을 노크하는 소리가 들리더니 언론 대변인 슈테판 스미칼라가 걱정스러운 표정으로 들어섰다. 그가 《빌트》 신문 한 부를 들어 올렸다. '판사와 아름다운 경찰. 그들은 연인이었나?'라는 제목 아래에 법복을 입은 하벨카의 사진과 페이스북과 인터넷에서 목격자를 찾는 데 사용됐던 카트린의 사진이 보였다.

"어디서 샌 거죠?" 니콜라 엥겔이 날카롭게 물었다.

"우리 쪽에서는 확실히 아닙니다." 언론 대변인이 바로 방어 자세를 취했다. "저에게 이 일로 질문한 기자는 없었어요."

"아마 카트린의 이웃에게서 나왔을지도 몰라요. 아니면 무술 클럽에서 샜거나." 피아가 이렇게 추측하고 휴대폰을 봤다. 보덴슈타인에게 문자 메시지 세 개와 상세하게 설명하는 음성메시지 한 개를 보냈는데 그는 아직 확인하지 않았다.

"다른 신문들은 뭐라고 보도하나요?" 니콜라 엥겔이 물었다. "인터넷은요?"

"지금까지는 없습니다." 스미칼라가 대답했다. "보덴슈타인과 파힝거가 월요일 인질 사태 현장에 있었다는 사실이 아직 알려지지 않은 듯합니다."

"프랑크푸르트 동료들과도 그렇게 하기로 말을 맞췄습니다." 과장은 머리기사 아래 쓰인 짧은 글을 우울한 표정으로 얼핏 훑어봤다. "팩트는 없고 그저 추측뿐이군요. 스미칼라, 그냥 이 상태를 유지하세요. 인질 사태와 관련된 언론의 질문은 모두 프랑크푸르트로 넘겨요. 우리와는 관계없는 일이고, 그래서 할 말도 없습니다."

"네, 물론입니다."

"플래카드는 어떻게 됐나요?"

"이제 지자체 담당 직원과 통화하려고 합니다." 언론 대변인이 대답하고 회의실을 나갔다.

"카트린이 한 일이 새나가면 어떻게 될 것 같아요?" 셈이 말했다.

"어떤 경우라도 알려지면 안 됩니다." 니콜라 엥겔이 날카롭게 대답했다. "다들 제 말 잘 들으세요. 이제 경찰청장과 내무부 장관에게 여러분이 보고한 사실을 알릴 겁니다. 이건 대재난이고, 경찰의 명예를 심각하게 해칠 수도 있어요. 우리 모두는 파힝거가 한 일을 알고 있었다는 의심을 받을지도 모릅니다. 우리의 무지는 우리 경찰서, 특히 파힝거의 상관인 저와 보덴슈타인에게 악영향을 끼칠 거예요. 그러니 우리가 뭔가 은폐하려 했다고 나중에 아무도 비난하지 못하도록 이 사건 수사를 바로 중단하겠습니다."

"그냥 내버려둔다는 말인가요?" 카이가 믿지 못하겠다는 말투로 물었다. "우린 지금 국내에서 벌어진 대형 연쇄 살인을 해결하려는 중인데요!"

"마자넥과 부르크하르트, 바이스벵거는 어떻게 하죠?" 피아가 물었다. "우리가 그들과 이제 더는 말할 수 없나요?"

"이 사건을 우리에게서 빼앗아 가시는 겁니까?" 셈은 분노하고 실망했다.

"그런데 반장님은 어디 계세요?" 바로 그 순간, 타리크가 물었다. "이렇게 중요한 일을 결정하는데 반장님도 계셔야 하지 않나요?"

다들 흥분해서 횡설수설했다.

"보덴슈타인은 일단 쉬게 둡시다." 과장이 말했다. "나는 물론 여러분에게서 이 사건을 빼앗지 않습니다. 동료 가츠케가 지휘를 맡아요. 파힝거 관련 서류들은 지금부터 비밀문서입니다. 가츠케 경위, 간이 주방 뒤쪽의 비어 있는 사무실로 가서 그곳을 떠나지 마십시오. 모든 수사 결과는 나중에 따로 공지할 때까지 당신이 모으세요. 보덴슈타인이 없는 동안은 저에게 직접 보고하십시오."

"특별수사팀은 어떻게 되죠?" 타냐 가츠케의 질문에 니콜라 엥겔이 대답했다.

"그것도 계속 맡으세요."

피아와 셈이 서로 마주봤다. 이게 지금 무슨 일이지? 보덴슈타인 반장님은 어디 계신 거야? 과장님이 반장님을 따돌리려고 처음부터 계획한 건가?

"난 이제 비스바덴으로 가야 합니다." 니콜라 엥겔이 말했다. "내가 알아야 할 게 더 남았나요?"

"네, 있습니다." 카이가 대답했다. "마르쿠스 부르크하르트가 왜 이 그룹에 소속됐는지 알 것 같아요."

다들 호기심 어린 시선으로 그를 바라봤다.

"저는 그를 예전 특공대 시절부터 압니다. 거의 4년 동안 친한 사이였습니다. 마르쿠스의 아버지도 경찰이었다는 사실이 떠올랐어요. 그는 마르쿠스가 아직 어릴 때 임무 수행 중에 사망했습니다. 계속 뭔가 제 머릿속을 떠돌아다녔는데 불현듯 다시 생각났어요. 그래서 파힝거의 서류에서 적군파 테러리스트 바르와 되를람 살인 사건을 다시 한번 자세히 살펴보다가 1977년 신문 기사를 발견했습니다. 당시에 적군파는 거리에서 노르트라인베스트팔렌주 내무부장관과 그의 운전기사, 그리고 그 관용차를 호위하던 오토바이 경찰관을 사살했습니다. 경찰의 이름은 우베 부르크하르트, 마르쿠스의 아버지입니다. 아버지를 잃었을 때 그는 열 살이었습니다."

* * *

사라 코르브마허는 보덴슈타인에게 혼자 오라고 명확하게 부탁했다. 자기가 그와 이야기하려는 걸 아무도 알아서는 안 된다고 했다. 평소라면 보덴슈타인은 16세 아이가 어떤 조건도 내걸지 못하게 했을 테지만 지금은 평소가 아니었다. 그의 삶은 균형이 깨졌고, 그의 일부는 내면의 깊은 곳으로 숨어버렸다. 지속되는 떨림과 이명, 밤마다 악몽에 시달리고 땀으로 목욕하며 잠에서 놀라 깨게 만드는 끔찍한 공황상태를 그는 외상후스트레스 증상으로 진단했다.

그는 피아가 간밤과 오늘 아침에 보낸 메시지를 아직 읽거나 듣지 않았다. 이런 급박한 상황에 자기 팀을 내버려뒀다는 데 양심의 가책을 느끼긴 했지만 지금은 두 가지 방향을 생각할 처지가 아니었다.

7시 54분.

정신을 집중하면 생각이 제멋대로 달리는 것을 막을 수 있지만 조심하지 않으면 그의 생각은 곧장 카트린에게로 향했다. 카트린이 뭔가 이상하다는 걸 미리 알아챘어야 했다. 그녀가 수많은 평가 면접에서 그에게 했던 대답은 이제 와서 돌이켜보면 전혀 다른 의미를 지녔다. 그는 오랫동안 그녀의 상관이었고, 한마디로 말해서 실패했다. 경찰 수뇌부와 내부 수사팀은 카트린의 인사 서류를 자세히 살펴볼 테고, 내가 쓴 평가도 당연히 읽겠지. 결과적으로 사람들의 죽음으로 이어진 내 순진함에 고개를 젓겠군. 경찰청장은 바덴뷔르템베르크 출신의 야망가에게 내 자리를 주고 나를 퇴직시키는 데 필요한 논거를 얻을 테고. 빌어먹을!

정각 8시. 보덴슈타인은 포르쉐에서 내려 외투 깃을 올리고 교회 앞마당 계단을 올라갔다. 전면의 스테인드글라스 유리창으로 빛이 새어나왔다. 사라 코르브마허는 가톨릭 교회를 만남의 장소로 제안했다. 그가 생각하기에는 기이한 선택이었지만, 일주일 동안 사라와 이야기하려고 헛수고를 한 후라서 다른 그 어디를 제안받았더라도 갔을 것이다.

　노이어 쿠어파크 공원의 질퍽한 잔디밭과 잎사귀 없는 나무들 위에 12월 이른 아침의 안개 낀 어둠이 내려 있고, 오렌지색 가로등 불빛이 어둠에 이따금 섞여들었다. 차가운 습기가 그의 머리카락과 얼굴에 내려앉았다. 그는 온기를 유지하려고 교회 앞을 이리저리 거닐었다. 시간이 흘렀다. 내가 교회를 착각했나? 보덴슈타인은 스마트폰을 꺼내 사라의 메일을 열었다. 아니, 맞아. '노이어 쿠어파크 옆의 가톨릭 교회. 8시.' 그는 5분만 더 기다리기로 마음먹었다. 그런 후에는 소환장을 든 순찰차를 그 집으로 보내 사라를 데려올 생각이었다.

* * *

　마르쿠스 부르크하르트는 눈도 깜박하지 않고 태연하게 거짓말을 했다. 창고에서 상자를 옮긴 이유는 지인의 부탁 때문이라고 했다. 상자 내용물이 뭔지는 본인도, 여자친구도 몰랐다고, 수납공간의 내용 전체를 그 지역 경찰서에 넘겨달라는 부탁과 함께 월요일에 우편으로 열쇠를 받았다고 했다. 지인의 이름은 콘스탄틴 하벨카인데, 그는 집을 팔았으므로 짐을 창고에 두었다는 거였다.

　"상자를 왜 밤에 찾아가려던 거죠?" 네 개의 취조실 중 가장 작은 방에 타냐 가츠케와 함께 남자의 맞은편에 앉아 있는 피아가 물었다.

　"낮에는 시간이 전혀 나지 않으니까요." 부르크하르트가 곧장 대답했다.

"당신과 바이스벵거 씨는 왜 복면과 장갑 차림이었나요?"

"추웠으니까요. 나는 추위를 많이 탑니다." 부르크하르트는 몸을 뒤로 기대고 탁자 밑으로 다리를 느긋하게 뻗었다. 이 상황이 재미있다는 듯이 그의 눈에서 불꽃이 반짝였다. 그는 경찰이 자신의 범죄에 대한 증거가 별로 없다는 사실을 알고서 기꺼이 장시간 펀치를 주고받을 준비가 되어 있었다. 주소지가 확실하고 직업이 있으며, 전과 기록도 없었다. 무기는 그의 것이 아니었다. 교활한 변호사는 불법 무기 소지나 전쟁무기감독법 위반으로 그를 기소하려는 검사가 있다면 그게 누가 됐든 철저히 부숴버릴 터였다. 그는 상자 안에 무엇이 들었는지 몰랐거나 자신을 곤란하게 만들 상황 그 어디에도 자기 이름이 등장하지 않는다고 완전히 확신하고 있었다.

피아는 그의 거짓말을 계속 듣고 싶지 않았다. 부르크하르트에게는 보여주지 않을 사진이 들어 있는 투명 파일을 쥐고 자리에서 일어섰다.

"부르크하르트 씨, 고맙습니다." 그러고 수첩을 덮었다. "다 됐습니다."

"어…… 알겠습니다." 그도 일어섰다. 이럴 거라고는 예상하지 못했으므로 당황하고 놀랐다. 피아가 의도한 대로였다.

타냐와 피아는 취조실을 나왔다. 니콜라 엥겔도 취조를 지켜보던 옆방에서 나왔다.

"방금 뭐였죠?" 마르쿠스 부르크하르트만큼이나 당황한 과장이 물었다.

"우린 그 사람의 경력을 알잖아요." 피아가 대답했다. "뤼벡 연방경찰 아카데미 졸업, 전직 특공대원, 연방정보국 직원, 2011년부터 연방범죄수사국의 수뇌부. 그 사람을 취조하면 우리 시간만 낭비하는 거예요. 그 남자는 전혀 진술하지 않을 테니까요. 그러니 차라리 마자넥과 바이스벵거를 취조하는 편이 낫죠."

타냐 가츠케가 싱긋 웃으며 피아에게 말했다.

"좋은 작전이야."

"영장 심사 판사에게 건넬 증거가 충분하지 않아요." 니콜라 엥겔이 고민거리를 던졌다. "파힝거의 서류에서 지금까지 단 한 번도 발견되지 않았으니까요."

"그의 지문을 지문자동식별시스템에서 확인하는 중이에요. 그리고 DNA를 확보하는 대로 DNA 분석데이터에서 확인할 거고요." 피아가 대답했다. "어쩌면 우리가 운이 좋을 수도 있어요."

비비엔 바이스벵거가 두루미 방에서 첫 취조를 기다리고 있고, 폴커 마자넥은 프로인게스하임 구치소에서 방금 이송되어 왔다.

"다시 시작하기 전에 마실 것 좀 얼른 가지고 올게." 피아가 이렇게 말하고 계단을 달려 1층으로 올라갔다. 휴대폰이 바로 무선 랜에 연결됐다. 아무것도 없었다. 보덴슈타인에게서 전화도, 메시지도 들어와 있지 않았다. 피아가 보낸 메시지를 읽거나 듣지도 않았다. 도대체 무슨 일이지? 니콜라 엥겔은 나보다 더 많이 아는 것 같은데 아무 말도 하지 않아. 이게 좋은 의미일리가 없어. 반장님이 정직됐나? 아프다거나 정신병원에 입원까지 한 건 아닐까?

피아는 음료수도 없이 지하로 다시 내려갔다. 타냐가 그런 피아를 빤히 바라보다가 물었다.

"여기 아래에는 무선 랜이 안 되는구나. 그렇지?"

피아는 그저 어깨만 으쓱했다. 새 직원이 피아를 꿰뚫어본 것이다.

"반장님에게 뭔가 일이 생겼다면 우리도 연락받았을 거야." 타냐가 나지막하게 말했다. "이제 준비됐어?"

"응, 됐어."

* * *

8시 20분, 기다리는 데 질려서 보덴슈타인이 막 가려고 하는데 자전거 할로겐 전등의 환한 불빛이 어둠 속에서 나타나 빠른 속도로 교회 앞마당으로 다가왔다. 눈이 부셔서 시선을 돌렸는데, 잠시 후에 사라 코르브마허가 그의 옆에 와서 자전거 브레이크를 잡았다.

"안녕하세요? 죄송해요. 부모님이 나가실 때까지 기다리느라고요."

"사라, 안녕하세요?" 보덴슈타인이 인사했다. "괜찮아요."

사라가 교회 문 쪽으로 자전거를 밀었다.

"문 좀 잡아주시겠어요?" 사라가 물었다.

"문이 열려 있는 게 확실한가요?"

"가톨릭 교회는 늘 열려 있어요. 최소한 낮에는 말이죠."

사라 말이 옳았다. 누군가 아침 일찍 교회 문을 열어두었다. 보덴슈타인이 오른쪽 여닫이문을 열자 사라가 자전거를 밀며 그의 옆을 지나 복도로 가서 그곳에 자전거를 세웠다.

"엄마의 전기 자전거예요. 잃어버리면 엄마가 저를 죽일 거예요."

두 사람은 교회 안으로 들어섰다. 익숙한 향내가 보덴슈타인의 코로 들어왔다. 교회는 바깥에서 짐작하던 것보다 규모가 컸다. 제단 옆 성가대석에 화려한 크리스마스트리가 서 있고, 성구실로 통하는 듯한 문 옆에는 두툼한 빨간 초 네 개가 꽂힌 커다란 강림절 리스가 걸려 있었다. 보덴슈타인은 교회를 좋아했다. 어릴 때부터 일요일 미사에 참석하는 일이 규칙적인 의식이었고 나중에는 자녀들과도 함께 갔지만, 코지마와 이혼한 후 언젠가부터 더는 가지 않았다.

사라가 모자를 벗었다. 무척 창백했고, 지난번에 봤을 때보다 얼굴이 더 수척했다.

"혼자 오셨어요?" 사라가 미심쩍다는 표정으로 물었다.

"그럼요, 물론이죠." 보덴슈타인이 대답했다. "그렇게 하길 원했잖아요."

사라는 제단을 보고 오르간석을 올려다본 다음, 마지막 줄에 앉아 왼쪽으로 조금 옮겨갔다. 보덴슈타인은 얼굴을 마주볼 수 있게 다음 줄에 앉아서 사라에게 몸을 돌릴지 잠깐 고민하다가 같은 줄에 앉았지만, 아이와 충분히 거리를 두느라 가운데 통로 바로 옆에 앉았다.

"여기 자주 오나요?" 그가 물었다.

"반말하셔도 돼요. 지난번에도 그렇게 하셨어요."

"알았다. 그랬었지."

몇 분 동안 두 사람은 아무 말도 하지 않고 경건한 정적을 누렸다. 보덴슈타인은 외투 주머니에서 주먹을 움켜쥔 채 떨림이 그저 내부의 것이기를, 겉으로 파킨슨병에 걸린 할아버지가 떠는 것처럼 보이지 않기를 바랐다.

"네, 자주 와요." 사라가 그의 질문에 대답했다. "가톨릭 신자가 아닌데도 그래요. 신의 존재를 제대로 믿지도 않아요. 하지만 이 안은 따뜻하고, 아무도 남을 귀찮게 하지 않아요."

"그래서 나도 교회에 자주 간단다." 보덴슈타인이 말했다. "차분하게 생각에 잠길 수 있으니까."

"네, 맞아요." 사라는 살짝 놀란 목소리로 대답했다. "저도 그렇게 생각해요."

그러고는 그를 얼른 곁눈질했다. 그를 믿어도 될지 고민하는 듯했다. 보덴슈타인은 그런 시선을 못 본 척하고 제단 위쪽에 걸린 십자가를 느긋하게 바라봤다. 비슷한 선호는 연대감을 저절로 불러일으키기 때문에 대화 초기에 공통의 관심사를 찾는 일은 오래된 취조 전술이었다. 설령 실제로 교회를 혐오했더라도 그는 사라와 긍정적인 관계를 만들기 위해 반대로 주장했을 것이다.

"네가 이제 좀 잘 지낸다면 좋겠구나." 시간이 잠시 흐른 후에 그가 말했다. "나와 대화하겠다고 하니 고맙다."

"좀 더 일찍 말하고 싶었어요. 하지만……." 사라가 말을 멈추고 어깨를 으쓱했다. "부모님은 좋은 뜻으로 그런 거예요. 저를 보호하려고."

"그래, 그게 옳아. 넌 제일 친한 친구를 잃었잖아. 끔찍한 일이지." 자주 그렇듯이 그는 자신이 슬퍼하는 사람과 대화하는 데 서투르다고 느꼈다. 그에게 허락된 말로는 위로하기에 부족했다. 열여섯 살짜리에게, 자기도 어릴 때 범죄로 친구를 잃었기 때문에 지금 네가 느끼는 감정에 아주 잘 공감한다고 말할 수는 없는 노릇이었다. 설사 기술적으로 그러는 편이 더 낫다고 해도 그런 말을 해서는 안 되었다.

"네, 리시가 정말 많이 보고 싶어요." 사라는 아랫입술을 깨물었다가 고통스러운 한숨을 내쉬었다. 그리고 보덴슈타인과 시선을 마주했다. "하지만 제 생각에, 리시가 저를 속인 것 같아요. 그런데 리시가 죽었으니 진실이 뭔지 이제 더는 알아낼 수 없어요."

대각선 뒤편 성수반 위에 걸린 전등의 흐릿한 불빛에 비친 사라의 얼굴은 아파 보였고, 보덴슈타인은 사라가 지금 자신과 무척 비슷한 딜레마에 처해 있음을 깨달았다. 자기와 가장 친했던 친구가 살해당했는데, 뭔가 의심이 생겨서 제대로 슬퍼할 수 없는 것이다.

그는 사라에게 리시 이야기를 해달라고 부탁했고, 사라는 말하는 동안 긴장감이 조금 풀어졌다.

"리시는 앞으로 나서는 아이가 아니었지만 많은 점에서 대부분의 아이들보다 훨씬 앞섰어요. 체육과 독일어 과목이 그랬고, 엄청나게 그림을 잘 그렸지요. 코스플레이 코스튬을 모두 직접 도안했고, 그러면 저는 그걸 재단했어요." 추억을 떠올리는 사라의 얼굴에 쏙쏙한 미소가 스쳤지만 긴장해서 목소리가 낮았다. "그리고 판타지가 굉장했어요. 이따금…… 이야기를 생각해내기도 했는데, 예를 들어…… 으음, 그러니까…… 방학 때 어떤 남자아이를 사귀어서…… 그 아이랑 뒹굴었다거나 그런 이야요. 가끔은 사실을…… 조금 더 꾸미기도 했어요. 무슨 말인지 이해하세요?"

"그래, 알아." 보덴슈타인은 사라가 무슨 말을 하려는지 전혀 알 수 없었지만 고개를 끄덕였다. 과장하거나 판타지 이야기를 꾸며내는 거야 그다지 나쁠 게 없지 않은가.

"지난여름, 10학년에 수학과 체육 담당 선생님이 새로 오셨어요. 바이너트 선생님이에요." 사라가 다시 설명을 이어갔고 보덴슈타인은 귀를 기울였다. "9학년 때 선생님이 그다지 좋지 않아서 우린 모두 기뻐했죠. 바이너트 선생님은 교사로서 참 괜찮은 분이었는데, 웬일인지 리시는 그 선생님에게 바로 엄청나게 빠졌어요. 리시는 체육은 잘했지만 수학에서는 절망적이었죠. 저는 수학을 잘해요. 첫 시험에서 선생님은 저더러 다 끝냈으면 리시를 좀 도와주라고 했어요. 리시는 그 덕에 미를 받게 됐는데, 이건 굉장한 사건이었어요. 지금까지도 저는 바이너트 선생님이 왜 그랬는지 몰라요. 어쨌든 그 뒤로 리시는 선생님에게 완전히 반해버렸어요. 정말 그 선생님 이야기 말고 다른 이야기는 거의 하지 않을 정도였어요. 리시는 선생님에게 '데이먼'이라는 별명을 붙였죠. 〈뱀파이어 다이어리〉에서 우리가 좋아하던 등장인물이에요." 사라의 말이 점점 더 빨라졌다. 불편한 기색이 역력했다. "리시는 바이너트 선생님이 아인트라흐트 팬이라는 걸 알아내고는 갑자기 그 팀을 무진장 좋아하는 팬이 됐어요. 그러다가 언젠가부터 왠지 모르게 저도 그렇게 됐고요. 우리는 리시 아버지랑 경기장에도 갔어요. 사실 우리는 오로지 바이너트 선생님 이야기만 했어요. 정말, 정말 병적이었죠. 그러니까 제 말은, 그 선생님은 무진장 나이가 많다고요! 게다가 부인도 있어요! 흐음, 저는 이러다가 그냥 지나갈 거라고, 다 지나가고 다시 평범해질 거라고 생각했어요. 하지만 그렇지 않았지요."

사라가 말을 멈췄다. 보덴슈타인은 아이가 다시 입을 열기를 끈기 있게 기다렸다. 십대들이 교사를 사랑하게 되는 것이 드문 일은 아니다. 그는 텅 비어가는 사라의 시선을 바라봤다.

"리시는 동물보호소의 개들을 산책시킬 때면 수목원에서 바이너트 선생님을 만났다고 했어요. 그리고 왓츠앱으로 서로 메시지를 보낸다고도 했고요. 가을방학 전주에 우린 베를린으로 수학여행을 갔어요. F반과 함께 갔는데, 바이너트 선생님이 F반 담임이라서 함께 갔지요. 우리 모두 클럽에 간 날 저녁에 바이너트 선생님이…… 그러니까 리시 말로는…… 선생님이 리시를 재킷과 외투가 있는 옷 보관소에 밀어 넣고…… 키스했대요."

사라가 말을 더듬으며 손가락을 주물렀다. 자기 자신과 싸우는 중이었다.

"그런데 여기서 문제는, 제가 그 일을 전혀 모른다는 거예요." 사라의 목소리가 꺾였지만 울음을 터뜨리지는 않았다. "리시는 선생님이 보냈다는 메시지를 저에게 한 번도 보여주지 않고 이

145

따금 읽어주기만 했어요. 그거 아세요? 바이너트 선생님은 모든 학생에게 친절해요. 저는 선생님이 리시를 다른 아이들과 달리 특별히 대하는 걸 본 적이 없는데, 리시는 언제나 선생님이 자기를 아주 다르게 봤다고 말하거나 자기를 위해 문을 잡아주느라 일부러 기다리더라고 말하곤 했죠. 그런 식이었어요. 그리고 머플러도 있어요. 리시는 선생님이 머플러를 선물했는데, 남들이 보는 앞에서 하면 안 된다고 했다고, 그래도 꼭 하고 싶다면 안쪽에 하라고 했대요. 원래는 집에 두어야 하지만 언제나 하고 다녔죠. 다른 머플러 아래에 맸어요."

보덴슈타인의 뒷머리에서 뭔가 번쩍했다. 방금 사라가 한 말을 듣고 떠오른 기억이었다. 그게 뭔지 깨닫자 그의 감각이 순식간에 모두 깨어났다.

"머플러? 어떻게 생겼지?" 그는 지나가는 말처럼 질문했다.

"음, 그냥 평범한 면섬유인데요. 어…… 청바지 색깔이었어요."

이 아이가 정말 리시가 교살당한 그 머플러를 말하는 건가? 실험실에서 아직 신원을 확인하지 못한 유일한 남성의 DNA가 수학 선생 바이너트의 것일까? 어쩌면 교사와의 로맨스는 그저 리시의 판타지에서 나온 게 아닐지도 모르겠네.

지금까지 보덴슈타인이 사라를 그냥 계속 이야기하게 두어서 아이는 긴장을 풀었다. 하지만 이제는 목표지향적인 질문으로 대화의 방향을 정할 시점이 됐다.

"리시가 너희 집에서 자겠다고 한 금요일 저녁에 원래는 무슨 계획이 있었니?" 그래서 그는 이렇게 물었다.

"동료 형사분 말씀이 맞아요. 저희 집에서 잔다는 건 그냥 알리바이였어요." 사라가 풀이 죽은 얼굴로 인정했다. "리시는 그날 저녁에 데이먼, 그러니까 바이너트 선생님과 약속이 있었어요. 스케이트장에 갔다 와서 선생님을 만나…… 으음, 뭔지 아시겠죠?"

두 아이는 계획을 세심하게 짜고 혹시 갑자기 발생할지도 모르는 온갖 일들도 염두에 두었다. 바이너트는 19시 45분에 전철역 앞 대중교통 환승 주차장에서 리시를 데려가기로 했었다. 리시는 어디로 갈지 사라에게 말하지 않았지만, 안전상의 이유로 자기 현재 위치를 왓츠앱으로 계속 볼 수 있게 해주겠다고 말했다. 일이 제대로 돌아가지 않거나 '데이먼' 집에서 밤을 함께 보낼수 없는 일이 생긴다면 리시는 그냥 집으로 갈 거고, 자기 부모님에게 사라와 싸워서 그냥 돌아왔다고 말하겠다는 계획이었다.

"그런데 어쩌다 보니 모든 게 잘못됐어요. 멍청한 친구들이 우리 집에서 숙박 어쩌고 하는 걸 알게 됐고, 리시와 저는 싸우는 척해야 했어요. 리시는 휴대폰을 비행 모드로 하겠다고 약속했죠. 리시는 누군가에게 화가 나면 늘 그렇게 했지만 그 상태가 오래가지는 않았어요. 그 후에는 다 계획한 대로 하기로 했죠. 저는 기다리고 또 기다렸지만 리시와 연락이 닿지 않았어요. 저는 거의 제정신이 아닐 만큼 리시에게 화가 났어요. 그러다가 언젠가부터…… 뭔가 일이 생겼구나 싶더라고요. 늦어도 다음 날 아침에 리시 엄마가 우리 엄마에게 전화를 걸었을 때는 확실해졌지요."

사라는 절망하여 흐느끼며 양손으로 얼굴을 가렸다.

"그냥 그렇게 두면 안 되는 거였어요! 하지만 저는 진지하게 받아들이지 않았어요."

"무슨 뜻이야? 뭘 진지하게 받아들이지 않았다는 거지?"

"바이너트 선생님 말이에요." 사라는 코를 훌쩍이며 손등으로 뺨의 눈물을 닦았다. "저는 리시가 그저 또 이야기를 지어낸다고 믿었어요! 선생님과 정말로 만난다고는 짐작하지 못했어요. 나중에 저에게 전화해서 만남이 제대로 이루어지지 못했다고 말할 거라고 생각했죠. 그런데…… 그런데 이제 리시는 죽었어요! 바이너트 선생님은 아무 일도 없었다는 듯이 행동하고요. 리시가 죽은 게 자기랑 아무 상관도 없다는 듯이!"

그 교사는 자신이 16세 소녀의 감상적인 판타지 대상이 됐다는 걸 전혀 모르니 그렇게 행동할지도 모르지. 하지만 그가 리시에게 정말로 머플러를 선물하고, 그 아이의 성적을 올리려고 급우에게 속임수를 쓰게 했다면 상황은 달라. 교사라면 보통 그런 일은 하지 않아. 그래서 보덴슈타인은 의심이 들었다. 전화를 해야겠군. 카이에게 전화해서 그 선생이 어디 사는지 알아보라고 해야겠어.

사라는 서서히 다시 태도를 가다듬었다.

"그 선생님 때문에 학교에 가지 않는 거니?" 보덴슈타인이 물었다.

"네! 무서워요!" 사라가 곧장 대답했다. "리시랑 만났다는 사실을 제가 안다는 걸 선생님이 알면 아마 저도 죽일 거예요." 아이의 시선이 흔들렸다. "그 선생님을 체포하실 건가요?"

"어쨌든 그 선생님과 이야기는 해볼 거야." 보덴슈타인이 보장했다. "성함이 뭐라고 했지?"

"바이너트. 데니스 바이너트예요. 슈발바흐에 사세요."

보덴슈타인은 이제 얼른 이 대화를 끝내고 싶었다. 드디어 전망이 밝은 새로운 단서가 나타났다! 그는 옆으로 살짝 옮기며 자리에서 일어섰다. 사라도 따라서 일어섰다.

"아참, 잠깐만요!" 사라는 뭔가 생각난 모양이었다. "말씀드릴게 또 있어요. 바이너트 선생님은 예전에 최소한 두 번 더 여학생에게 치근댔어요. 지난번에 근무한 두 학교에서 일어난 일이에요."

"어떻게 그걸 알게 됐니?" 보덴슈타인이 놀라서 물었다.

"저는 지금 다른 생각은 전혀 하지 못해요. 그래서 인터넷으로 그 선생님을 검색했어요. 선생님이 한 학교에 2년 이상 근무한 적이 없다는 사실을 알아냈죠. 잠깐만요, 여기 목록이 있어요."

사라는 재킷 주머니를 뒤져 접힌 종이를 꺼내 보덴슈타인에게 내밀었다.

"선생님이 근무한 학교를 2004년까지 거슬러 올라가며 찾아냈어요." 사라가 심각한 얼굴로 말을 이었다. "마르부르크, 할레, 브레멘, 슈트라우빙, 뢰라흐, 그리고 2017년부터 우리 학교에서 근무해요. 여러 주예요. 공무원이 아니어서 가능한 거예요. 비정규직 경력자예요."

"아, 그렇구나." 보덴슈타인은 재킷 안주머니를 뒤져 독서용 안경을 꺼내서 썼다. "이런 걸 어떻게 찾아냈지?"

"저는 컴퓨터로 하는 일은 뭐든 꽤 잘하는 편이에요." 사라가 겸손하게 대답했다. "어디를 뒤져야 하는지 알아요."

149

'**디지털 원주민**.' 보덴슈타인이 생각했다. 나는 겨우 스마트폰과 컴퓨터를 다룰 줄 아는데.

"슈트라우빙에서 바이너트 선생님은 어떤 여학생의 부모에게 고소당했지만 합의했기 때문에 재판으로 이어지지는 않았어요. 뢰라흐에서도 똑같았고요." 사라의 눈이 걱정 때문에 어두웠다. "제가 인스타그램으로 뢰라흐 여학생과 연락했어요. 지금은 영국에서 공부하고 있어요. 그 학생도 리시와 똑같았대요. 수학을 도와주고, 조깅하다가 우연히 만나고, 수학여행에서 치근댔다고 했어요."

* * *

"제 의뢰인은 진술하지 않을 겁니다." 피아가 마이크에 대고 취조 정보를 낭독하자마자 폴커 마자넥의 변호사가 단호하게 말했다.

"알겠습니다." 피아가 대답하고 투명 파일을 열었다.

그리고 사고 현장과 나중에 부검할 때 좀 더 나은 조명 상태에서 찍은, 너덜너덜해진 르네 지겔의 목덜미 사진을 찾아 마자넥에게 내밀었다. "자, 마자넥 씨. 여기 이걸 보세요. 당신의 개 티아고와 주니어가 한 짓입니다. 실험실에서 확인했어요."

"안 봐도 됩니다." 변호사가 재빨리 말했지만 마자넥은 사진을 들여다봤다. 장례업자라서 끔찍한 장면을 이미 많이 봤을 테지만 바깥으로 늘어진 식도와 후두를 보자 얼굴이 창백해졌다.

"당신 개들이 르네 지겔을 12월 11일에서 12일로 넘어가는 밤에 공격했습니다. 그가 도망치려다가 당신을 밀었을 때 일어난 일입니다." 피아는 변호사 옆에 앉아 있는 남자의 반응을 주의 깊게 살폈다. 팀원들은 좀 전에 회의실에서 앞으로 어떻게 수사를 진행할지 의논했는데, 폴커 마자넥이 그룹에서 가장 약하다는 결론을 내렸다. 그는 자기 개를 사랑하므로 마르쿠스 부르크하르트보다 공격하기 쉬웠고, 청소년기에 겪은 끔찍한 경험이 심한 트라우마로 남아 있었다. 이렇게 상처받기 쉬운 사람을 압박하는 것이 윤리적인 면에서 안 좋긴 하지만, 가끔은 목적이 수단을 정당화하기도 한다. 경찰은 그 그룹에 누가 소속됐는지 알아내야 했다. 더 많은 '프로젝트'가 계획 중일 수도 있고, 지금까지는 샤르펜베르크 부부가 다니엘 라들로프를 살해했다는 추측밖에 없었으므로 증거나 진술이 급하게 필요했다.

"필라 브라질레이로는 헤센주의 맹견 목록에 들어 있지요." 피아가 그의 급소를 찔렀다. "마자넥 씨, 당신은 이 개들의 사육 허가를 받았습니다. 하지만 개들이 입마개 없이 마음대로 숲을 돌아다니는 것을 본 목격자가 있으므로 잡아서 동물보호소로 이동했습니다."

기대했던 대로 마자넥은 이 소식에 반응을 보였다. 그의 눈꺼풀이 떨리고 목울대가 위아래로 움직였다.

"마자넥 씨, 당신 개들은 '사람'을 공격했어요. 사실 개에게는 사형 판결이 내려진 것이나 마찬가지입니다. 개 훈련사니까 당연히 아시겠지요."

"무슨 말을 하고 싶은 겁니까?" 변호사가 물었다.

"티아고와 주니어는 지금까지 부정적인 일로 눈에 띈 적이 없지요." 피아가 말했다. "공격성 테스트를 한다면 기관에서 개들에게 다시 한번 기회를 줄 수도 있을 거라고 생각합니다."

변호사가 피아의 전술을 눈치챘다.

"이건 협박입니다." 그가 불평했다. "당신은 지금 제 의뢰인을 협박하고 있어요. 그래도 제 의뢰인은 진술하지 않을 겁니다."

"마자넥 씨, 압델 오두모수를 누가 살해했습니까?" 이번에 피아와 함께 취조를 담당한 셈이 변호사의 항의를 무시하고 질문했다.

폴커 마자넥은 대답하지 않았다. 그저 숨을 크게 몰아쉬며 탁자 상판만 노려봤다.

"발리드 부아지즈를 누가 니더브레헨 역에서 데려왔고, 또 나중에 다시 데려다줬습니까? 당신이 그랬나요? 아니면 그때 개들과 함께 이미 숲에서 기다리는 중이었습니까? 르네 지겔이 도망치려고 하면 물어뜯으라고 개들을 부추겼습니까?"

셈은 마자넥이 무너지기를 기대하며 질문 공세를 퍼부었다. 그러나 성공하지 못했다. 마자넥은 그 어떤 질문에도 대답하지 않았다. 침묵은 선호되는 전략이었다. 피의자 쪽에서도 그랬지만 경찰도 마찬가지였다. 피아는 용의자의 침묵을 아주 싫어했다. 그들은 묵비권을 자주 사용했다. 대부분은 변호사의 조언을 받아 그렇게 했다.

"마자넥 씨, 좋습니다." 피아가 말했다. "진술 거부는 당신의 권리입니다. 우린 지난밤에 무기와 그 외 다른 물품 은닉을 시도한 당신 지인 두 명을 체포했습니다. 많은 증거물을 확보하여 지금 실험실에서 조사 중입니다. 카트린 파힝거는 사망했어요.

콘스탄틴 하벨카도 그렇습니다. 볼프 졸베르크는 잠수를 탔어요. 하지만 당신은 여기 있죠. 나는 우리가 확보한 물품에서 당신이 여러 건의 납치와 살해, 시신 처리에 연루됐음을 증명해줄 증거가 나올 거라고 믿습니다. 우린 그걸 확인해줄 증인도 찾을 겁니다. 그러면 당신은 교도소에 가겠죠. 아주 오랜 기간 수감될 겁니다. 설령 당신 개들이 안락사를 당하지 않는다고 하더라도 다시는 못 보겠죠. 불쌍한 그 개들은 이제 더는 행복한 삶을 살지 못할 겁니다. 아마 동물보호소의 좁은 우리에 갇히겠지요. 덩치 큰 개들에게 그게 무슨 뜻인지는 당신이 잘 알 겁니다."

변호사가 항의했지만 피아의 말은 마자넥에게 효과를 나타냈다. 장례업자는 긴장하여 침을 꿀꺽 삼켰다.

"당신이 범죄 조직 설립, 여러 건의 납치와 감금 사건에 가담했다는 혐의를 받고 있다는 걸 알고 계시나요?"

마자넥이 고개를 끄덕였다.

"당신 변호사가 공범증인 면책제도가 뭔지 설명해줄 겁니다. 제일 먼저 사용하는 사람만 이 제도의 이점을 누릴 수 있다는 것도 알려주겠지요." 피아가 사진을 모아 투명 파일에 다시 넣었다. "우린 이제 당신의 협력자 두 명을 취조할 겁니다. 그들이 당신보다 먼저 이 제도를 이용하면 당신은 감형 기회를 잃습니다."

* * *

깊게 드리운 구름 뒤편 어딘가에서 해가 떴지만, 시간이 지나도 오늘은 지금의 이 잿빛 어스름보다 더 나아질 게 없을 듯했다. 보덴슈타인은 차를 니더회흐슈타트 전철역 앞에 세우고 낙서로 지저분한 지하도로 들어갔다. 플랫폼으로 이어지는 지하도였다. 그의 머리 위로 요란한 소리를 내며 전철이 지나가고, 몇몇 사람들이 기차를 놓치지 않으려고 계단을 뛰어 올라갔다. 얼마 후에 나이가 꽤 든 여성 세 명이 계단을 내려와 그를 쳐다보지 않고 그냥 옆을 스쳐갔다. 잿빛이 된 피곤한 얼굴로 보아 긴 밤을 보낸 듯했다. 아마도 병원에서 일을 했거나 밤에 사무실로 가득한 건물을 청소하는 청소회사 직원일 것이다.

헤드폰을 쓰고 자전거를 타는 젊은 남자가 자전거 경사로를 쏜살처럼 달려 내려오더니 장애물 경주를 하듯 여자들 옆을 스쳐 지나갔다. 이들은 놀라서 옆으로 비켰고, 그중 한 명이 남자의 등에 대고 슬라브어처럼 들리는 뭔가를 외쳤다. 욕설이 가라앉았을 때 보덴슈타인은 홀로 남았다.

12월 6일 저녁, 여기서 무슨 일이 벌어졌을까? 스케이트장에서 온 아이들은 멀리서부터 전철이 들어오는 것을 보고 놓치지 않으려고 서둘렀다. 리시 뷜레펠트는 친구들보다 훨씬 앞에서 걸어갔다. 감시 카메라 녹화를 보면 대비되는 투톤 컬러 다운재킷에 후드를 쓴 남자가 3번 전철 6번 차량에서 내렸다. 나중에 그와 함께 프랑크푸르트에 갔던 친구들, 그리고 그들 중 한 명이 찍은 사진과 비디오는 파바드 마흐무디가 그런 재킷을 입었음을 확인해줬다. 리시는 그가 계단에서 내려오던 순간에 만났을 것이다. 보덴슈타인은 주차장으로 되돌아갔다. 리시 뷜레펠트는 19시 22분에 휴대폰을 비행 모드로 돌렸다. 마흐무디를 만나기 직전이었을 것이다. 리시는 왜 약속과 달리 주차장에서 바이너트를 기다리지 않고 파바드와 함께 걸어갔을까? 교사와 정말 약속이 있었나, 아니면 그 모든 이야기가 판타지의 산물이었을까? 사실이었지만 리시가 마지막 순간에 생각을 바꾸었다면? 꿈과 현실 사이에 깊은 틈새가 있는 경우는 드물지 않고, 바이너트의 차를 본 리시가 겁을 먹었을 수도 있겠지. 그런데 왜 휴대폰을 다시 켜지 않았을까? 십대들은 스마트폰을 손쉽게 사용하잖아. 나이든 사람들과는 달리 다시 켜려고 걸음을 멈출 필요도, 안경을 쓰거나 비밀번호를 생각할 필요도 없었을 텐데.

바이너트 선생이 약속대로 주차장에서 차에 앉아 있었는데, 들킬지도 모른다고 생각하고 지금 심하게 금지된 일을 한다는 의식으로 신경이 극도로 쇠약해졌다고 가정하면? 그는 리시가 다른 남자와 함께 지나가는 모습을 봤을 테지. 리시와 통화하려고 시도했지만 허사였을 테고. 리시에게 화가 나서 그냥 집으로 갔을까, 아니면 따라갔을까? 리시가 마흐무디와 헤어진 뒤에 바이너트는 리시에게 말을 걸었을까? 어쩌면 그가 둘의 약속을 상기시켜줬는데 리시가 거절했을 수도 있다. 그래서 그가 우발적으로 아이를 죽이고, 자기가 선물한 머플러로 목을 조른 걸까? 거부와 모욕은 드물지 않은 범죄 동기니까.

보덴슈타인은 두 번째 지하도를 지나갔다. 마르첼라가 언급한 피자 가게가 보였다. 조금 더 가다가, 친구들의 진술에 따르면 그날 저녁에 리시와 파바드 마흐무디가 접어들었다는 거리로 방향을 틀었다. 저편 거리 끝, 슈발바흐 입구에 있는 난민 숙소의 붉은 골함석 벽이 멀리서부터 눈에 들어왔다.

잠시 후에 니더라트 거리를 건너, 건물 안마당과 겨우 몇 미터 떨어진 숙소 앞의 인도에 섰다. 목격자는 여기서 리시와 마흐무디가 대화를 나누며 담배를 피우는 모습을 잘 볼 수 있었을 것이다. 보덴슈타인은 몸을 돌렸다. 시 소속 노동자들이 우회로 진입로와 진출로 바로 옆 잔디밭에 플래카드 광고판을 설치하는 중이었다.

그는 왔던 길을 돌아갔다. 차에 올라 난민 숙소를 지나 슈발바흐를 통과하여 테니스장까지 갔다. 부모의 단호한 요구에 맞서 형사와 몰래 만난 사라 코르브마허의 행동은 무척 용감했다. 그는 사라가 잘난 척하려고 한다는 인상은 전혀 받지 못했다. 오히려 반대로 뭘 믿어야 할지 몰라 두렵고 혼란스럽고 실망한 상태였다. 교사에 대한 중대한 고발을 가볍게 내뱉거나 그에게 뭔가 복수하려는 게 아니었다. 그래서 보덴슈타인은 아이의 말을 진지하게 받아들였다.

그는 실내 테니스장 뒤쪽의 텅 빈 주차장으로 가서 그곳에 주차하고, 사람이 없는 야외 테니스장과 리시 뷜레펠트가 일한 동물보호소를 걸어서 지났다. 리시는 이 길을 따라 자주 걷거나 자전거를 타고 지났을 것이다. 성모상 처소는 얼마나 자주 지나갔을까? 이 장소가 어쩌면 리시에게 뭔가 의미가 있었고, 살인범도 그 의미를 알았을까? 아니면 시신이 다른 곳이 아니라 바로 거기 놓인 건 완전히 우연인가?

휴대폰이 울렸다. 카이였다. 그는 교사의 주소를 알아냈다.

"반장님, 좀 어떠신가요?" 카이가 물었다. "오늘 사무실에 오시나요? 여기 아주 난리입니다."

"그러면 나는 산책을 조금 하는 게 좋겠군." 보덴슈타인은 카이가 보고하기 전에 서둘러 대답했다. 그의 집중력은 지금 한 가지 일만으로도 모자랄 지경이었다. "나는 괜찮아. 정말이야. 걱정하지 마."

"알겠습니다." 카이가 그의 말을 믿지 않는 듯한 어투로 말했다. "이 남자의 주소가 왜 필요한지는 나중에 말씀해주실 거죠?"

잎사귀 없는 나무들과 메마른 덤불 사이의 굽은 길 뒤에서 성모상 처소가 모습을 드러냈다. 그 앞에 초록색 패딩에 청바지와 갈색 부츠 차림의 금발 여성이 서 있었다.

"이제 끊어야겠어." 보덴슈타인은 이렇게 말하고 카이가 미처 대답도 하기 전에 전화를 끊었다. 그는 여자를 놀라게 할 마음이 없었으므로 발걸음을 늦추고 여자가 고개를 들어 자기를 쳐다보기를 바랐다. 하지만 여자는 생각에 깊게 잠긴 채, 모르는 사람들이 처소 지붕 아래에 가져다놓은 얼어붙은 꽃과 꺼진 초를 빤히 내려다보고 있었다.

"안녕하세요, 뵐레펠트 부인." 보덴슈타인이 여자에게 다가가 인사했다.

* * *

비비엔 바이스벵거는 목격자가 아니라 피의자로 조사받는다는 말을 듣고도 변호사의 도움을 포기했다. 경찰은 폴커 마자넥에게 했던 것과 똑같은 질문을 했고, 르네 지겔의 소름끼치는 사진뿐 아니라 폐허가 된 법정 잔해에 놓여 있는 콘스탄틴 하벨카의 잘린 머리와 카트린 파힝거의 시신 사진도 보여줬다. 그녀는 검은색 도둑 복장만 아니었더라면 여리고 깨지기 쉬운 도자기 인형으로 보일 만한 모습으로 앉아 있었다. 사슴 같은 눈에서 눈물이 반짝이고 아랫입술이 떨렸지만 피아는 그런 모습에 전혀 영향을 받지 않았다. 비비엔 바이스벵거와 같은 여성은 남성들에게 보호본능을 불러일으키는 경우가 흔했지만, 셈에게는 통하지 않았다. 그는 질문 폭격을 퍼붓고 점점 더 공격적인 태도를 취했는데, 그 결과 여자는 겁을 먹은 듯했다.

비비엔 바이스벵거는 본명이 아닌 것 같았고, 만일 본명이라면 독일에 주민 등록이 되지 않은 상태였다. 자기 신분을 밝히지도, 어떻게 그 그룹의 일원이 되었는지도, 왜 위조 신분증으로 미니 화물차를 빌려서 마르쿠스 부르크하르트와 함께 불법 무기로 가득한 창고 수납공간을 비우려고 했는지도 진술하지 않았다. 데이터뱅크에 지문은 없지만 DNA는 있을지 모르니 검사 결과를 기다려봐야 했다.

"법과 질서를 무시하고 사적 제재를 가하면서도 어쩌면 당신은 정의를 구현하고 희생자와 그 유족을 위해 복수한다고 정말 믿었는지도 모릅니다." 셈이 말했다. "하지만 그렇지 않습니다! 당신은 수치스러운 방식으로 유족들의 감정적 극한 상황을 악용하고 그들을 압박하는 겁니다. 보복하면 마음이 가벼워진다고 그들을 설득하지만 사실이 아니에요! 콘스탄틴 하벨카는 죄책감을 더는 견디지 못하고 다섯 명과 자기 자신을 살해했습니다. 당신은 그를 잘 알고 있었지요. 그의 운명과 그가 겪은 마음의 괴로움에 아무런 감정도 일어나지 않습니까?"

비비엔 바이스벵거는 슬쩍 고개를 들었다. 피아는 한순간 셈이 그녀의 약점을 건드렸다고, 침묵을 깰 계기를 만들었다고 생각했지만 그녀는 다시 그저 탁자 상판만 내려다봤다.

"당신은 정말이지 양심이라고는 전혀 없는 사람이군요!" 셈이 소리쳤다. "거울은 들여다볼 수 있습니까?"

피아는 이제 자신이 넘겨받겠다는 신호로 셈의 팔을 살짝 건드렸다. 그들 모두 신경이 아주 예민했다. 수없이 마신 커피와 에너지 음료 덕분에 눈은 뜨고 있었지만 잠을 못 자고 긴장한 대가를 치러야 했다. 피로와 지나친 자극으로 인한 실수를 피하려면 다들 얼른 쉬어야 했다.

"당신은 독일에 정해진 거주지가 없군요." 천사 같은 얼굴을 한 여성에게 피아가 말했다. "이름도 아마 가짜일 테고, 차를 빌릴 때 사용한 운전면허증도 그렇겠지요. 도주와 증거 인멸 우려가 있으니 영장 심사 판사는 오늘 오후에 당신을 절대 그냥 가게 두지 않을 겁니다. 최소한 14일 동안 미결 구금 상태로 있어야 해요. 우린 그사이에 당신이 한 행위의 증거를 찾을 거고요. 증언해줄 목격자도 이미 있습니다. 당신은 도망칠 수 없어요. 아주, 아주 오랫동안 교도소에 수감될 겁니다."

여자 얼굴이 눈처럼 새하얘졌다. 불안한 듯했다. 체포된다거나 경찰이 이렇게 짧은 시간 내에 많은 것을 알아내리라고는 미처 짐작하지 못한 것 같았다.

"지금 몇 시인가요?" 여자가 물었다. 뭔가 말하기는 이번이 처음이었다. "무슨 요일이죠?"

"11시 5분입니다." 셈이 대답했다. "수요일이고요."

여자가 한숨을 내쉬고 말했다.

"죄송해요. 아무것도 말할 수 없어요. 아직은 아니에요."

셈이 뭔가 질문하려고 했으나 피아가 살짝 손짓으로 말하지 말라는 신호를 보냈다.

"좋습니다." 피아는 서류와 사진을 모아 투명 파일에 다시 넣었다. "오늘 오후에 당신은 영장 심사 판사 앞에 서게 됩니다. 그 전에 생각을 바꿔서 우리와 이야기하기를 원한다면 당신에게 유리하게 작용할 수도 있습니다."

여자는 대답이 없었고, 셈과 피아는 인사 없이 취조실을 나왔다. 니콜라 엥겔과 타냐 가츠케가 옆방에서 나와 합류했고, 다들 함께 계단을 통해 2층으로 올라갔다.

"그런데 시간과 요일을 갑자기 왜 물었을까요?" 타냐 가츠케가 물었다.

"하벨카의 자살 테러 이후로 느낌이 아주 안 좋아요." 셈이 화난 표정으로 말했다. "어딘가에 폭탄을 설치하고, 그게 폭발할 때까지 다들 주둥이를 닫고 있는지도 모릅니다."

"그게 해명일지도 모르겠군요." 니콜라 엥겔이 걱정스러운 얼굴로 말했다. 그녀는 아직 비스바덴으로 가지 않았다. 카이와 타리크, 크뢰거의 감식반이나 범죄연구소 실험실이 진전 없는 수사 결과를 얼버무릴 단서나 인적 사항을 발견할 수 있을지도 모른다고 기대했기 때문이다. 그러나 그런 희망은 보이지 않았다. 게다가 보덴슈타인은 완전히 잠수를 타서 전화조차 받지 않았다.

"아니면 그룹이 또 다른 살인을 계획하고 있는지도 모르죠." 피아가 말했다.

그들은 서로를 마주봤다. 지치고 절망한 상태였다. 세 번의 취조에서 아무것도 알아낸 게 없었다.

* * *

　"저는 매일 여기로 와요." 안네 뷜레펠트가 재킷 주머니에 손을 넣었다. "여기 오면 리시 옆에 있는 느낌이에요. 여기로 옮겨졌을 때는 이미 죽은 상태였을 테지만요. 안 그런가요?"
　"그랬을 거라고 추측합니다."
　"제 아이가 어디서 죽었는지 여전히 모르시는군요."
　"네, 아직 모릅니다." 보덴슈타인은 유족과 이러한 세부사항에 대해 이야기하는 일이 결코 편하지 않았다. 수사가 진행 중일 때는 더더욱 그랬다. 당사자 대부분은 수사 전술상의 고려사항을 언젠가는 인정하고 그들이 전해 들은 내용에 만족했지만 안네 뷜레펠트는 그렇지 않았다. 그녀는 보덴슈타인이 지금은 말하지 않겠다고 명확하게 밝혔음에도 지독하게 파고들었다. 이런 고집 때문에 그녀는 그가 지금까지 품었던 연민을 점차 잃었다.
　"오늘부터 우리는 사방에 플래카드를 설치해서 주민들에게 12월 6일 저녁에 뭔가 목격했다면 신고하라고 부탁할 예정입니다." 냉기가 신발 바닥을 파고들어 발이 얼음덩어리가 되는 느낌이었다.
　"그게 도움이 될 거라고 정말 믿으세요?" 안네 뷜레펠트가 코웃음을 쳤다. "제 딸이 살해됐다는 사실을 아직도 모르는 사람

161

이 있다면 그 사람 눈에는 플래카드도 눈에 띄지 않아요."

"우린 플래카드에 기대를 걸고 있습니다." 보덴슈타인은 비난을 못 들은 척하고 자기 말을 이어갔다. "기억은 금방 날아가지요. 전날 점심에 뭘 먹었는지 다음 날이면 더는 생각나지 않을 때가 많아요. 아니면 손님이 왔던 날이 수요일인지 목요일인지 기억나지 않고요. 하지만 기억을 구체적인 사건과 연결하면 달라집니다."

"뭐, 그렇게 생각하신다면."

"돌아갈까요?" 그가 제안했다. "원하신다면 집에 모셔다드리겠습니다."

"고맙지만 괜찮습니다. 저도 차를 가지고 왔어요."

두 사람은 동물보호소와 테니스 시설 쪽으로 천천히 걸었다. 그녀가 또 질문하기 전에 보덴슈타인이 먼저 말을 꺼냈다.

"하벨카가 토요일에 약국으로 찾아왔을 때, 당신에게 무기를 줬지요. 내 말이 맞습니까?"

"네." 안네 뷜레펠트는 잠깐 망설이다가 인정했다. "소음기와 권총을 줬어요."

둘은 유치원 아이들을 먼저 지나가게 했다. 아이들과 함께 걷는 엄마와 보육교사들은 스무 명의 어린이들이 만들어내는 소음에 단련이 된 듯했다.

"그리고 크론베르크 지하에도 가셨었고요." 보덴슈타인이 말했다. 비난이 아니라 확인이었다.

"네, 그랬어요."

두 사람은 서로 마주보지 않고 옆에 나란히 서서 걸었다. 안네 뷜레펠트는 시선을 직접 마주하는 것을 불편해했다. 보덴슈타인은 이미 처음 만났을 때 그 사실을 눈치챘다. 이렇게 대화를 나누는 편이 그녀에게 편할 듯했다.

"그런데 왜 마흐무디를 쏘지 않았습니까?"

"그렇게 하려고 고민했었지요." 안네는 솔직하게 시인했다. "머릿속으로 계단을 내려가 그를 보고, 그가 목숨을 애걸하는 모습을 백 번도 넘게 상상했어요."

여성 한 무리가 개들을 데리고 맞은편에서 왔으므로 그녀는 말을 멈추었다. 뒤에서 조깅하는 사람이 둘을 앞질러 갔다.

무척 분주했다. 놀랄 만큼 많은 사람들이 오늘처럼 안개 끼고 어스름한 겨울 아침에 슈발바흐에서 줄츠바흐로 이어지는 아스팔트길을 이용했다.

"거기 갈 때까지만 해도 쏘겠다고 단호하게 결심했었어요." 조깅하는 남자가 지나간 후에 안네 뷜레펠트가 다시 말을 이었다. "하지만 현실은 판타지와 다르잖아요. 다른 사람이 죽는다고 리시가 살아나지는 않아요. 총을 쏘긴 했지만 벽에 몇 번 쐈지요. 아마 분노를 진정시키려고 그랬던 것 같아요."

이야기를 듣고도 보덴슈타인은 놀라지 않았다. 그도 비슷하게 추측하고 있었다. 그녀는 쪽지에 쓰인 지시대로 탄피를 모아서—실수로 하나 빠뜨린 것만 빼고는—그곳을 떠났지만 양심의 가책 때문에 마흐무디가 있는 장소를 경찰에 알렸다.

"그를 쏘지 않아서 다행입니다." 보덴슈타인이 말했다. "저는 그런 일이 장기적으로 안도감이나 만족감을 가져다준다고 절대 생각하지 않아요. 제대로 작동하는 가치 체계를 가지고 있는 사람이라면 그렇지 않습니다."

"네, 저도 그렇게 생각해요." 안네 뷜레펠트가 그의 말에 동의했다.

"권총은 지금 어디 있습니까?" 그가 물었다.

"그 남자가 지시한 대로 했어요. 장갑을 낀 상태로만 총을 쥐었고, 그 후에 호수에 버렸어요. 총알 하나와 소음기만 가지고 있어요."

거짓말이 술술 흘러나왔다. 그에게 동의한 말도 거짓이었다. 고개를 빳빳하게 든 채 단단한 걸음걸이로 옆에서 걷는 안네 뷜레펠트는 뭔가 단호함을 내비쳤고, 그런 모습은 보덴슈타인의 경각심을 불러일으켰다. 사라 코르브마허가 리시와 교사에 대해 나에게 한 말을 이 사람이 알게 된다면 무슨 일을 벌일까! 시간문제일 뿐 분명히 알게 될 텐데.

보덴슈타인은 이 이야기를 일단 자기만 알고 있기로 했지만, 얼른 뷜레펠트 집의 수색 영장을 신청해야겠다고 마음먹었다.

둘은 한동안 말없이 걸었다. 자전거를 탄 사람 두 명과 노르딕 워킹 스틱을 잡은 한 무리가 그들을 지나갔다.

동물보호소 옆을 지나다 보니 문이 열려 있었다. 적재함 덮개가 열린 배달차가 마당에 서 있었다. 보라색으로 머리카락을 염색한 여성과 포니테일로 묶은 젊은 남성 한 명이 적재함에서 자루를 내려 손수레에 옮겨 싣는 중이었다.

"잠깐 실례할게요." 안네 뷜레펠트가 보덴슈타인에게 말하고 그들에게 다가가 말을 걸었다.

보덴슈타인은 길에 서서, 살해당한 임시 보조원의 엄마를 알아본 동물보호소 직원들의 몸짓 언어가 달라지는 모습을 지켜봤다. 사람들이 안네 뵐레펠트를 부담 없이 대하려면 시간이 한참 더 걸릴 터였다.

5분 후에 그녀가 돌아왔다. 동물보호소 직원들과 만난 일에 대해서 아무 말도 하지 않고 그냥 계속 걸었고, 보덴슈타인도 묻지 않았다.

"리시를 왜 성모상 처소 뒤편에 두었을까요?" 안네 뵐레펠트가 불쑥 물었다. "그게 무슨 뜻일까요?"

"저희도 그 질문을 하고 있습니다." 보덴슈타인이 대답했다. "어쩌면 종교적인 의미가 있을지도 모르지요. 리시는 기독교적으로 양육됐으니까요. 가족 전체가 종교적이고."

"리시는 개신교예요. 남편이 그렇게 하길 원했죠."

"아, 그렇군요." 보덴슈타인은 그녀가 무슨 말을 하려는지 알 수 없었다.

"마리아 숭배는 오로지 가톨릭에서만 해요." 안네 뵐레펠트가 약간 거만한 태도로 그에게 설명했다. "개신교는 동정녀 마리아와 아무 관계도 없죠."

"그러면 아마 종교적인 이유가 아닌지도 모르겠군요." 보덴슈타인이 대답했다. 종교적인 이유가 아니라 실용적인 이유에서였겠지. 그가 생각했다. 그날 저녁에 눈이 내리기 시작했다. 범인은 아마 시신이 금방 발견되는 것을 피하려고 했을 것이다. 그 이유에서 처소 안에 시신을 내려놓지 않고 뒤쪽에 놓았다. 보덴슈타인은 리시의 시신이 성모상 처소까지 자동차로 옮겨졌을지도 모른다고 짐작했다. 그 길은 자동차 주행 금지였지만 그렇게 하는 게 가장 빠르고, 또 겨울 저녁이라 다른 사람을 만날 확률도 아주 낮았기 때문이다.

형사로 일하면서 겪은 대부분의 살인사건에서 그는 범인으로 의심할 만한 사람이 누구인지 상당히 빨리 감을 잡았었다. 하지만 이 사건은 복잡했다. 살인사건 여성 희생자들의 90퍼센트가 범인과 어떤 식으로든 관계가 있다는 건 그도 물론 알고 있었다. 그래서 경찰은 리시 뷜레펠트의 가족 환경을 자세히 살폈고 모두의 타액 샘플을 받았지만 모든 친척, 특히 남자 친척들과 이웃은 금요일 저녁 알리바이가 모두 확실했다.

두 사람은 실내 테니스장 주차장에 도착했다. 안네 뷜레펠트가 자기 차로 가서 리모컨으로 문을 열었다.

"리시가 사라 집에서 자겠다고 말한 건 사실 다른 누군가를 만나기 위한 알리바이였을지도 모른다고 생각합니다." 보덴슈타인이 민감한 주제를 꺼냈다.

안네 뷜레펠트가 자동차 지붕 너머로 그를 바라봤다.

"저도 그 생각을 해봤어요. 리시와 저는 좋은 관계였어요. 하지만 그 아이는 십대였지요." 그녀가 슬픈 미소를 지었다. 오늘 처음으로 드러낸 감정 변화였다. "십대들은 엄마에게 더 이상 모든 이야기를 하지 않아요. 비밀이 있죠."

"혹시 '데이먼'이라는 이름을 들어보셨습니까?" 보덴슈타인이 물었다.

"들은 적은 없어요." 안네가 잠시 망설이다가 대답했다. "하지만 그 이름을 읽었어요. 저희 집으로 함께 가시죠. 보여드릴 게 있어요."

* * *

끈덕지게 붕붕거리는 소리가 피아의 무의식으로 파고들어 잠을 깨웠다. 피아는 눈을 떴지만 환한 곳에서 방향감각을 잃은 채 눈을 깜박이다가 뇌가 다시 부팅되면서 정신을 차렸다. 낮잠은 그녀의 바이오리듬에 아주 안 좋아서 원래는 잠깐만 잘 생각이었는데, 혈액 내 다량의 카페인과 전력을 잡아먹으며 웅웅거리는 천장의 형광등에도 불구하고 꿈도 없는 깊은 잠에 빠졌다. 피아는 독서용 안경을 더듬어 찾다가 낡은 소파의 좌판과 손잡이 사이 틈새에서 발견했다. 반장님이 전화를 걸었네! 잠이 벌떡 깬 피아가 회신 버튼을 눌렀다. 신호음이 가자마자 그가 전화를 받았다.

"어머, 잘 지내세요?" 피아가 물었다. "어디 계세요?"

"루카니아에 있어. 니더회흐슈타트 주유소 옆 이탈리아 식당. 우리, 만나야겠다. 리시 뵐레펠트 사건의 단서를 하나 찾은 것 같아."

피아는 벽에 걸린 시계를 봤다. 13시 44분이었다. 빌어먹을! 생각보다 너무 오래 잤군.

"'우리'가 누군가요?"

"카이와 타리크, 셈과 자네만."

"알겠어요." 피아는 반장에게 왜 그냥 사무실로 오지 않느냐고 묻지 않았다. 이유가 있을 테니까. "다른 팀원들을 찾아볼게요. 30분만 시간을 주세요. 그리고 제 걸로는 참치 피자를 미리 주문해주시고요."

"청어리도 추가해서." 보덴슈타인이 보충했다. "물론이지."

피아는 자리에 앉아 강력11반 채팅방에 짤막하게 소식을 전했다. '13시 44분 취조실 앞에서. 급함!' 그런 다음 한숨을 쉬며 일어났다. 낡은 소파에서 잔 짧은 낮잠은 머리에는 좋았지만 허리에는 독이었다. 머리띠를 풀고 흐트러진 머리카락을 열 손가락으로 빗은 다음 다시 하나로 묶었다. 36시간을 같은 옷을 입고 있었더니 땀내가 배고 지저분하게 느껴졌다. 집에 가서 느긋하게 샤워를 하고 옷을 갈아입으면 제일 좋겠지만 양치질과 고양이 세수를 하고, 이런 경우를 위해 사물함에 늘 보관하는 새 속옷과 플리스 재킷으로 갈아입는 것으로 만족해야 했다.

타리크와 카이는 이미 복도에서 기다리고 있고 셈은 하품을 하며 모퉁이를 막 돌아오는 중이었다.

"무슨 일이에요?" 타리크가 호기심 어린 표정으로 물었다.

"새 직원과 엥겔 과장님은 어디 있지?" 피아가 물었다.

"타냐는 부르크하르트와 바이스벵거와 함께 프랑크푸르트 영장 심사 판사에게 갔고, 엥겔 과장님은 비스바덴에 가셨지." 카이가 대답했다. "그런데 왜?"

"반장님이 우리와 만나자고 해서." 피아가 목소리를 낮추고 말했다. "니더회흐슈타트 이탈리아 식당에서 20분 후에. 리시 사건의 단서를 하나 찾았대."

"그럴 줄 알았어." 카이가 고개를 끄덕였다. "반장님이 아까 전화해서 나더러 주민등록사무소에서 뭘 좀 찾으라고 했거든."

"그런데 왜 이렇게 비밀리에 행동하죠?" 타리크가 물었다. "선배, 우리를 왜 여기 아래로 불렀어요?"

"나도 몰라." 피아가 어깨를 으쓱했다. "다른 사람은 몰라야 한다는 느낌이 들었지. 반장님이 우리 넷만 오라고 하셨어."

그들은 나지막하게 대화를 나누었다. 지난 24시간 동안 의심이 싹텄다. 익숙한 구조가 해체되고 새로운 직원이 그들 앞에 나타났다. 이 상황에 어떻게 대처해야 할지 아무도 몰랐다. 반장의 단독 행동도 안 좋은 분위기에 한몫했다.

"갈 거야, 안 갈 거야?" 피아가 초조하게 물었다. "안 가면 나 혼자 갈게."

"이탈리아 식당, 괜찮게 들리네." 셈이 힘겹게 하품을 누르며 대답했다.

"공무용 차량을 한 대 찾아볼게요." 타리크가 말했다.

"당신은?" 피아가 카이에게 물었다.

"당연히 함께 가야지. 평소에는 못 가잖아." 그가 이렇게 대답하고 싱긋 웃었다.

* * *

형사를 만나고 온 후로 사라는 계속 집에서 이리저리 걸었다. 이제 무슨 일이 벌어질까? 형사가 학교로 가서 바이너트 선생님을 체포하나? 그 과정은 어떨까? 형사가 선생님을 불러 사무실로 오게 해서 수갑을 채워 뒷문으로 나갈까? 사라는 그 장면을 상상했다.

"데니스 바이너트, 당신을 리시 뵐레펠트 살인 혐의로 체포합니다." 사라가 크게 소리 내어 말했다. "당신은 변호사를 선임할

수 있습니다. 당신에게 불리하게 작용할 진술을 하지 않을 권리
가……."

아이고, 내가 도대체 무슨 짓을 한 거지?

엄마 아빠에게 말하지 않고 형사를 만난 건 엄청난 실수였어!
나를 항상 무진장 친절하게 대해주는 바이너트 선생님을 아무
증거도 없이 형사에게 고자질했잖아! 선생님이 아무 죄도 없이
교도소에 가게 되면 어쩌지?

사라는 토할 것처럼 구역질이 났다. 엄마 아빠에게 전화해야
하나? 내가 한 일을 알릴까? 사라는 계속 집을 쏘다녔다. 걸으
면 생각하기가 좋았다.

사실이 아니라면 어쩌지? 이 모든 게 리시의 상상이었다면?

* * *

니더회흐슈타트로 가면서 피아는 남편과 마지막으로 대화한
게 언제였는지 생각했다. 지난 며칠의 일들이 하나의 덩어리로
뭉쳐서 채팅방을 들여다봐야 했다. 남편에게 메시지를 보내고
귀여운 이모티콘을 여러 개 붙였다. 그들은 피아가 보덴슈타인
과 통화한 지 정확하게 30분 만에 식당에 발을 들여놓았다. 혼
잡한 점심시간은 이미 지나갔는지 몇몇 테이블에만 손님이 있
었다. 눈에 보이지 않는 스피커에서 이탈리아 음악이 조용히 흘
러나오고 입맛을 돋우는 마늘과 샐비어 향기가 풍겨왔다. 대형
텔레비전에서는 축구 경기가 무음으로 진행 중이었다.

사방을 둘러보던 피아는 제일 구석진 자리에서 반장을 발견

했다. 그는 독서용 안경을 쓰고 스마트폰을 들여다보고 있었다.

"저희 왔어요." 피아의 말에 그가 고개를 들었다.

"아, 와줘서 고마워." 그가 안경을 벗고 말했다. "자, 와서 앉아."

그들이 재킷을 벗고 자리에 앉자마자 보덴슈타인이 타리크의 메시지 덕분에 미리 주문해둔 음식이 나왔다. 카이와 피아는 피자, 타리크는 연어가 들어간 탈리아텔레, 셈은 송아지 고기 스테이크를 받았다.

"좀 어떠세요?" 카이가 이렇게 물으며 월요일부터 그들 사이에 존재하던 어색함을 밀어냈다.

"0과 10이라는 단계에서 마이너스 20쯤에 있어." 보덴슈타인이 대답했다. "하지만 곧 나아질 거야. 어제 자네들을 곤란하게 만들어서 미안해."

그 말로 모든 상황이 충분히 정리됐다.

"반장님, 얼른 말씀해보세요! 무슨 일인가요?" 카이가 물었다. 그는 식사 도구를 무시하고 손으로 피자를 먹었다.

"일단 자네들부터." 보덴슈타인이 말했다. "어제저녁에 무슨 일이 있었나?"

"길게요, 아니면 짧게요?"

"짧게 설명해봐."

그들은 먹으면서, 어제저녁에 마르코 베제닉이 다시 한번 전화한 후에 사태가 얼마나 급변했는지 돌아가며 보고했다. 블루스카이 창고로 출동한 일, 마르쿠스 부르크하르트와 비비엔 바이스벵거 체포와 무기 발견에 대해 이야기했고, 보덴슈타인은 아무 말도 없이 듣기만 하다가 마르쿠스 부르크하르트라는 이름에서 짤막하게 물었다.

"내가 아는 사람 같은데." 그가 생각에 잠겼다. "예전에 연방정보국 직원이었던가?"

"네, 맞아요. 그 사람입니다." 카이가 대답했다. "저랑 함께 특공대 소속이었고, 그 후에는 연방정보국으로 갔지요."

보덴슈타인은 이마를 찌푸리며 생각에 잠겼다. "내가 이 정보를 어디서 들었는지 모르겠지만, 어쨌든 내 기억이 맞다면 그는 연방정보국에서 위험 지역의 인질을 구출하는 일을 담당했어."

"그러면 앞뒤가 맞겠네요." 셈이 말했다. "그런 사람은 누군가를 납치하는 방법도 알 테니까요."

그들은 보고를 이어가다가 카트린이 세밀하게 정리해둔 살인 계획과 그 아래에 약자로 표시된 이름이 적힌 서류철 이야기에 이르렀다. 카트린의 범죄 증거는 명백했다. 그녀는 단순 가담자가 아니라 살인 조직의 우두머리 중 한 명이었다. 수십 년 동안 괴물 같은 짓을 하며 경찰로서 지켜야 할 모든 것을 배신했다.

"그들은 아마 처음에 카트린 부모의 살인과 폴커 마자넥과 여동생이 당한 성적 학대만 보복하려고 했을 거예요. 그런데 거기서 그치지 않고 계속한 거죠." 피아가 말했다. "그들 모두 어떤 트라우마 또는 심각한 성격상의 장애를 입었고, 사법제도가 정의를 구현하기 위해 충분히 일하지 않는다고 확신했어요."

"마르쿠스 부르크하르트의 아버지는 마르쿠스가 열 살일 때 적군파의 총에 맞아서 사망했고요." 카이가 하나씩 세어나갔다. "볼프 졸베르크는 탈레반에게 인질로 잡혀서 고문과 동료들의 죽음을 겪었습니다. 그래서 당시 상관을 납치해서 살해했어요. 하벨카 판사는 맨홀 뚜껑을 던진 남자 때문에 아내와 아들을 잃었고요."

"부르크하르트와 마자넥, 비비엔 바이스뱅거에게서는 아무것도 알아내지 못했습니다." 셈이 음식을 먹으며 말했다. "미결 구금을 예고해도 우리 질문에 전혀 대답하지 않았어요. 비비엔 바이스뱅거는 몇 시인지, 무슨 요일인지만 묻더니 아직은 말할 수 없다고 대답하더군요."

"아직은 말할 수 없다고 했어??" 보덴슈타인이 캐물었다.

"네. 뭔가를 기다리고 있다는 인상을 받았어요." 피아가 대답했다. "그러니 어쩌면 살인이나 폭탄 테러가 더 계획되어 있는지도 모르겠어요."

"셈과 타냐와 저는 카트린이 높은 우선순위를 매긴 모든 '프로젝트'를 훑어보고 표적 인물들이 어디에 있는지 알아내려고 했습니다." 카이가 말했다.

보덴슈타인은 바구니에서 빵 한 쪽을 꺼내 생각에 잠긴 채 손으로 뜯기 시작했다.

"그러니 그 그룹에 우리 쪽 사람이 포함됐다는 짐작이 맞았군." 그가 말했다.

"생각보다 규모가 클 수도 있어요." 피아가 자기 추측을 말했다. "카트린과 그녀의 오빠, 그리고 그 친구들로 구성됐던 작은 그룹은 세월이 흐르면서 큰 조직이 됐어요. 그들에게 신세를 진 사람들이죠. 그들은 정보원, 하수인 노릇을 하는 사람들을 점점 더 끌어들였어요."

"하벨카는 처음에 정말로 만족감을 느꼈는지도 몰라. 하지만 결국은 자기가 한 일 때문에 무너졌지." 보덴슈타인은 빵조각으로 작은 공을 빚어 식탁보에 한 줄로 세웠다. "그는 존경받는 훌륭한 판사였어. 그러다가 그 그룹 때문에 어긋난 길로 들어선 거야. 그래서 완전히 파괴된 거고."

"마르코 베제닉에게는 칼부림을 한 남자의 살해를 목격한 일이 그가 겪은 가장 끔찍한 경험이었을 테죠." 셈이 빵 바구니로 손을 뻗다가 빈 것을 보고, 계산대 뒤편에서 지루한 표정으로 휴대폰을 만지작거리고 있는 종업원에게 빵을 더 달라는 신호를 보냈다. "그리고 발리드 부아지즈도 숲에서 겪은 일로 완전히 제정신이 아니었고요."

"그들은 살해에 기쁨을 느끼는 사이코패스가 아니라, 옳고 그름에 대해 정상적인 생각을 하는 사람들이니까." 보덴슈타인이 말했다. "늘 괴롭힘을 당했던 사람들이 타인을 괴롭혀."

"이 경우에는 피해자 사례 분석가인 하딩 박사가 기쁨을 느끼겠군요." 타리크는 마지막 남은 파스타를 포크로 마저 집어 입에 넣고 뺨이 불룩해진 채 씹었다.

"지금까지 벌어진 살인을 실종자와 신원미상 시신 데이터뱅크에서 찾은 미제사건들과 비교해봤어요." 카이도 피자를 다 먹었다. "우리가 찾는 기준에 맞는 미제사건이 놀라울 정도로 많습니다. 다시 말해서 형기를 마친 후에, 또는 범죄를 저지른 직후에 실종되거나 시신이 발견되는 범죄자들이 있어요."

"데이터뱅크 분석에서 그 점이 왜 눈에 띄지 않았을까?" 보덴슈타인이 물었다.

"범죄 실행에서 눈에 띌 만한 유사점이 없으니까요. 이 특수한 범죄자 패턴이라는 목표를 가지고 찾지 않으면 발견되지 않습니다. 한 지역에 집중되지도 않고 연쇄살인임을 알아볼 만한 가해자 프로파일도 없어요."

"자네들, 주유소 살인과 고속열차에서 밀친 사건 서류를 다 훑었나?"

"새 직원이 맡았어요. 왜 그러세요?"

"누군가 마흐무디의 주소지에 어떻게 그리 빨리 갈 수 있었을까?" 보덴슈타인이 질문으로 대답을 대신했다. "주유소 칼부림 범인과 고속철도에서 타인을 밀친 사람은 어떻게 그리 빨리 납치됐을까? 모든 명령 체계를 거쳐 뭔가 움직이기까지 얼마나 시간이 오래 걸리는지 우리 모두 알잖아. 우리가 빨리 현장에 도착하지 못해서 범인을 놓치는 일은 무척 흔하게 일어나."

"그러니까 반장님은 치안경찰 중에 누군가도 연관이 있다고 짐작하시는군요?"

"응, 내 생각은 그래." 보덴슈타인은 뭉친 빵을 손바닥을 세워 모두 쓸었다. "다른 말로는 설명이 되지 않아."

* * *

안네 뷜레펠트는 온몸이 떨리고 머릿속이 한없이 헝클어졌다. 이 상태에서 운전을 하는 게 좋은 생각은 아니었지만 지금 그냥 집에 앉아서 외르크를 기다릴 수는 없었다. 당장 사라와 말을 해봐야 했다. 방금 그녀의 집 부엌에서 마르첼라와 린의 엄마인 베르니체와 자비나가 차를 마시며 털어놓은 말이 진짜인지 아니면 말도 안 되는 소문인지 확인해야 했다. 그 두 여자는 딸들이 유치원에 다닐 때부터 알던 사이였는데도 리시 살인사건 이후로 안네를 피해 다녔다. 물론 꽃과 안타까운 마음이 가득 담긴 카드를 보내긴 했지만, 단 한 번도 찾아오지는 않았었다.

실물보다 훨씬 큰, 미소 짓는 리시의 얼굴이 앞에 불쑥 나타났다. 안네는 놀라서 브레이크를 너무 늦게 밟았다. 잠김 방지 브레이크 장치가 덜컥이며 작동했다. 그게 아니었더라면 빨간 신호등에 서 있는 앞차를 추돌할 뻔했다. 안네는 몇 번 심호흡을 하고 양손으로 핸들을 꽉 움켜쥐었다. 이게 형사가 예고했던 플래카드구나. 리메스슈팡에 거리 교차로 가장자리, 눈에 잘 띄는 장소에 아주 거대한 크기의 플래카드가 있었다.

리시는 12월 6일 19시 45분경 마지막으로 목격됐습니다.
니콜라우스 날 이 시각 또는 이보다 늦은 시각에
리시의 살인범을 찾는 데 도움이 될 만한 뭔가를 목격하셨습니까?

안네는 딸의 얼굴을 빤히 바라봤다. 내가 외르크에게 플래카드 이야기를 했던가? 기억이 나지 않네. 그가 예상치 못하게 리시의 사진을 보면 벼락 맞은 듯이 놀라겠구나. 전화해서 미리 말해야겠어. 경찰이 이걸 왜 설치했는지 말해야⋯⋯.

뒤에서 누군가 경적을 울렸다. 신호등이 초록색으로 바뀌었지만 안네는 리시의 얼굴에서 눈을 뗄 수 없었다. 이제 자동차 여러 대가 경적을 울렸다. 신호등이 노랑으로, 그리고 다시 빨강으로 바뀌었다. 안네는 계속 플래카드를 노려봤다. 저게 언제 찍은 사진이지? 오래된 사진이 아닌데. 안네는 자기가 경찰에게 이 사진을 줬는지 어쨌는지도 기억나지 않았다.

누군가 유리창을 두드렸다.

"여보세요? 어디 안 좋으신가요? 괜찮으세요?" 어떤 남자였다. 화를 내는 게 아니라 걱정하는 표정이었다.

안네가 유리창을 내리고 무미건조하게 말했다.

"제 딸이 살해당했어요. 저기 플래카드, 저 아이가 제 딸이에요."

남자의 얼굴에서 친근하고 걱정스러운 표정이 순식간에 사라졌다.

"오…… 아이고…… 실례했습니다." 그가 더듬더듬 말하고 서둘러 돌아갔다.

"네, 물론 그러시겠죠. 제가 실례했네요." 안네는 냉소적으로 중얼거리고 유리창을 다시 올렸다. 다들 이렇게 반응했다. 안네는 가끔 유혹을 참지 못하고, 리시를 철저하게 이용한 동물보호소 사람들에게 조금 전에 그랬듯이 이런 식으로 도발하기도 했다. 사람들을 거칠게 대하는 것이 새로운 취미가 됐는데, 그런 후에는 기분이 더 안 좋았다.

신호등이 다시 초록색으로 바뀌자 안네는 교차로를 지났다. 외르크에게 전화해야지. 아니, 형사에게 전화하는 게 훨씬 더 급한 일이야. 경찰은 무능한 집단이라고, 플래카드에 사용한 세금을 아낄 수 있었을 거라고, 누가 내 딸을 죽였는지는 경찰이 직접 알아내야 하는 거라고.

목구멍에서 흐느낌이 올라왔다. 어떻게 인간이 그럴 수 있을까! 그는 리시가 살해된 후에 아내와 함께 안네를 방문한, 몇 안 되는 사람들 중 한 명이었다. 그 부부는 거실에 앉아 있었고, 그는 무척 마음 아픈 표정이었으며, 그의 그런 모습을 안네는 그대로 받아들였다. 그 개자식을!

베르니체와 자비나가 집에서 나가자마자 안네는 권총을 핸드백에 넣고, 그에게 가서 그냥 쏴버릴까 고민했다. 하지만 지금 들은 말이 사실이 아니라면? 두 여자가 그저 과장한 거라면? 안네는 열여섯 살짜리 딸이 나이가 두 배 이상 많은 남자를 사랑했다는 말을 믿고 싶지 않았다! 이놈이 순결한 아이를 만지고, 혀를 아이의 입에 넣는 모습을 상상하니 쓸개에서부터 악취를 풍기는 구역질이 격하게 올라왔다. 그의 아내 레오나는 틀림없이 아무것도 모를 터였다. 그 여자 머릿속에는 오로지 자기 경력밖에 없으니까. 레오나는 1년 전부터 외르크의 부서에서 일했다. 일 잘하고, 야심차고, 지적이고, 진정한 이득이 될 직원이므로 외르크가 직접 경쟁사에서 빼왔다. 레오나, 그리고 리시의 학교에서 교사 자리를 얻은 그녀의 남편에게 슈발바흐에 있는 옛집을 임대하자는 것도 외르크의 아이디어였다. 임대차 계약에 서명한 후에 그들은 이 부부를 그릴에 초대했다. 금방 서로 친근감을 느꼈고 케미가 통했다. 외르크와 레오나는 미국 거대 기업에서 일반적으로 그러듯이 어차피 이미 반말을 했고, 프로세코를 한 잔 마시면서 데니스와 레오나, 외르크와 안네 이렇게 네 명 모두 서로 반말을 하기로 결정했다.

리시도 당연히 그 자리에 함께 있었다. 엄청나게 짧은 반바지와 배를 드러내는 민소매 상의 차림이었다. 크로아티아 여행에서 피부가 갈색으로 그을리고 긴 금발은 햇빛에 빛이 바랬다. 리시와 데니스는 서로 이야기를 나누며 웃었다. 그가 뭔가를 이야기하자 리시는 홀린 듯 그의 입술에서 눈을 떼지 못했다. 데니스 바이너트는 매력적인 남자였다. 안네는 그 사실을 인정할 수밖에 없었다. 그와 비교하니 외르크가 처졌다고 생각했던 기억이 떠올랐다.

안네는 깜짝 놀라 생각에서 벗어났다. 코르브마허 집에 이미 도착했다. 이제 겪게 될지도 모르는 일이 두려워서 망설이며 차에 한동안 그대로 앉아 있었다. 리시가 사라를 처음 집으로 데리고 왔을 때부터 안네는 사라를 좋아했다. 모두 똑같은 외모에 틱톡과 외모에만 관심이 있는 리시의 다른 친구들과는 달리, 사라는 천박하지 않았다. 사라의 가족도 리시네처럼 미국에서 잠시 거주했었다. 리시와 사라는 코스플레이를 무척 좋아한다는 공통점도 있었다. 수작업 솜씨가 그다지 좋지 않은 안네는 사라의 손재주에 늘 감탄했다.

"이제 가자!" 그녀는 스스로에게 명령했다. 그리고 차에서 내려 현관으로 향했다.

* * *

종업원이 접시를 치웠다. 그들은 에스프레소와 카푸치노를 주문했고, 카이는 후식으로 티라미수를, 피아는 미네랄워터만

시켰다. 이런 밤을 지낸 후에 커피는 더 이상 견디지 못할 것 같 았다.

"저희에게 무슨 말씀을 하시려던 거예요?" 피아가 보덴슈타 인에게 물었다.

그는 바로 대답하지 않았다. 빵 부스러기에 온 신경을 집중한 것처럼 보였다.

"오늘 아침에 사라 코르브마허를 만났어." 그가 마침내 입을 열었다. "바트 조덴 가톨릭 교회에서."

"부모도 함께였나요?" 카이가 물었다.

"아니."

"반장님, 만나지 말았어야 해요." 카이가 동의하지 않는다는 표정으로 이마를 찌푸렸다. "우리가 소환장을 보냈어요. 그러 니……."

"소환장은 잊어버려! 그 애가 나와 이야기하자고 했어." 보덴 슈타인이 거칠게 그의 말을 막았다. "둘만 만나자고, 부모님이 나 탁자에 둔 녹음기 없이! 그 아이는 겁을 먹고 불안해하고 있 어."

그는 카이가 왜 그렇게 반응하는지 물론 잘 알았다. 부모의 동의 없이 아이를 만났다는 사실이 밝혀지면 그는 꽤 심각한 어 려움에 처할지도 모르고, 게다가 그런 상황에서 사라가 한 말은 법적 구속력이 없어서 진술 가치도 없었다.

"리시 뷜레펠트는 12월 6일 저녁에 누군가와 만나기로 약속 이 되어 있었어." 보덴슈타인이 말했다. "피아의 추측이 맞았지. 사라 집에서 잔다는 건 그냥 알리바이였어."

그가 입을 다물었다. 주문한 음료와 카이의 후식을 종업원이 식탁으로 가져왔다.

"리시는 자기가 좋아하던 수학 선생과 약속을 했었대." 보덴슈타인이 말을 이었다. "그 선생이 전철역에서 리시를 데리고 가기로 했대. 리시는 그날 저녁에 그와 처음으로 자려던 거야."

"수학 선생이랑요?" 타리크가 구역질난다는 듯이 얼굴을 찌푸렸다. "그 아이보다 최소한 스무 살은 많을 텐데요!"

"증거가 있나요?" 셈이 물었다.

"없어. 그래서 사라가 우리와 더 일찍 말하지 못한 거야. 선생과 만나기로 했다는 리시의 말이 사실인지 아닌지 몰라서 말이야. 리시는 예전에도 남자아이들 이야기를 자주 지어냈나 봐." 보덴슈타인은 냅킨을 집어 들고 손가락을 닦았다. "리시는 10학년 초부터 수학과 체육을 담당한 교사를 사랑했대. 다른 이야기는 하지도 않았다더군. 친구에게 말하길, 동물보호소 개들을 데리고 산책할 때면 선생을 만났다고 했대. 그러다가 몇 주 전 수학여행에서 처음으로 키스를 했고. 하지만 증거는 하나도 없어. 리시 휴대폰은 여전히 찾지 못했고, 사라와 나눈 채팅이나 문자 메시지에서 리시는 그 남자의 본명을 한 번도 사용하지 않았다더군."

"데니스 바이너트." 카이가 말했다. "슈발바흐 나이팅게일 길 48."

다들 놀라서 카이를 바라봤다.

"조금 전에 주민등록사무소에서 찾았어." 그가 대답했다.

"리시는 사라와 이야기를 하거나 문자를 보낼 때면 그를 시리즈 등장인물의 이름을 따서 '데이먼'이라고 불렀어." 보덴슈타인이 말했다. "나는 좀 전에 리시가 죽은 날 걸었던 길을 따라 걸어봤어. 두 개의 지하도를 지나, 리시가 담배 피우는 모습이 목격된 난민 숙소 앞까지 갔지. 그 후에 시신이 놓여 있던 성모상 처소에 다시 한번 갔다가 리시의 엄마를 만났어. 난 그녀에게 말을 걸고, 혹시 리시가 '데이먼'이라는 이름을 언급한 적이 있는지 물어봤지만 그런 기억은 없다고 하더군. 그 대신 여기 이걸 줬어. 리시의 방에서 발견한 거라고 해."

그가 쪽지와 노트가 가득한 종이봉지를 식탁에 쏟았다.

모두 망설이면서 노트 또는 쪽지를 잡았다. 리시 뷜레펠트는 종이에 마음을 열고 사랑하는 사람의 이름을 수천 번 쓰거나, 그리거나, 예술적으로 아름답게 장식했다.

"데이먼, 데이먼, 데이먼." 타리크가 읽고 눈을 흘겼다.

"사랑해. 당신 없이는 살고 싶지 않아. 당신을 위해 죽을 테야." 카이도 고개를 저었다. "세상에, 틴에이저의 엄청난 격정이군!"

"이 남자에게 완전히 집착했네." 셈이 말했다.

"아니, 사랑한 거야." 피아가 그의 말을 바로잡았다. "그 나이때 그러는 여자아이들이 많아. 더 나이 들면 없어져."

"좋아하던 사람에게 교살당하지 않는다면 말이지." 카이는 별 관심 없이 넘겨보던 노트를 내려놓았다. "이 교사랑 얘기를 해봐야 할까요?"

"그럼, 물론이지." 보덴슈타인이 고개를 끄덕였다. "세 가지 이유에서 그래. 사라 코르브마허 말로, 바이너트가 리시에게 파란 면 머플러를 선물했고, 그때부터 리시가 늘 하고 다녔대."

그들은 서로 마주 봤다. 전기 충격을 받는 것 같았다. 유력한 단서를 발견하는 것만큼 동기 부여가 되는 것도 없다.

"게다가 안네 뷜레펠트는 권총을 가지고 있을 확률이 매우 높아. 하벨카 판사가 토요일에 약국에 왔을 때 권총과 소음기와 총알을 줬다고 나에게 자백했어. 자기 말로는 지하실로 마흐무디를 찾아간 후에 호수에 권총을 버렸다지만, 난 그 말을 믿지 않아."

"빌어먹을!" 피아가 물병의 물을 컵에 모두 따랐다. "이런 일이 생길까 봐 걱정되더라고요."

"카이, 뷜레펠트 집 수색 영장을 신청해줘." 보덴슈타인이 말했다. "안네 뷜레펠트는 권총을 이미 한 번 사용했어."

"셋째 이유는 뭐예요?" 피아가 물었다.

"사라 코브르마허는 상당히 똑똑해. 데니스 바이너트에 대해 조사하고, 그가 재직한 뢰라흐와 슈트라우빙 학교에서도 미성년 여학생들과 관계가 있었는데 들켰다는 사실을 찾아냈어. 그런데 그때마다 합의를 했나 봐. 사라는 그중 한 학생과 인스타그램으로 연락했는데, 그 학생이 바이너트가 그때도 리시 뷜레펠트의 경우와 아주 비슷한 잔꾀를 썼다고 말했다더군."

"그가 다른 여학생에게도 의류를 선물했다는 거예요?" 카이가 물었다.

"모르겠어." 보덴슈타인이 사라 코브르마허에게서 받은 목록을 그에게 건넸다. "그 여학생의 이름과 연락처야. 맞는지 확인하고 데니스 바이너트의 배경도 조사해."

"이런 남자가 어떻게 아직도 아이들을 가르칠까요?" 타리크가 분노했다.

"피아와 나는 바이너트에게 가서 그를 경찰서로 데리고 갈게." 보덴슈타인이 말했다. "아마 24시간 이상 잡아둘 수는 없을 테니 빌레펠트 집 수색 영장을 얼른 신청해야 해. 혹시 문제가 생기면 위급한 상황을 이유로 영장 없이 크뢰거와 함께 가. 그리고 동료 가츠케가 아직 못 봤다면 누군가 얼른 주유소 칼부림과 고속열차에서 밀친 사건 서류를 훑어보고 처음 현장에 간 동료들의 이름을 확인해야 해."

모두 고개를 끄덕였다. 공회전이 끝나고 드디어 다시 기어가 들어갔다.

솀이 계산을 하려고 종업원에게 손짓했다.

"돈은 넣어둬." 보덴슈타인이 말했다. "오늘은 내가 낼 테니까."

* * *

살면서 사라는 발밑이 꺼지고 자기가 당장 거기로 사라지기를 지금처럼 다급하게 바란 적이 없었다. 지금 느끼는 감정은 불안도, 죄책감도 아니라 들끓는 수치심이었다. 제2의 엄마라고 여겼던 안네 빌레펠트를 자기가 얼마나 실망시켰는지 깨달았기 때문이다.

마르첼라와 린의 엄마는 리시가 바이너트와 이른바 비밀리에 관계를 맺었다고 안네에게 즉각 이야기했다. 사라는 너무 절망하고 있다가 그 멍청이들에게 비밀을 털어놓은 자기 자신에게 화가 났다. 최소한 그 수다쟁이 마르첼라는 입을 다물지 못할 거라고 예상했어야 하는데. 하지만 그 아이들이 곧장 엄마에

184

게 달려가리라고는 정말 상상도 하지 못했다.

"네가 마르첼라와 린에게, 리시가 바이너트 선생과 관계가 있다고 말했다는 게 사실이니?" 안네 뷜레펠트가 물었다. 그녀의 눈이 열에 들뜬 듯 번쩍였다. 평소에 항상 세심하게 컬을 넣었던 머리카락은 여러 가닥이 이마에 늘어지고 오른쪽 눈 아래가 계속 떨렸으며, 입가에 마른침이 묻어 있었다. "사라! 리시가 너희 선생을 '데이먼'이라고 불렀고, 살해되던 날 저녁에 그와 약속했다는 게 사실이야? 그날 너희 집에서 자려던 게 아니지. 안 그래? 사라, 너 뭘 알고 있어? 얼른 말해! 어서!"

사라는 너무나 무서웠다. 내가 왜 문을 열었던가? 리시의 엄마가 당장이라도 나에게 달려들어 때릴 것만 같아.

"저…… 저는 몰라요. 정말이에요." 사라가 나지막하게 중얼거렸다. "리시는 바이너트 선생님을 좋아했어요. 그건 맞아요. 그리고 〈뱀파이어 다이어리〉 때문에 언제나 '데이먼'이라고 불렀고요."

"사라, 사실을 말해줘." 리시의 엄마가 재촉했다. "그 남자가 내 딸을 건드렸어? 리시와 자려고 했니?"

이렇듯 은밀한 문제를 직설적으로 언급하자 사라는 깜짝 놀라 몸을 움찔했다. 바이너트가 얼마나 치근댔는지 리시가 계속 말했다는 건 절대 알 수 없었다. 그의 접근을 거의 막을 수 없을 정도라는 말도, 어디서든 만나기만 하면 키스를 하고 가슴을 어루만진다는 말도. 실내 체육관 탈의실에서, D동 2층 청소도구함에서, 동물보호소 개와 산책할 때면 수목원에서. 하지만 리시는 그와 아무 데서나 눕고 싶어 하지 않았다. 첫 번째 경험은 뭔가 특별해야 하니까.

"몰라요." 사라가 말했다. "전혀 아는 게 없어요! 리시가 저에게 했던 말만 알아요. 바이너트 선생님과 리시가 함께 있는 걸 본 적은 한 번도 없어요. 선생님이 리시에게 보냈다는 문자 메시지를 읽은 적도 없고요. 솔직하게 말해서, 그 말이 맞다는 증거가 하나도 없어요."

안네는 사라를 뚫어지게 보다가 말했다.

"사라, 넌 이제 아무도 보호할 필요가 없어. 리시는 죽었어."

"알아요." 사라가 흐느끼며 말했다. "알아요! 그래요, 리시는 금요일 저녁에 선생님과 만난다고 했어요. 계획이 있었어요. 저희 집에서 잘 생각이 아니었어요. 하지만 그 비밀을 말할 수는 없잖아요! 리시는 저랑 제일 친한 친구였는데요! 저를 믿었다고요!"

"그래서 이제 죽었지." 리시 엄마의 얼굴이 돌처럼 딱딱하게 굳었다. 눈 밑의 불안한 경련만 남아 있었다. "아마 네가 아무 말도 하지 않았기 때문에 죽었겠지. 네가 리시를 말려야 했어."

리시 엄마의 말은 따귀를 때리는 것처럼 아팠고, 또 그만큼 굴욕적이었다. 사라의 내면이 쪼그라들었다. 안네 아줌마가 지금 정말로 리시가 죽은 책임을 나에게 돌리는 건가? 아줌마 말이 맞나? 내 잘못이었을까?

"어쩔 수 없었어요." 사라가 눈물을 흘리며 중얼거렸다. "안네 아줌마, 제발 제 말을 믿어주세요!"

"뷜레펠트 부인이라고 불러." 리시 엄마가 싸늘하게 말했다. "너는 리시의 친구가 아니었어. 그러니 장례식에서 기도문을 낭

독할 필요 없다. 널 두 번 다시 보고 싶지 않아. 우리 눈앞에 나타나지 마라!"

그러고 몸을 돌려 현관문을 그대로 열어둔 채 그 자리를 떠났다. 사라는 그런 안네 뷜레펠트의 뒷모습을 지켜봤다. 상처를 주는 말이 기이하게도 사라의 마음을 냉정하게 가라앉혔다. 핼러윈의 호박처럼 사라를 텅 비게 만들었던 머릿속의 불안이 분노로 바뀌었다. 리시의 친구가 아니었다는 리시 엄마의 주장, 그리고 리시에게는 전혀 관심도 없고 오로지 이 비극의 중심에 서고 싶어 하는 못된 인간 마르첼라에 대한 분노였다!

안네는 뭔가 생각난 듯 뒤돌아서서 현관문 앞의 계단을 다시 올라왔다.

"리시 스케치북 돌려줘."

"아뇨, 절대 안 돼요." 사라는 리시 엄마의 눈을 똑바로 보다가 어떤 아이디어가 떠올랐다. 리시가 정말 좋아할 환상적인 아이디어야! 날 장례식에 못 가게 막을 수는 없어.

"스케치북 내놔! 그건 리시 거야!" 안네 뷜레펠트가 위협적으로 가까이 다가왔다.

"리시는 제가 갖기를 원했을 거예요." 사라가 대꾸했다. "이제 가세요! 안 그러면 경찰을 부를 테니까!"

그러고 현관문을 걸어찼다. 문이 뷜레펠트 부인의 코앞에서 요란한 소리를 내며 닫혔다. 사라는 리시가 죽은 이후 처음으로 미소를 지었다.

* * *

　나이팅게일 길은 1970년대에 지어진 잘 관리된 테라스하우스들이 이어지는 조용한 주택가였다. 집 앞 군데군데 차들이 주차되어 있었지만 아직 호기심 많은 구경꾼이나 기자, 특히 권총을 든 뵐레펠트 부인은 없었다. 하지만 이런 상황은 순식간에 달라질지도 모른다. 세상에 일단 한번 퍼진 소문을 돌이킬 수는 없다. 예전에는 소문이 퍼지는 데 시간이 좀 걸렸다. 하지만 인터넷과 초고속 광섬유 케이블, 메신저 서비스와 소셜 미디어 시대인 지금은 소문이 아주 빠를 뿐 아니라 폭발적으로 확산됐다. 사라 코르브마허는 누군가에게 이야기를 할 것이다. 젊은 여성들은 가장 가까운 친구 또는 친구라고 간주하는 사람들과 비밀을 나누기 좋아하니까.

　"저기 있어요. 48번지." 지나가면서 피아가 차고 달린 연회색 테라스하우스 쪽을 향해 고갯짓했다. 집과 차고 지붕의 태양광 모듈이 자체적으로 전기를 공급했다. 무척 현대적인 모습이었다. 집 앞 작은 풀밭에 심은 나무는 언젠가 풀밭에 그늘을 드리울 것이다.

　니더회흐슈타트에서 여기까지 오는 짧은 시간에 두 사람은 전략과 역할 분담을 정했는데, 피아는 평소와 다름없이 행동하는 보덴슈타인의 모습에 마음이 놓였다.

　두 사람은 두 집 떨어진 곳에 주차하고 차에서 내려 길을 건넜다. 바이너트 부부는 이웃들과 달리 크리스마스 장식에 큰 의미를 부여하지 않는 듯했다. 이웃 앞마당에는 전구를 매단 순록과 구유, 조명 피라미드가 유리창과 문간을 밝혔다. 어떤 집의 벽에는 등에 자루를 메고 올라가는 산타클로스가 매달려 있기도 했다.

"정말 과장에는 끝도 없어요." 피아는 크리스마스에 진심으로 게으른 사람이었다. 카니발에도 그랬다. 다행스럽게도 크리스토프 역시 마찬가지였다.

둘은 현관문 앞에 섰다. 피아는 초인종을 누르려고 손을 뻗다가 크리스토프의 가족들이 성탄절에 식사하러 오면 특히 손주들이 성탄절 분위기를 조금 기대할지도 모른다는 생각이 불쑥 들었다. 크리스토프가 최소한 크리스마스트리라도 준비해두기를! 어딘가에 분명히 트리 장식 볼이 있을 거야. 급하면 엄마에게서 빌리지 뭐. 엄마는 창고에 안 쓰는 크리스마스 용품을 몇 상자씩 쌓아두니까…….

"자네, 뭘 기다리나?" 보덴슈타인이 물었다. "초인종 안 누를 셈이야?"

"아참, 네. 당연히 눌러야지요." 피아가 초인종을 누르자 잠시 후에 어떤 남자가 문을 열었다.

"안녕하세요?" 그가 친절하게 인사했다.

"데니스 바이너트 씨인가요?" 피아가 질문하며 형사 신분증을 내보였다. "호프하임 강력반입니다. 제 이름은 피아 산더, 이쪽은 동료인 보덴슈타인입니다."

"네, 제가 바이너트입니다. 안녕하세요?"

"들어가도 될까요?"

"네, 그럼요." 바이너트는 악의 없는 표정으로 고개를 끄덕이며 뒤로 한 걸음 물러서서 두 사람을 들여보냈다. 그리고 스마트폰으로 음악 소리를 낮췄다. "이쪽으로 오세요. 방금 찻물을 올렸습니다."

데니스 바이너트를 어떻게 상상했는지 피아 스스로도 정확하게 말할 순 없었지만, 어쨌든 실제와는 달랐다. 호감이 덜 가고, 더 많이 교사 같고, 나이가 더 들었을 거라고 짐작했다. 하지만 그는 기껏해야 30대 후반이었고, 운동으로 단련된 날렵한 체격이었으며 청소년처럼 말끔하게 면도한 얼굴에 헝클어진 머리카락은 진갈색이었다. 맨발에 청바지, 그리고 하얀 티셔츠 위에 올리브색 후드 재킷 차림이었다. 어디에선가 음악이 흐르고 있었다.

두 사람은 그를 따라 복도를 지나 집 안으로 들어갔다. 아직 운송용 그물 포장 그대로인 크리스마스트리 하나가 테라스에 있었다. 거실 나무 탁자에 평범한 것과는 좀 달라 보이는 강림절 리스가 놓여 있었다. 초록색 전나무에는 하얀색을 칠했고, 초는 검은색이었다. 그러니까 크리스마스 장식을 하긴 하되 수수하게 꾸몄다.

바이너트는 전면이 적포도주색으로 반짝이는 현대식 부엌으로 그들을 안내했다. 피아는 이 독특한 색깔을 얼마 전에 어디선가 봤는데 어디였는지 기억나지 않았다.

전기레인지의 찻주전자가 휘파람 소리를 내기 시작했다.

"차 한 잔 드시겠어요? 사과-마라쿠자와 얼 그레이가 있습니다." 피아와 보덴슈타인은 그의 제안을 정중하게 거절했다.

데니스 바이너트는 영원히 동안을 유지할 듯한 서퍼보이 타입의 매력적인 남자였다. 갈색 눈동자와 웃어서 생긴 눈가의 주름, 그리고 싹싹한 미소와 아주 새하얀 치아. 피아는 아주 많은 여학생들이 그에게 열광하는 모습을 생생하게 상상할 수 있었다. 또한 그가 그런 상황을 즐기리라는 것도 짐작이 갔다.

바이너트는 전자동 커피머신 위쪽 찬장에서 아인트라흐트 로고가 새겨진 컵을 꺼냈다.

"아, 아인트라흐트 팬이시군요." 보덴슈타인이 말했다.

"네, 어릴 때부터 그랬습니다." 바이너트가 미소를 지었다. "여섯 살인가 일곱 살 때 처음으로 경기장에 갔답니다. 하지만 그것 때문에 오시지는 않았겠죠? 무슨 일이신가요?"

보덴슈타인의 휴대폰이 진동했다. 그는 전화기를 꺼내서 액정을 흘낏 봤다.

"받아야 하는 전화예요. 실례합니다!" 그가 복도로 나갔다.

"라리사 뵐레펠트 때문입니다." 피아가 말했다.

"아, 그렇죠. 그러리라고 예상했어야 하는데. 정말 소름끼치는 사건이에요. 학생들이 모두 심한 충격을 받았습니다." 바이너트의 표정이 진지해졌다. "저는 여름부터 그 아이의 수학과 스템, 체육 과목 교사였어요."

바이너트는 박스에서 티백을 하나 꺼내 컵에 넣고 끓는 물을 부었다.

"우리는 당신과 라리사의 관계가 단순히 교사와 학생 사이 이상이었다고 암시하는 말을 들었습니다." 피아가 말했다. "맞습니까?"

"네, 맞습니다." 놀랍게도 바이너트는 이렇게 대답했다. "사적으로도 리시를 알아요. 리시 아버지가 제 아내의 상사입니다. 우린 여기 이 집을 뷜레펠트 부부에게서 빌렸어요. 그릴 파티에 초대를 받아 그 집에 간 적도 있습니다."

피아의 머릿속에서 달깍, 뭔가 맞춰지는 소리가 들렸다. 뷜레 펠트 집에서 지붕의 태양광 모듈과 연회색 회칠, 적포도주색 부엌을 봤다. 그들은 취향을 고수했다. 이제 상황이 훨씬 더 위험 해졌다. 바이너트와 자기 딸에 관한 소문을 듣는다면 안네 뷜레 펠트는 어디로 오면 그를 찾을지 알고 있었다. 그리고 어쩌면 그녀는 이 집 열쇠를 가지고 있는지도 모른다.

"아, 그렇군요." 피아가 대답했다. 보덴슈타인은 복도에 서서 여전히 통화 중이었다. 그는 바이너트와 그저 수다를 떨면서 보덴슈타인이 통화를 마치기를 기다릴 수는 없었다. "다른 일이 문제라서요. 우리는 당신이 리시와 정기적으로 메시지를 주고 받고, 그 아이와 만났다는 이야기를 들었습니다."

데니스 바이너트는 뜨거운 물에 덴 것처럼 화들짝 놀라며 얼굴이 잿빛으로 질렸다. 순식간에 그의 눈은 엄청난 공포를 드러 냈지만 그 표정은 나타난 것만큼이나 빠르게 사라졌다.

"뭐라고요? 세상에…… 말도 안 되는 소리예요!" 그가 경악하여 소리쳤다. "도대체 누가 그런 소리를 합니까?"

"그건 중요하지 않습니다." 피아가 유감스럽다는 말투로 대답했다. "우린 살인사건을 수사 중이라서 모든 단서를 확인해야 합니다."

"아이고, 그런 소문이 어떤 문제를 일으킬지 아시나요? 저는 15년째 교사로 일합니다! 학생들과 적정한 거리를 유지하는 데 무척 신경을 써요." 바이너트는 당황하여 거의 눈물이 날 지경이었다. "학생들과 절대 메시지를 주고받지 않습니다! 게다가 제 아내의 상사이자 우리 집주인의 딸인 여학생과 그러다니요!"

보덴슈타인이 돌아왔다.

"바이너트 씨, 우리와 함께 가주셔야겠습니다." 그가 심각한 얼굴로 말했다. "지금 당장."

피아가 놀라서 반장을 흘깃 봤다. 무슨 일이 벌어진 걸까?

"왜 그러시죠? 제가…… 저를 체포하시는 겁니까?" 바이너트는 당황하여 말을 더듬었다. "그건 사실이 아니에요. 맹세합니다!"

"체포하는 게 아닙니다." 보덴슈타인이 그를 안심시켰다. "그저 몇 가지 질문이 있어요. 하지만 무엇보다도 당신의 안전을 위해 가자는 겁니다. 개인물품을 좀 챙기세요. 그리고 휴대폰을 우리에게 주십시오."

바이너트는 주눅이 들어 그 말에 따랐다. 피아에게 스마트폰을 건네는 그의 손이 떨렸다.

"방금 사라 코르브마허가 전화했어." 보덴슈타인이 피아에게 속삭였다. "안네 뵐레펠트가 소문을 들었대."

그는 바이너트를 따라 위층으로 올라갔고, 피아는 거리가 잘 내다보이는 부엌 창가로 다가갔다. 이제 얼마 지나지 않아 여기 집 앞에 나타나는 사람은 안네 뵐레펠트만이 아닐 터였다.

* * *

보덴슈타인과 피아가 데니스 바이너트와 함께 호프하임 경찰서 건물에 들어가려고 하는데 입구 보안 게이트가 아주 복잡했다. 건물 앞 계단에서 치안경찰 두 명이 아마 술을 너무 많이 마신 듯한, 체포에 요란하게 저항하는 젊은 남자와 실랑이를 벌이고 있었다. 그 앞에도 경찰서로 들어가려는 사람들이 많았는데, 그들 중에는 교도소 직원 두 명과 여성 두 명도 있었다. 피아는 새로 온 동료를 알아봤다. 타냐 가츠케와 교도소 직원 사이에 보덴슈타인이 이곳으로 데려오라고 지시한 비비엔 바이스벵거가 서 있었다. 그녀는 어린아이처럼 작고 여려 보였다. 입장은 아주 느리게 진행됐고, 드디어 그들 차례가 됐을 때 크리스토프에게서 전화가 걸려왔다.

"저 여성이 어제 자네들이 창고에서 체포한 사람인가?" 보덴슈타인은 피아가 통화 중인데도 신경 쓰지 않고 물었다.

"네, 맞아요." 피아가 반장에게 대답하고 크리스토프에게 말했다.

"조금 있다가 전화해도 될까? 여기 지금 좀 복잡해서 말이야."

"그럼, 당연하지." 크리스토프가 대답했다.

피아는 충격을 많이 받은 상태인 데니스 바이너트와 특별수사본부 앞쪽 복도에 불현듯 둘만 남게 됐다. 보덴슈타인이 어디론가 사라지고 없었다. 피아는 초소 문을 두드려 동료 중 한 명에게 바이너트를 유치장으로 데려가라고 요청했다.

"아주 잠깐만이에요." 그녀가 교사에게 약속했다.

"제 아내에게 전화를 걸어주시겠습니까?" 그가 피아에게 부탁했다. "저와 연락이 안 되면 아내가 걱정할 거예요."

"나중에 하겠습니다." 피아가 이렇게 위로하고 제복 차림의 동료에게 그를 맡기고는 보덴슈타인을 찾아 나섰다. 그는 예상한 곳에 있었다. 취조실 앞의 공간에서 니콜라 엥겔과 토론 중이었다.

"올리버, 당신은 그 사람과 말할 수 없어!" 과장이 날카롭게 말했다. "동료 가츠케가 할 거야. 그럴 만한 이유가 있어. 나는 우리가 연루됐다는 말을 듣고 싶지 않아."

"공식적으로는 나와 그 사람의 대화가 없으니까 그런 말을 들을 일은 없을 거라고!" 보덴슈타인이 대꾸했다. "난 이제 그 여자와 얘기할 거야. 당신은 나를 말리지 못해."

피아는 무슨 일인지 알아챘다. 반장은 비비엔 바이스벵거와 말하려고 하고, 과장은 그걸 말리려는 거였다.

"왜 가츠케에게 넘기지 못해? 당신이 묻고 싶은 걸 가츠케에게 말해." 과장이 말했다.

"가츠케는 할 수 없어. 그날 법정에 없었으니까! 자, 난 이제 들어갈 거야. 참관실에 아무도 들어가지 못하게 해."

둘이 서로 노려봤다. 결국 포기한 사람은 니콜라 엥겔이었다. 그녀가 한숨을 내쉬고 말했다.

"피아도 함께 들어가. 끝날 때까지 나는 여기서 기다릴게."

"뭘 하시려는 거예요?" 피아가 물었지만 보덴슈타인은 대답하지 않았다.

비비엔 바이스벵거는 눈을 감은 채 작은 공간 한쪽 구석 벽에 등을 기대고 쪼그리고 앉아 있었다.

"안녕하세요." 보덴슈타인의 인사에 그녀가 눈을 떴다. "일어나서 여기 탁자 앞에 앉으시죠."

여자는 여전히 체포 당시 입었던 검정 옷차림 그대로였다. 숱이 적은 금발은 기름이 낀 채 두피에 달라붙어 있었다. 무척 여리고 상처받기 쉬운 모습이었고, 일어날 생각도 하지 않았다.

보덴슈타인은 여자의 그런 태도에 신경 쓰지 않았다. 의자를 가지고 와서 돌린 다음, 비비엔 바이스벵거와 마주보게 놓고 거기 앉아 그녀를 바라봤다.

"나는 월요일에 법정에서 콘스탄틴 하벨카가 카트린의 머리를 쏘는 모습을 목격했습니다." 그가 말했다. "그가 법정을 날려버린 후에 다시 한번 그곳에 갔어요. 너덜너덜한 시신들을 봤습니다. 하벨카의 머리도요. 눈을 뜬 채 폐허가 된 그곳에 놓여 있더군요. 자살 테러범들이 폭탄 벨트를 터뜨리면 폭발이 일어나면서 머리가 떨어집니다."

피아는 문간에 그대로 서 있었다. 그곳에서 여자가 잘 보였다. 여자는 좀 더 창백해졌고, 침을 무겁게 꿀꺽 삼켰다. 보덴슈타인의 극적인 단어 선택이 효과를 나타냈다.

"카트린과 마자넥, 부르크하르트와 졸베르크, 그리고 당신이 콘스탄틴 하벨카와 그에게 희생된 사람들의 죽음에 책임이 있는 겁니다." 보덴슈타인이 말을 이었다. "당신 조직, 또는 그 그룹을 스스로 뭐라고 부르든 간에 어쨌든 당신들은 슬퍼하는 유족을 더욱 절망하게 만들었습니다. 누군가를 죽임으로써 자기 가족을 살해한 범인과 똑같은 범죄자가 되고서도 마음의 평온을 누리는 사람은 없으니까요."

보덴슈타인은 무릎에 팔꿈치를 대고 몸을 앞으로 숙였다.

"왜 이런 행위를 하죠? 종교적인 이유는 아닐 거라고 짐작합니다. 우리가 알아낸 바로는 돈도 받지 않아요. 자, 그러니 이유가 뭡니까? 왜 사람들을 살해합니까?"

비비엔 바이스벵거는 고개를 숙였다. 몸의 무게중심을 한쪽 발꿈치에서 다른 쪽으로 옮겼다.

"나는 당신이 교도소에 가게 할 겁니다. 아주 오래 수감되게 할 거라고 맹세합니다." 보덴슈타인이 여자에게서 눈을 떼지 않은 채 목소리를 낮춰서 말했다. "당신들이 나를 본인들의 사적 제재에 끌어들였으니 이제 이 일은 내 개인적인 사건이 됐습니다. 계획이 뭡니까? 누구를 감춰주려는 건가요? 왜 입을 열지 않습니까?"

"몇 시예요?" 여자가 나지막하게 물었다.

"21시 35분입니다." 보덴슈타인이 대답했다.

"거짓말이군요."

"그게 뭐 어때서요? 다들 지속적으로 거짓말을 합니다. 나는 계속 속아요." 보덴슈타인은 팔을 활짝 벌렸다. "여기 이 벽은 가톨릭 교회의 고해소보다 더 많은 거짓말을 들었습니다."

비비엔 바이스벵거가 얼굴을 찌푸리고 입술을 앙다무는 모습이 피아의 눈에 들어왔다. 방금 보덴슈타인이 한 말 중에 뭔가가 그녀의 아픈 곳을 건드린 것이다.

"당신들은 괴물이에요. 도덕과 양심이라고는 없는 이기적인 괴물." 그가 쉿소리를 냈다.

"아니에요!" 그녀가 벌컥 화를 냈다. "우리가 아니라, 죄 없는 사람을 죽이는 그들이 괴물이에요!"

비비엔 바이스벵거가 기대고 있던 벽에서 몸을 일으켜 세웠다. 그리고 한쪽 손목을 다른 손으로 문질렀다.

"난 아들이 한 명 있었어요." 그녀가 보덴슈타인이나 피아를 보지 않은 채 말했다. "아이 아버지는 없어요. 난 아이를 원했지, 남자는 원하지 않았으니까요. 6년 전 여름에 아들을 가톨릭 청소년 캠프에 보냈어요. 그때 나는 일을 해야 했고, 그곳이 안전하다고 생각했으니까요. 아들은 거기 담당자에게 성적 학대를 당했어요. 반년 후, 열네 살에 아들은 자살했어요."

그녀가 무미건조한 음성으로 말했다.

"나는 아이를 하얀 아동용 관에 넣어 매장하고, 그때 이후로 그놈에게 복수할 꿈을 꿨어요. 그가 내 아들에게, 아니 내 아들만이 아니겠지요. 아이들에게 한 짓에 대해 복수할 꿈. 하지만 그의 성적 학대를 증명하지 못했어요. 내 아들은 죽었는데 그는 벌을 받지 않았다고요. 나는 돈이 얼마 없었지만 있던 돈 전부를 전단지를 만드는 데 사용했어요. 이 괴물을 조심하라고 다른 아이들에게 경고하려고요. 어느 날, 누군가 제 앞에 나타났어요. 제가 원한다면 그 남자를 찾을 수 있게 돕겠다고 하더군요. 난 한순간도 망설이지 않았어요. 자기 방에서 목을 매단 아들을 발견한 그날, 내 삶은 끝났으니까요. 그 후에는 뭐든 아무 상관도 없었어요. 그 남자는 이제 죽었어요. 그는 무죄가 아니에요. 죽어 마땅합니다."

피아는 여자의 이야기에 마음이 움직였다. 물론 그게 사람을 살해한 것에 대한 변명이나 설명은 될 수 없음에도 그랬다. 보덴슈타인은 아무 반응도 보이지 않았다. 자리에서 일어나 의자를 탁자 앞에 도로 가져다두고 물었다.

"시간을 왜 묻습니까? 어딘가에 폭탄을 설치했나요? 누군가를 또 인질로 잡을 계획입니까?"

"아니, 걱정 마세요." 비비엔 바이스벵거가 대답했다. "다른 이유가 있습니다. 지금 실제로는 몇 시죠?"

"너무 늦었습니다." 보덴슈타인이 대답하고 취조실을 나갔다.

* * *

"플래카드에 반응이 나타나기 시작했어요!" 타리크가 2층 회의실에 들어선 피아와 보덴슈타인에게 알렸다. "슈발바흐 니더라트 거리에 사는 주민이 12월 6일 금요일 저녁 19시 50분경에 부엌 유리창 너머로 차 한 대가 작센하우젠 거리에서 니더라트 거리로 꺾어들어 몇 미터쯤 온 후에 인도를 걷던 여자 행인 옆의 오른편 길가에 서는 모습을 목격했답니다. 운전을 한 사람이 여자인지 남자인지는 모르지만 어쨌든 운전자는 모피 깃이 붙은 하얀 재킷에 흰 모자, 어깨에 백팩을 멘 행인과 조수석 유리창 너머로 이야기를 했다고 합니다. 그 후에는 전자레인지에서 음식을 꺼내느라 더는 못 봤다고 하고요. 자동차는 콤비였는데 제조사는 모르겠다고 하고, 차 색깔은 밝은 편이었지만 가로등 불빛 때문에 정확하게는 모른답니다. 번호판은 앞쪽이 M, 숫자는 9와 5 또는 6이었던 것 같고 앞쪽이 어쩌면 4였을 수도 있다고 합니다."

"괜찮은 목격담이군." 보덴슈타인이 대답했다. "다른 것도 있나?"

"전화를 건 또 다른 사람도 같은 자동차를 목격했습니다." 타리크가 말했다. "자기는 그때 쓰레기통 옆에 있었는데, 흰색 아니면 은색 스코다 옥타비아 콤비를 봤다고 합니다. 하얀 재킷을 입은 여자가 그 차에 올라탔답니다. 운전자는 차를 돌려 알트슈발바흐 방향으로 니더라트 거리를 따라 내려갔고요."

목격자 진술은 기본적으로 조심스럽게 다루어야 한다. 인간의 뇌는 몇 분만 지나도 기억을 변형하여 어떤 장면을 빠뜨리거나 실제로는 없었던 세부사항을 집어넣기도 한다. 하지만 서로 상관없는 두 사람이 독자적으로 정확한 시간까지 덧붙여 자동차와 하얀 재킷을 입은 젊은 여성을 봤다면 그들의 목격담에는 뭔가 믿을 만한 것이 있었다.

"독일에 새로 등록된 스코다 옥타비아가 올해만 55,120대예요." 카이가 말했다. "번호판 앞에 붙은 M은 렌터카라는 뜻이지만, 마인-타우누스 지역을 나타낼 수도 있어요. 그렇다면 여기 등록된 차입니다."

"비비엔 바이스벵거가 또 다른 납치나 폭발 때문에 걱정할 필요 없다고 방금 말했어요." 보덴슈타인이 강력11반에 알렸다. "아마 사실일 겁니다."

그런 다음 비비엔 바이스벵거가 한 말을 요약해서 말하고, 2013년 또는 2014년에 가톨릭 여름 캠프 담당자 중 한 명이 살해당하거나 실종됐는지 확인해달라고 카이에게 부탁했다.

* * *

피아는 카이와 함께 쓰는 사무실에 데니스 바이너트를 데리고 오게 했다. 오래 걸려 미안하다고 사과한 후에, 커피나 차 또는 차가운 음료를 마시겠는지 물었다. 바이너트는 미네랄워터를 달라고 했고, 피아는 물병과 컵을 가지러 간이 주방으로 향했다.

"우리 대화를 녹음하고 싶은데요. 동의해주시면 좋겠습니다." 피아가 책상으로 돌아와 자리를 잡고 말하자 바이너트는 어깨를 으쓱하고 고개를 끄덕였다. "라리사 뵐레펠트 살인사건에 관련된 일입니다. 용의자가 아니라 증인으로 질문하는 거예요. 진실을 말씀하셔야 합니다."

바이너트는 고지에 세심하게 귀를 기울이고 다시 고개를 끄덕였다. 개인정보 질문에 대답하고, 아내가 라리사 뵐레펠트 아버지의 직장 동료이고 지금 사는 집이 라리사의 부모님에게서 임차한 것이라고 진술했다.

그들은 사적으로도 아는 사이였다. 그와 그의 아내는 늦여름에 뵐레펠트 집의 그릴 파티에 초대되어 갔다. 피아의 질문에 그는 여름부터 슈발바흐 소재 알렉산더 폰 훔볼트 학교 10학년 수학과 체육, 그리고 선택과목인 스템을 담당하므로 라리사의 교사였다고 대답했다. 피아는 스템 과목이 뭔지 물었고, 바이너트는 대답하면서 긴장이 조금 풀렸다. 보덴슈타인이 자기 사무실에서 나와 의자를 하나 당겨와 앉았다.

"라리사를 마지막으로 본 게 언제죠?" 피아가 물었다.

"금요일 수학 시간이었습니다."

"그 아이가 사망한 금요일 말씀인가요?" 피아가 더 정확하게 물었다.

"네, 그날입니다." 데니스 바이너트가 고개를 끄덕였다. 그는 교장선생님에게 불려가서 그의 말에 귀를 기울이는 학생처럼 반듯하게 앉아 있었다.

"라리사는 수학을 잘하지 못했지요. 아닙니까?" 이번에는 보덴슈타인이 물었다.

"네, 그랬습니다. 하지만 도움을 받아서 그래도 미를 받았지요." 교사가 대답했다.

"당신이 라리사의 급우에게 수학 시험을 볼 때 도와주라고 요구한 것도 분명히 한몫했겠군요. 아닌가요?"

바이너트의 얼굴이 붉어졌다. 그는 의자에서 이리저리 움직였고, 보덴슈타인과 피아가 느긋하게 질문을 퍼부으며 궁지로 몰아넣자 점점 더 긴장했다.

"가끔 학교 외의 장소에서도 라리사를 만나셨죠. 아닌가요?" 피아가 물었다.

"아닙니다. 그러지 않았어요." 바이너트가 고개를 저었다.

"당신이 조깅을 하고 리시가 동물보호소 개와 산책할 때 수목원에서 만나지 않았나요?"

"아, 네. 그런 경우도 있었습니다." 바이너트가 인정했다. "하지만 그건 우연한 만남이었어요. 지금 하신 말씀은 마치 약속을 하고 만났다는 것처럼 들립니다."

"약속하신 게 아닌가요?"

"아니라고요! 전혀 아닙니다! 저는 규칙적으로 그곳에 조깅하러 갑니다. 지역이 그다지 넓지 않으니 같은 사람들을 만날 때가 많아요."

"라리사를 얼마나 자주 만나셨나요?"

"어…… 모르겠습니다." 데니스 바이너트가 땀을 흘리기 시작했다.

"두 번?" 보덴슈타인이 캐물었다. "아니면 스무 번?"

"기억나지 않아요. 두 번보다는 많습니다." 교사는 몇 번이었는지 생각하려는 듯이 이마를 찌푸리고 책상 밑에서 발을 까닥거렸다.

"라리사를 만났을 때 키스한 적도 있나요?" 피아가 물었다.

"아니요!" 데니스 바이너트가 분노하여 고함을 질렀다. "당연히 키스하지 않았습니다! 그 아이는 제 학생이에요! 아니…… 학생이었습니다! 아이고!"

"흐음, 베를린으로 수학여행 가서 당신이 라리사에게 키스했다고 하던데요. 저녁에 클럽 옷 보관소에서요." 피아는 바이너트의 얼굴에 번지는 검붉은 색조를 흥미롭게 지켜봤다. "상당히 자세한 관찰이었어요."

"거짓말입니다!" 바이너트가 단언했다. "누가 그런 주장을 했는지 모르지만, 말도 안 되는 소리예요! 저는 그런 짓을 절대 하지 않습니다!"

보덴슈타인과 피아는 이런 반응에 익숙했다. 처음에는 모든 것을 부정하고 방어적인 태도를 취한다. 내가 그러지 않았어요, 몰라요, 다른 사람이 그랬어요. 용의자는 어린아이처럼 행동할 때가 잦고, 증거 때문에 더는 부정할 수 없는 상황이 될 때까지 계속 거짓말을 한다.

"듣자 하니 당신이 라리사와 메시지를 주고받았다더군요. 게다가 금요일 저녁에는 같이 자려고 라리사와 만나기로 했었다는 소문이 돕니다."

바이너트는 처음에 얼굴이 붉어졌다가 나중에는 눈처럼 새하얗게 질렀다.

"끔찍하군요." 그가 충격을 받은 표정으로 중얼거렸다. "도대체 누가 그런 잔인한 소문을 퍼뜨리죠? 저는 그런 소문에 방어할 수도 없는데."

"그게 사실인지 아닌지 밝혀줄 유일한 사람은 안타깝게도 이미 죽었어요." 피아가 말했다.

바이너트는 손바닥을 마주한 다음 손가락 끝을 입에 대고 앞을 가만히 노려보다가 말했다.

"저는 금요일 저녁에 축구 경기장에 갔습니다. 아인트라흐트 대 헤르타의 경기였어요. 시즌권이 있는 지인이 자기가 못 가게 됐다고 저에게 두 장을 선물했습니다. 어느 정도 괜찮은 주차 자리를 잡으려고 19시 30분쯤 출발했어요. 눈이 온다고 했으니까요. 경기는 2 대 2로 끝났습니다. 경기장에서 빠져나오는 데 최소한 30분은 걸렸고, 거기서 글라이스드라이에크 주차장까지 걸어가야 했습니다. 돌아오는 길에 눈이 무척 많이 와서 천천히 운전했어요. 경기장에서 아무것도 먹지 않았기 때문에 뭘 좀 먹으려고 에슈보른 '켄터키 프라이드 치킨'에 들렀습니다. 아, 거기서 지인도 만났고요."

그의 입에서 말이 술술 흘러나왔다. 일부러 외웠거나 정말 그런 일이 있었기 때문일 터였다.

"그 지인의 이름과 연락처를 알려주시겠어요?"

데니스 바이너트가 이맛살을 찌푸렸다.

"그냥 이름만 말씀하세요." 피아가 싹싹하게 말했다. "찾는 건 우리가 할 수 있으니까요."

"이름은…… 베른트입니다. 성은 지금 기억나지 않네요. 그냥 조금 아는 사이라서요."

"당신이 경기장에 있었다는 사실을 누가 증언할 수 있습니까?"

"제 옆에 앉았던 사람들이죠. 그리고 응원 영상을 찍고 경기 중에는 사진도 몇 장 찍었습니다."

"당신이 집으로 오는 걸 본 사람이 있습니까?" 보덴슈타인이 물었다.

"모르겠어요." 바이너트가 생각에 잠겼다. "어쩌면 이웃이 우연히 창문 너머로 봤을지도 모릅니다."

"부인은?"

"아내는 그날 저보다 늦게 집에 돌아왔습니다. 야훈더트할레에서 열린 연주회에 친구들과 다녀왔어요. '오케스트랄 맨웨브리스 인 더 다크' 공연이었죠. 아내는 자정이 좀 지나 택시를 타고 왔습니다."

데니스 바이너트는 현명한 사람이었다. 그가 하는 말은 모두 믿을 만하게 들렸다. 잘 연습한 역할극일까? 아니면 진실인가? 리시 뷜레펠트가 교사와의 애정 행각을 그저 상상한 걸까? 보덴슈타인은 뢰라흐와 슈트라우빙 여학생들의 경우에 대해 묻고 싶었지만, 모든 패를 한꺼번에 꺼낼 마음은 없었다.

"그러니까 라리사와 메시지를 주고받은 적이 없다는 거죠?" 피아는 바이너트가 대답하지 않은 질문으로 돌아왔다.

"없습니다." 교사가 뺨을 문질렀다. "남학생이든 여학생이든 제 휴대폰 번호나 개인 이메일 주소를 아는 아이는 없어요. 거꾸로 저도 학생들의 것을 가지고 있지 않습니다. 저는 인스타그램이나 그 외 학생들이 자주 사용하는 소셜네크워크를 하지 않아요. 페이스북 계정은 있고, 그곳 친구는 약 50명입니다. 교사로서 거리를 유지하는 것이 중요해요. 저에게 용무가 있는 학생은 학교 계정 제 이메일로 보냅니다."

"라리사 뷜레펠트도 보낸 적이 있습니까?"

"당연하죠. 학교 계정 제 메일함을 열어보면 금방 알 수 있습니다. 학생들은 계속 메일을 보내요. 성적, 숙제, 조직상의 문제로 말입니다."

그는 학교 계정 로그인 데이터를 알려주겠다고 제안했지만 보덴슈타인은 거절했다. 필요한 경우에 그 자료를 법적 소송에 사용하려면 법원의 명령이 필요하기 때문이다.

이제 가장 중요한 사항을 언급할 시점에 이르렀다. 피아와 보덴슈타인은 눈빛을 교환했다. 피아는 앞에 놓인 투명 파일을 열어, 리시 뷜레펠트 교살에 사용된 파란 머플러 사진을 꺼냈다.

"바이너트 씨, 이 머플러 아시나요?" 피아가 사진을 그에게 내밀었다.

데니스 바이너트는 눈을 가늘게 뜨고 사진을 한참 보다가 어깨를 으쓱했다.

"잘 모르겠네요." 그가 고개를 다시 들었다. "저도 이런 머플러가 있었는데, 몇 주 전에 잃어버렸습니다."

현명한 작전이군! 아니면 사실을 말하는 걸까?

"라리사 뷜레펠트는 이 머플러를 당신이 자기에게 선물했다고 친구에게 말했습니다." 보덴슈타인이 말했다.

"도대체 누가 그런 모함을 하는지 모르겠군요." 데니스 바이너트가 한숨을 내쉬고 절망한 표정으로 고개를 저었다. "사실이아니에요. 맹세합니다. 학생에게 제 옷가지 중 하나를 선물한적이 없고, 앞으로도 그럴 일은 절대 없을 겁니다. 저는 그 머플러를 좋아했어요. 이미 상당히 낡고 그다지 값비싼 것도 아니었지만 환절기에 사용하기 좋았어요. 저는 베를린으로 수학여행갔을 때 잃어버렸다고 생각했는데요."

그는 양손을 오른쪽 무릎에 얹고 다리를 조금 끌어당겼다.

"저 혹시 변호사가 필요한가요?"

"아직은 아닙니다." 피아가 대답했다. "하지만 필요하게 될 수도 있어요. 타액 샘플을 채취해도 되겠습니까?"

"왜요?" 바이너트는 자기가 마신 플라스틱 물병을 들어 올렸다. "이걸 사용하시면 될 텐데요. 이제 가도 됩니까?"

협력하려는 그의 의지는 이제 다 끝났다. 피아는 그의 이런태도를 나쁘게 생각할 수 없었다.

"그다지 편하지는 않을 테지만, 여기 계셔야 할 것 같군요. 최소한 내일까지는 말입니다." 피아가 말했다.

"제가 체포된 게 아니라고 하셨잖아요!" 바이너트가 항의했다. "이유가 뭡니까? 질문에 모두 대답했는데요!"

"그 말은 맞습니다." 보덴슈타인이 고개를 끄덕였다. "문제가 하나 있어요. 우리는 안네 빌레펠트가 권총을 가지고 있을 거라고 추측합니다. 이 문제가 해결될 때까지 당신의 안전을 위해 이곳에 계시는 게 좋습니다. 나중에 휴대폰을 돌려드리지요."

* * *

"그의 진술은 믿을 만한 것 같아요." 자기 책상에 앉아 바이너트의 취조를 들었던 카이가 말했다. "그의 알리바이를 확인하고 DNA 시퀀싱을 하죠. 하지만 머플러에서 그의 DNA가 확인된다고 해도 너무 기뻐하지 마세요. 머플러가 정말 그의 것이었다면 증거물로는 거의 소용이 없을 테니까요."

그들은 회의실로 갔다. 아무도 없었다.

"응, 내 생각도 그래." 보덴슈타인은 탁자에 놓인 물병 중 하나를 열고 몇 모금 마셨다. "바이너트는 모든 비난에 적절하게 반응했어. 우리가 심하게 몰아붙였는데도 그는 여유를 잃지 않았지."

"그 사람 알리바이를 확인하기는 쉬워요." 피아가 말했다. "이제 저는 보고서를 쓸게요. 죄송하지만 오늘 저는 제때 퇴근해야겠어요. 이틀 동안 엄마를 찾아가지 못했거든요."

"알았어. 오늘은 우리 모두 제시간에 퇴근하지." 보덴슈타인이 말했다. "하지만 대기 근무를 하자고."

"오늘 제시간에 퇴근하지 못할 사람이 한 명 있습니다. 바로 저예요." 크뢰거가 회의실에 들어오며 말했다. "뷜레펠트 집 수색 영장이 방금 승인됐거든요."

"아주 잘됐군. 나도 갈게." 보덴슈타인이 말했다. "어차피 바이너트 부인에게 들러서 남편이 어디 있는지 알려줘야 하니까."

"제가 같이 가지 않아도 될까요?" 피아는 안 좋은 상태인 반장이 혼자 운전한다는 점이 마음에 걸렸다.

"베이비시터 원하지 않는다니까! 그렇게 합의했잖아." 보덴슈타인이 피아의 기억을 상기시켰다. "보고서를 쓰고 어머니에게 가."

탁자에 놓인 전화기가 울렸다. 특별수사본부에 있는 타리크에게서 온 전화였다. 레오나 바이너트가 집 앞에서 외르크 뷜레펠트에게 공격당해 3분 전에 긴급전화를 걸었다고 했다.

"가자고!" 보덴슈타인이 물을 한 번에 다 마셨다. "크리스티안, 출발하지!"

"제가 안 가도……?" 피아가 물었다.

"동료 형사님, 잘 가고 내일 봐!" 보덴슈타인이 피아에게 윙크하고 크뢰거와 함께 복도로 나갔다.

＊ ＊ ＊

    평소에는 지극히 조용한 나이팅게일 길의 상황은 앞을 내다 보기 어려웠다. 바이너트 선생이 라리사 뷜레펠트의 죽음과 뭔 가 관계있다는 소식이 소셜 미디어에서 들불처럼 번졌는데, 구 경꾼들은 대부분 청소년들이었다. 아마도 알렉산더 폰 훔볼트 학교의 학생들일 터였다. 그들은 바이너트 집 건너편 인도에 서 서, 도로 맞은편에서 벌어지는 장면을 휴대폰으로 찍는 중이었 다. 그곳에서는 흥분한 어떤 남자가 두 주먹으로 망치질하듯 현 관문을 두드리고 있었다.

    "나와, 이 개자식아!" 남자가 고함을 질렀다. "바이너트, 이 나 쁜 놈. 어서 나오라고!"

    다른 남자 두 명과 한 여자, 그리고 순찰대원들이 그를 말리 려고 했지만 소용없었다.

    보덴슈타인은 공무용 차량을 멀리 도로 앞쪽에 세운 다음, 현 장으로 서둘러 가는 구경꾼들을 따라 크뢰거와 함께 갔다.

    "지원 요청하세요." 그가 순찰대원에게 소리쳤다. "특별기동 대를 불러요. 거리를 넓게 막고, 인도에서 사람들을 물러나게 하십시오."

    "알겠습니다." 순찰대원이 차로 향했다.

    보덴슈타인이 보니 난동을 부리는 사람은 외르크 뷜레펠트였 다. 그의 동생과 이웃 사람, 큰딸 일바가 그를 설득하는 중이었 다. 그는 거친 위협을 크게 내뱉고 현관문을 주먹으로 치고 걷 어찼지만, 다행스럽게도 문은 그의 분노에도 끄떡없을 만큼 튼

튼했다. 보덴슈타인은 그를 이해하긴 했지만, 무서워서 블라인
드를 모두 내리고 집 안에서 버티고 있는 바이너트 부인이 더욱
안쓰러웠다.

"여기서 기다려." 그가 크뢰거에게 말했다. "나 혼자 저 사람
과 이야기할 테니까."

"특별기동대를 기다리는 편이 낫지 않을까요?" 크뢰거가 걱
정스럽게 말했다. "저 남자, 완전히 제정신이 아닌데요!"

"리시의 아버지야. 내가 알아." 그는 많은 사람들이 스마트폰
을 높이 들어 올리고서 동영상을 찍는 중이라는 사실을 깨달았
다. "자네는 구경꾼들을 보내. 영상은 지금 안 좋아."

"최대한 노력해보겠습니다." 크뢰거가 대답하고 구경꾼들에
게 다가갔다.

보덴슈타인이 잔디밭을 가로질렀다.

"뵐레펠트 씨." 그가 펄펄 날뛰는 사람에게 말을 걸었다. "즉
시 현관문에서 떨어지고 이 집을 떠나세요!"

"여긴 내 집이고 내 땅이오!" 뵐레펠트가 몸을 돌렸다. "난 여
기 있을 수 있고, 빌어먹을 문도 내 마음대로 걷어찰 수 있단 말
이오!"

그는 팔을 잡는 동생을 귀찮은 파리 쫓듯이 떼어냈다. 이웃과
딸이 뒤로 물러났다.

"난동을 멈추십시오. 안 그러면 치안 방해와 무단 침입으로
체포하겠습니다."

외르크 뵐레펠트는 그제야 보덴슈타인을 알아본 듯했다. 그
의 얼굴이 증오에 가득한 표정으로 찌그러지더니 위협적으로

보덴슈타인에게 다가왔다. 마치 전투태세를 갖춘 화난 불도그 같았다. 데니스 바이너트는 이 남자에게 전혀 저항할 수 없을 터였다.

"이 개자식이 우리 딸에게 접근했다는 말을 우리가 왜 다른 사람들에게서 들어야 합니까?" 그가 공격적으로 턱을 앞으로 내밀고 양쪽 주먹을 쥐었다. "당신은 알고 있었어요? 아닙니까? 빌어먹을 짭새들이 도대체 아는 게 뭡니까? 우리 딸의 살인범을 찾으려고 뭔가 하는 게 있긴 해요?"

그가 너무 가까이 다가오는 바람에 보덴슈타인은 하마터면 뒤로 한 걸음 물러설 뻔했다. 이 남자는 그를 물리적으로 공격하기 직전이었다. 하지만 보덴슈타인이 물러서는 만큼 그의 분노도 더 강해질 테니 보덴슈타인은 마음과는 달리 물러서지 않고 양손을 허리에 얹고는 우세한 키 차이를 이용하여 땅딸막한 이 남자를 내려다봤다. 평소라면 이런 상황이 무척 두려웠을 테지만, 월요일 이후로 지속되는 분노가 상상력이 없는 사람이라면 누릴 법한 용기를 그에게 불어넣었다.

"뷜레펠트 씨, 진정하세요." 그가 날카롭게 말했다. "우리도 오늘 아침에야 바이너트 씨와 관련된 정보를 얻어서 바로 확인했습니다."

뷜레펠트는 무겁게 숨을 내쉬며 그를 노려봤다. 그의 공격성이 조금 누그러졌다.

사이렌 소리가 가까워졌다. 순찰차 여러 대가 양쪽에서 이 거리로 접어들었다.

"뷜레펠트 씨, 지금 심정이 어떨지 이해합니다." 동료들이 도착할 때까지 시간을 벌려고 보덴슈타인이 말했다.

"아, 그래요? 당신 아이가 지인에게 살해당했습니까? 믿었던 지인에게?" 여전히 비등점 바로 아래에 있는 뷜레펠트가 으르렁거렸다. 하지만 굳었던 몸은 어느 정도 풀어진 상태였다.

"부탁입니다. 집에 돌아가세요. 바이너트 씨는 어차피 여기 없습니다. 경찰서에서 지금 조사받고 있어요. 저는 이제 그의 아내와 이야기한 후에 그 댁에 가겠습니다."

뷜레펠트는 입술을 꽉 다물고 보덴슈타인의 시선을 피했다. 그렇게 자기 자신과 싸우다가 어깨를 슬쩍 으쓱함으로써 동의했다.

폭스바겐 미니버스 두 대가 정차하더니 옆문이 열렸다. 열두어 명의 경찰이 차에서 뛰어내리는 모습을 본 구경꾼들은 무척 즐거워했지만, 크뢰거는 경찰들에게 거리에서 구경꾼들을 내보내라고 곧장 지시했다.

보덴슈타인은 외르크 뷜레펠트의 딸을 바라봤다. 일바는 그 시선의 의미를 깨닫고 아버지에게 갔다.

"아빠, 이제 가세요." 이렇게 말하고 그의 손을 잡았다. "같이 가자고요."

뷜레펠트는 내키지 않은 듯 딸의 손을 뿌리쳤지만 어쨌든 움직였다. 동생과 일바, 이웃 사람이 그의 뒤를 따랐다.

"저기 내 딸을 살해한 개자식이 삽니다!" 외르크 뷜레펠트는 경찰의 지시에도 따르지 않고 계속 동영상을 찍던 구경꾼들을 향해 소리치고 그 집을 가리켰다. 구경꾼들은 웃음을 터뜨리며 흥분해서 소리를 질렀고, 그중 몇몇은 뷜레펠트를 부추기기까지 했다. 눈앞에서 벌어지는 비극에는 아무도 신경 쓰지 않았다. 여기서 벌어지는 일이 일종의 사적 제재라는 사실에도 아무도 관심이 없었다. 보덴슈타인은 선정적인 것을 원하는 사람들의 욕구에 자신의 절망감 못지않게 구역질이 났다. 해산 명령을 내릴 수도 있지만 그 이상은 할 수 있는 일이 없었다. 이제 순식간에 인터넷에 올라오게 될 동영상을 막을 수는 없었다.

"반장님, 굉장했어요." 크뢰거가 인정한다는 어투로 말했다. "저라면 정신 나간 불도그에게 절대 다가가지 못했을 거예요."

"나도 평소에는 그래." 보덴슈타인은 이렇게 대답하고, 외르크 뷜레펠트가 은색 SUV 차량 조수석에 앉고 이웃 사람이 뒷좌석에 앉는 모습을 지켜봤다. 그의 동생이 운전석에 있었다. 일바는 다른 차에 올랐는데, 그 차로 삼촌과 이웃과 함께 여기로 온 모양이었다. 보덴슈타인은 속으로 안도의 한숨을 내쉬었다. "흐음, 어쨌든 잘 해결되어 다행이야. 바이너트 부인과 일단 이야기를 하자고. 그 후에 뷜레펠트 집을 뒤집어엎고 말이야."

아드레날린이 혈관에서 사라졌다. 한순간 무릎이 버터처럼 흐물흐물해져서 어딘가에 잠깐 앉아 담배를 피우고 싶었다. 하지만 그는 초인종을 누르고 소리쳤다.

"바이너트 부인! 강력반입니다. 문 여세요!"

문이 아주 조금 열리더니 겁에 질린 어떤 여자의 놀란 눈이 보였다. 그는 형사 신분증을 내보였다.

"도대체 무슨 일이에요?" 공황상태에 빠진 여자가 소곤거렸다. "제 남편은 어디 있어요? 제 상사가 왜 저에게 달려든 거예요?"

여자는 보덴슈타인과 크뢰거 너머로 순찰차들을 보더니 시체처럼 창백해져서 온몸을 떨었다.

"안에서 이야기 나누면 좋겠습니다." 보덴슈타인이 부탁했다.

여자는 잠깐 망설이다가 안전 고리를 풀고 문을 열었다.

보덴슈타인이 짤막하게 상황 설명을 했다. 레오나 바이너트는 눈을 감고 입술을 가느다랗게 앙다물었다.

"말도 안 돼. 또 이런 일이 벌어지다니!" 그녀가 옷걸이 옆 의자에 주저앉았다.

"무슨 뜻입니까?"

"제 남편에게는 자주 문제가 생겼어요." 교사의 아내가 인정했다. "남편은 학생들에게 지나치게 친절해요. 특히 여학생들에게 말이죠. 여학생이 그의 친절을 오해하는 일이 자주 있었어요."

"당신 남편이 라리사 빌레펠트와 비밀스러운 관계였다는 주장을 들었습니다." 보덴슈타인이 말했다.

레오나 바이너트가 한숨을 내쉬었다.

"아, 그랬군요. 이제 모든 게 이해되네요." 그녀가 고개를 저었다. "데니스는 절대 여학생과 일을 벌이지 않아요! 더구나 제 상사의 딸과 문제를 일으키다니요! 남편은 정신 나간 사람이 아니에요!"

아내는 남편을 전혀 의심하지 않는 듯했다. "데니스는 훌륭한 교사에요. 학생들에게 관심이 많고요. 자발적으로 일하고, 학생들을 도와주죠. 특히 어려움을 겪는 학생들을."

보덴슈타인은 바이너트 부인이 남편에게 보이는 신의와 믿음에 깊은 인상을 받았다.

"남편분의 금요일 저녁 알리바이를 확인하는 중입니다." 그가 말했다. "그때까지는 구금 상태로 있을 겁니다. 남편분을 보호하기 위해서도 그편이 낫습니다. 그리고 부인도 오늘 밤 친구나 친척 집에 가시는 게 좋을 것 같습니다."

"저는…… 가서 묵어도 될 만한 친구가 인근에 없어요." 레오나 바이너트가 대답했다. "그리고 내일 다시 일하러 가야 해요. 아, 그런데……."

그녀가 입을 다물었다. 시선이 이리저리 오가다가 보덴슈타인을 바라봤다.

"제 남편이 변호사가 필요한가요?"

"지금까지 남편분은 용의자가 아니라 증인입니다." 보덴슈타인이 대답했다.

레오나 바이너트는 힘겹게 자리에서 일어나 외투를 벗어 옷걸이에 걸었다.

"사람들이 부인을 귀찮게 할지도 모릅니다." 보덴슈타인이 걱정스럽게 말했다. "빌레펠트 씨가 방금 여러 대의 휴대폰 카메라에 대고 남편분이 자기 딸의 살인범이라고 말하면서 이 집을 가리켰어요."

"세상에! 이럴 수가. 저, 어떻게 해야 하죠?" 앞에 서서 큰 눈으로 그를 쳐다보는 바이너트 부인은 무척 상처받기 쉬운 모습이었다. "제 시부모님이 가까운 오버우어젤에 사시긴 하는데, 시아버님이 많이 편찮으세요. 제가 가면 데니스가 어디 있는지 물어보실 텐데 말할 수 없잖아요. 그러면 너무 많이 흥분하실 거예요."

"오늘 밤 순찰차 한 대를 집 앞에 세워두라고 조치하겠습니다." 보덴슈타인이 말했다. "블라인드를 모두 내리고, 아무에게도 문을 열어주지 마세요."

부인은 다시 한번 한숨을 내쉬었다. 얼굴빛이 다시 돌아왔다. "이제 저는 차를 마셔야겠어요. 차 한 잔 드시겠어요?"

보덴슈타인은 아까 남편에게 그랬듯이 부인의 제안도 정중하게 거절했다. 크뢰거와 그는 바이너트 부인을 따라 부엌으로 갔다. 아인트라흐트 로고가 새겨진 도자기 컵에 그녀의 남편이 몇 시간 전에 넣고 뜨거운 물을 부은 티백이 여전히 담겨 있었다.

"남편분은 금요일에 경기장에서 나온 후에 켄터키 프라이드 치킨에 들렀고, 그곳에서 우연히 지인을 만났다고 진술했습니다. 부인에게도 말했나요?"

"네."

"그 지인 이름을 아십니까?"

"베른트예요. 유감스럽게도 성은 몰라요. 그 사람도 슈발바흐에 살아요."

"고맙습니다."

"그날 남편분은 경기장에 어떻게 가셨지요?"

"자동차로?" 레오나 바이너트가 문장 끝에서 목소리를 올렸으므로 대답이 아니라 질문처럼 들렸다.

"자동차를 봐도 될까요?"

"네, 그럼요."

두 사람은 교사의 아내를 따라 좁은 계단을 내려가 지하로 갔다. 문이 차고로 바로 이어졌다. 레오나 바이너트가 전등 스위치를 눌렀다. 1970년대에 지어진 집의 차고들이 대부분 그렇듯이 주차하기에는 너무 좁았다. 운전석 옆쪽 벽의 차문 높이에 발포고무 띠가 넓게 붙어 있었는데, 아마 차문을 열 때 흠집이 나지 않게 하려는 것 같았다.

보덴슈타인과 크뢰거는 얼른 시선을 주고받았다. 그들 앞에 은색 스코다 옥타비아 콤비가 주차되어 있었다. 크뢰거가 몸을 벽에 붙이고 옆으로 조심스럽게 지나가 차 뒤에 서서 번호판을 읽었다.

"M-CM 4432."

"제가 사용하는 회사 차량이에요." 레오나 바이너트가 설명했다. "일하는 회사 본점이 뮌헨에 있어서 번호판이 M이에요."

"바이너트 부인, 이 차를 압수해야겠습니다." 보덴슈타인이 말했다. "불편하게 해드려 죄송합니다."

"차를 압수한다고요." 레오나 바이너트가 그의 말을 따라 하고는 다시 하얗게 질렸다. "왜요?"

크뢰거는 차량을 가져가라고 지시하기 위해 이미 전화를 거는 중이었다.

"유감스럽게도." 보덴슈타인이 말했다. "남편분은 이제 변호사가 필요합니다."

* * *

피아가 보안관리 시스템의 사건 파일에 보고 사항을 모두 막

입력했을 때 헤닝에게서 전화가 왔다. 들뜬 목소리였다.

"피아, 나 아이디어가 있어! 당신 어머니 집을 어르신 주거공동체로 만드는 거, 어떻게 생각해?"

"어르신 주거공동체?" 피아는 의자에 똑바로 앉았다가 딱, 소리가 날 때까지 등을 꺾었다. "그게 무슨 뜻이야?"

"방금 그거 무슨 소리야?" 헤닝이 물었다.

"딱, 하는 소리? 아마 내 흉추겠지."

피아는 컴퓨터를 끄고 백팩을 싸기 시작했다.

"안 좋은 소린데. 뭐, 어쨌든 내 말 들어봐. 오버우어젤에 살던 착한 릴로 이모를 당신도 기억할 거야. 이모는 예전에 넓은 정원과 연못이 있는 집에 사셨어. 인정머리라고는 없고 상속만 탐내는 자식들이 돈을 아낀다며 얼마 전에 이모를 발스로데 소재의 어느 삭막한 양로원으로 짐짝처럼 옮겨버렸지. 아무짝에도 쓸모없는 내 사촌 파트릭과 뭐든지 통제하려는 파스칼레를 당신도 분명히 아직 기억하겠지. 릴로 이모의 연금은 끝자리 숫자까지 정확하게 양로원 사용료에 딱 맞는데, 거기는 치매 환자들이 그저 비참하게 멍하니 있는 곳이야. 릴로 이모는 뇌가 멀쩡하고 몸도 무척 건강하니까 잔인한 상황이지. 정말 잔인해."

"헤닝, 요점을 말해." 피아는 저절로 미소가 지어졌다. 헤닝이 자기 이모를 얼마나 좋아하는지 알고 있었기 때문이다. 헤닝과 그의 형은 어릴 때 방학이면 거의 언제나 이모 집에서 지냈다.

"이모부는 릴로 이모에게 꽤 많은 재산을 남겼는데, 내 사촌들이 지금 그걸 노리고 있어. 하지만 그들은 운이 나빴어. 사촌들의 아버지, 그러니까 우리 이모부가 두 자녀에게는 유류분만

준다는 유언장을 남겼으니까. 이모부가 유산 집행인을 정해둔 건 그것보다 더 운이 나쁘고 말이야."

"그런데 왜 하필 발스로데로 가셨어?"

"아, 파스칼레가 지금 거기 살아. 자기 엄마를 더 가까이에 두고 싶다는 핑계를 댔지. 오늘이 이모 생신이라서 내가 점심때 이모에게 전화했어. 이모는 이제 82세가 되셨는데, 고통을 호소하시더군. 거의 평생을 정원이 있는 그 집에서 살았고 정원 일을 아주 좋아하셨어. 그런데 이제 갑자기 좁은 상자 같은 곳에서 기저귀가 필요한 다른 할머니와 한방을 써야 하는 거야. 어떨지 상상해봐!"

피아는 상상하고 싶지 않았다. 사랑하는 피아의 할머니가 일이 많아 고단했던 긴 인생의 마지막 몇 년을 그런 요양원에서 보냈다.

"자, 이제 내 아이디어를 알려줄게." 헤닝이 말했다. "릴로 이모가 당신 엄마 집으로 이사 가는 게 어떨까. 그 집을 아주 조금만 개조하면 될 거야. 집이 크니까 별채는 나중에 혹시 고용하게 될지도 모르는 간병인들을 위해 비워둘 수도 있겠지. 당신 엄마는 사람들을 좋아하는 분이라서 릴로 이모와 분명히 잘 지내실 거야. 일요일에는 함께 교회도 가실 테고. 그리고 간병에 필요한 비용을 분담할 수도 있잖아."

피아 얼굴에 저절로 미소가 떠올랐다. 지난 며칠 온갖 안 좋은 일을 겪은 후에 듣는 헤닝의 제안은 정말이지 구름 사이에서 새어나오는 빛처럼 느껴졌다.

"멋진 아이디어야." 피아가 말했다. "헤닝, 고마워! 이 사건이 해결되는 대로 그 일을 자세히 살펴보자. 그게 해결책이 될 수 있을 것 같아."

"다 정리되면 당신이 어머니 일로 신경을 많이 쓰지 않아도 돼." 헤닝이 잠시 말을 멈췄다가 다시 이었다. "크리스토프와 함께 나미비아로 갈지 어쩔지 결정했어?"

"아니, 아직 못 했어. 솔직히 말하자면 지금 그걸 생각할 겨를이 없어."

피아는 책상 스탠드를 끄고, 모니터를 들여다보고 있는 카이에게 손짓으로 인사한 다음 휴대폰을 귀에 댄 채 사무실을 나왔다. 아래로 내려가 보안 게이트를 나가서 주차장으로 가는 동안 헤닝이 전하는 릴로 이모의 일화를 들었다.

어떤 생각이 환한 번개처럼 불현듯 피아의 머리를 스치더니 뇌의 깊은 심연으로 금세 다시 사라졌다.

"방금 뭐라고 했어?" 피아가 헤닝의 말을 가로막으며 물었다.

"내 말에 귀를 안 기울인 거야?" 그가 되물었다.

"아, 물론 듣고 있었어. 변조한 목소리가 뭐 어떻다고 했지?"

"경찰에 걸려온 전화 말하는 거야?"

"응, 바로 그거!" 피아가 걸음을 멈췄다.

헤닝이 기꺼이 이야기를 반복하려는데 섬광 같은 그 생각이 피아의 머릿속에 다시 떠올랐고, 그녀는 이번에 생각을 꽉 잡을 수 있었다.

"헤닝, 고마워. 당신, 나를 정말 많이 도와줬어. 이제 통화를 끝내야 해!"

피아는 휙 돌아서서 사무실로 돌아갔다.

* * *

“내일 다시 오시는 게 좋겠어요.” 보덴슈타인에게 문을 열어준 일바가 목소리를 낮추어 말했다. “아빠 기분이 아주 안 좋아요.”

“이해합니다.” 보덴슈타인이 대답했다. “하지만 반드시 아버님과 이야기해야 합니다. 방금 우리가 그렇게 헤어진 후에 나도 오늘은 이곳에 오고 싶지 않았지만 어쩔 수 없네요.”

일바의 입가에 미소가 살짝 스쳤다.

“아빠는 화를 무척 심하게 낼 때가 있죠.” 일바가 나지막하게 말했다. “잠깐 기다리세요. 아빠를 모셔올게요.”

“고맙습니다.”

보덴슈타인은 뵐레펠트 집으로 혼자 갔다. 권총을 넘기라고 안네 뵐레펠트를 설득할 수 있기를 바랐다. 안 그러면 어쩔 수 없이 오늘 저녁에 이 집을 수색해야 하니까.

현관문이 벌컥 열렸다.

“꺼져요! 당장 내 땅에서 나가시오!” 외르크 뵐레펠트가 마구 소리를 지르고 문을 세차게 닫으려고 했지만 보덴슈타인이 문 틈새로 발을 얼른 집어넣었다.

“뵐레펠트 씨, 잠깐만 들어가게 해주시죠.” 그가 정중하게 부탁했다. “부인과 급히 할 이야기가 있습니다.”

“왜 우리를 좀 그냥 내버려두지 못하는 겁니까?”

“부탁합니다.” 보덴슈타인은 물러서지 않았다.

뵐레펠트는 잠깐 생각하더니 마지못해 문을 열고 그를 들여

보냈다. 거실에 비행사라는 동생 요나스 뵐레펠트와 이웃 사람이 앉아 있었다. 일바와 또 다른 여성 한 명은 부엌에서 분주하게 움직였다.

"그 개자식은 우리 임차인입니다. 상상하실 수 있겠어요?" 외르크 뵐레펠트의 공격성은 사라지고 없었다. 지난 열흘 동안 그는 몇 년이나 더 나이 들어 보였다. 눈물주머니와 축 늘어진 뺨, 아래로 처진 입가 때문에 노인처럼 보였다. "그와 그의 아내는 엊그제 여기 와서 우리에게 조문했습니다. 얼마나 뻔뻔하면 그런가요? 리시는 겨우 열여섯 살인데 그놈은 분명히 40대 중반은 됐을 거라고요!"

"뵐레펠트 씨, 부인은 어디 계십니까?" 보덴슈타인은 그 말에는 반응하지 않고 자기가 할 말을 했다.

"아, 제 아내요. 위층에 있습니다."

보덴슈타인은 안심했다. 안네 뵐레펠트가 장전된 무기를 들고 데니스 바이너트를 찾느라 인근을 돌아다니는 모습을 머릿속으로 상상하고 있었기 때문이다.

"모셔오시겠습니까?"

"아내는 지금 막 자리에 누웠습니다. 충격을 많이 받은 상태예요. 그걸 이해하셔야……."

보덴슈타인은 부엌과 이어지는 문을 닫았다.

"뵐레펠트 씨, 잘 들으세요." 그리고 다급한 목소리로 말했다. "아내분은 권총을 가지고 있습니다. 그걸로 파바드 마흐무디를 쐈고요."

"권총이라니요?" 외르크 뵐레펠트는 어리둥절해서 그를 빤히 노려봤다. "아내가 권총이 어디서 났단 말입니까?"

"살해 희생자 유족이 범인에게 사적 제재를 가하도록 도와주는 비밀 조직에게서 받았습니다. 그들은 파바드 마흐무디를 납치하고 부인에게 연락해서 그를 쏠 기회를 줬습니다."

뵐레펠트는 계속되는 나쁜 소식들을 더는 감당할 수 없는 것처럼 보였다. 가장 강해 보이는 사람이 가장 약할 때가 많다는 옛말이 다시 한번 사실로 밝혀졌다.

"부인은 권총을 호수에 던졌다고 진술했습니다." 보덴슈타인이 말을 이었다. "뵐레펠트 씨, 부탁입니다. 부인을 설득해서 권총을 저에게 넘기라고 하세요. 안 그러면 오늘 저녁에 설상가상으로 이 집을 수색해야 합니다."

뵐레펠트가 천천히 고개를 젓더니 새된 목소리로 대답했다.

"믿을 수 없어요. 제 아내는 그런 행동을 하지 않습니다."

"그렇다면 부인께 그냥 물어보시죠." 보덴슈타인의 제안에 뵐레펠트는 잠시 망설이다가 계단을 올라갔다. 보덴슈타인은 안네 뵐레펠트가 정말 권총을 아직 가지고 있을 경우에 대비해 몇 걸음 왼쪽으로 옮겨서 사선을 벗어났다. 뵐레펠트 부부처럼 압박을 심하게 받는 사람들은 무슨 일을 저지를지 몰랐다. 그는 공무용 권총을 어깨 권총집에서 꺼내 외투 주머니에 넣은 다음, 오른손으로 손잡이를 잡고 차분하게 호흡하려고 애썼다.

얼마 지나지 않아 뵐레펠트가 아내와 함께 돌아왔다.

"권총을 호수에 던졌다고 이미 말했는데요." 안네 뵐레펠트가 인사도 없이 바로 말했다.

"믿을 수 없습니다. 도대체 어느 호수에 던졌다는 거죠?"

"숲속 낚시 호수에. 크론베르크와 슈발바흐 사이 도로변 근처예요." 그녀가 주장했다. 남편은 층계에 주저앉았다. 몸에서 모든 힘이 빠져나간 듯했다.

"꼭 이래야 하나요? 내 남편 앞에서?" 안네 뷜레펠트가 쉿소리를 냈다.

"네, 그렇습니다. 남편분이 바이너트 부부 집 앞에서 난동을 부렸어요." 보덴슈타인이 대답했다. "그리고 부인은 권총을 소지 중이고요. 저는 부인이 누군가를 총으로 쏨으로써 자신의 삶을 완전히 망가뜨리게 그냥 보고만 있지 않을 겁니다. 자, 그러니 권총을 주십시오. 안 그러면 집을 수색할 겁니다. 수색 영장이 있어요. 내일은 잠수부들이 낚시 호수를 뒤질 거고, 필요하다면 물도 다 뺄 겁니다. 이건 두 분의 따님을 살해한 범인을 찾는 데 쓸 힘을 쓸데없이 다른 데에 쏟는 거죠. 게다가 경제적 비용도 무척 많이 듭니다."

그가 한 말 중에 뭔가가 안네 뷜레펠트를 건드렸다. 그녀는 아랫입술을 깨물었다. 갑자기 눈에 눈물이 고였다. 그러더니 그를 지나쳐 가서 부엌문을 획 열고 거실로 쿵쿵 걸어갔다. 책장으로 곧장 가서 두툼한 책을 한 권 꺼내 보덴슈타인에게 돌아와 그 책을 내밀었다.

"이게 뭡니까?" 그가 물었다.

"열어보세요."

외르크 뷜레펠트가 힘겹게 일어섰다. 책에 무엇이 있는지 모르는 게 확실했다.

보덴슈타인이 책을 펼쳤다. 재색 스티로폼에 흐릿하게 반짝이는 글록 19가 놓여 있었다. 소음기와 탄창도 함께였다. 그는 긴장이 풀려 몸이 나른해졌다.

"그 남자가 휴대폰도 줬어요. 단 하나의 번호만 저장된 선불 휴대폰이었어요. 일을…… 일을 끝내면 전화하라고 했어요." 안네 뵐레펠트는 옷걸이로 가더니 외투 주머니에서 타우누스 약국 광고가 찍힌 작은 비닐봉지를 꺼내 보덴슈타인에게 건넸다.

"고맙습니다!" 그가 책 모양 금고를 닫아 겨드랑이에 끼고, 휴대폰이 든 비닐봉지도 챙겼다.

"이러는 편이 나아요." 안네 뵐레펠트가 침착하게 말했다. "어쩌면 그놈을 정말로 쐈죽였을지도 모르니까."

* * *

가장 친한 친구의 죽음이 너 때문이라는 리시 엄마의 비난은 사라에게 깊은 상처를 남겼다. 마르첼라와 린의 배신은 사라를 더욱 실망하게 만들었다. 그 둘은 데이먼 이야기를 엄마에게 했을 뿐 아니라 학급 채팅방에 올리기까지 했다. 거기에 터진 댓글 테러는 아마 견딜 수 있을 터였다. 이제 이 학교에는 어차피 발도 들여놓지 않을 거고, 인스타와 틱톡과 스냅챗 계정은 무음으로 해두었으니까. 이 모든 상황이 마음 아팠지만 정말 안 좋은 일은 리시가 자기에게 솔직하지 못했다는 사실이었다. 리시는 나를 속였어. 이런저런 걸 상상하고, 또 어떤 일은 감추었지. 제일 친한 친구에게 그런 짓은 하지 않아. 사라의 실망은 끝이 없었다. 단 한 번만 더 리시와 얘기할 수 있다면, 왜 그랬는지,

왜 솔직하지 않았는지 물을 수 있다면 그 어떤 대가라도 치를 것 같았다.

사라는 부모님에게 모든 것을 털어놓았다. 형사를 만나 의심스러운 일을 말했다고, 안네 뷜레펠트가 갑자기 문 앞에 나타나 욕을 퍼부었다고. 놀랍게도 부모님은 걱정했던 것과는 전혀 다른 반응을 보였다.

"넌 옳은 일을 한 거야. 네 선생님이 정말 리시의 죽음과 관계가 있고 네가 뭔가 안다면 경찰에게 이야기해야지." 아빠가 말했다. "선생님이 무죄라면 경찰이 알아낼 거야."

"학교에서 다들 저를 미워해요." 사라가 나지막하게 말했다.

"아, 그 멍청한 학교 때문에 걱정할 것 없어." 아버지가 대답했다. "다른 학교를 찾아보자. 나도 전학을 자주 다녔어."

사라는 너무나 마음이 놓여 아기처럼 울었다. 아빠와 엄마가 위로해주자 상태가 나아졌다.

사라는 바닥에 등을 대고 누워 팔을 머리 아래로 넣어 깍지를 끼고, 가로등 불빛이 오렌지색 무늬를 만들어내는 천장을 쳐다봤다. 금요일 저녁부터 미친 듯이 머릿속을 떠돌던 생각들이 잠잠해졌다. 이제 절대 예전과 똑같지 않을 것이다. 순수함이 사라졌다. 사람을 쉽게 믿고 일단 뭐든 믿고 보던 시절은 영원히 지나갔다. 사람들이 하는 말과 그들의 행동 사이에는 엄청난 거리가 있었다. 리시와 사라는 아름다운 시간을 함께 보냈다. 아마 나중에 그 시절을 추억할 수 있겠지. 그러나…….

마른하늘에서 날벼락이 치듯이 어떤 생각이 불쑥 떠올랐다. 머릿속에서 기억의 조각들이 하나의 장면으로 뭉쳤다. 심장 박동이 빨라졌다. 그 일은 지난겨울 리시 아버지의 생일 파티에서 시작됐다. 그때 무슨 일인가 일어났고, 그 후로 리시가 변했다. 그리고 리시 가족과 리시의 삼촌 가족은 크로아티아로 함께 여행을 가서 집을 하나 빌렸다. 이 여행에서 돌아온 후에 리시는 1년 동안 캐나다에 가고 싶다고 몇 번이나 말했다. 그 후에 도서전에서 독일 코스플레이 대회가 열렸다. 둘은 사흘 동안 다른 코스플레이어들과 엄청나게 즐거운 시간을 보냈고 너무나 행복했다. 원래는 안네가 두 사람을 데리러 올 예정이었지만 뭔가일이 생겨서 리시의 삼촌이 대신 왔다. 요나스 삼촌이, 친절한 요나스 삼촌이.

12월 19일 목요일

어린 시절 악몽을 꿀 때 그는 형체가 없는 어떤 위협을 피해서 늘 달리곤 했다. 이름 없는 재앙이 그를 덮치기 직전에 항상 꿈이 끝났고, 심장을 두근거리며 잠에서 완전히 깨어나 마지막 순간에 겨우 살아났다는 기분을 느꼈다. 언제부터인가 이런 꿈을 더는 꾸지 않았는데, 어쩌면 아침에 기억하지 못한 것일 수도 있었다. 그런데 이제 다시 악몽이 나타났다. 예전과 다르긴 했지만 똑같이 위협적이었다. 보덴슈타인은 사흘째 연거푸 리시 뷜레펠트 꿈을 꾸었다. 첫날 리시는 부검대에서 몸을 일으켜 원망하는 눈빛으로 그를 빤히 바라봤고, 둘째 날은 냉장 칸의 시신용 가방에 누워서 울면서 그를 불렀다. 오늘 아침 꿈에서는 현관문 초인종이 울려서 나가보니 리시가 서 있었다. 그런데 리시는 소피아와 같은 모습이었다.

　이 사건에 왜 이렇게 신경이 쓰일까? 내 딸도 비슷한 나이라서 리시 부모의 아픔을 짐작할 수 있기 때문인가? 너무 시간이 많이 걸리는 사적 제재 사건에 정신을 쏟아서 양심의 가책을 느끼나? 니콜라 말이 옳았어. 우리 팀은 너무 심하게 엮여 있으니 그 사건을 다른 데 넘기는 편이 나았을 텐데. 아니면 지방 법원

231

폭발 때문에 내가 정상 궤도를 심하게 벗어난 걸까? 지속적인 떨림 때문에 미칠 지경이고, 이명은 생각할 때 방해가 되는군.

카트린은 왜 파바드 마흐무디가 리시 뷜레펠트의 살인범인지 아닌지 밝혀지기도 전에 그를 납치하게 손을 쓴 거지? 카트린과 하벨카 판사와의 관계랑 연관이 있나? 판사는 한없이 길게 이어진 재판에서 그 청년에게 성폭행 유죄 판결을 내렸으니, 카트린은 파바드 마흐무디라는 이름을 분명 알고 있었을 테지.

보덴슈타인은 호프하임 경찰서로 들어가 초소의 치안경찰에게 고개를 끄덕여 인사하고, 진동이 울려 안전문을 열 수 있을 때까지 기다렸다. 특별수사본부 문 옆을 지나 2층으로 이어지는 계단을 올라갔다. 팀원들이 모두 회의실 탁자에 둘러앉아 있었다. 그는 동료들이 내뿜는 달라진 에너지와 긍정적인 긴장감을 금세 느꼈다. 뭔가 발견한 게 틀림없었다. 그는 맞은편 간이 주방에서 커피를 가져오다가 회의에서 누가 제일 먼저 이야기할지를 두고 동료들이 마치 어린아이들처럼 다투는 소리를 열린 문틈으로 들었다.

'나야! 아니, 나야! 아니, 내가 더 중요한 일을…….'

보덴슈타인은 미소 지었다. 팀원들이 사냥 열기에 휩싸이고 의욕이 높다는 것은 좋은 일이었다. 힘겨운 이 직업을 오랫동안 수행하면서 계속 속고 절반의 사실만 듣게 되지만 그들은 여전히 무뎌지지 않았다.

가장 먼저 발언권을 쥔 팀원은 카이였다. 그는 비비엔 바이스벵거가 보덴슈타인에게 한 말이 사실임을 확인했다. 카트린의 서류철에 따르면 여름 캠프 담당자는 자기 집 문 앞에서 납치

당하여 고문을 받고 결국은 총에 맞아 죽었다. 카이는 실종자와 신원미상 시신 데이터뱅크에서 여기에 맞는 미제 살인사건을 찾아냈다. 2013년에 10월에 자우어란트 빈터베르크 인근의 숲에서 버섯을 따던 사람이 머리와 양손이 없는 백골 상태의 남성 시신을 발견했다. 시신에는 고문 흔적이 남아 있고 흉곽에 구경 5.6밀리 탄환이 있었는데, 아마 원래 심장에 박혔던 것 같았다. 머리와 양손이 없어 당시 신원 확인이 불가능했다.

문이 열렸다. 니콜라 엥겔과 크리스티안 크뢰거가 들어와 늦은 것을 사과했다. 레오나 바이너트의 은색 스코다 옥타비아는 지금 지역범죄수사국 범죄연구소 실험실에서 조사 중이었다. 어제 보덴슈타인이 안네 뷜레펠트에게서 확보한 권총도 이미 탄도학 부서에 가 있고, 선불 휴대폰의 경우도 사용할 만한 단서를 실험실에서 찾는 중이었다.

"저는 데니스 바이너트와 그의 아내에 대해 조사했습니다." 그 후에 셈이 보고했다. "그가 치근댔다는 여학생들 이야기는 아직 확인하지 못했지만, 그 부부는 연방 중앙 등록부에 올라간 전과가 없고 교통 벌점조차 받은 적이 없습니다. 일반신용보장을 위한 보호단체에 등록된 게 없고 부채도 없습니다. 바이너트는 왓츠앱에는 가입했지만 인스타그램이나 틱톡은 하지 않고요. 페이스북 계정에는 54명의 친구가 있고, 미니 블로그 사이트도 있지만 하지 않은 지 오래됐습니다."

"그의 스마트폰에는 리시 뷜레펠트 전화번호가 저장되어 있지 않습니다." 타리크가 보충 설명했다. "저장된 번호가 72개뿐이에요. 학생에게서 온 전화나 메시지는 찾지 못했습니다. 위치 서비스로 GPS 동선 기록을 봤는데, 바이너트가 한 이야기가 맞았습니다. 말한 시각에 그는 실제로 경기장에 있었어요."

걱정한 대로 얼마 지나지 않아 그 교사는 소셜 미디어와 모든 신문의 온라인 포털과 텔레비전에서 16세 학생 라리사 B의 살인 용의자로 간주됐다. 온라인에서 사람들은 두 사람의 관계에 대해 마음대로 추측했고, 교사에 대한 증오의 댓글뿐 아니라 살해당한 여자아이도 '잡년'과 '창녀'로 폄하하는 분위기가 순식간에 번졌다. 사라 코르브마허에게도 욕설이 쏟아졌다. 사람들은 사라도 선생을 좋아했으므로 보복하기 위해 경찰에 고자질했다고 의심했다.

"대재난이군요!" 니콜라 엥겔은 당황했다.

"안타깝지만 더 나쁜 일도 있습니다." 타리크가 이렇게 말하고 노트북을 열었다. 바이너트 집 앞에 있는 외르크 뷜레펠트의 동영상이 바이러스가 퍼지듯 입소문을 타고 유튜브와 인스타그램에서 이미 수십만 번 재생됐다.

"'저기 내 딸을 살해한 개자식이 삽니다!'라고 고함을 지르는 외르크 뷜레펠트의 움짤까지 있어요."

믿을 수 없었다. 사람들은 이제 그 무엇도 존중하지 않았다. 딸이 살해된 남자의 고통조차도 배려의 대상이 아니었다.

"바이너트가 무죄라고 판명되면 우린 끔찍한 혹평을 당하겠군요." 니콜라 엥겔이 비관적으로 말했다. "더 확실한 증거가 없다면 우린 오늘 그를 내보내야 합니다. 아니면 유죄라는 걸 알아내야 해요."

"다급한 위험 때문에 그를 여기 잡아둔 겁니다." 보덴슈타인이 과장의 기억을 일깨웠다. "안네 뷜레펠트는 권총을 가지고 있었고, 그의 집 앞에는 흥분한 사람들이 모여 있어요. 그는 유치장에 있는 편이 더 안전합니다."

"지금 그의 알리바이를 확인 중입니다." 피아가 말했다. "실험실 결과를 기다리고 있어요. 살해 도구에서 그의 DNA가 나온다면 틀림없이 구속 영장을 받아낼 수 있을 거예요."

"좋습니다. 또 다른 할 말은?"

"우리 IT팀이 라리사 뷜레펠트의 모든 소셜 미디어 계정을 폐쇄했습니다. 증오 댓글들이 올라와서요." 카이가 말했다. "사라 코르브마허의 계정들도 오늘 아침에 폐쇄됐는데, 그건 아마도 본인이 직접 했을 겁니다."

"좋습니다." 보덴슈타인이 남은 커피 한 모금을 마저 마셨다. "이제 일 시작합시다."

"잠깐만요. 제가 아직 보고할 게 남았어요." 초조하게 차례를 기다리던 피아가 말했다. "기동수사대의 프리체가 이른바 개를 데리고 산책하다가 리시의 시신을 발견했다는 사람이 누군지 모른다고 했던 것, 기억하시죠? 발견한 사람의 이름은 보고서에도 없었고, 프리체는 제가 실수를 지적하자 엄청나게 화를 냈습니다. 그런데 그는 실수한 게 아니었어요."

"왜요? 그렇게 중요한 증인의 이름과 연락처를 보고서에 쓰지 않는다는 건 굉장한 실수입니다." 과장이 말했다.

"제 판단으로는 개를 데리고 산책한 사람은 원래부터 존재하지 않았습니다. 그저 110으로 긴급전화만 한 통 걸려왔지요. 어제저녁에 그 긴급전화가 녹음된 것을 보내달라고 했습니다."

피아는 스마트폰을 뒤져 오디오 데이터를 찾아서 플레이 버튼을 눌렀다.

'여보세요? 제 개가 산책 중에 시신을 한 구 발견했어요. 슈발바흐와 줄츠바흐 사이, 개천을 따라 난 길이에요. 성모상이 있는 오두막 같은 곳 뒤쪽이었어요. 거기를 한번 살펴보세요.'

한동안 아무도 입을 열지 않았다.

"프리체는 시신이 눈 아래 40센티미터 위치에 있었다고 말했고, 보고서에도 그렇게 밝혔어요." 피아가 말했다.

"나도 증명할 수 있어." 크리스티안 크뢰거가 끼어들었다.

다들 피아가 무슨 말을 하는지 깨달았다.

"전화를 건 사람은 범인이라야 알 수 있는 내용을 알고 있군." 보덴슈타인이 말했다.

"바로 그거죠." 피아가 고개를 끄덕였다. "제가 시신 발견 장소 사진들을 다시 한번 자세히 살펴봤어요. 크리스티안의 팀원들이 사진을 찍었을 때 눈은 이미 상당히 많이 밟힌 상태였지만, 그렇다고 해도 어딘가에 개 발자국은 남아 있어야 하는데 그 어디에도 없었어요."

"전화를 추적했어?" 셈이 물었다.

"아니. 발신 번호 표시 제한이었어요."

"목소리가 변조됐습니다." 타리크가 말했다. "백 프로 확실해요."

피아는 녹음을 다시 한번 틀었다. 세 번째로 또 틀었다. 그들은 전화를 건 사람이 남자인지 아니면 여자인지, 어떤 소프트웨어를 사용하여 목소리를 변조했는지 토론했다. 녹음된 것은 범인의 목소리일까? 아니면 내막을 아는 사람?

"전문가들이 분석해야겠어요." 니콜라 엥겔이 말했다. "산더 형사, 훌륭합니다!"

"그런데 왜 범인이 직접 전화를 하겠어요?" 타리크가 의혹을 제기했다.

"아마 시신이 빨리 발견되기를 바란 모양이지." 셈이 추측했다. "범인의 신경이 튼튼하지 못해서 말이야."

"어쩌면 부모들이 아무것도 모르는 상태로 있는 걸 피하게 해 주려던 건지도 몰라. 시신이 눈 아래 계속 있었다면 빨리 발견 되지 못했을 테니까." 보덴슈타인이 말했다. 그는 속으로 쾌재 를 불렀다. 녹음된 목소리를 우리가 조심스럽게 풀어간다면 리 시 뷜레펠트의 살인자에게로 이어지는 실마리가 되지 않을까?

* * *

"저는 데니스 바이너트가 리시를 죽였다고 생각하지 않습니 다." 셈이 말했다. "그는 축구 경기 입장권을 선물 받았고, 꼭 가 려고 했어요."

"어쩌면 완전히 다른 상황이었을지도 몰라요. 리시가 그 교사 를 스토킹했을 수도 있죠." 피아가 말했다.

"지금 희생자를 가해자로 만드는 거야?" 셈이 물었다.

"아니, 전혀 아니야." 피아가 대답했다. "사랑에 빠진 그 또래 여자아이들은 기이한 짓을 하기도 해. 난 열다섯인가 열여섯 살 때 오빠와 같은 학년인 어떤 남학생을 무진장 좋아했어. 스쿠터 를 타고 하루에 스무 번씩 그 집 앞을 지나갈 때도 있었지. 그가 나오길 기대하면서, 정말 나오면 내가 마치 우연히 지나가는 길이었다는 듯이 행동하려고 말이야."

"그래서 어떻게 됐어? 운이 좋았어?" 카이가 살짝 재미있다는 말투로 물었다.

"뭐, 생각하기 나름이지." 피아가 대답했다. "어느 날 그렇게 지나가다가 어떤 여자애가 그의 집에서 나오는 걸 목격했어. 그런데 그 여자아이는 우리 오빠랑 제일 친한 친구의 여자친구였거든. 그 집에서 아주 살그머니 나오더라. 나는 그 사실을 우리 오빠에게, 그리고 우리 오빠는 자기 친구에게 말했고, 그래서 그 친구는 자기 여자친구와 헤어졌지. 흐음, 그러자 그 여자애는 내가 좋아하던 남자랑 공공연하게 어울렸고, 그래서 나는 끝났지 뭐. 운이 나빴어."

"그러니까 리시는 교사를 사랑했고, 제일 친한 친구에게 니더회흐슈타트 대중교통 환승 주차장에서 그를 만나기로 약속했다고 말했다 이거지." 보덴슈타인이 크게 혼잣말을 했다. "그런데 파바드 마흐무디와 함께 주차장을 그냥 곧장 지나갔어. 주변을 돌아보지도 않고, 휴대폰도 껐어. 이건 엄청나게 사랑에 빠진 사람의 행동은 아니지."

"사실은 그 선생과 약속을 하지 않았으니까요." 피아가 말했다. "자기 친구에게 그렇게 말만 했을 뿐이고요."

"도대체 왜 그런 일을 벌여?" 셈이 물었다.

"중요한 사람인 척하려고? 아니면 자기 거짓말에 복잡하게 엉켜버렸는데, 친구에게 바보처럼 보이기 싫어서?"

"그랬다면 둘이 만났겠지." 보덴슈타인이 추리를 계속해나갔다. "리시가 난민 숙소에서 집에 가려고 할 때 우연히 말이야. 그는 경기장에 가려다가 리시를 보고서 차를 세우고……."

"……차를 세운 사람이 그 선생이라는 전제가 있다면요."

보덴슈타인은 셈의 이의를 무시했다. 그러고 자리에서 일어나 회의실을 이리저리 거닐며 말했다.

"내가 바이너트라면 맞은편에서 오는 학생을 우연히 만났을 때 멈췄을까? 아니야. 급하니까 그냥 계속 갔겠지. 자, 그러니 바이너트는 왜 차를 세우고 여학생을 태워서 방향을 돌리기까지 했을까?"

"혹시 리시를 좋아했는지도 모르죠." 타리크가 말했다. "그가 이렇게 생각했을 수도 있지 않을까요? 얘를 집에 얼른 데려다 줘야지. 가는 길에 얘가 나를……."

"스톱!" 니콜라 엥겔이 날카롭게 그를 제지했다. "이건 모두 공론에 불과합니다. 차량과 머플러에 대한 실험실 결과를 기다려요. 그런 다음 바이너트와 얘기하십시오."

"공론이 아닙니다! 가능한 시나리오를 시각화하는 거죠." 타리크가 과장의 말을 반박했다. "거부당한 남자가 무슨 짓을 벌일 수 있는지는 누구나 압니다. 리시는 아마 그가 원하는 것에 동의하지 않았고, 그래서 둘 사이에 논쟁이 벌어져 리시가 달리는 차에서 뛰어내리다가 안타깝게도 뒤통수를 땅에 부딪쳤고, 그가 하려던 짓을 부모님에게 말하겠다고 고함을 질렀을지도 모르죠. 그가 내려서 리시의 목을 조르고 트렁크에 넣어서 성모상 처소로 향했고요."

"그러고서 아주 평온하게 축구 경기를 본다고요?" 니콜라 엥겔이 미심쩍다는 표정으로 물었다. "그렇게 상상하긴 힘들군요."

문이 열렸다.

"검찰 서류가 도착했습니다." 타냐 가츠케가 알렸다. "제가 일을 시작하죠."

"내가 도울게!" 피아가 자리에서 얼른 일어났다.

"무슨 서류 말입니까?" 보덴슈타인이 물었다.

"주유소 칼부림 사건과 고속열차 밀침 사건 서류예요." 피아가 대답했다. "처음 현장에 간 동료들에 대한 정보가 있는지 궁금하군요. 카트린이 전자 파일에서 지운 정보 말이에요."

* * *

동료들이 데니스 바이너트에게 유리하거나 불리한 증거를 계속 찾고, 특별수사팀이 실종자와 신원미상 시신 데이터뱅크의 오래된 미제사건을 카트린의 서류와 비교하며 복수 조직이 혹시 연락했을지도 모르는 사람들을 찾는 동안, 보덴슈타인은 파바드 마흐무디를 찾아가기로 마음먹었다.

마흐무디는 그사이에 집중치료실에서 누구나 드나드는 병동보다 감시하기 쉬운 개인 병원 1인실로 옮겼다. 제복 경찰은 자신의 업무에 충실하여 보덴슈타인이 형사 신분증을 보여준 후에야 병실에 들어가게 했다.

쪽매널마루와 바닥까지 오는 유리창, 소파와 탁자, 책상과 미니바를 갖춘 병실은 호텔 스위트룸과 비슷했다. 이곳이 병원임을 알려주는 단서는 병상, 그리고 벽에 있는 의료용 산소와 진공 연결 장치뿐이었다. 파바드 마흐무디는 수배 사진과 달리, 그사이에 자란 수염에도 불구하고 더 어리고 여려 보였다. 납치와 산속 갱도와 지하 우리에서의 감금 생활은 이 젊은이에게 큰 흔적을 남겼다. 양쪽 다리와 왼팔에 붕대가 감겨 있고, 콧구멍에는 투명한 산소관이 꽂혀 있었다.

"건강 상태는 어떻습니까?" 보덴슈타인이 자기소개를 하고 침대 옆의 불편한 의자에 앉은 후에 물었다.

"아주 좋습니다. 침대에 누워 있어서 죄송합니다. 무례한 행동인데요." 마흐무디가 문법적으로 완벽한 독일어로 대답했다.

"괜찮습니다." 보덴슈타인은 경찰이 지난 며칠, 몇 주를 필사적으로 찾던 남자의 천진난만한 얼굴을 자세히 바라봤다. "살아 계시니 다행입니다."

"리시가 죽었다는 게 사실인가요?" 마흐무디가 물었다.

"네, 그렇습니다." 보덴슈타인이 고개를 끄덕였다. "당신과 만난 그날 저녁에 범죄에 희생됐습니다."

"아, 이럴 수가." 마흐무디는 눈물을 흘리지 않으려 애썼다. "도대체 무슨 일이 벌어진 거죠?"

"나도 알고 싶군요." 보덴슈타인이 대답했다. "몇 주 전에 당신에게 물어보려고 했는데, 에슈보른 거주지에서 당신을 만나지 못했습니다."

파바드 마흐무디는 자기가 왜 납치되고 감금당했는지, 안네 빌레펠트가 왜 자기를 쐈는지 그 이유를 전혀 알지 못했다. 자신이 리시 살인범으로 간주됐다는 사실에 그는 큰 충격을 받았다. 보덴슈타인은 그가 다시 정신을 차릴 때까지 기다렸다가 몇 가지 질문을 했다.

리시와 그는 12월 6일 저녁에 우연히 만났다. 그는 지인들과 약속이 있었고 그들과 프랑크푸르트로 갈 예정이었는데, 그날 저녁에 날씨가 너무 추워 전철로 한 정거장을 더 갔다. 리시는 1년 넘게 구금됐던 그를 다시 만나자 무척 반가워했다. 서로 소식을 주고받긴 했지만 그게 만나는 것과 같지는 않으니까. 둘은 함께 난민 숙소까지 걸어갔고, 거기서 마지막 남은 담배 한 개비를 함께 피우고 잠깐 수다를 떨었다.

"리시가 그날 뭔가 계획이 있다고 하던가요?" 보덴슈타인이 물었다.

"약속이 있다고 했어요." 마흐무디가 기억을 되살려 대답했다. "누굴 만나는지는 말하지 않았고요."

마흐무디는 동행해주겠다고 했지만 리시가 거절했다. 헤어지면서 둘이 포옹하고 뺨에 입을 맞춘 다음 리시는 슈발바흐 방향으로 걸어갔다. 그때 지인들이 건물에서 나왔으므로 마흐무디는 리시를 더는 못 본 채 지인들과 반갑게 인사를 나누었다.

"납치되던 날 아침 상황을 기억할 수 있습니까?" 보덴슈타인이 물었다.

"저는 처음에 그게 납치인 줄도 몰랐어요. 초인종이 울려서 문을 여니 어떤 여성이 서 있더군요. 그 사람은 제 변호사가 보내서 왔는데 급하다고, 지금 경찰이 오는 중이라고 했어요. 다시 구치소에 가야 한다고요. 얼른 변호사 사무실로 가야 한다고 하더군요. 저는 두려웠습니다. 그 여성이 하는 말을 믿었어요."

묘사하는 바에 따르면 그 여성은 비비엔 바이스뱅거였다. 마흐무디는 아무 의심도 없이 그녀의 차에 올랐는데, 뒷좌석에 있던 누군가가 그를 전기 충격기로 마비시켰다. 버섯 농장 갱도에서 그는 의식을 다시 찾았다. 납치범들은 늘 복면과 장갑을 착용했고, 견딜 수 없이 시끄러운 음악이 밤낮으로 흘러나왔다. 음식은 언제나 똑같았다. 차가운 감자샐러드와 소시지였는데, 돼지고기가 들어 있을 것 같아서 그는 처음에 손도 대지 않았다. 하지만 나중에는 배고픔이 알라가 내릴 벌에 대한 불안보다 더 커졌다. 함께 갇혀 있는 두 사람과 말을 하거나 시선을 마주할 수는 없었지만, 그들이 잡혀온 것은 알았다. 마흐무디는 르네 지겔과 다니엘 라들로프를 제대로 묘사했다.

갱도에서 크론베르크 지하로 옮길 때 그는 이미 심각하게 병든 상태였다. 고열과 상처의 염증, 통증이 끔찍하게 심했다. 납치범들이 잠깐 부주의했다. 아마도 그가 무표정했기 때문일 것이다. 그들은 그를 메르세데스 모델 W124의 트렁크에 넣고 이동했다.

"올드타이머였어요." 마흐무디가 말했다. "마지막 숫자 두 개는 3과 5였고요."

"차를 잘 보는군요." 보덴슈타인이 말했다.

"네." 마흐무디가 희미하게 미소 지었다. "저는 자동차를 좋아합니다. 자동차 엔지니어가 되고 싶어요."

그의 미소는 근심 때문에 금세 사라졌다.

"저는 앞으로 어떻게 되는 건가요?"

보덴슈타인도 대답을 알지 못했다.

얀 페퍼코른의 말이 옳았다. 마흐무디의 이름과 얼굴은 언론의 선정적인 보도를 통해 망명 사기와 속임수로 얻은 이익, 성폭행 및 살인과 연결됐다. 그중 어떤 게 그에게 계속 붙어 다닐까? 이 젊은이가 앞으로 계속 독일에 머물 기회가 있을까?

"그건 말할 수 없군요." 보덴슈타인이 안타까워하며 대답했다. "일단 건강을 되찾길 바랍니다. 그 후에 상황을 보죠."

그는 마흐무디에게 악수하고 다 잘 되길 빈다고 말한 다음 병실을 나왔다. 생각에 잠긴 채 복도를 따라 승강기로 갔다. 마흐무디와의 대화는 안 좋은 느낌을 남겼다. 내가 너무 일찍 공개수배를 결정한 탓에 그가 이런 상황에 처한 걸까? 하지만 다른 방법이 없지 않았나? 그래, 내 잘못이 아니야. 카트린은 마흐무디가 유죄 판결을 받은 성폭행범이고, 그가 리시 뷜레펠트를 살해했다고 확신했으므로 그를 납치하게 한 거야. 이런 성급한 납치 때문에 경찰은 그를 목격자로 신문하여 지금 방금 내가 그에게서 들은 이야기를 미리 들을 기회를 놓쳤지.

승강기 문이 열렸다. 젊은 여성 두 명이 승강기에서 나왔다. 한 명은 히잡을 쓰고 있었고, 다른 한 명은 왠지 보덴슈타인의 눈에 익었다.

"사라, 안녕?" 보덴슈타인이 깜짝 놀라며 인사했다. "여기서 뭐 하니?"

"아, 안녕하세요? 보덴슈타인 형사님." 당황한 사라가 대답했다. "어…… 음…… 친구 문병 왔어요."

"친구? 파바드 마흐무디 말이니?"

"으음, 네."

"그가 여기 있는 걸 어떻게 알았지?" 보덴슈타인이 의심하는 표정으로 물었다.

두 아이는 잠깐 서로 눈길을 주고받았다.

"아는 아이의 언니가 방사선과에서 일해요." 사라가 털어놓았다. "그 언니가 환자 차트에서 그의 이름을 보고 동생에게 말했고, 그 아이가 저한테 메시지를 보냈어요."

셈은 마흐무디가 입원할 때 병원 행정실에 극비로 해달라고 명확하게 부탁했고 그렇게 하겠다는 확답도 받았다. 하지만 입이 가벼운 방사선과 보조직원을 막을 수는 없는 모양이었다.

"안타깝지만 그를 만날 수 없어." 보덴슈타인이 말했다.

"아이고, 어쩌나." 히잡을 쓴 젊은 여성이 안타까워하며 중얼거렸다. 검은 눈에서 눈물이 반짝였다. "다 쓸데없는 일이었네."

사라가 미처 말리기도 전에 그 여자는 몸을 돌려 승강기 버튼을 눌렀고, 승강기가 바로 오지 않자 고개를 숙인 채 계단실로 달려갔다.

"에브렌, 기다려!" 사라가 소리치며 여자의 뒤를 따라 달렸다. "그렇게 바로 가지 마!"

'에브렌?'

보덴슈타인도 움직였다. 함께 온 여자를 따라잡은 사라는 그녀의 팔을 잡고 뭔가 설득하는 듯했다.

"에브렌 외츠투날리입니까?" 보덴슈타인이 물었다.

"네." 여자가 수줍은 표정으로 고개를 끄덕였다.

"그런데…… 마흐무디에게 왜 가려는 거죠?" 보덴슈타인은 당황했다. 파바드 마흐무디는 에브렌 외츠투날리에 대한 성폭행으로 유죄 판결을 받고 1년 넘게 미결 구금 상태에 있었다.

"그에게 복수하려는 건가요?"

에브렌은 바닥만 내려다봤다.

"사실은 상황이 전혀 달라요." 사라가 입을 뗐다.

"안 돼, 사라. 말하지 마!" 에브렌이 걱정스러운 얼굴로 소리쳤다.

"말해야 해." 사라가 친구에게 단호하게 말했다. "파바드는 정말 너무 많은 일을 겪었어. 우리가 너희를 위해 해결책을 찾아낼 거야. 정말이야."

"무슨 일인지 이제 설명 좀 해주겠니?" 보덴슈타인은 한 마디도 알아들을 수 없었다.

두 아이가 서로 마주봤다. 에브렌 외츠투날리가 한숨을 내쉬고서 설명을 시작했다.

"파바드는 저를 성폭행한 게 아니에요. 오빠들 때문에 제가 그렇게 말한 거예요. 파바드와 저의 관계를 알게 된 오빠들이 저를 튀르키예로 보내서 늙고 무뚝뚝한 할아범과 결혼시키려고 했어요."

* * *

피아는 주유소 칼부림 사건에 대한 검찰의 종이 서류를 회의실 탁자에 펼쳐놓고, 노트북으로 디지털 사건 파일도 불러냈다. 정신을 집중하여 출동 보고서를 한 문장씩 비교하며 읽고 있을 때 휴대폰이 진동했다.

"강력11반 산더입니다." 피아가 전화를 받았다.

"내 사무실로 와줘." 수화기 저편에서 니콜라 엥겔이 목소리를 낮추고 말했다. "가츠케 형사도 데리고 와."

"오케이. 그럴게." 피아가 놀라서 대답했다.

타냐 가츠케에게 전화하자 바로 받았다.

"과장님 사무실로 오래. 지금 당장."

"바로 갈게." 타냐가 대답했다.

무슨 일이 벌어진 게 틀림없었다. 니콜라 엥겔이 직접 전화를 걸어 자기 사무실로 부르는 일은 거의 없었다. 그 일은 보통 비서가 했다. 피아는 스마트폰을 엉덩이 주머니에 넣고 복도 끝 맞은편에 있는 과장의 사무실로 향했다. 타냐가 계단을 올라왔다.

"무슨 일이야?"

"나도 몰라."

사무실 문이 열려 있었으므로 비서실을 거쳐야 하는 우회로를 피할 수 있었다. 과장에게는 손님이 있었다. 짙은 색 양복에 넥타이를 맨 2미터쯤 되는 남자, 그리고 은회색 보브컷에 재색 양모 원피스와 화려한 코냑 색깔 가죽 외투를 걸친 여자가 책상 앞에 서 있었다.

"아, 들어오고 문 닫으세요." 니콜라 엥겔이 두 사람에게 손짓했다. "소개하겠습니다. 연방범죄수사국의 내부 수사팀 필립 알트파터 씨와 프리데리케 코르넬젠 씨입니다. 마르쿠스 부르크하르트 일로 오셨어요."

과장이 회의 탁자로 손짓하자 다들 그곳에 자리를 잡았다.

"지금 이 대화는 극비 사항입니다." 알트파터가 미리 말했다. "우리는 이미 오래전부터 부르크하르트 씨에 대한 내부 조사를 진행 중이었습니다. 하지만 지금까지 뭔가 조치를 취할 만큼 증거가 충분하지 않았어요."

"마르쿠스 부르크하르트는 체포된 후에 상관에게 전화했습니다." 니콜라 엥겔이 피아와 타냐에게 말했다. "그 상관은 바로 연방범죄수사국 국장에게 알렸고, 국장은 나에게 전화해서 부르크하르트 씨를 당장 풀어주라고 말했지요. 그가 이른바 업무상의 이유로 블루스카이 창고에 갔다고 말입니다."

"업무상의 이유라고요?" 놀란 피아가 물었다.

"범죄 조직에 침투하기 위해 말하자면 잠복요원으로 갔다고 합니다." 니콜라 엥겔이 대답했다. 목소리에 담긴 울림으로 보아 그 말을 믿지 않는 듯했다. "나는 마르쿠스 부르크하르트가 2009년 또는 그보다 더 일찍부터 이 범죄 조직에서 활동하는 중추 멤버라고 확신하기 때문에 국장님의 요청에 따르지 않았습니다."

"어떤 혐의가 있다는 겁니까?" 연방범죄수사국의 코르넬젠 수사관이 물었다.

"여러 번의 납치와 감금, 범죄 조직 결성, 살인 방조 및 교사, 살인, 전쟁무기감독법 위반, 불법 무기 소지." 니콜라 엥겔이 줄줄이 읊어 내렸다. "영장 심사 판사는 그의 체포 영장을 확정하고 도주 및 은폐 위험 때문에 보석 석방을 기각했습니다."

"더 정확한 정보를 주실 수 있습니까?" 알트파터가 물었다. "어떤 범죄 집단이지요? 조직적 범죄? 마약?"

"납치, 살인, 살인 교사 사건이 최소한 열한 건은 됩니다." 과장은 범죄자들에게 사적 제재를 가한 그 조직에 대해 설명하라

고 타냐 가츠케에게 지시했다. 연방범죄수사국 내부 수사관들
은 가끔 시선만 교환했을 뿐 말없이 보고를 들었다.

"우리는 지난 몇 년 동안 일어난 미제 살인사건과 실종사건에
해당하는 표적 살해 실행 세부 계획을 증거물로 가지고 있습니
다." 니콜라 엥겔이 다시 발언을 넘겨받았다. "창고에서 나온 무
기들은 탄도학 부서 수사에서 이미 몇몇 범죄와 연결됐고요. 믿
을 만한 증인 진술도 있습니다. 하지만 부르크하르트와 그의 공
범은 입을 다물고 있어요. 우리는 또 다른 납치 또는 폭발이 계
획되어 있을 가능성도 존재한다고 봅니다. 이와 관련하여 토마
스 브룬너라는 사람을 찾는 중입니다. 월요일에 사망한 우리 동
료 카트린 파힝거의 오빠인데, 우리는 두 사람이 이 조직을 결
성했다고 짐작합니다. 브룬너는 2012년 알프스에서 하이킹하
다가 실종됐다고 하지만, 확보된 자료에서 우리는 그가 아직 살
아 있으며 새로운 신원을 가지고 있을지도 모른다는 단서를 잡
았습니다. 마르쿠스 부르크하르트는 특공대 소속이었다가 연방
정보국으로 옮겼는데, 거기서 위험 지역의 인질 구출을 담당했
습니다. 토마스 브룬너는 연방군에서 저격수 훈련을 받았고, 영
어와 스페인어 외 아프가니스탄의 파슈토어와 아랍어를 유창하
게 구사합니다. 우리는 그가 2006년에 제9국경경비대에서 나온
이후에 연방정보국에서 일했고, 거기서 마르쿠스 부르크하르트
와 함께 근무했다고 추측합니다. 어쩌면 부르크하르트가 그를
거기로 데려갔을 수도 있습니다. 우리는 토마스 브룬너가 마르
쿠스 부르크하르트를 사적 제재 조직으로 불렀고, 부르크하르
트가 2009년에 예전의 적군파 테러리스트 디터 바르와 지그린

데 되를람을 목덜미 사격으로 처형했다고 추측합니다."

"뭐라고요?" 알트파터가 놀라서 눈썹을 치켜세웠다. "왜 그렇게 추측하시죠?"

"마르쿠스 부르크하르트는 1977년에 노르트라인베스트팔렌주 내무부장관의 관용차를 호위하던 경장 우베 부르크하르트의 아들입니다." 피아가 말했다. "바르와 되를람은 내무부장관과 그의 운전기사, 마르쿠스 부르크하르트의 아버지인 오토바이 경찰을 저격했습니다."

"그건 우리가 지금까지 모르던 내용이군요." 알트파터가 인정했다.

"이와 관련해서 연방정보국과 연락하셨나요?" 프리데리케 코르넬젠이 물었다.

"그들은 보루를 쌓고 있어요." 니콜라 엥겔이 대답했다. "공식적으로 질문했지만 아직 아무런 답도 받지 못했습니다. 제 생각에는 부르크하르트가 브룬너를 연방범죄수사국으로 데려간 것 같습니다. 마르쿠스 부르크하르트는 1년 반 전까지 극단주의 테러 담당 팀 소속이었고 경찰 인사를 담당하는 43부의 부장이었습니다. 그가 그곳에서 누구와 일했는지, 그가 증인 보호 프로그램에 누굴 데리고 왔는지 당신이 알아내기는 어렵지 않겠죠. 우리가 아는 한 그 조직에서 잡히지 않은 일원은 토마스 브룬너와 볼프 졸베르크뿐입니다. 우리 수사에 따르면 브룬너는 최소 20건의 살인사건에 가담했습니다. 당신이 브룬너의 현재 신원을 밝히지 못한다면 범죄 해결을 방해하는 겁니다. 또한 형법 258조 A항에 따라 공무집행방해죄에 해당할 수도 있고요."

알트파터는 눈을 가늘게 뜨고 과장을 노려보며 입술을 삐죽거렸다. 피아는 복잡한 문제를 정확하게 요약하는 동시에 연방기관의 내부 수사관을 자기에게 협조하도록 강요하는 과장에게 다시 한번 감탄했다. 알트파터와 코르넬젠은 완전히 기습공격을 당했다.

"전화해야겠습니다." 알트파터가 짤막하게 말하고 자리에서 일어나 사무실을 나갔다.

코르넬젠은 그대로 앉아 있었다. 니콜라 엥겔은 책상으로 돌아가 서류에 열중했다. 타냐 가츠케는 팔짱을 낀 채 탁자 앞에 앉아서 프리데리케 코르넬젠을 빤히 바라봤다. 피아는 휴대폰을 꺼내 메시지를 확인했다. 보덴슈타인에게서는 여전히 아무 연락이 안 왔고, 그것 외에도 새 소식이 없었다.

시간이 흘러갔다. 1분, 2분이 흘러 15분이 지났다. 30분이 지난 후에 알트파터가 드디어 돌아왔다.

"토마스 브룬너는 2012년 11월에 연방범죄수사국 증인 보호 프로그램에 들어갔습니다." 그가 말했다. "짧은 시간 내에 더 많은 것을 알아낼 수는 없었어요. 빠른 시일 내에 확인하겠습니다. 하지만 브룬너가 범죄자가 됐다는 증거가 필요합니다. 그게 아니라면 그의 비밀 신분을 공개할 수 없어요."

피아는 하마터면 주먹을 쥘 뻔했다. 팀원들이 옳았다. 짧은 승리의 기쁨은 금방 다시 사라지고 엄청난 실망감이 몰려왔다. 뺨이 붉고 친절한 할머니 한네로레 파힝거는 니콜라 엥겔과 피아를 뻔뻔스럽게 속였다.

"그의 DNA나 지문을 구해주실 수 있을까요?" 피아가 연방범죄수사국 동료들에게 물었다. "그의 할머니 집이나 크론베르크 골동품 창고에서 앞으로 그에 상응하는 단서를 찾거나 아니면 이미 확보했을 거라고 확신합니다."

"우리가 할 수 있는 일을 살펴보겠습니다." 알트파터가 약속했다. 그의 휴대폰이 진동했다. 그는 액정을 흘끗 보더니 실례하겠다고 말하고 다시 나갔다가 이번에는 금방 돌아왔다.

"경찰청장과 예약이 잡혔습니다." 그가 니콜라 엥겔에게 말했다. "당신이 직접 가신다면 이 사건이 분명히 더 중요하게 다뤄질 겁니다."

과징은 한순간도 망설이지 않았다.

"가츠케 형사, 부르크하르트와 브룬너의 서류를 가지고 오세요. 나와 함께 비스바덴으로 갑시다."

* * *

보덴슈타인은 병원 건물을 나와 주차장으로 건너갔다. 방금 세 젊은이가 그에게 말한 이야기는 너무 기이해서 거의 믿지 못할 정도였다. 두려움에 질린 십대들이 생각해낸 선의의 거짓말은 그들 중 누구도 예상치 못한 큰 파장을 불러일으켰다. 국선변호인이 하필이면 명성에 중독된 안 페퍼코른 박사가 아니라 더 사려 깊은 변호사였더라면 아마도 일이 이 지경까지 오지 않았을지도 모른다. 페퍼코른은 이 사건의—불법 입국한 아프가니스탄 출신 망명 신청자가 15세 학우를 성폭행하다—언론 파급력을 바로 알아채고, 이른바 범죄 용의자와 희생자가 사실을 말할 용기를 낼 수 없을 만큼 일을 크게 벌였다. 당시 막 15세가 된 사라와 리시도 친구인 에브렌이 가족에 의해 정말 튀르키예로 끌려갈지도 모른다는 불안 때문에 입을 다물었다. 마흐무디의 변호인은 진술한 범행 과정에 의구심을 품을 만한 유일한 사람이었지만 그러는 대신 자신의 의뢰인에게 입을 다물라고 지시했고, 그 결과 대재난이 벌어졌다.

보덴슈타인은 내면의 눈앞에서 번쩍이며 펼쳐지는 파괴된 법정의 잔혹한 장면들을 몰아내려고 애썼다.

공무용 차량의 엔진을 막 켰을 때 전화가 울렸다.

"반장님, 어디 계세요?" 카이 오스터만이 물었다.

"바트 조덴 병원이야. 왜?"

"피아와 셈, 타리크와 제가 여기 모여 있습니다. 스피커폰을 켤게요." 카이가 말했다. "새로운 소식이 있어요. 리시 빌레펠트의 휴대폰이 바이너트의 차에서 발견됐습니다! 중간 콘솔과 조수석 사이에 끼어 있더라고요. 머플러와 리시의 허벅지, 재킷 소매, 왼손과 얼굴에서 확보된 것도 그의 DNA였습니다!"

"명확하군." 보덴슈타인이 대답했다. "보고할 게 또 있나?"

"아인트라흐트 프랑크푸르트 시즌권 구매자는 이제 종이 입장권이 아니라 시즌 시작 때 마인아킬라 앱으로 모바일 시즌권을 받는다고 합니다." 타리크가 말했다. "시즌권 소유자가 타인에게 입장권을 양도할 때는 양도받는 사람도 이 앱이 있어야 하고, 경기장에 들어설 때 스마트폰 큐알 코드를 제시해야 한답니다. 비행기 탑승권처럼 말이죠."

"아하."

"몇 시에 디지털 입장권이 스캔됐는지 정확하게 알 수 있다는 것이 장점입니다." 타리크는 잠시 말을 멈추었다가 이었다. "바이너트는 후반전 21시 45분에야 경기장에 들어갔습니다! 제가 바이너트의 친구와도 이야기했어요. 그가 확인해줬습니다. 게다가 그 친구가 팬들의 응원 동영상을 그에게 보냈다고 합니다. 그러니까 바이너트의 주장과 달리, 그 동영상은 본인이 찍은 게 아니에요."

"아주 잘했어." 보덴슈타인이 대답했다. "셈, 자네는 뭔가 알아냈나?"

"네. 연꽃 공업단지 켄터키 프라이드 치킨 운영진에게서 당시에 드라이브인 카운터에서 일한 직원의 전화번호를 받았습니다." 셈의 목소리가 스피커에서 울렸다. "그 직원은 바이너트가 금요일 늦은 저녁에 식당에 왔다고 확인해줬습니다. 그를 안답니다. 대학입학 자격시험 과목 중에 수학 선생님이었대요. 다른 남자와 함께 식탁에 앉아 있었고, 둘 다 아인트라호트 팬 머플러를 두르고 있었답니다. 바이너트는 매운 양념 닭고기와 허브샐러드와 감자튀김을 먹었다고 해요."

이로써 바이너트의 그 시간대 알리바이는 확인됐다.

"기지국 프로그램도 제대로 작동했습니다." 카이가 말했다. "12월 6일에 191937F-271 기지국과 191937F-269 기지국 사이를 오간 아홉 개의 모바일 번호를 걸러냈어요. 그런데 여기에 리시의 휴대폰 번호는 없었습니다."

"비행 모드였으니까."

"비행 모드에서는 무선 랜과 이동 전화 서비스만 꺼지고 GPS

는 작동합니다." 카이가 설명했다. "그러니 휴대폰 위치를 추적할 수 있어요. 제 생각에는 아마 실수로 휴대폰이 완전히 꺼진 듯합니다."

"바이너트 휴대폰의 정확한 시간 동선은 알아냈고?"

"네, 그럼요. 19시 58분에 그의 번호는 191937F-271 기지국에서 191937F-269 기지국으로 이동했습니다. 그러니까 그가 슈발바흐에서 줄츠바흐로 움직인 거죠."

"흐음."

"'흐음'이 무슨 뜻인가요?" 카이가 물었다.

"시신 발견 장소 기지국은 뭐지?"

"191937F-271입니다."

"확실해?"

"네, 아주 확실합니다."

"그가 줄츠바흐에서 뭘 하려던 걸까?"

"빌어먹을!" 카이의 열광은 자기 이론의 약점을 알아챈 순간 바로 가라앉았다. "191937F-271에 그대로 있었어야 말이 되는군요."

"그러니 이건 바이너트의 혐의를 벗겨주는 증거에 더 가깝군요." 셈이 말했다.

"내 생각도 그래." 보덴슈타인은 주차장을 벗어났다. "다른 휴대폰 번호들도 살펴봐. 혹시 뭔가 나올지도 모르지. 그리고 우리가 이 정보를 이용할 수 있게 기지국 조사에 대한 법적 승인을 요청해. 이제 나는 바이너트 부인에게 갈 거야. 그 부인의 알리바이는 확인됐겠지. 안 그래?"

"바이너트 부인은 야훈더트할레에서 열린 연주회에 직장 동료 세 명과 함께 갔습니다." 타리크가 보고했다. "18시 45분에 동료 한 명이 집으로 그녀를 데리러 갔는데, 그때 바이너트는 아직 집에 있었습니다. 동료들과 바이너트 부인이 이탈리아 식당에서 식사를 한 것도 부인이 체크카드 영수증을 제시해서 확인됐어요. 부인은 자정이 지난 후에 택시를 타고 집에 돌아왔는데 그 영수증도 있습니다."

보덴슈타인이 동료들에게 감사 인사를 하고 전화를 막 끊으려는데 피아가 말을 꺼냈다.

"저는 다른 사건 보고를 드릴 게 있습니다. 디지털 파일이 정말 조작됐더군요. 빠진 정보를 검찰의 원래 서류에서 발견했어요. 2017년 1월 17일에 리누스 레시케 경장이 귄터 베제닉 살해 시점에 주유소에 있었습니다. 근무가 끝난 후에 주유를 하러 자기 개인차로 들렀어요. 완벽한 우연이었습니다. 보고서에도 그렇게 말했고요."

"아하." 보덴슈타인은 지금 어느 사건을 언급하는지 전체적인 조망을 놓치지 않으려고 애썼다.

"조수석에 어떤 남자가 타고 있었습니다. 서류에 첨부된 감시 카메라 녹화에도 또렷하게 보입니다. 그런데 사라졌어요. 그의 이름은 보고서에도 언급되지 않았습니다. 레시케는 주유를 한 다음에 주유소 안으로 들어갔고, 거기서 무슨 일이 벌어졌는지 알아채고 선반 뒤에 숨어서 지원을 요청하고 구급의사도 불렀습니다."

"조수석에 있던 사람이 누군지 알아?"

"짐작 가는 사람은 있어요. 살레 카베리가 여성과 그녀의 아들을 고속열차로 밀쳤을 때 리누스 레시케 경장과 그의 파트너인 11지구대의 시몬 브란트 경장이 가장 먼저 현장에 도착했습니다. 공식적으로 현장에 도착한 최초 출동이에요."

"시몬 브란트." 카이가 보고를 넘겨받았다. "카트린의 서류에서 약자 S는 지금까지 맞는 사람을 못 찾았습니다. S는 2015년에 처음 등장하고, 2016년 9월 아우구스부르크에서 벌어진 미성년 난민 신청자 두 명의 살인사건과 관련이 있습니다."

"상응하는 사건을 데이터뱅크에서 벌써 찾았나?" 보덴슈타인이 소인이 찍힌 주차권을 판독기에 넣자 차단기가 열렸다.

"네. 정말 끔찍한 이야기예요." 카이가 대답했다. "2015년 11월, 시리아 망명 신청자 두 명이 14세 아멜리에 B에게 마약을 투여하고 여러 번 성폭행했습니다. 범인들은 의식을 잃은 아이를 공원에 그냥 내버려두고 떠났어요. 아멜리에는 엑스터시 과다 복용으로 숨졌습니다. 범인들은 그들의 범행을 떠벌리고 동영상까지 찍는 바람에 잡혔습니다. 2016년 3월, 아우구스부르크 지방 법원 소년형사부에서 재판이 열렸습니다. 모하메드 K와 하미드 D는 사실 모로코 출신인데, 위조된 시리아 여권으로 동행자 없는 미성년자로 독일에 입국했다는 사실이 밝혀졌습니다. 여권에 따르면 둘 다 미성년자였으므로 성폭행 결과로 인한 사망과 살인 혐의로 10년 자유형을 받았습니다. 변호인들이 항소했고 판결이 뒤집혔습니다. 다음 심급에서는 살인 의도가 명확하지 않고 성관계는 합의에 의한 것일 수도 있다고 봤습니다. 2심에서 범인들은 마약법 위반과 구조 의무 위반으로 6개월 집행유예 판결만 받았습니다. 모하메드 K는 실제 이름은 다르고 나이가 훨씬 더 많았는데, 언론에서는 그의 말을 이렇게 인용했습니다. '왜 이 야단법석인지. 그냥 여자애 하나일 뿐인데.' 판결 일주일 후에 두 남자는 사라졌고, 지금까지 실종 상태입니다."

"그 사건, 나도 기억나는군." 오른쪽 길가 주차 자리에 서 있던 어떤 자동차의 문이 갑자기 벌컥 열리는 바람에 보덴슈타인은 세차게 브레이크를 밟았다. 젊은 여자가 귀에 휴대폰을 댄 채 차에서 내렸다. 그가 경적을 울리며 고개를 젓자 여자는 입으로 '어쩌라고?' 하는 모양을 짓고는 자기 관자놀이를 톡톡 치며 제정신이냐는 제스처를 했다. 사람들이 어째 점점 더 배려심이 없어지는군. "그 여자아이의 아버지는 아우구스부르크 경찰이었어."

"다 들어맞아요." 카이가 말했다. "아멜리에의 성은 브란트였습니다. 카트린은 신문 기사와 인터넷에서 찾은 것들을 모두 정리했어요. 그 행위에 참가한 사람을 T, W, K, M, V, S라고 메모하고 모든 세부사항도 적어뒀고요. 그들은 배달차를 빌리고 두 남자를 클럽으로 유인하여 감마 하이드록시뷰티르산, 일명 물뽕으로 의식을 잃게 했습니다. 그리고 고용량 엑스터시를 정맥으로 주사하고 죽게 내버려뒀는데, 카트린의 메모에 따르면 사흘 걸렸다고 합니다."

"시신을 어떻게 했는지도 메모에 적혀 있나?" 보덴슈타인이 물었다.

"V라는 철자가 거기에 해당하는 듯합니다." 카이가 추측했다. "이 사건에서도 폴커 마자넥이 시신을 처리한 모양이에요."

납치와 고문, 살해를 철저하게 계획한 카트린의 건조한 보고서는 견디기 힘들 정도였다. 객관적인 표현 뒤에 상상의 틀을 넘어서는 괴물 같은 행위가 숨어 있었다. 수년 동안 팀원들은 카트린의 예리함에 감탄했고, 지나친 꼼꼼함과 끈기에 이따금 웃기도 했지만 다들 그런 점을 존중했다. 카트린의 눈에 담긴 심연과 잘 감춰둔 광신은 그들 중 아무도 못 봤다. 그들은 속으로 이 모든 살인사건에 책임이 있다고 느꼈다. 범죄를 발견하는 데 훈련된 경찰들 아닌가.

"화요일 저녁에 창고를 지나간 순찰차도 일상적인 순찰이 아니었을 겁니다." 셈이 끼어들었다. "공범 시몬 브란트였을 거예요. 위급한 상황이 벌어지면 위험을 제거하려고 했겠죠."

"셈, 동료 레시케가 오늘 근무하는지 알아내." 보덴슈타인이 말했다. "그와 이야기해봐. 그와 둘이서만. 11지구대의 화요일 저녁 근무 계획표를 알아낼 수 있으면 그렇게 해."

"마흐무디는 어떤가요?" 타리크가 물었다. "뭔가 새로운 걸 알아내셨어요?"

"그랬지." 보덴슈타인은 고개를 끄덕이고 마흐무디가 12월 6일 저녁에 대해 한 말을 짧게 요약했다.

"마흐무디는 버섯 농장 갱도에서 크론베르크 지하실로 옮기던 날에 납치범들이 잠깐 부주의한 틈을 타서 트렁크에 들어가기 전에 차량과 번호판 일부를 볼 수 있었다고 해."

"어떤 차였다고 하던가요?" 타리크가 물었다.

"메르세데스였고, 마흐무디 말로 모델은 W124였다더군."

"올드타이머군요. 찾을 확률이 높아지네요."

"번호판 마지막 숫자 두 개는 3과 5였대."

"차량 소유주를 알아보겠습니다." 타리크가 말했다.

"좋아. 나는 이제 바이너트 부인에게 갈게." 보덴슈타인이 말했다. "내가 돌아가면 우리 함께 그 남편과 이야기하자고."

"잠깐만요!" 피아가 소리쳤다. "아까 연방범죄수사국 내부 수사관 두 명이 과장님에게 왔어요. 과장님은 타냐와 저를 사무실로 불렀고요. 부르크하르트의 상관이 그가 잠입 수사 때문에 창고에 갔던 거라고 주장했답니다."

보덴슈타인은 이맛살을 찌푸렸다. 공공행정에 부패와 모호한 언행은 늘 존재했지만, 마르쿠스 부르크하르트의 상관은 그를 왜 비호하는 걸까? 그는 탈선한 단독범이 아니라 혹시 시스템의 일부인가? 연방범죄수사국을 겨냥한 카트린과 그 조직의 침투는 이 사건에 완전히 새로운 국면을 열 텐데.

"또 뭐가 남았어?" 보덴슈타인은 보고가 아직 끝나지 않았음을 직감했다.

"과장님은 내부 수사관 두 명에게 토마스 브룬너에 대해 물었어요." 피아가 설명을 이어갔다. "그들은 처음에 이리저리 회피하다가 한 명이 30분 동안 통화하더니 진실을 내놓았어요. 우리 예측이 맞았어요. 토마스 브룬너는 생생하게 살아 있어요. 2012년부터 연방범죄수사국 증인 보호 프로그램에 참가 중이에요. 엥겔 과장님과 타냐는 비스바덴으로 갔어요. 그의 비밀 신분이 뭔지 알아낸다면 우리가 그를 찾아낼 수 있을 거예요."

피아는 단호하고 화난 목소리로 말했고, 보덴슈타인은 그런 그녀를 나쁘게 생각할 수 없었다. 속았을 때 항상 느끼는 속수

무책 분노에는 수사에 성공하는 것만이 도움이 된다.

"부르크하르트와 마자넥을 구치소에서 데려와. 그 둘을 취조해야겠어."

그는 통화를 끝내고 크론베르크 언덕에서 옆 도로로 들어섰다. 풀밭 한가운데 설치된 플래카드에서 리시 뷜레펠트가 미소 지었다. 그는 카트린과 브루너 또는 부르크하르트에 대한 온갖 생각을 힘껏 떨쳐냈다. 이제 닷새 후면 크리스마스이브인데, 그때까지는 이 사건을 해결하고 싶었다. 데니스 바이너트가 범인이라는 생각은 점점 더 멀어졌다. 살인을 유일한 해결책으로 생각할 만큼 그를 곤궁에 몰아넣은 게 과연 있을까? 바이너트가 자기 머플러로 리시를 교살했다면 그 머플러를 시신 옆에 그대로 두고 갔을까?

보덴슈타인은 난민 숙소를 지나 니더라트 거리를 따라 운전했다. 목격자 진술에 따르면 리시는 여기서 바이너트의 차에 올랐다. 그는 경기장에 가느라 교외 방향으로 가던 중에 차를 돌려 줄츠바흐로 향했다. 공동묘지와 게슈비스터 숄 학교를 지나서 교차로에서 오른쪽으로 꺾고, 수력발전소와 테니스 시설 주차장을 지나서 아마 밭 옆 도로를 따라가다가 다음 교차로를 지나 레베 슈퍼마켓을 지나고 거기서 줄츠바흐로 갔다. 그곳에서 그의 휴대폰은 19시 59분에 다음 기지국으로 로그인했다. 21시 15분에 그는 경기장 32번 블록 자신의 자리에 앉았다. 이 75분 동안 그는 프랑크푸르트로 가서 글라이스드라이에크 주차장에 차를 세우고 거기서 걸어서 경기장으로 갔는데, 대략 15분이 걸리는 거리였다. 경기장에 들어가서도 자기 자리까지 가는 데 분명히 20분은 걸렸을 것이다. 그래, 데니스 바이너트는 리시 뵐레펠트를 교살하고 시신을 성모상 처소 뒤에 둘 시간이 없었어. 그런데 왜 거짓말을 한 걸까?

* * *

바이너트의 집은 완전히 포위된 상태였다. 순찰차의 경찰들은 구경꾼과 기자들을 힘겹게 막아내는 중이었다. 순찰차가 밤새 집 앞에 서 있었음에도 누군가 차고 문에 붉은 페인트 스프레이로 '살인자'라는 단어를 썼다. 사람들은 데니스 바이너트가 리시 뵐레펠트의 살인자라고 확신했다. 하지만 지난주만 해도 사람들은 마흐무디가 범인이라고 굳게 믿었었다.

보덴슈타인이 군중에게 성큼성큼 다가갔다. 순식간에 휴대폰이 여기저기서 나타나고, 마이크와 텔레비전 카메라가 그를 향했다. 사람들이 그에게 질문을 던졌다.

"안녕하십니까." 그는 언론의 질의응답 놀이에 말려들지 않았다. "현재 새로운 수사 결과는 없습니다. W씨는 피의자로 조사받는 게 아닙니다. 여긴 볼 것이 없어요. 이곳 주민이 아니라면 당장 여길 떠나십시오. 이 집에 가까이 오지 마세요."

그러고는 사람들이 던지는 질문과 욕설을 무시하고 몸을 돌렸다.

"바이너트 부인이 집에 있나요?" 보덴슈타인이 순찰차 경찰에게 물었다.

"어쨌든 8시 이후에 집에서 안 나왔습니다." 순경이 대답했다.

보덴슈타인은 경찰들에게 거리를 정리하고 필요하다면 지원도 요청하라고 지시했다.

그리고 현관문 옆의 초인종을 눌렀는데 안쪽에서 초인종 소리가 울리지 않았다. 아마도 바이너트 부인이 초인종을 꺼둔 모양이었다. 그가 조언한 대로 블라인드는 모두 내려진 상태였다. 몇 번 두드리자 드디어 문이 열렸다. 레오나 바이너트가 그를 들여보냈다. 부인은 어제와 똑같은 옷차림이었다.

"오늘 일하러 가지 않았어요." 그녀가 쓸쓸하게 웃었다. "앞으로 일하게 될 수나 있을지 모르겠군요. 제 차도 없어요! 형사님 말이 옳았어요. 사람들이 밤새 집 앞에서 서성댔어요. 초인종을 누르고 블라인드를 두드려댔어요."

부인은 팔로 상체를 감싼 채 고개를 저었다. "제 남편은 어디 있죠? 왜 남편과 통화할 수 없어요? 어제 그를 왜 범죄자처럼 끌고 가셨죠? 그런 행위가 흠 없는 시민의 삶에 어떤 영향을 끼치든 아무 상관도 없나요? 제 남편은 교사예요! 학생들에게 사랑받는 훌륭한 교사라고요. 이제 일을 그만둬야겠죠. 그런 비난은 항상 남는 법이니까요. 저는 법적 조치를 취할 거예요!"

보덴슈타인은 바이너트 부인의 말을 끊지 않고 그대로 있었다. 악몽 같은 밤을 보냈을 테니 일단 화풀이를 해야 한다는 점을 이해했다.

"남편분을 데려갈 수밖에 없었습니다." 부인이 어느 정도 진정한 후에 그가 해명했다. "우린 빌레펠트 부인이 권총을 가지고 있다는 사실을 알아냈고, 그녀가 혹시 남편분에게 뭔가 안 좋은 일을 하지 않을까 걱정했습니다. 그사이에 권총은 넘겨받았어요."

"권총이라고요?" 레오나 바이너트가 눈을 치켜떴다. "어머, 세상에!"

"바이너트 부인, 당신 차에서 리시의 휴대폰이 발견됐습니다. 조수석과 중간 콘솔 사이에 끼어 있었어요. 리시를 교살한 머플러에서는 남편분의 DNA가 나왔고요. 리시의 옷과 손, 얼굴에서도 마찬가지입니다. 머플러는 남편분의 것이었죠. 리시는 친구에게, 그가 머플러를 선물했다고 말했다는데 남편분은 아니라고 주장합니다."

"남편이 왜 리시에게 머플러를 선물하겠어요?" 교사의 아내는 뭔가 잡을 것이 필요하다는 듯이 계단 난간을 한 손으로 움켜쥐었다. 그러나 남편을 향한 신의는 꺾이지 않았다. "그럴 리없어요. 데니스는 살인자가 아니에요!"

"남편분이 리시를 차에 태웠다고 말하던가요?"

"아뇨."

"어제 우리가 의심하는 점을 이야기했을 때, 부인은 불쑥 '또 이런 일이 벌어지다니'라고 말씀하셨죠." 보덴슈타인이 말했다. "뢰라흐와 슈트라우빙의 여학생들 이야긴가요?"

"네." 레오나 바이너트가 한숨을 내쉬었다. "우린 그때 두 번 모두 변호사를 고용했어요. 그때 오간 편지를 모두 보여드릴 수 있어요. 두 번 모두 제 남편을 좋아한 학생들이 주도권을 잡고 벌인 일이었어요. 나중에 그 사실을 인정했고, 부모들이 고소를 취하했어요. 학생들은 사과하고 학교를 떠났지요. 남편은 잘못한 일이 전혀 없었어요. 하지만 지금 보시다시피, 그런 쓰레기에 맞으면 이렇게 뭔가 늘 남는 법이지요."

바이너트 부인이 손으로 머리카락을 훑었다.

"이제 리시 이야기를 하자면, 그 아이는 수학 점수가 나빴어요. 데니스는 그 아이 친구에게 시험 볼 때 도와주라고 말했지요. 그건 물론 옳은 일이 아니었지만 그 사람 성격이 원래 그래요. 남편은 조깅할 때 들판과 수목원에서 리시를 자주 만났는데, 처음에는 우연하게 만났다고 생각했죠. 하지만 저는 뭔가 그 뒤에 숨어 있다는 걸 눈치챘어요."

그녀가 고개를 들었다.

"리시는 제 남편을 사랑했어요. 데니스와 제가 그릴에 초대받아 그 집에 갔을 때 확실하게 깨달았죠. 리시는 그날 저녁 내내 남편 옆에서 떠나지 않았어요. 그 아이가 남편을 쳐다보고 남편의 말에 반응하는 모습을 봤죠. 저는 천성이 질투가 많아요. 그런 걸 금방 알아보죠. 안타깝게도 남편은 그런 걸 알아채지 못해요."

* * *

강력11반 회의실은 피자 가게 같은 냄새를 풍겼다. 펼쳐진 서류철과 노트북, 반쯤 남거나 빈 병, 캔과 컵 옆에 빈 피자 박스들이 쌓여 있었다.

"반장님, W124가 적중했습니다!" 보덴슈타인이 회의실에 들어서자 타리크가 흥분해서 소리쳤다. "그 차량은 여전히 카를-하인츠 바케스 이름으로 등록되어 있어요! 카트린과 그 조직은 그가 죽은 후에도 철저하게 착취했습니다. 크론베르크 창고

뿐 아니라 회호스트 호스타토 거리에 있는, 1층에 가게가 있는 다세대주택 건물도 그의 소유였어요. 피트니스스튜디오 체인에 세를 주고 있었죠. 그 위에 여섯 가구는 개인에게 임대했고요. 그중 하나는 바케스 골동품 주식회사의 운영자에게 임대했는데, 그게 누군지 아마 믿지 못하실 겁니다."

"얼른 말해봐." 보덴슈타인의 배가 꼬르륵거렸다. 차갑게 식은 피자 한 조각만 먹을 수 있다면 뭐든 할 것 같았지만 피자 박스는 모두 텅 비어 있었다. 음식 주문은 언제나 카트린이 했는데, 그녀가 없으니 아무도 그를 생각하지 않은 듯했다.

"토비아스 바우만입니다." 타리크가 말했다. "백 프로 가명이 겠죠. 새로운 신분으로 사는 사람들은 예전의 이름 첫 글자를 지키려는 성향이 있어요. 토마스 브룬너가 토비아스 바우만이 된 거라는 데 제 엉덩이를 걸겠어요!"

바로 그 순간 니콜라 엥겔 과장이 들어왔다. 코를 찡그리더니 쓰레기더미가 된 탁자를 눈으로 훑었다.

"오마리 형사의 용어 선택이 좀 아쉽긴 한데, 어쨌든 본인에게 소중한 건 본인이 그대로 가지고 계셔도 됩니다." 과장의 말에 타리크는 얼굴이 새빨개졌다. "당신 말이 맞으니까요. 프랑크푸르트 골동품상 토비아스 바우만은 토마스 브룬너가 증인 보호 프로그램에 들어가면서 사용한 가명입니다. 무슨 이유로 그 프로그램에 들어갔는지는 알려주지 않았지만, 그거야 어차피 우리 수사와는 상관없어요."

니콜라 엥겔과 자신이 손녀의 죽음 소식을 전하면서 카트린 할머니에게 얼마나 연민을 느꼈던가 생각하니 피아는 분노가

치솟았다.

"쿠키를 굽는 그 교활한 할망구가 우리를 엿 먹였어요!" 피아가 폭발했다. "말도 안 돼요!"

"가츠케 형사를 거기로 곧장 보냈습니다." 과장은 월요일 저녁에 자기도 노부인에게 연민을 느꼈다는 사실을 인정하지 않았다. "우리가 수사할 수 있게 가츠케 형사가 한네로레 파힝거를 데려올 겁니다."

"그러면 바로 회흐스트로 가서 브룬너, 다른 이름으로는 바우만이 사는 집으로도 갈 수 있겠군요." 보덴슈타인이 말했다. "타리크, 가츠케 형사에게 전화해서 그 주소를 알려줘."

"리시 뷜레펠트 시신이 발견된 날 저녁에 카트린이 저를 집까지 태워줬어요." 피아가 말했다. "그때 카트린이 전화를 받았는데, 거의 가는 내내 통화를 하더군요. 그래서 제가 벌점과 벌금을 낼 거라고 농담했죠. 카트린이 전화기를 재떨이에 꽂아뒀기 때문에 발신인의 이름이 보였는데, 분명히 '토비'였어요."

"카트린의 연락처에는 토비라는 이름이 많아." 카이가 대답했다. "전화번호가 각각 다른 토비 말이야. 한 명 번호는 폴란드 국번, 다른 한 명은 이탈리아 국번, 또 다른 한 명은 네덜란드 국번이지."

"선불 휴대폰 여러 대의 번호겠군." 셈이 말했다.

"안네 뷜레펠트가 하벨카 판사에게서 받은 선불 휴대폰에 저장된 전화번호를 그것들과 비교해봤나?" 보덴슈타인이 물었다.

"반장님, 물론이죠! 우리가 누군지 아실 텐데요." 카이가 싱긋 웃었다. "이탈리아 국번 토비의 번호였습니다."

보덴슈타인은 기뻐서 등줄기에 소름이 돋는 느낌이었다. 이런 소식은 여러 번의 막다른 골목과 오류와 먼지 쌓인 서류철을 뒤지는 한없이 긴 시간을 보상해주는 순간이었다.

"라리사 뷜레펠트 사건에서 새로운 소식이 있나요?" 니콜라 엥겔이 물었다.

"검사가 도착하면 산더 형사와 내가 바로 데니스 바이너트를 신문하겠습니다." 보덴슈타인이 대답했다. "그가 범인이라는 단서가 몇 개 있지만, 범인이 아니라는 단서도 최소한 그만큼 됩니다."

"좋습니다. 계속 최신 보고를 해주시기 바랍니다." 과장이 가려고 돌아섰다. "이 쓰레기더미 치우세요! 환기 철저하게 하시고!"

피아가 그녀를 따라 문을 나섰다.

"어디 가려고?" 보덴슈타인이 물었다. "바이너트를 신문하려고 하는데."

"반장님 피자를 가지고 올게요." 피아가 대답했다. "따뜻하게 유지하려고 오븐에 넣어뒀어요. 검사는 어차피 아직 안 왔잖아요. 그러니 일단 식사부터 하세요."

"맞아. 나 지금 배가 고파 죽을 지경이야. 생각해줘서 고마워." 보덴슈타인은 좀 전에 안 좋게 생각한 동료들에게 속으로 사과했다.

"별말씀을." 피아가 간이 주방으로 향했고 그도 그 뒤를 따랐다. 피아는 피자 박스를 오븐에서 꺼내 그에게 내밀었다. "루콜라와 모차렐라를 많이 올린 37번 피자예요."

둘은 그의 사무실로 갔다. 보덴슈타인은 박스를 책상에 내려 놓고 뚜껑을 열어 한 조각을 꺼냈다. 온도가 딱 적당했다. 치즈가 살짝 녹아서 끈처럼 늘어졌고 바닥은 감탄이 나올 만큼 바삭바삭했다.

"바이너트는 우리가 찾는 사람이 아니에요. 그렇죠?" 피아는 팔짱을 낀 채 문간에 기대, 식사 중인 그를 아무렇지도 않게 지켜봤다. 그러면서 마치 피아노 치듯이 손가락으로 위팔을 두드렸다.

"응, 범인이 아니라고 생각해. 동기가 없어. 동기라면 오히려 그의 아내에게 더 있지." 보덴슈타인은 피자 한 조각을 접어 입에 넣었다. 기름이 턱을 타고 흘러내려 책상 상판에 떨어졌다. 아이고, 니콜라 엥겔이 못 봐서 다행이야. "레오나 바이너트는 자신이 질투심이 강하다고 말했어. 남편을 좋아하는 여학생 때문에 어려움에 처한 게 이번이 처음이 아니라더군. 그는 슈트라우빙과 뢰라흐에서 그를 좋아하는 여학생들의 희생자가 됐어. 바이너트 부인은 그때 서류들을 나에게 주려고 하더라고."

"부인은 알리바이가 확실해요." 피아가 말했다.

"나도 알아." 보덴슈타인이 피자를 씹으며 말했다. "자네가 그렇게 두드리며 서 있으니 불안해."

"죄송합니다." 피아는 양손을 등 뒤로 감추었다. "그냥 너무 화가 나서 그래요! 카트린을 단 한 번만 다시 만나고 싶어요. 우릴 어쩜 그렇게 속일 수 있죠? 우리는 그 긴 세월 동안 그녀에게 뭐였을까요? 바보들?"

"자네 마음 이해해. 나도 마찬가지야. 하지만 우린 이성을 유지해야 해. 자, 여기 앉아봐. 금요일 저녁을 시간대 순서로 다시 한번 훑어보자고."

피아는 심호흡을 하고 문 옆의 작은 회의 탁자 의자 중 한 곳에 앉았다.

"리시는 19시 22분에 휴대폰을 껐어요. 그러고 몇 분 후에 플랫폼 계단에서 내려오는 마흐무디를 만났고요." 피아가 요점을 반복했다. "리시는 친구인 사라에게 바이너트가 주차장에서 자기를 기다릴 거라고 말했지만, 주변을 살피지도 않고 마흐무디와 함께 두 번째 지하도로 바로 갔지요. 약속을 했더라면 아마 돌아봤을 텐데 말이에요."

"휴대폰을 왜 껐을까?"

"화가 나면 늘 비행 모드로 한다고 했는데 오랫동안 그러지는 않는다고 했죠. 다른 아이들 때문에 그랬을 거예요." 피아는 혀를 찼다. "그 아이들은 어차피 알아채지도 못했을 텐데."

"상황에 따라서는 알 수도 있지." 보덴슈타인은 청소년의 소셜 미디어 사용에 관한 전문지식을 뽐냈다. "휴대폰이 꺼지면 스냅맵의 아바타가 더는 활성화되지 않아."

"소피아 덕분에 별걸 다 아시네요." 피아가 싱긋 웃었다.

"어쩌면 바이너트 때문에 껐는지도 모르지. 그와 만나고 싶은 마음이 없어서 전화를 받지 않으려고 말이야." 보덴슈타인이 반대 의견을 내놓는 논쟁자 역할을 맡았다.

"하지만 리시가 왜 20분 후에 그의 차에 탔을까요?"

"그렇지. 앞뒤가 안 맞아." 보덴슈타인은 박스 뚜껑을 덮고 손가락을 휴지에 닦았다. "어쩌면 바이너트와는 전혀 관계가 없고, 친구들에게 자기가 화났다는 걸 보여주기 위해 휴대폰을 껐는지도 몰라."

"어찌 됐든 이제 더는 그 이유를 알아낼 수 없겠지요." 피아가 말을 이었다.

"시간대를 계속 훑어보죠. 19시 35분 무렵에 마흐무디와 리시는 난민 숙소 앞에서 담배를 피웠어요. 이때 장을 보고 돌아오던 목격자의 눈에 띄었고요."

"19시 50분에는 두 명의 주민이 각각 리시가 올라타는 밝은색 콤비를 목격했어. 19시 59분에 바이너트의 휴대폰은 줄츠바흐 기지국으로 넘어갔지."

"그러니까 그가 리시를 교살하고 시신을 성모상 처소 뒤에 놓기까지는 정확하게 9분이라는 시간이 있었어요."

"그는 범인이 아니야." 보덴슈타인은 빈 박스를 접어 휴지통에 넣었다. "자, 셈과 검사를 데려다가 바이너트가 뭐라고 하는지 들어보자고."

* * *

경찰 유치장에서의 하룻밤은 데니스 바이너트에게 명확한 흔적을 남겼다. 자기결정권과 자유의 상실, 앞으로 이런 상황이 얼마나 지속될지 모른다는 불확실함은 거의 모든 사람을 지치게 했다. 교도소 경험이 많은 무감각한 사람들만 아무렇지도 않았다. 데니스 바이너트는 그런 사람이 아니었다. 그는 암담한 모습으로 앉아 있었다. 소년 같은 여유로움은 다 사라졌다.

'데이먼.' 보덴슈타인이 생각했다. 호기심에 그는 시리즈의 등장인물을 검색해봤지만 크게 닮은 점은 발견하지 못했다. 그러나 리시 뵐레펠트는 데이먼의 어떤 점을 자기 교사에게서 봤다. 리시는 자기를 친절하게 대하는 매력적인 그에게 집착했다. 그가 정말 아이와 불륜을 저질렀다면 나쁜 놈이고 범죄자였지만, 결백하다면 불쌍한 상황이었다. 불현듯 오래전에 어떤 여자가 그에게 놓은 덫에 대한 기억이 떠올랐다. 그때 그는 하마터면 일자리와 결혼생활을 잃을 뻔했다.

피아는 데니스 바이너트에게 그가 이제 더는 증인이 아니라 용의자로 신문을 받으며, 자신에게 불리한 말은 하지 않아도 된다고 말했다. 로젠탈 검사장은 그에게 변호사를 선임할 권리가 있다고 미리 알렸지만 바이너트는 거절했다. 자기는 무죄이며 리시에게 아무 짓도 하지 않았다고 단언했다.

이번 신문은 피아의 사무실이 아니라 유리창이 없고 천장이 낮으며 벽에 아무것도 없는 취조실 중 한 곳에서 진행됐고 대화도 녹음됐다. 피아와 셈이 신문을 진행했고, 로젠탈과 보덴슈타인은 자신에게 불리한 단서를 듣는 바이너트의 얼굴이 점점 더 창백해지는 모습을 거울 뒤편 참관실에서 지켜봤다. 리시의 옷과 머플러, 손과 얼굴에서 채취한 그의 DNA, 아내의 공무용 차량 조수석 옆에서 발견된 리시의 스마트폰, 그가 설명하지 못한 알리바이의 빈 시간, 경기 시작 때 그의 지인이 찍어서 그에게 보낸 아인트라흐트 팬 클럽의 응원 동영상. 그의 혐의를 벗겨줄 내용들은 아직 언급하지 않았다.

"당신은 19시 45분에 경기장에 들어간 게 아니라 후반전이 시작되기 직전인 21시 15분에 들어갔습니다." 피아가 말했다.

"그 시간에 뭘 하셨습니까?"

대답이 없었다.

"라리사 뷜레펠트와 사랑하는 사이였습니까?" 셈이 물었다. "그 아이에게 키스했어요?"

"아니요."

"12월 6일 저녁에 그 아이와 약속이 있었습니까?"

"아닙니다!"

"과거에도 여학생들과 연인 관계였는데, 법정 밖에서 합의했다고 알고 있습니다."

데니스 바이너트는 양손으로 얼굴을 문지르고 머리카락을 훑었다. 절망하는 것 같았다.

잘못을 저지른 사람이 양심의 가책을 덜기 위해 갑자기 자백한다는 말은 그저 동화에 불과했다. 그들은 단호하게 입을 다물고 있거나 모든 것을 부인했다.

바이너트는 계속 모든 것을 부인하기로 마음먹은 듯했다.

"저는 리시와 아무 관계도 없었습니다." 그가 입을 뗐다. "그 아이는 제 학생이고 우리 집주인이자 아내의 상관인 사람의 딸입니다! 제가 조깅을 하고 리시가 동물보호소 개들과 산책할 때면 이따금 우연히 만났습니다. 그러면 늘 잠깐 이야기를 나누었지요. 하지만 그 이상이었던 적은 결코 없습니다. 키스를 하거나 손을 댄 적이 없어요. 베를린으로 수학여행을 가서든 다른 그 어느 때든."

그는 숨을 크게 들이쉬고 잠깐 멈췄다가 다시 내뱉었다. 셈과 피아는 그가 계속 말을 잇기를 기다렸다. 취조에서 진술하려는 용의자의 말을 중단시키는 것보다 더 큰 실수는 없었다.

"저는 금요일 저녁에 아인트라흐트 홈경기 입장권 두 장을 선물로 받았습니다. 한 장은 친구인 안드레아스 피셔에게 줬어요. 그는 사무실에서 전차로 경기장으로 갔고 저는 차를 타고 갔습니다. 저는 경기장에 좀 늦게 도착했어요. 실제로 리시와 약속이 있었기 때문입니다. 리시는 아침에 학교에서 저와 급하게 할 이야기가 있다고, 그 말을 털어놓을 만한 사람이 저밖에 없다고 했습니다. 저는 불편해서 정중하게 거절하려고 했지만 리시가 포기하지 않았어요." 바이너트는 한숨을 내쉬고 물을 한 모금 마셨다. "저는 여학생들에게 지나치게 친절하게 대했다가 그 아이들이 그걸 잘못 해석하는 바람에 이미 두 번이나 어려움을 겪었어요. 그래서 조심스러웠습니다. 리시에게 이렇게 말했지요. '좋아, 그럼 오늘 저녁에 내가 경기장에 가기 전에 만나자. 19시 30분에 우리 집 앞에서. 하지만 10분밖에 시간이 없어. 그 후에는 경기장에 가야 해.' 그런데 19시 30분에 리시는 오지 않았어요. 저는 몇 분 동안 기다리다가 출발했습니다. 가던 중에 니더라트 거리에서 리시가 맞은편에서 오더군요. 저는 차를 멈추고 조수석 유리창 너머로 리시와 잠깐 이야기했습니다. 아이가 추위에 언 것 같아서 제가 집에 데려다주겠다고 제안했어요. 가는 길에 하고 싶다던 이야기도 들을 수 있을 테니까요. 경기장으로 가는 길에 너무 멀리 돌아가야 하는 것도 아니었습니다."

"왜 어제는 이걸 말하지 않았죠?" 셈이 물었다.

"제 실수였습니다." 데니스 바이너트가 솔직하게 인정했다. "하지만 저는 지금 일어나는 일이 벌어질까 봐 불안했습니다.

다시 말해서 제가 리시의 죽음과 엮이는 일이죠."

"왜 엮입니까?"

"제가 그 아이를 차에 태웠으니까요!"

"차를 타고 가는 동안 리시가 무슨 말을 하던가요?"

"아무 말도 안 했습니다! 제가 알아듣지 못할 암시뿐이었어요. 그래서 저는 어떤 일로 고민하는지 말해야 한다고, 안 그러면 도울 수 없다고 말했습니다. 그러자 짧은 시간 내에 급하게 말할 수 있는 얘기가 아니라고, 제가 지금 경기장에 가야 하니 나중에 시간이 많을 때 말하겠다고 하더군요. 줄츠바흐 동네 입구에서 내려달라고 했습니다. 거기서 집까지는 약 50미터밖에 되지 않으니까요. 제가 차를 세웠는데도 리시는 바로 내리지 않았습니다. 저를 안으려고 했는데, 그때 아마 휴대폰이 떨어졌나 봅니다. 저는 아이의 접근 시도를 막고서 이런 거 좋아하지 않는다고 말했습니다. 우리가 대화를 할 수는 있지만 그 이상은 아니라고요. 그러자 울면서 차에서 뛰어내렸고, 뒤도 한 번 돌아보지 않고 달려갔습니다."

"그 말을 우리더러 믿으라고요?"

"네. 정확하게 그랬으니까요. 저는 아이에게 시간을 내주지 않고 경기장으로 간 걸 엄청나게 자책하고 있습니다. 하지만 당시에는 리시가 저를 좀 좋아해서 관심받기를 원하나 보다, 그 정도로만 생각했습니다. 저는 오래전부터 십대들과 함께 일합니다. 그 아이들의 행동은 이성적인 경우가 드물어요."

피아는 보덴슈타인이 안네 뵐레펠트에게서 받은 쪽지와 노트를 그에게 건넸다.

"바이너트 씨, 리시는 당신을 조금 좋아한 정도가 아닙니다."

바이너트는 아랫입술을 깨물며 고개를 저었다. 눈에서 눈물이 새어나왔다.

"정말 안타까워요." 그가 말했다. "정말입니다. 그날 저녁에 무슨 일이 벌어졌는지 생각하느라 머리가 깨질 것 같아요. 리시는 겨우 50미터만 걸어가면 됐는데!"

* * *

초인종을 여러 번 눌렀지만 한네로레 파힝거는 문을 열지 않았고, 유리창 덧문도 닫혀 있어서 이웃집 초인종을 누른 타냐 가츠케는 노부인이 여행을 떠났다는 말을 들었다. 크리스마스 기간에 햇볕을 쬐어야겠다고 말했다고, 자기가 돌아오지 않을 경우에 대비해서 이웃에게 열쇠를 줬다고 했다. 자기 나이에는 언제 무슨 일이 벌어질지 모른다고 했다면서. 타냐는 열쇠를 받아 집을 둘러봤다.

"모든 것이 단정하게 정리되어 있었습니다." 타냐가 보고했다. "냉장고와 냉동고는 얼음을 녹이고 다 비운 채 코드를 뺐고요. 난방은 가장 낮은 단계 1에 틀어져 있었습니다. 옷장도 비었고, 가구에는 모두 침대보를 씌워뒀습니다."

"손주들과 야자나무 아래에서 멋진 여생을 보내려고 했나 봅니다." 타리크가 말했다. "아마 어딘가에서 햇볕을 쬐며 토마스-토비아스와 볼프 졸베르크와 함께 칵테일을 홀짝이고 있겠죠."

"그 말이 맞는 것 같아 걱정이야." 피아가 지친 목소리로 말했다. "하지만 남은 패거리를 오래 기다려야 할걸."

"토마스 브룬너는 우리 중 한 명이 언젠가 호스타토 거리에 나타나리라고 짐작했던 것 같습니다." 타냐가 보고를 이어갔다. "우리에게 주라고 피트니스스튜디오에 이 봉투를 맡겼어요."

그녀가 숄더백에서, 수신인이 호프하임 경찰서 강력11반이고 속에 에어캡 처리가 된 갈색 봉투를 증거물 봉투로부터 꺼내어 내용물을 탁자에 쏟았다. 토비아스 바우만 이름으로 된 여권과 신분증, 운전면허증, 체크카드와 신용카드였다.

"연방범죄수사국이 자기 정체를 알려주리라고 예상하고 도망친 겁니다." 보덴슈타인이 말했다. "그런데 지금 어떤 이름으로 여행 중일까요?"

"그는 연방정보국에서 미묘한 해외 업무를 담당했어요." 니콜라 엥겔이 말했다. "가짜 여권이 아주 많을 겁니다."

피아는 여권을 들고 카트린이 한 번도 언급한 적이 없는 남자의 사진을 들여다봤다. 동생과 마찬가지로 그의 얼굴도 윤곽이 또렷하고 중성적이었다. 갈색이 섞인 금발은 이미 숱이 줄어들기 시작했고, 눈동자가 파랗고 입술은 크고 도톰했다. 다정한 가장, 은행 직원이나 보험사 직원이라고 상상할 만한 매력적인 남자였지만 사실은 전문 킬러였다.

회의실 탁자에 놓인 전화기가 울렸다. 경비 초소 담당 경찰이 미결수 마자넥과 부르크하르트가 도착했다고 알렸다.

"좋아요!" 피아가 의자에서 벌떡 일어났다. "지금 장례업자를 제대로 한번 들볶고 싶은 기분이거든요."

"나는 부르크하르트를 맡을래." 카이가 말했다. "그들 변호사가 등장하기 전에 서둘러야 해."

"그 일은 가츠케 형사와 내가 맡을 겁니다." 과장이 말했다.

"아뇨." 피아가 단호하게 대답했다. "이건 좀 개인적인 일입니다. 카트린은 동료인 우리를 속였어요. 우린 그녀가 하는 일을 알아채지 못했기 때문에 공범이라는 죄책감을 느껴요."

"그래서 다른 사람들에게 이 일을 아직 넘길 수 없습니다." 셈이 말했다.

"이제 우리는 마자넥과 부르크하르트와 바이스벵거가 브룬너와 졸베르크가 지금 어디에 있는지, 또 무슨 계획을 하는지에 대해 철저하게 침묵하는 이유를 알고 싶습니다." 카이가 보충 설명했다.

"그들을 잡을 기회가 아직 희미하게나마 남아 있습니다." 보덴슈타인도 동료들의 말에 동의했다. "그들은 광신자들이에요. 계획한 일을 끝까지 할 겁니다. 명예에 관한 일종의 불문율도 분명히 가지고 있겠죠. 그들의 원칙에 따르면 라리사 뵐레펠트의 부모도 딸의 살인범을 직접 죽이거나 최소한 처형 현장에 함께 있어야 했습니다."

"그들이 우리가 살인범을 찾아낼 때까지 기다린다고 생각해?" 니콜라 엥겔은 다른 사람들이 있을 때는 평상시에 그에게 존댓말을 하는 걸 잊어버리고 반말로 물었다.

"적어도 그럴 가능성은 있다고 봐." 보덴슈타인이 대답했다. "그러니 브룬너와 졸베르크, 시몬 브란트가 잡힐 때까지 데니스 바이너트를 여기 데리고 있어야 해. 또 다른 가능성은 그들이 공범을 빼내어 함께 도망치는 거야. 마자넥과 부르크하르트가 뭔가 아는 게 있다면 우린 지금 그걸 알아내야 해. 그러려면……"

"스톱!" 과장이 그의 말을 가로막고 자리에서 일어났다. "지금부터 더는 나에게 알리지 마. 취조도 녹음하지 말고, 서류에 적지도 마. 가츠케 형사, 우린 갑시다."

그 말과 함께 과장은 나가고 새 직원도 그 뒤를 따라 나가며 문을 닫았다.

"카이, 자네가 부르크하르트를 맡아. 피아와 셈, 두 사람은 폴커 마자넥을 철저하게 압박하고." 보덴슈타인은 단호한 결심을 표정에서 드러내는 동료들을 둘러봤다. "마자넥은 그 고리에서 가장 약한 구성원이야. 그를 조여."

"어디까지 해도 될까요?" 셈이 물었다.

"필요한 만큼." 보덴슈타인이 목소리를 낮추어 대답했다. "난이 사건을 즉시 해결하고 싶어. 카트린의 오빠를 잡고 싶어. 이런 온갖 살인을 저지르고도 그냥 빠져나가면 안 돼. 필요한 정보는 모두 가지고 있나?"

다들 고개를 끄덕였다. 그들은 중요한 문제가 무엇인지 알았고, 기회는 이번 한 번뿐이라는 사실도 잘 알고 있었다.

* * *

피아는 폴커 마자넥에게 동물보호소 우리 안에 있는 그의 개들 사진을 내밀었다. 그는 사용하지 않는 1층의 창살 유리창이 있는 사무실에, 마르쿠스 부르크하르트는 지하 취조실 중 한 곳에 있었다.

"주니어와 티아고는 공격성 테스트를 통과하지 못했습니다. 당신이 형을 받고 몇 년 동안 교도소에 간다면 가장 안 좋은 경우, 개들은 안락사를 당하겠지요."

폴커 마자넥이 떨기 시작했다. 눈에 눈물이 차올랐다. 피아는 이 속임수를 사용하지 않으려고 했지만 개들이 마자넥의 아킬레스건이라서 최고의 압박 수단이었다. 사실 개 두 마리는 공격성 테스트에 통과했고 잘 지내고 있었다.

"우린 당신 장례업체와 개인 주택에 대한 수색 영장을 가지고 있습니다." 셈은 탁자에서 마자넥 맞은편에 앉아 있었지만 피아는 작은 취조실을 이리저리 거닐다가 마자넥의 뒤쪽이나 옆에 서기도 했는데, 피아가 의도한 대로 그는 그녀의 이런 행동에 당황했다. "우린 당신 사무실과 개인 공간들을 수색하고, 지난 몇 년 동안의 모든 화장 시간과 온도를 수사할 겁니다. 시신한 구보다 두 구를 화장하려면 시간이 더 걸리죠. 화장시설에서 어느 직원이 당신의 공범인지 알아낼 거고요. 당신 업체는 그로 인해 발생하는 이미지 손상을 더는 회복할 수 없을 겁니다."

마자넥의 시선이 취조실을 훑었다. 목울대가 오르락내리락했다. 그가 왼손으로 허벅지를 쓸었다.

"우린 뢰델하임 창고에서 무기와 서류를 빼돌리는 마르쿠스 부르크하르트와 비비엔 바이스뱅거를 현행범으로 체포했습니다." 피아가 마자넥의 귀 옆으로 가까이 몸을 숙이고 말하자 그가 놀라 움찔했다. "카트린이 쓴 서류철도 찾았어요. 당신들 조직의 모든 행위를 이름 표시와 함께 자세히 기록했더군요."

장례업자가 눈을 감았다. 그의 입술이 떨렸다.

"마자넥 씨. 우린 이미 다 압니다. 당신이 얼마나 많은 시신을 불법으로 처리했는지 알아요. 당신 '친구'들은 자신들의 목적을 위해 당신을 그저 이용했을 뿐입니다. 그들이 2008년에 당신 아버지와 아이들을 성폭행하는 그의 친구들을 죽이는 걸 도와줬으니 그들의 청을 거절할 수 없었겠지요. 이제 잘못된 판단을 내리시면 안 됩니다. 침묵은 신의가 아니에요. 사실 집에 가고 싶으시잖아요. 당신 개들이 있는 곳으로. 당신은 탁월한 개 훈련사입니다. 개를 훈련하는 일을 열정적으로 하지요. 앞으로도 계속 그렇게 하고 싶으실 겁니다. 아니면 친구들은 배에 해를 쬐며 지내는데, 당신은 10년 또는 그 이상 교도소에 수감되고 싶으신가요?"

침묵. 마자넥은 자기 자신과 싸우는 중이었다.

"하벨카와 카트린은 사망했습니다." 셈이 한 명씩 열거했다. "비비엔 바이스벵거와 마르쿠스 부르크하르트에게서는 우리가 아마 범죄 사실을 입증할 수 없을 거고요. 볼프 졸베르크와 토마스 브룬너는 잠수를 탔지요."

장례업자는 마지막 두 명의 이름을 언급하는데도 반응을 보이지 않았다. 토마스 브룬너가 살아 있다는 걸 경찰이 아는데도 놀라지 않는 듯했다.

"법정에서 20건이 넘는 살인사건에 책임질 사람은 당신뿐입니다. 법정 최고형, 종신형 판결을 받겠지요. 독일에서는 잘하면 15년입니다. 당신 개들이 설령 지금 안락사당하지 않는다고 해도 당신이 출소할 때면 이미 오래전에 죽었을 겁니다."

"지금 몇 시죠?" 마자넥이 처음으로 입을 열었다.

"그걸 왜 알려고 합니까?"

폴커 마자넥은 괴로운 듯 인상을 찌푸리며 어깨를 으쓱했다.

"마자넥 씨, 우리를 도와주십시오. 우리 질문에 대답하세요." 셈이 앞으로 몸을 숙이고 부탁하는 어조로 말했다. "그러면 검사가 살인 공조 혐의를 기각할지도 모르고, 당신은 아마 집에 갈 수 있을 겁니다."

유혹적인 전망이었다.

"도대체 뭘 알고 싶으신가요?" 마자넥이 물었다. 변호사를 부를 생각을 하지 않았고, 셈과 피아도 언급하지 않았다. 지금 그들이 알게 되는 사실은 법정에서 사용할 수 없을 터였다. 피아가 다음 질문을 막 하려는데 문을 노크하는 소리가 들리더니 타냐 가츠케가 고개를 들이밀었다.

"방해해서 죄송. 급한 일이라서."

피아는 그녀를 따라 복도로 나갔다.

"방금 들어온 정보야." 타냐가 싱긋 웃으며 피아에게 쪽지를 건넸다. "탄도학 부서와 실험실에서도 탁월한 뉴스가 들어왔어."

* * *

마르쿠스 부르크하르트는 장례업자 마자넥과 달리 의지가 굳었지만, 지난 며칠은 그에게도 흔적을 남겼다. 연방정보국과 연방범죄수사국의 인맥이 자신의 미결 구금을 막아주지 못하자기세가 꺾인 것이다.

"자네가 올 줄 알았지." 카이가 취조실에 들어와 맞은편에 앉자 그가 인사 대신 말했다. "좋았던 특공대 시절, 안 그래? 자네와 벤케와 나는 드림팀이었잖아."

"옛 동료애 때문에 온 건 절대 아니야. 자네는 그런 거에 어차피 관심도 없잖아." 카이는 이렇게 대답하고 투명 파일 하나를 탁자 가장자리에 정확히 맞춰서 내려놓았다. "우리 직업에서 중요한 모든 것을 몇 년이나 배신한 사람의 명예는 아무도 건들지 않아. 그런 사람은 어차피 명예라는 게 없거든."

부르크하르트는 비웃듯 코웃음을 쳤다.

"카트린의 서류철에 따르면, 자네는 아버지 살인범을 총으로 사살하고 그 외에도 아주 많은 범죄를 저질렀어. 우린 그 서류철에 적힌 내용을 믿어. 카트린이 일하는 방식을 아니까 말이야. 자기가 하는 모든 일에 극단적으로 정확했거든. 너무 멍청하거나 너무 잘나서 살인 계획까지 모두 그대로 보관했지. 그걸 실종자와 신원미상 시신 데이터뱅크의 사건들과 비교하는 건 애들 장난처럼 쉬웠어. 지금까지 그 어떤 범죄자도 수사를 이렇게 쉽사리 해결해준 적은 없지."

부르크하르트는 무표정한 얼굴을 하려고 애썼지만, 참관실에서 지켜보던 보덴슈타인은 카이의 말이 효력을 나타냈음을 알 수 있었다.

노크 소리가 들리고 피아가 참관실로 들어왔다. 피아는 숨을 헉헉거렸고, 흥분해서 얼굴이 아주 붉었다.

"한네로레 파힝거가 오늘 6시 35분에 코스타리카 산호세로 갔어요." 그녀가 숨을 헐떡이며 말했다. "같은 비행기표를 예매한 승객 두 명, 볼프강 제브링과 토비아스 바우만은 공항에 나타나지 않았고요."

"졸베르크와 브룬너로군." 보덴슈타인은 금세 이해했다.

"마자넥에게 우리가 한네로레 파힝거의 탈출 시나리오를 안다고 말했어요. 그랬더니 폭포수처럼 말을 쏟아내더군요." 피아가 싱긋 웃었다. "시몬 브란트는 카트린의 서류에서 S로 표시됐어요. 브룬너와 졸베르크와 그는 오늘 저녁에 항공기 전세 회사인 FPG의 전용기를 타고 프랑크푸르트에서 파리로, 그리고 그곳에서 코스타리카로 가요. 몇 년 전에 그곳의 땅과 집을 사들였고요."

"쯧." 보덴슈타인이 혀를 찼다. "코스타리카라니!"

"그리고 여기 이건 탄도학 부서와 실험실에서 온 거예요." 그는 피아가 내민 쪽지를 얼른 훑어봤다.

"카이에게 당장 말해야겠군." 보덴슈타인과 피아는 참관실을 나와 취조실 문을 노크하고 열었다. 카이가 복도로 나왔고, 피아는 그에게 소식을 전했다.

"엄청나군요." 카이가 고개를 저었다. "아르민 부흐홀츠 이야기를 카트린의 기록에서 봤습니다. 그는 FPG의 창립자이자 소유주예요. 그의 딸 베레나는 2005년에 박물관 강변 축제에서 돌아오다가 성폭행당하고 마인강으로 밀쳐져서 익사했죠. 살인범은 유죄 판결을 받긴 했지만, 사망으로 이어진 성폭행으로 5년형만 받았습니다. 2012년에 교도소에서 출소했는데 얼마 후에 실종됐어요."

"전용기는 부흐홀츠가 그들에게 빚진 감사 표시로군." 보덴슈타인이 추측했다.

"탄도학 부서에서도 정말 좋은 소식이 왔어." 피아가 말을 이었다. "우리가 창고에서 확보한 무기 중에 다니엘 라들로프를 쏘았던 총도 있대. 그리고 예전 적군파 테러리스트 바르와 되를람을 처형한 권총도 있고. 일련번호가 등록된 발터 P1이야."

"완벽한 타이밍이군." 카이가 기뻐했다. "고마워."

"잠깐만." 피아가 그를 잡았다. "더 좋은 소식도 있거든. P1의 걸쇠와 야간 투시경 가운데 하나에서 부르크하르트의 유전 물질이 확인됐어."

"우와!" 카이가 히죽 웃었다. "진짜 가끔 이렇게 운도 좋아야 한다니까."

그는 취조실로 돌아가서 탁자로 다가갔다. 그러나 앉지 않고 그대로 서 있었다.

"우리가 예전에 대기 근무일 때 늘 영화를 봤던 거 기억나?" 그가 부르크하르트에게 물었다. "자네가 〈히트〉에 얼마나 푹 빠져 있었는지 지금도 잘 기억하고 있어. 로버트 드 니로와 알 파치노. '뭔가 위기가 느껴질 때 30초 안에 내버리고 떠나지 못할 존재에는 절대 정붙이지 마라.' 자네는 당시에 이 문장을 아주 멋지다고 생각했지. 그 기억이 아직도 나는군."

"오스터만, 무슨 빌어먹을 헛소리야?" 부르크하르트가 성질을 냈다.

"닐 매컬리는 웨인그로를 꼭 죽이려고 하는 바람에 결국 전세기를 놓치지."

"내 귀에 그런 잡소리를 억지로 쑤셔 박는 이유가 뭐야?"

"글쎄, 이유가 있을까?" 카이는 부르크하르트를 봤지만 그는 대답하지 않고 카이의 시선을 피했다.

카이는 투명 파일에서 크뢰거의 팀원들이 부르크하르트의 집을 수색할 때 가져온 사진 몇 장을 꺼냈다.

"어린 카를로타." 그가 사진을 탁자에 던졌는데, 몇 장은 부르크하르트의 무릎으로 떨어질 만큼 힘을 딱 맞게 조종하며 던졌다. "자네가 감방에서 나오면 그 애는 몇 살이 될까? 30대 중반?"

부르크하르트의 얼굴이 새빨개졌다.

"이제 곧 아이의 생일파티에도 참석하지 못할 테지. 대학입학 자격시험도 함께 겪지 못하고, 그 애의 첫 남자친구도 못 보고 말이야. 부르크하르트, 자네는 평생을 감방에 있을 테니까. 범행이 무거워서 15년 후에 가석방되기 어려운 종신형이야. 자네는 최소한 두 건의 살인을 저질렀어." 카이는 몸을 숙여 양손으로 의자 등받이를 잡았다. "자네, 카를로타를 원래 코스타리카로 데려가려고 했나?"

부르크하르트가 쉽게 극복하지 못할 심한 타격이었다.

"오스터만, 원하는 게 뭐야?" 그가 쉰 목소리로 낮게 물었다.

"검찰이 자네에게 거래를 제안했어." 카이가 대답했다. "자네도 알잖아. 정보를 주면 감형되는 거. 하지만 사실 자네가 더 말할 것도 없어. 자네가 아는 건 우리도 아니까."

카이는 몸을 일으켜 서류철을 들었다. 사진은 그대로 두었다.

"내가 자네 사람들이 벌이는 천박한 심리극의 덫에 걸린다고 믿는 건 아니겠지!" 부르크하르트가 비웃었다. "아이 사진! 복도에서 수군거리기! 웃기는군!"

"그렇게 생각하나?" 카이가 어깨를 으쓱했다. "그건 그렇고, 뵐레펠트 부인은 마흐무디를 쏘지 않았어. 하벨카가 쏘라고 준 글록을 우리에게 넘겼지. 마흐무디는 무죄야. 알리바이가 있어. 카트린이 그를 납치하게 지시하지 않았더라면 우린 지금까지도 자네들의 사적 제재 모임에 대해서는 전혀 모르고 있을 거야. 다들 아직 살아 있겠지. 자네 조직에 희생된 사람들만 빼고 말이야. 일이 웃기게 됐지?"

"그 말을 하려고 지금 세금을 낭비하고 나를 구치소에서 여기로 데려온 건가?" 부르크하르트가 경멸하듯 히죽 웃었다. 하지만 그의 오만함은 그저 겉모습에 불과했고, 이미 오래전에 바닥으로 쓰러져 카운트다운 되는 중이었다. "아무리 촌구석 경찰들이라고 해도 이것보다는 정말 나은 줄 알았는데."

카이는 오래전에 동료였던 남자, 아주 위험한 출동에도 아무 생각 없이 자기 목숨을 맡길 수 있던 이 동료를 자세히 바라봤다. 당시에 그는 부르크하르트가 살해된 자기 아버지의 죽음에 트라우마가 있다는 인상을 받지 못했지만, 타인의 머릿속을 들여다볼 수는 없는 법이다. 부르크하르트는 다른 많은 사람들과 마찬가지로 트라우마를 지니고도 살아갔겠지만, 불행하게도 토마스 브룬너를 만나서 삶이 바뀌었다.

"내부 수사팀이 자네와 자네 상관을 바짝 뒤쫓고 있어." 카이가 말했다. "그들은 우리가 창고에서 확보한 발터 P1에 관심이 있을 거야. 디터 바르와 지그린데 되를람을 처형한 총. 다니엘 라들로프를 쏜 총에도 그럴 테고. 수사팀은 자네 조직이 보복해야 한다고 설득한 모든 사람과 이야기를 나누겠지. 카트린은 그들의 주소와 전화번호를 모두 자세히 기록해뒀거든. 괴물 모임의 성실한 비서 카트린이.”

마르쿠스 부르크하르트는 주먹을 쥐고 턱 근육이 떨릴 만큼 세차게 이를 악물었다. 굴복당하는 것이 낯설었다. 평생 자신이 발언권을 쥐고 있었지만 이제 이 상황에서 벗어날 수 없음을 서서히 깨달았다.

“아참.” 카이는 방금 뭔가 생각났다는 듯이 입을 뗐다. “실험실이 P1과 야간 투시경에서 자네의 유전 물질을 확보했어. 자네도 이제 나이가 들어서 칠칠치 못하게 된 모양이야.”

그는 유리 뒤에 있는 보덴슈타인과 피아에게 고갯짓을 하여 취조가 끝났다는 신호를 보냈다.

“그건 그렇고, 한네로레 파힝거는 오늘 아침에 혼자 코스타리카로 갔어. 부르크하르트, 우린 자네들 모두를 잡았지. 그리고 카트린의 기록 덕분에 자네들이 무슨 짓을 했는지 다 알고 있어. 연방범죄수사국과 연방정보국의 친구들은 자네를 이미 단호하게 내버렸고 말이야. 자네는 범죄자야. 살인자. 아무도 자네와는 아는 척하려고 하지 않아.”

“오스터만, 지랄하지 마.” 부르크하르트가 쉰 목소리로 으르렁거렸다.

“부르크하르트, 지랄은 자네가 하고 있어.” 카이가 느긋하게 대꾸했다. “촌구석 경찰이 자네에게 멋진 인생을 빌어주지.”

* * *

그들이 회의실에 모였을 때는 7시가 조금 안 된 시각이었다. 누군가 피자 박스들을 치우고 환기했고, 탁자에는 계피 쿠키와 감귤, 슈톨렌 빵이 담긴 접시가 놓여 있었다.

"범죄자 쿠키보다 낫네." 피아가 이렇게 말하고 감귤을 집었다. "누가 이렇게 고마운 일을 한 거야?"

"몰라요." 타리크가 대답했다. "제 생각에는 새로 오신 분 같아요. 여기 계속 계시면 좋겠어요."

"혹시 감귤과 계피 쿠키 때문에?" 셈이 그를 놀렸다.

"아뇨. 괜찮은 분 같아서요."

"나도 동감이야." 피아가 말했다.

퇴근 시간은 이미 오래전에 지났지만 아무도 집에 갈 생각을 하지 않았다. 그래서 뼛속까지 지치고 동시에 긴장한 상태로 탁자에 둘러앉아 있었다. 타리크는 신경을 다른 데로 돌리느라 휴대폰으로 기술 게임을 했다. 셈은 감귤을 먹고, 카이는 늘 그렇듯이 노트북을 두드리고 있었다. 피아는 의자를 돌려놓고 앉아 화이트보드를 노려보는 중이었고, 보덴슈타인은 양손을 포개어 배에 올리고 눈을 감은 채 앉아 있었다.

니콜라 엥겔 과장은 타냐 가츠케와 함께 공항으로 갔다. 변호사에게서 이미 수요일 오전에 목요일 22시까지 묵비권을 쓰라는 코치를 받은 폴커 마자넥의 진술을 조사해보니, 실제로 프랑크푸르트 공항 종합 항공 터미널 전용기 구역 카고 시티 쥐트에 FPG 제트기 한 대가 서 있고 21시 40분에 출발한다는 사실이 확인됐다. 파리행 비행이었는데, 예보된 승객 세 명 중에 아직 두 명만 FPG 라운지에 있었다. 직원의 묘사에 따르면 볼프 졸베르크와 시몬 브란트였다. 니콜라 엥겔은 특공대를 요청하고 공항 운영 책임자와 연락도 취해두었다. 2년 전 계류장에서 벌어진 것과 같은 추격전을 피하기 위해 브룬너가 나타나자마자 비밀리에 라운지를 막고 직원들을 안전한 곳으로 이동시킨 다음 주변 구역을 넓게 봉쇄할 예정이었다.

강력11반에서는 아무도 오려고 하지 않았다. 그들은 독일에서 벌어진 아주 끔찍한 연쇄살인사건을 해결하는 데 성공했다. 공항에서 체포하는 데 그들이 할 일은 없었다. 하지만 물론 다들 이 일이 어떻게 끝날지, 마지막 범인 세 명 체포에 성공할지 알고 싶었다.

"폴커 마자넥은 코스타리카로 갈 생각이 없었어." 셈이 생각에 잠긴 채 감귤 껍질을 벗기며 말했다. "진짜 불쌍한 사람이야. 브룬너를 너무나 두려워하고 말이야."

"그 사람은 범죄 에너지가 없어." 피아도 동의했다. "부르크하르트와 카트린은 그의 신의를 잔인하게 악용했지. 감귤 하나만 줘."

"벗겨서, 아니면 안 벗기고?"

"안 벗기고."

셈이 던진 감귤을 피아가 허공에서 받았다.

"그는 아무도 살해하지 않았어. 그것만 해도 다른 사람들과 가장 중요한 차이점이지." 보덴슈타인이 눈을 감은 채 말했다.

"맞아요." 셈이 대답했다. "그들은 자기네 신세를 졌다며 마자넥을 계속 협박했어요. 그는 한 번이 아니라 몇 년에 걸쳐서 여러 번 그들의 부탁을 들어줘야 했지요. 뭔가 처리해야 할 일이 있으면 가야 했는데, 대부분 한밤중이었죠. 개 두 마리와 영구차와 빈 관을 가지고 말이에요. 본인 말로는 희생자의 이름이 뭔지, 그가 무슨 일을 했는지 한 번도 몰랐다고 해요."

"그 말이 맞을 거야." 피아가 감귤을 다 벗겼다. 그녀는 공간을 채우고 손가락에도 남는 이 향기를 좋아했다.

피아와 셈, 카이가 마자넥과 부르크하르트를 취조하는 동안 타리크는 프랑크푸르트 11지구대 리누스 레시케 경장과 연락했다. 시몬 브란트는 하필 오늘부터 휴가인데, 3년 전에 바이에른주에서 헤센주로 옮겨왔다고, 믿음직한 동료지만 친구는 아니라고, 자기 사생활에 대해서는 전혀 말하지 않는다고 했다. 그도 무술을 하고, 카트린이 트레이너로 일하면서 콘스탄틴 하벨카를 만난 회흐스트 소재 무술 도장 '파이트 스마트'에서 훈련했다. 브란트는 여자친구가 없지만 결혼한 적은 있었다.

레시케 경장은 화요일 밤에 브란트와 함께 순찰차를 탔다고 말했다. 뢰델하임과 조센하임 상업 지구도 순찰에 포함됐다.

"이제 내 프로그램이 걸러낸 모든 휴대폰 번호에서 하나만 빼고 다 확인했어." 바로 그 순간 카이가 말했다. "하지만 제공자에게서 전화번호 소유주의 데이터를 받으려면 법적 승인이 필요해."

"그 번호에 그냥 전화해보세요." 타리크의 제안에 카이가 대꾸했다.

"어이, 헛똑똑이. 내가 안 해봤을 것 같아?"

"발신자 번호 표시 제한으로 하지 말아봐." 셈이 제안했다. "그런 건 사기꾼이거나 우리 짭새라고 생각하고 받지 않는 사람이 많아."

"번호 이리 줘봐." 피아가 말했다. "내가 걸어봐야겠군."

"내가 당신에게 보낼게." 카이가 스마트폰을 조작하며 말했다. "에어드롭 켰어?"

"아니, 그런 거 없어." 피아는 손톱이 알록달록한, 자의식 가득한 마르첼라를 떠올렸다. "나는 구식인 종이와 펜 타입이야."

카이는 눈썹을 치켜세우더니 쪽지에 번호를 적어 피아에게 내밀었고, 피아는 번호가 표시되게 발신인 ID를 활성화했다.

신호가 갔지만 저쪽에서는 아무도 받지 않았다.

"긴급전화 녹음 목소리 분석 결과가 이미 나왔나?" 보덴슈타인이 눈을 뜨고 물었다.

"아참, 나왔습니다. 제가 깜박 잊고 있었네요!" 타리크는 누가 뜨거운 물이라도 부은 것처럼 벌떡 일어나서 달려 나갔다. 몇 초 후에 그가 노트북을 겨드랑이에 끼고 돌아와 전문가의 감정서를 피아에게 내밀었다. 피아가 재빨리 종이를 훑어보고는 놀라서 말했다.

"여자 목소리네. 앱을 사용해서 목소리를 변조했어."

그사이에 타리크는 전문가가 보낸 데이터를 노트북에서 찾았고, 이제 원래 목소리로 들리는 녹음에 다들 귀를 기울였다.

'여보세요? 제 개가 산책 중에 시신을 한 구 발견했어요. 슈발바흐와 줄츠바흐 사이, 개천을 따라 난 길이에요. 성모상이 있는 오두막 같은 곳 뒤쪽이었어요. 거기를 한번 살펴보세요.'

"어쨌든 레오나 바이너트는 아니군." 보덴슈타인이 말했다.

"25세에서 40세 사이인 여성." 피아가 지방범죄수사국 목소리 전문가의 분석을 소리 내어 읽었다. "가벼운 헤센주 억양. 단조로우며 비음이 섞인 말투."

그들은 녹음을 몇 번 더 듣고 이런저런 고민을 했지만 결정적인 아이디어가 떠오르지는 않았다.

"믿지 못할 이야기가 있어." 잠시 조용해진 틈에 침묵을 깨고 보덴슈타인이 입을 열었다. "파바드 마흐무디와 이른바 성폭행 피해자라는 에브렌 외츠투날리 이야기야."

"왜 '이른바'라고 표현하세요?" 셈이 물었다.

"그 둘은 학교에서 만났고, 서로 엄청난 사랑에 빠졌어. 여자가 아주 보수적인 가정 출신이라서 비밀리에 만나야 했지. 아프가니스탄 난민과의 관계는 절대로 허락하지 않았을 테니까 말이야."

보덴슈타인은 젊은이 네 명이 생각해낸 정신 나간 이야기를 여전히 믿기 어려웠다.

"리시 뵐레펠트는 에브렌의 친구였어. 함께 초등학교를 다니고 알렉산더 폰 훔볼트 학교도 같이 다니다가 에브렌은 8학년을 마친 후에 실업학교로 전학 갔지. 열여섯 살이라고 거짓말을 한 마흐무디는 에브렌과 같은 학급이 됐어. 리시와 사라 코르브마허는 에브렌과 마흐무디가 만날 수 있게 자주 알리바이가 되어줬지. 사라 부모님이 맞벌이라서 둘은 사라의 집에서 만날 때가 많았어."

에브렌의 오빠들이 동생의 거짓말을 알게 됐다. 친구 여동생이 이 연인 한 쌍을 놀이터에서 우연히 목격했고, 에브렌은 놀라서 도망치다가 자동차에 치였다. 그녀의 오빠들은 병원에 입원 중인 열여섯 살짜리 동생을 아르메니아 국경 근처 튀르키예 시골 마을로 지금 당장 보내어 삼촌의 지인과 결혼시키겠다고, 그 지인은 신부가 처녀가 아니라도 봐줄 거라며 위협했다. 두려움에 질린 에브렌은 자기가 성폭행을 당한 거라고 주장했다. 마흐무디의 이름을 발설하지 않았지만 오빠들은 그라는 사실을 알아냈고 그를 죽이겠다고 다짐했다. 리시와 사라는 마흐무디에게 미결 구금이 되면 안전하니까 경찰에 성폭행이라고 자수하라며 그를 설득했다.

"말도 안 돼요." 셈은 충격을 받았다. "성폭행 혐의, 한없이 이어진 긴 공판, 비용이 많이 든 감정서, 18개월 미결 구금……. 이 모든 게 그 여학생이 강제결혼을 두려워했기 때문이라고요?"

"그래." 보덴슈타인이 고개를 끄덕였다. "그리고 그 아이 오빠들이 마흐무디를 죽이려고 했기 때문에."

"기가 막히네요." 타리크가 말했다. "자기가 저지르지도 않은 범죄를 지고 자발적으로 감방에 가는 사람이 어디 있겠어요?"

"다른 길은 안 보이는 사람은 그렇게 하지." 보덴슈타인이 대답했다. "가장 어처구니없는 점은 이거야. 하벨카 판사는 마흐무디 때문에 너무 절망해서 자기 자신, 그리고 또 다른 다섯 명을 살해했어. 그런데 파바드 마흐무디는 성폭행도, 살인도 저지르지 않았지."

"그건 카트린 선배의 잘못이었어요." 타리크가 암울한 목소리로 말했다. "선배가 마흐무디를 납치하라는 지시를 내리지 않았더라면 다들 지금까지도 살아 있겠죠. 우린 마흐무디를 신문하고 알리바이를 확인했을 거고요. 하벨카는 자살 테러를 하지 않았을 테고…….”

“……그리고 우린 비밀 조직에 대해 절대 알아내지 못했을 거고.” 카이가 그의 말에 끼어들었다. “그들은 계속 살인을 저질렀을 테고, 카트린은 언젠가 모든 증거를 없애고 코스타리카로 가버렸겠지.”

그 말에 아무도 대답하지 못했다.

피아가 휴대폰의 재발신을 눌렀다. 처음에 신호가 가다가 통화중 신호로 바뀌었다.

“이게 뭐지?” 그녀가 의아해하며 다시 한번 재발신을 눌렀다. “처음에는 신호가 가더니 통화중 신호로 바뀌네?”

“받는 사람이 선배 번호를 차단한 거예요.” 타리크가 설명했다. “그러면 그렇게 울리죠.”

“아하.” 피아의 머릿속이 바쁘게 움직였다. 뇌가 정보 조각들을 연결하기 시작했고, 수수께끼의 해답에 아주 가까이 다가갔다는 걸 느끼자 맥박이 빨라졌다. “왜 누군가……?”

복도에서 목소리가 점점 더 크게 들려오고 발소리도 가까워졌다. 잠시 후 타냐 가츠케와 니콜라 엥겔이 회의실에 들어섰다. 둘 다 표정이 별로 좋지 않았다.

“어떻게 됐습니까?” 보덴슈타인이 물었다.

“졸베르크와 브란트는 저항하지 않았어요.” 과장이 대답했다. “하지만 토마스 브룬너가 나타나지 않았습니다.”

“빌어먹을.” 쳄이 아주 실망하여 말했다. “다른 길로 도망쳤군요.”

“아니면 아직 뭔가 다른 계획이 남았겠지.” 피아가 말했다.

“어찌 됐든 이 업무에서 우리가 할 일은 끝났고 이제는 지역 범죄수사국의 소관입니다.” 니콜라 엥겔이 팀원들을 한 명씩 바라봤다. “여러분은 전례가 없던 연쇄살인을 해결했어요. 여러분의 업적입니다. 스스로 좀 자랑스러워하셔도 돼요.”

“카트린이 무슨 짓을 하는지 미리 눈치챘더라면 저도 지금 자랑스러웠겠죠.” 카이가 모든 사람의 생각을 말로 표현했다. “그녀가 아직 살아 있고, 자신이 저지른 일에 대한 대가를 치르러 교도소에 평생 수감된다면 더 좋겠습니다.”

“그리고 브룬너가 도주 중인 한 해결된 건 아무것도 없어요.” 타리크가 말했다. “그가 자기 공범들의 탈주를 도울 수도 있죠. 게다가 그들 중 한 명이 실제로 기소될 때까지 몇 년이나 걸릴지도 모르고요.”

“아이고, 이게 웬 부정적인 태도인지!” 과장이 짜증스럽다는 듯이 고개를 저었다. “여러분은 아주 많은 미제 살인사건과 실종사건이 해결될 수 있게 했습니다. 그래요, 물론 많은 사람들이 아직 오랫동안 일해야 하겠지만 큰 파문을 일으킬 형사 소송으로 이어질 겁니다.”

“그러거나 말거나.” 카이가 어깨를 으쓱하고 요란한 소리를 내며 노트북을 닫았다. “이제 저는 집에 갑니다. 좀 자야겠어요.”

“저도요.” 셈이 말했다. “제 아내는 요즘 제 얼굴도 잊어버렸어요.”

“그럼 모두 퇴근하자고.” 보덴슈타인이 고개를 끄덕였다. “우린 그럴 자격이 있어. 다들 고마워! 내일 만나." 그러고 니콜라 엥겔에게 몸을 돌렸다. "잠깐 시간 되십니까?"

과장이 고개를 끄덕였고, 둘은 그의 사무실로 향했다. 피아는 짐을 챙기고 산더미 같은 감귤 껍질을 간이 주방 쓰레기통에 던져 넣었다. 뇌의 시냅스가 불꽃을 일으켰다. 범행 추정 시각에 줄츠바흐와 슈발바흐의 무선 송신탑을 오간 휴대폰 전화번호. 시신 발견 장소를 알리는 여자 목소리. 그러다가 갑자기 그 어떤 예고도 없이 아드레날린이 너무나 격렬하게 온몸을 훑는 바람에 피아의 손이 떨렸다. 어떤 수사에서든 언젠가는 불현듯 모든 것이 명확해지고, 그동안 내내 모든 세부사항을 알고 있으면서도 그걸 제대로 연결하지 못했다는 점을 깨닫는 순간이 온다.

피아는 보덴슈타인의 사무실 문을 단호하게 노크했다. 반장은 손에 럼주 한 병을, 니콜라 엥겔은 잔 두 개를 들고 있었다.

"당신도 한잔 같이 마실래?" 과장이 물었다.

"아니, 괜찮아." 피아가 거절했다. "반장님, 사라 코르브마허에게 가야 해요. 지금 당장."

"왜?" 보덴슈타인이 물었다.

"카이가 확인하지 못한 그 전화번호가 사라의 휴대폰에 저장되어 있는 것 같아서요."

* * *

피아가 차고 문을 여느라 리모컨을 눌렀을 때는 11시가 막 지난 시각이었다. 집 안에 불이 켜져 있었다. 피곤해서 눈물이 흐르고 하품을 하니 턱이 빠질 것 같았다.

사라 코르브마허가 카이의 기지국 불법 프로그램이 수백 개 중에서 걸러낸 그 휴대폰 전화번호를 자기 스마트폰에 입력하자, 피아가 짐작하던 이름이 액정에 떴다.

하지만 길고 긴 수사 끝에 난관을 극복했을 때 평소라면 느꼈을 쾌감을 이번에는 느끼지 못했다. 보덴슈타인도 마찬가지였다. 간접증거만 있을 뿐 확실한 증거가 없었다.

피아는 차에서 내려, 차고에서 집으로 이어지는 문을 열었다. 크리스마스 음악이 들려오고 뭔가 구운 맛있는 향기도 풍겨왔다. 벡스가 기뻐서 귀를 납작하게 붙인 채 모퉁이를 쏜살같이 돌아와 그녀에게 훌쩍 뛰어올랐다.

"우와, 크리스마스 기분 제대로 나네." 피아는 미소를 지었다. 재킷을 벗어 옷걸이에 걸고 부츠를 벗었다.

"로킹 어라운드 더 크리스마스트리, 해브 어 해피 홀리데이." 크리스토프가 거실에서 한 손에 포도주 잔을, 다른 손에는 꼬마전구를 들고 브렌다 리의 노래를 부르면서 춤을 추며 나왔다. "내가 제대로 들었구나! 도와줄 사람이 왔네!"

그가 팔을 벌리자 피아는 그에게 안겨 입맞춤에 화답했다. "지금 뭐 해?"

"크리스마스트리를 장식했어. 정말 잘됐지만 꼬마전구를 두르면 더 멋지겠다는 생각이 들더군."

"당신이 크리스마스트리를 준비했다고?"

"그렇지! 그것도 아주 멋진 트리를!"

피아는 계단에 백팩을 내려놓고 호기심에 차서 남편을 따라 베란다로 향했다. 그곳에 금색과 붉은색 장식 볼, 빨간 리본과 온갖 장신구로 아름답게 장식된 웅장한 코카서스 전나무가 서 있었다. 꼬마전구는 크리스마스 용품 상자 제일 아래쪽에 있었으므로 크리스토프가 잊어버린 거였다.

"크리스마스트리만 준비한 게 아니라 선물도 모두 해결했어." 그가 자랑스럽게 말했다. "당신이 제안한 대로 했지. 딸들에게 그냥 물어봤더니 온라인 숍 링크를 즉시 보내더라고. 한 시간 만에 해치웠어."

"정말? 혼자 다 해결했다고?" 피아가 감탄했다.

"으음, 직접 한 건 아니고." 그가 느긋하게 싱긋 웃었다. "어쨌든 링크를 전달하기는 했어. 나머지는 우리 실습생이 해결했지. 어이, 당신 어때? 너무나 피곤해 보이네."

"묻지 마. 끔찍한 사건이야." 피아가 한숨을 내쉬었다. "당신, 지금 마시는 게 뭐야?"

"프랑스산 적포도주. 엄청나게 좋은 품질은 아니지만 소스 만드는 데 필요했거든. 그래도 한잔 마실래?"

"지금 한잔 마셔야 해. 무슨 향기가 이렇게 좋지?"

"적포도주 소스를 곁들인 노루 등심. 크리스마스 식사를 위한 테스트 요리지." 크리스토프가 미소를 지었다. "한 접시 차려줄게."

"그동안 나는 우리 크리스마스트리가 제대로 반짝이게 해둘게." 피아는 전선이 얽힌 꼬마전구를 받아들고 그에게 키스한 다음 베란다로 나갔다. 꼬마전구를 장식 위에 걸어 겹치면 그다지 아름답지 않을 테지만 어둠 속에서는 아무도 알아채지 못할 터였다.

부엌에서 크리스토프가 그릇과 식사 도구를 덜그럭대며 개와 이야기하는 소리가 들려왔다. 앤디 윌리엄스가 '1년 중 최고의 시기'를 노래했다. 크리스토프를 실망시킬 생각을 하니 피아는 눈물이 났다. 그가 보고 싶고, 둘이 지내던 친근한 생활이 이루 말할 수 없이 그리울 테지만, 1년이나 휴가를 내고 자기가 할 일도 없는 나미비아로 그를 따라갈 수는 없었다. 아니, 그건 사실이 아니었다. 정말 원한다면 물론 갈 수 있었다. 사실은 1년을 아프리카 야생에서 살고 싶지 않았다. 남편을 사랑한다고 해도 어쩔 수 없었다.

"이제 올래?" 크리스토프가 부엌에서 소리쳤다.

"알았어!"

피아는 눈물을 털어내고 얽힌 전선을 푼 꼬마전구를 베란다 소파에 내려놓았다.

12월 20일 금요일

계속되는 휴대폰 진동음이 피아를 깊은 잠에서 깨웠다.

"네?" 피아는 잠에 취한 채, 벽 쪽 라디오 알람시계의 숫자를 읽으려고 눈을 깜박였다.

"피아!" 누군가 소리쳤다. "여기 강도가 들었어! 내가 그를 냉장실에 가뒀어. 당신 여기로 올 수 있어? 지금 당장?"

"누구세요?" 피아가 잠에 취해 새된 목소리로 물었다.

"나야, 헤닝."

"잠깐만." 피아는 이불을 걷어 젖히고 크리스토프를 깨우지 않으려고 욕실로 건너갔다. 문을 닫은 다음 욕조 가장자리에 걸터앉았다.

"헤닝, 무슨 일이야?"

"집에서 습격을 당했어!" 그가 소곤거리며 말했다. "책상 앞에 앉아 있는데 복면을 한 사람이 불현듯 뒤에서 내 머리에 권총을 겨눴어."

"당신, 지금 어디 있어?"

"연구소. 강의실 앞 복도에 있어. 그놈이 나더러 같이 냉장실로 내려가자고 하더라. 카트린 파힝거의 시신을 내놓으라고 했어!"

"뭐?" 피아는 이제 잠이 완전히 달아났다. "왜?"

"몰라. 카트린의 안구를 빼서 달라고 하더라고."

"그 남자 지금 어디 있지?"

"내가 냉장 칸 문으로 그의 머리를 쳤어. 젖은 자루처럼 푹 쓰러져서 꼼짝도 하지 않기에 냉장실에 가뒀지."

"일단 좋은 소식이네." 피아는 머리를 깨우려고 애썼다. 법의학연구소 지하 냉장실은 유리창이 없고 바깥에서 잠그는 튼튼한 문이 있었다. 그곳에 갇힌 사람이 누구든 그는 스스로 빠져나올 수 없었다. 7도라는 싸늘한 온도도 살아 있는 사람에게는 금방 불편해질 터였다.

"권총은 어디 있어?"

"무슨 소리야?"

"그 남자가 당신 머리에 권총을 겨눴다고 했잖아."

"아, 그렇지. 빌어먹을. 어디 있는지 모르겠네. 너무 순식간에 벌어진 일이라서. 아마 그가 아직 가지고 있을 거야."

상황이 안 좋았다. 방금 전까지만 해도 장점이라고 생각했던, 탈출이 불가능한 냉장실의 구조는 이제 단점으로 변했다. 남자를 기습 공격하여 제압할 가능성이 없었다. 그가 다시 의식을 찾았다면 문을 열려는 사람에게 총격을 가할 테니까.

"좋아, 헤닝. 내가 최대한 빨리 갈게. 110번에 긴급전화를 걸어. 그들이 나보다 빠를 거야."

"아이고, 피아! 그놈이 죽었으면 어떻게 하지?" 헤닝이 다시 소곤거렸다. "그러면 프랑크푸르트 강력반이 이 사건을 맡겠구나!"

"어차피 그렇게 될 거야." 피아는 휴대폰을 귀에 댄 채 한 손으로 잠옷을 벗었다. "내 생각이 맞는다면 당신 지하실에 있는 남자는 카트린의 오빠인 토마스 브루너인데, 위험한 인물이야."

"아이고, 참 듣기 좋은 말이구먼." 헤닝은 이제 어느 정도 평소 상태를 회복한 듯했다.

"그냥 내가 시킨 대로 해. 그리고 지하에 절대로 내려가지 마. 이제 전화를 끊고 옷을 갈아입을게."

"그래, 좋아. 서둘러!"

"물론이지."

피아는 몇 시간 전에 벗은 옷을 다시 입으면서 보덴슈타인에게 전화를 걸었지만 그는 받지 않았다. 니콜라 엥겔에게 전화하니 세 번 신호음이 간 후에 받았다. 피아는 상황을 재빨리 요약해서 말했다.

"우리는 거기서 할 일이 없어. 프랑크푸르트 동료들이 담당해."

"나도 알아." 피아가 목소리를 낮추어 대답했다. "하지만 내 생각에는 그 남자가 토마스 브루너가 확실한데, 그렇다면 프랑크푸르트 동료들에게 넘기고 싶지 않아! 당신도 분명히 그럴 거야."

그 말에 과장의 야심이 깨어났다.

"당신 말이 맞네. 내가 쉴러 경위에게 전화할게." 늘 그렇듯이 과장은 재빠른 결정을 내렸다. "하벨카의 집에 갔을 때 그가 나에게 자기 휴대폰 번호를 줬거든."

"좋아. 내가 당신을 데리러 갈까?"

"아니. 난 아직 사무실이야. 20분 안에 연구소에 도착할 수 있어.”

　피아는 부엌 식탁에 크리스토프에게 메모를 남기고, 혼자 남아야 하는 벡스를 간식 한 움큼으로 위로하고는 서둘러 차고로 향했다.

　거리는 쥐 죽은 듯 고요했다. 피아는 단 한 대의 차도 만나지 않았다. 고속도로조차 텅 빈 상태였다. 브룬너는 왜 죽은 동생의 안구를 달라고 했을까? 병적인 사이코패스일까, 아니면 기이한 그의 요구는 변태적인 오누이 사랑의 한 표현일까? 동생의 일부를 중앙아메리카로 가지고 가려 했나?

　피아는 프랑크푸르트 서부교차로에서 5번 고속도로에 들어서며 속도를 냈다. 왼쪽에서 프랑크푸르트 스카이라인이 환하게 빛났지만 거기에 눈을 둘 정신이 없었다. 원래 맡은 사건에 집중하지 못하게 만드는 카트린이 미웠다. 지난 며칠 동안 너무 많은 일이 쏟아지는 바람에 통제를 모두 잃어버리지 않으려고 다급하게 업무를 처리하는 데만 열중했다. 엄마와 크리스토프의 나미비아 계획, 카트린의 끔찍한 죽음과 그녀의 충격적인 이중생활, 보덴슈타인에 대한 걱정과 살인사건 수사…… 이런 스트레스가 피아의 머리를 완전히 막아버렸다. 하지만 이제 불현듯 명확하게 보였다. 어두운 예감처럼 이상한 느낌이 갑자기 그녀를 덮쳤다.

　크리스토프에게 자기가 얼마나 그를 사랑하는지 말하고 싶었다. 부엌에 둔 쪽지는 그에게 남기는 마지막 메모가 되어서는 안 된다. 피아는 손에 휴대폰을 쥔 채 니더라트 진출구로 나가서 허용된 시속 70킬로미터가 아닌 100킬로미터로 강변도로를 달리다가 테오도르 슈테른 카이에서 과속 감지 카메라에 번쩍 찍혀버렸지만 신경 쓰지 않았다. 법의학연구소에 가까워질수록 안 좋은 예감이 커져갔다. 보덴슈타인과 함께 법정으로 향할 때 카트린도 이런 느낌이었을까, 아니면 그날 죽을 거라고는 상상도 하지 못했을까?

휴대폰이 울렸다. 니콜라 엥겔이었다. 전화를 받은 피아는 이제 크리스토프에게 메시지를 보낼 겨를이 없었다.

* * *

새벽 3시 20분에 깬 보덴슈타인은 다시 잠들려고 애쓰지 않았다. 자리에서 일어나 잠옷 위에 플리스 재킷을 걸치고 부엌에서 커피를 내렸다. 소피아가 자고 있긴 했지만 귀를 먹먹하게 하는 커피 그라인더의 소음도 혼수상태와 같은 십대의 잠을 깨우지는 못할 테니 신경 쓸 필요가 없었다. 양털 안감을 댄 단화를 신고, 몇 년 전에 예전 임차인의 요청에 따라 동생이 덧대어 만든 테라스로 나갔다. 양모 담요를 덮고 폴리 라탄 소파에 앉아 커피를 한 모금 마시고는 눈이 어둠에 익숙해지기를 기다렸다. 한랭전선이 기온을 다시 영하로 떨어뜨렸다. 바람 한 점 없고 공기는 유리처럼 맑았다. 올빼미가 고함을 질렀다. 숲속 깊은 곳에서 멧돼지 떼가 먹이를 찾아 코를 킁킁, 꿀꿀거리며 바닥을 뒤지고 돌아다녔다. 얇게 언 얼음 아래에서 나지막한 소리를 내며 흐르는 개천 건너편 덤불 속에서 바스락거리는 소리가 들렸다. 보덴슈타인의 눈에 초록색으로 반짝이는 눈동자 한 쌍이 들어왔다. 사냥 중인 여우 또는 담비였다. 보덴슈타인은 밤에 숲이 내는 소리에 어릴 때부터 익숙했다. 밤의 프랑크푸르트 역 주변보다 이곳이 덜 위험해 보였다. 동물의 눈이 덤불 속으로 사라지고 보덴슈타인은 커피를 한 모금 더 마셨다.

이명이 사라졌다는 사실을 그제야 깨달았다. 월요일부터 괴롭히던 오한도 사라졌다! 그의 심리가 외부 도움 없이도 그 사건들을 잘 처리했다는 신호였다. 그는 어차피 상담사에게 그 이야기를 할 의도가 없었다. 그런 대화는 트라우마에 다시 불을 지필 높은 위험성을 감추고 있는데, 지금 그는 그럴 여유가 전혀 없었기 때문이다.

사적 제재 조직이 일으킨 여러 사건은 이제 다른 사람들의 손에 넘어갔으니 그의 팀은 다들 손을 떼야 했다. 팀원들이 카트린의 음모를 꿰뚫어보지 못했다고 비난할 사람은 아무도 없을 터였다.

내일, 아니 오늘 11시 줄츠바흐 개신교 교회에서 리시 빌레펠트의 장례식이 열리고 매장도 바로 그 뒤를 따를 예정이었다. 그런데도 이 아이를 죽인 범인이 누군지 여전히 모르는 상황이라니.

보덴슈타인은 한기를 느껴 집으로 다시 들어갔다. 충전 케이블에 매달린 휴대폰이 어둠 속에서 빛을 냈다. 그가 휴대폰을 확인했다. 피아와 니콜라에게서 부재중 전화 세 통, 메시지 네 통이 들어와 있었다. 뭔가 일이 생긴 게 분명했다. 그는 충전 케이블을 빼고 부엌으로 가서 음성메시지를 들었다.

* * *

"뮐하임과 리히, 마인츠-카스텔 특공대는 다른 사건에 출동 중입니다. 우리는 카셀 특공대를 기다려야 해요." 루츠 쉘러 경위가 고개를 저었다. 니콜라 엥겔은 상황이 달랐다면 더 좋았을 테지만 특공대 없이 가는 수밖에 없다고 판단했다. 시신용 냉장실에 있는 남자와 대화를 시도할 방법도 없었다. 여러 번 방음 처리되고 경금속을 입힌 문과 내부에서 계속 돌아가는 팬 때문에 대화가 불가능했다. 강도가 의식을 찾았다면 권총을 사용한다고 가정해야 하니 진입이 매우 어려울 터였다.

헤닝의 온몸에서 충격이 엿보였다. 피아는 창백하고 멍한 얼굴로 강의실 목재 패널 벽에 기대서 있는 그를 보자니 마음이 아팠다. 자기 집에서, 그것도 복면 차림에 권총을 든 강도에게 공격당하는 것은 악몽이었다.

"나는 관리인 숙소에서 늘 안락함을 느꼈어." 헤닝이 말했다. "누군가 여기 침입해 권총을 대고 나더러 시신을 해부하라고 강요할지 누가 상상이나 하겠어?"

예전에 술 취한 학생들이 가끔 스릴을 즐기려고 시신용 냉장실에 들어간 적은 있었지만 무장 강도는 전례가 없었다.

쉘러는 헤닝에게 사건 경위를 다시 한번 자세히 설명해달라고 부탁했다. 범인의 범행 동기는 그가 보기에도 수수께끼였다.

"그는 변태가 아니에요." 피아가 토론에 끼어들었다. "홍채 스캔 때문에 안구가 필요한 것 같아요."

"그게 어떻게 작동할 수 있어?" 헤닝이 놀라서 물었다. "카트린은 월요일에 이미 사망했는데!"

"죽은 홍채로는 작동하지 않는다는 걸 그가 모르는 모양이지. 아니면 카트린의 홍채 패턴 없이는 중요한 뭔가에 접근할 수 없어서 너무 절망했거나."

"졸베르크와 브란트가 어제저녁에 체포됐다는 걸 그가 아마 알 겁니다." 니콜라 엥겔이 말했다.

"물론이죠." 피아가 고개를 끄덕이고 왓츠앱을 확인했다. 아! 보덴슈타인에게 보낸 메시지의 잿빛 표시가 드디어 파란색으로 바뀌었다. 그가 읽은 것이다.

연구소 주차장에 순찰차와 구급차, 특별기동대 차가 들어와 있었다. 차가운 공기가 열린 출입문을 통해 복도로 불어왔다.

"남자를 꺼내야 합니다." 루츠 쉘러가 결정했다. "그 온도에서 오래 살아남을 수 없어요."

헤닝은 강의실 칠판에 시신용 냉장실 약도를 그렸다. 한눈에 들어오는 정사각형 공간으로, 기껏해야 냉장 칸 서랍을 열고 그 뒤에 숨는 것 말고는 은신처가 없었다.

별다른 토론 없이 진입에 참가할 사람들이 정해졌다. 선발된 동료 네 명은 타이탄 헬멧을 썼고, 한 명은 권총 발사에도 견디는 방탄 방패를 들었다.

"지하에는 누가 함께 갑니까?" 쉘러가 물으며 헤닝을 봤다. "교수님이?"

"제가 갑니다." 니콜라 엥겔이 나섰다.

"아뇨. 제가 가요." 피아가 과장에게 말했다. "저도 키르히호프 교수만큼이나 지하층 구조를 잘 알고 있어요."

"피아, 하지만 내가 당신을 어떻게⋯⋯." 헤닝이 끼어들었다.

"이건 경찰 작전이야." 피아가 전남편의 말을 가로막으며 살짝 미소 지었다. "직업상 내가 한다고."

작전 진행에 대해 짤막하게 대화를 나눈 다음 피아는 동료 네 명을 따라 지하로 향하는 계단을 내려갔다. 방탄조끼를 입고 양손으로 공무용 권총을 움켜쥐고 있었다.

"앞까지 직진, 그다음 첫 복도에서 좌회전." 그녀가 목소리를 낮추어 지휘했다. 아드레날린이 몸에서 피로를 모조리 몰아냈다. 무장한 범죄자를 제압하려고 밤에 건물로 숨어들기에는 약간 나이가 들었지만 자신이 이런 작전을 좋아한다는 사실을 인정할 수밖에 없었다. 그녀는 천장까지 타일이 붙은 복도를 지나, 회전식 레버로 열리는 육중한 시신용 냉장실 문까지 동료들을 확실하게 안내했다. 피아의 심장이 흥분으로 두방망이질했다. 그녀가 할 일은 레버를 작동하여 문을 열고 그 뒤에 숨는 것이었다.

시선을 교환하고, 고개를 끄덕이고, 실시!

피아는 무기를 권총집에 넣고, 양손으로 레버를 쥐고 왼쪽으로 미는 동시에 잡았다. 문은 고무 패킹 때문에 약간 뻑뻑했지만 빨아들이는 듯한 소리와 함께 열렸다. 바로 다음 순간 안쪽에서 뭔가 무거운 물체가 문에 날아왔고, 의도한 것과 달리 문이 완전히 열리면서 피아는 벽에 가서 부딪쳤다. 총성이 한 발, 그리고 두 발 더 울리더니 방탄 방패를 든 동료가 바닥에 쓰러졌다. 다른 동료들은 바닥에 몸을 던지고 벽을 따라 기어갔다. 피아는 문을 밀어냈지만 방탄 방패를 든 경찰에게 걸려서 문이 완전히 다시 닫히지 않았다. 그가 총에 맞았는지 아닌지 확인할 수 없었다. 범인은 계속 총을 쏘았다. 벽타일이 깨지며 튀었다.

"후퇴!" 피아가 방탄 방패를 든 동료에게 쉿소리를 내도 그는 반응이 없었다. 오른쪽으로 고개를 돌린 피아는 적나라한 공포로 가득한 젊은 동료의 눈과 시선이 마주쳤다. 이 병력으로는 도저히 전투에서 이길 수 없었다.

"그를 당겨요!" 그녀가 동료에게 속삭였다. "안 그러면 내가 문을 닫을 수 없으니까."

강도에게 총이 몇 발이나 남아 있지? 짐작대로 그가 브룬너라면 아마 글록 19를 사용할 거야. 지금까지 일곱 발을 쐈으니 탄창에 아직 열두 발이 남아 있겠군.

"자, 지금!" 피아가 젊은 동료에게 호통을 쳤지만 그는 공포로 몸이 마비된 듯했다. "그럼 이쪽으로 와요. 문 뒤로."

피아는 그의 팔을 잡고 자기 쪽으로 당겨, 문과 벽 사이의 안전한 구석으로 밀어 넣었다. 그러고 어깨 권총집에서 권총을 꺼내면서, 이런 상황에 자기보다도 훈련이 부족하여 당황한 이 젊은이가 아니라 믿을 수 있는 셈과 니콜라 또는 보덴슈타인이 이곳에 있다면 얼마나 좋을까 생각했다.

"토마스 브룬너, 아니 혹시 다른 이름이 더 마음에 든다면 토비아스 바우만!" 피아가 크게 소리쳤다. "나는 카트린의 동료입니다. 포기하고 양손을 머리 위로 올리고 나오십시오. 먼저 권총을 발로 문밖으로 밀어요."

대답이 없었다.

"카트린의 안구가 혹시 홍채 스캔 때문에 필요하다면 안 됩니다! 이미 오래전에 죽어서 소용없어요!"

이번에도 대답이 없었다.

"뭐 하시는 거예요?" 옆에서 동료가 소곤거렸다.

"그의 신경을 다른 데로 돌리는 거죠." 피아도 소곤거리며 대답했다.

다행스럽게도 방탄 방패 뒤에 있던 동료가 움직였다. 그는 어떻게 할까요라는 표정으로 피아를 쳐다봤고, 피아는 이제 뭘 해야 할지 급히 머리를 굴렸다. 엄호 없는 진입은 자살 행위였다. 동료와 자기 자신을 지켜야 하니 여기서 끝내야 했다.

"뭔가 보입니까?" 피아가 방탄 방패 뒤편의 젊은 동료에게 소곤소곤 물었다. "범인이 냉장 칸을 당겨서 열어뒀어요?"

끄덕거림이 대답으로 돌아왔다.

"좋아요. 내가 '지금!'이라고 말하면 최대한 뒤로 몸을 던져요. 그럼 내가 바로 문을 닫을 테니까."

끄덕끄덕.

"지금!"

피아는 온 힘을 다해 육중한 문을 지탱하고, 브룬너가 공성퇴로 사용했던 무거운 들것을 옆에 있던 두 동료의 도움으로 뒤로 밀어내고 문을 닫는 데 성공했다.

그녀는 몇 초 동안 눈을 감았다. 완전히 실패했다. 브룬너는 문을 여는 사람이 누구든 총을 쏠 터였다. 다른 전술을 생각해내야 했다.

* * *

여전히 법의학연구소에 있는 피아와 니콜라 엥겔을 제외하고 6시에 팀원들이 모두 모였다.

보덴슈타인이 피아가 의심한 내용을 밝히고 뭘 찾아야 할지 설명하자 다들 열정적으로 바쁘게 움직였다. 그는 왜 더 일찍 그 생각을 하지 못했을까 스스로 의아했다. 아마 사적 제재 사건에 너무 많은 시간을 쏟아서 그랬을 수도 있고, 가까이 있는 것을 간과하는 일이 잦기 때문일 수도 있었다.

카이는 해당 전화번호의 모든 데이터를 얻기 위해 휴대폰 사업자와 통화했다. 이런 경우에는 법관이 영장 발부를 유보하는 법관 유보가 적용된다. 사법적 승인은 나중에 제출할 터였다. 카이의 기지국 조사에 따르면 그 번호는 12월 6일 20시 32분에 191937F-269 기지국에서 191937F-271 기지국으로 바뀌었다. 줄츠바흐에서 슈발바흐로 옮겨간 것이다. 20시 48분에는 192001F-205로 들어갔는데, 전철역을 포함하여 니더회흐슈타트에 해당하는 기지국이었다. 21시 17분에는 다시 슈발바흐 기지국에 연결됐고, 22시 34분에 줄츠바흐 기지국으로 옮겨갈 때까지 그곳에 머물렀다.

셈은 사건 및 증거 서류에서 의혹을 뒷받침해줄 단서를 찾느라 분주했고, 타리크는 지난 며칠 동안 플래카드와 연관되어 들어온 단서를 특별수사본부에서 가져왔다. 아주 많았다. 지금까지는 특별수사팀 동료들이 중요하다고 생각한 단서만 강력 11반에 넘어왔는데, 그게 이제 실수였다는 게 밝혀졌다. 개를 데리고 산책하던 어떤 사람이―날씨가 아무리 나빠도 반드시 나가야 하는 개들에게 축복 있으라―10시 반 무렵에 폭설에도 불구하고 빨간 소형차가 동물보호소 방향에서 과속으로 달려와 암 에를렌보른 거리로 좌회전하다가 자동차 제어력을 거의 잃고서 반대편 연석에 부딪치는 모습을 목격했기 때문이다.

보덴슈타인은 잔뜩 긴장한 채 법의학연구소에서 소식이 오기를 기다렸다. 그는 브룬너를 냉장실에서 꺼내기 위해 특공대가 현장에 투입됐을 거라고 예상했지만 그렇지 않았다. 첫 진입 시도는 실패로 끝났고 이제 새로운 계획이 필요했다. 지금 그가 할 수 있는 일은 없었으므로 보덴슈타인은 책상에 앉아, 지난 며칠 동안 제법 쌓인 우편물 바구니를 정리하기 시작했다. 제일 위에 프랑크푸르트 법원 소인이 찍힌 두툼한 갈색 A4 봉투가 놓여 있었다. 보덴슈타인은 독서용 안경을 썼다. 주소를 손으로 썼는데, 법원에서 오는 공적인 우편에서는 드문 일이었다. 수신인은 그였고 소인 날짜는 자살 테러가 발생한 12월 16일이었다.

그는 잠시 망설이다가 봉투 칼을 들고 봉투를 뜯었다. 공증된 유언장이 나왔다. 엑셀로 작성된 목록이 투명 파일에 들어 있었다. 손으로 쓴 편지도 있었다. 보덴슈타인은 등줄기가 서늘해졌다. 죽은 사람으로부터 편지를 받은 경험이 이미 한 번 있었다. 너무 비겁해 계속 살면서 자신의 행위가 불러온 결과를 감당할 수 없던 사람이었다. 편지를 읽지 않고 문서 파쇄기에 넣고 싶었지만 경우에 따라 편지 내용이 범죄 해결에 도움이 될 수도 있었다. 그는 마지못해 편지를 읽기 시작했다.

존경하는 폰 보덴슈타인 씨에게

저 자신을 믿을 수 없어 제 삶을 끝내려고 합니다. 저는 온갖 일을, (외부) 상황이 요구한다면 가장 끔찍한 행위도 저지를 수 있습니다. 가족이 사망한 후로 저는 제가 예전에 판결을 내렸던 사람들과 같은 괴물이 되었습니다. 저에게 선악이란 이미 오래전부터 기본법이나 형법과 아무 관련도 없습니다. 제 행위를 변명하거나 상대적인 것으로 간주하고 싶지 않고, 유혹에 빠져 이렇게 됐다고 생각하지도 않습니다. 다른 사람들은 그저 제 도덕률이 보편적이라는 제 믿음을 강화했을 뿐입니다. 제가 세상을 보던 시각은 바뀌었지만 제 행위를 후회하지는 않습니다. 누군가 괴물 같은 제 행위를 멈추게 하지 않는 한 저는 죄를 짓고도 자신의 범죄를 후회하지 않는 사람을 죽일 것입니다. 그럴 사람이 아무도 없어 보여서 오늘 저 스스로 하려고 합니다.

존경을 담아, 콘스탄틴 하벨카

하벨카는 유언장에서 아이러니하게도 자신의 재산을 범죄 희생자를 위해 바이서 링에 유산으로 남기고 동료 판사를 유언 집행인으로 정해두었다.

15쪽짜리 엑셀 목록을 훑어보던 보덴슈타인은 자기 눈을 믿지 못할 지경이었다. 하벨카는 조직 전체를 배신했다. 모든 사건을 카트린의 기록보다 더 자세히 적어둔 것이다. 누가 뭘 했는지, 어떤 무기를 사용했는지, 정보를 주거나 나중에 희생자가 될 사람에게 접근할 수 있게 누가 도와줬는지 등이었다. 이 정보는 지역범죄수사국의 동료들에게 굉장한 도움이 될 터였다.

여기에 여러 계좌와 은행 금고, 입출금 명세서와 정확한 자산 명세서가 더해졌다. 하벨카는 철저한 회계사였다. 이타적으로만 관리되지 않은, 많은 고비용 보복 행위에 사용된 조직의 현금 자산은 거의 200만 유로에 이르렀다. 경찰은 이제 토마스 브룬너가 동생의 안구를 왜 그다지도 다급하게 찾는지 알게 됐다.

* * *

경찰청 기술자들이 팬을 끄고 카메라 광학 장치와 마이크를 주차장에서 시신용 냉장실까지 수직 통로로 밀어 넣었다. 연구소 주변이 넓게 봉쇄되긴 했지만 주변 주택에서 카메라나 드론으로 현장을 찍으려는 사람들이 있기에 호기심 어린 시선을 차단하기 위해 텐트를 쳤다. 짤막한 토론 끝에 니콜라 엥겔이 협상 지휘를 맡았다. 피아와 더불어 이 사건을 가장 잘 알고 있었기 때문이다.

팬을 끄자 시신용 냉장실 온도가 올라갔고, 강도가 복면을 벗는 모습이 모니터로 확인됐다. 의심할 여지 없이 토마스 브룬너였다. 그는 이 상황을 벗어날 출구가 없다는 사실을 깨달았다. 보덴슈타인이 순찰차로 보낸 하벨카의 서류에 그는 반응하지 않았고, 금고를 여는 데 동생의 안구가 소용없다는 정보에도 꿈쩍하지 않았다. 하벨카와 카트린이 농담으로 놓은 덫에 브룬너가 빠진 모양이었다. 그는 교활한 테러리스트가 아니라서 범죄 계획은 다른 사람들에게 맡겼다. 그는 망설이지 않고 명령을 수행하는 군인이었으므로 그 조직에서 집행인 역할을 했었다.

"어제 카트린을 부검했어." 헤닝이 피아에게 말했다. 그들은 텐트 한쪽 구석에 서서 시신용 냉장실 상황을 모니터로 지켜보는 중이었다. "임신 3개월이더군."

"뭐?" 피아는 깜짝 놀랐다. "누구 아이지?"

"지금까지 내가 들은 정보에 의하면 하벨카가 아이 아버지 같아." 헤닝은 밤의 충격에서 회복되어 이제 주위에서 일어나는 일을 다음 범죄소설을 위한 조사로 간주했다.

카트린의 할머니는 손녀의 시신이 어떻게 되든 상관하지 않고 외국으로 떠났고, 토마스 브룬너도 이제 그 시신에 신경 쓰지 못할 터였다. 콘스탄틴 하벨카의 경우에도 지금까지 장례 의무를 지닌 유족을 찾지 못했다. 언젠가 담당 보건당국이 익명의 무덤에 묻히도록 공식적인 매장을 시행할 것이다.

"코스타리카에 홀로 있는 할머니는 마음이 그다지 편하지 않을 겁니다." 니콜라 엥겔이 토마스 브룬너에게 말했다. "도주하는 데 성공한 사람이 할머니 말고는 그 조직에서 아무도 없으니까요. 카트린 파힝거 사망. 콘스탄틴 하벨카 사망. 폴커 마자넥과 비비엔 바이스뱅거, 시몬 브란트와 볼프 졸베르크, 마르쿠스 부르크하르트는 구치소에 있습니다. 그리고 당신은 자유인 신분으로 이곳을 벗어날 수 없습니다."

피아는 크리스토프가 보낸 메시지를 읽었다. 아니카와 야레드와 릴리가 탄 비행기는 조금 연착해서 14시 30분에 도착한다고 했다. 피아는 안타깝지만 공항에 같이 나갈 수 있을지 아직 모른다고 답장을 보냈다. 오늘 새벽 출동에 대해서는 어쨌든 그에게 말하지 않을 생각이었다. 이 장면을 범죄소설에 사용하면 다시는 말도 하지 않겠다며 헤닝을 협박했다.

그 순간 둔탁한 소리가 울렸다.

"말도 안 돼!" 니콜라 엥겔이 고함을 질렀다. "빌어먹을!"

"아휴!" 쉘러 경위도 한숨을 내쉬었다.

"이럴 수가!" 헤닝이 중얼거렸다. "이런 걸 실시간으로 보기는 이번이 처음이야."

피아는 스마트폰에서 눈을 떼고 모니터를 봤다. 토마스 브룬너가 손에 권총을 쥔 채 바닥에 쓰러져 있었다. 그의 머리 주위로 피가 고였다.

* * *

교회 종이 울렸다. 15분 후에 라리사 뷜레펠트의 장례식이 열릴 예정이었다. 시민회관과 개신교 교회 사이의 안 데어 린데 광장에 사람들이 몰려들었는데, 언론사와 텔레비전 중계차들도 물론 빠지지 않았다. 교회 자원봉사자들이 조문객들의 사생활을 최소한이나마 보호하기 위해 교회 문 바로 앞에 불투명 호일 울타리를 설치했고, 보덴슈타인은 제복 경찰들에게 호기심 많은 군중을 교회에 접근하지 못하게 막는 지역 의용소방대를 지원하도록 지시했다.

피아는 샤워하고 옷을 갈아입으려고 프랑크푸르트에서 바로 집으로 갔다가, 바트 조덴 어느 슈퍼마켓 주차장에서 보덴슈타인을 만나 함께 줄츠바흐로 왔다. 두 사람은 광장 가장자리에 서서 교회로 들어가는 사람들을 지켜봤다. 학생뿐 아니라 어른도 교회로 많이 들어갔다. 알렉산더 폰 훔볼트 학교 교장과 몇몇 교사, 줄츠바흐 시장, 지역 상인과 동물보호소 직원들이 참석했다. 파바드 마흐무디의 위탁 가정 아버지인 샤리튀아르 교수는 머리카락이 짙은 여성과 함께였는데, 외르크 뷜레펠트의 큰딸과 닮은 것으로 보아 그 어머니로 짐작됐다.

피아의 의심은 사실로 확인됐다. 휴대폰 사업자는 카이에게 휴대폰 소유주를 알려줬다. 소유주의 알리바이는 약하고 확인이 불가능했고, 자동차도 목격자의 진술과 일치했다. 소란을 피하기 위해 체포는 매장이 끝난 후에 할 계획이었다. 두 사람은 마지막 조문객들과 함께 교회에 들어가 문 가까운 곳에 머물렀다. 제단과 웅장한 크기의 크리스마스트리 사이에 화려한 분홍빛 장미 꽃다발로 장식된 소박한 흰색 관이 놓여 있었다. 관의 좌우 받침대에는 화환이 놓여 있고, 리본을 단 꽃들도 바닥을 덮고 있었다. 관 옆에는 애도 리본을 두른 리시의 대형 사진이 있었는데, 안네 뷜레펠트가 플래카드에 사용하라고 준 것과는 다른 사진이었다.

정각 11시에 장례식이 시작됐다. 교회는 마지막 자리까지 꽉 찼고 서 있는 사람도 많았다.

학교 합창단이 감상적인 노래─운하일리히의 노래 〈당신을 찾아가고 싶어〉─를 부르자 많은 조문객들이 훌쩍이며 휴지에 코를 풀었다.

피아는 눈을 감고 벽에 등을 기댄 채 보덴슈타인 옆에 서 있었다. 온몸의 세포가 피로에 지쳤다. 차가운 교회 바닥에 그냥 드러누워 자고 싶은 유혹을 견디느라 애썼다. 오늘 크리스토프의 오스트레일리아 친척들이 도착할 거고, 내일은 큰딸 가족이 함부르크에서 오겠구나. 나흘 뒤가 크리스마스이브인데, 난 아직 크리스토프와 엄마 선물도 사지 못했어.

"저기 봐." 보덴슈타인의 목소리에 피아는 우울한 생각에서 벗어나 눈을 떴다.

"뭐 말씀인가요?"

교회 중앙 통로로 매끈한 헬멧처럼 반짝거리는 새파란 가발을 쓴 어떤 여자아이가 리시 뷜레펠트의 친구 네 명이 마이크 앞으로 나선 제단을 향해 곧장 나아갔다. 그 아이가 외투를 어깨에서 내리고 그 아래에 걸친 코스튬을 드러내자 웅성거리는 소리가 교회 안에 퍼져나갔다. 몸에 딱 달라붙는 은색 슈트인데, 수영복 비슷한 상의는 옆쪽 허리 살을 드러냈다. 검은 오토바이용 부츠를 신었고 양쪽 허벅지에는 권총집이 달려 있었다. 분노해서 중얼거리는 소리와 청소년들 쪽에서 들리는 킥킥거림에는 전혀 신경도 쓰지 않고 제단 계단을 단호하게 올라갔다.

"사라 코르브마허야." 보덴슈타인이 아이를 알아봤다. "코스플레이 옷을 입었네."

"우와, 멋지다!" 피아는 사람들 머리 위로 망가 소녀를 보려고 발꿈치를 들었다. 아이는 다른 학우들을 옆으로 그냥 밀쳐버리고 마이크를 잡았다.

"리시." 사라의 목소리가 교회를 울렸다. "네가 보고 싶어. 너는 내 가장 친한 친구였고, 우리는 앞으로도 아주 많은 일을 함께하려고 했지. 네 모토코 쿠사나기 옷을 지금 내가 널 위해 입었어. 내년에 네가 입을 새 코스튬도 거의 완성했는데, 원래 크리스마스에 너에게 깜짝 선물로 하려고 했어."

이제 아무도 웅성거리거나 훌쩍이지 않았다. 숨 막히는 정적이 흘렀다.

"사라가 뭔가 일을 꾸몄어." 보덴슈타인이 깜짝 놀라며 말했다. "따라와. 서둘러!"

그는 오른쪽 통로로 가서 빽빽하게 서 있는 조문객들을 뚫고 지나갔다. 피아도 그가 지나간 자리를 따라갔다.

"난 백 살이 넘는다고 해도 너를 잊지 않을 거야. 리시, 그런데 너는 살해당해서 겨우 열여섯 살밖에 되지 못했고, 너와 우리의 계획은 파괴되어버렸어. 너는 죽었으니 이제 하지 못하는 일을 나 혼자 해야 해. 다시 말해서 누가 너를 죽였는지 모든 사람에게 알리는 일이야."

"아이고, 빌어먹을!" 피아가 소리치며 움직였지만 안네 뷜레펠트가 더 빨랐다. 리시 엄마가 사라의 머리에서 파란 가발을 벗겨냈다.

"리시 장례식을 망치다니, 이게 무슨 짓이야!" 그녀가 분노해서 쇳소리를 냈다. "여기 오지 말라고 했잖아! 꺼져! 당장!"

사라 코르브마허는 망연자실하여 리시의 엄마를 빤히 노려봤다. 눈물이 고인 눈으로 온몸을 떨었다.

"하지만 저는 누가 리시를 죽……."

"닥쳐!" 안네 뷜레펠트가 위협적으로 말을 가로막았다. "내 아이는 죽었어. 그런데 네가 리시의 장례식을 구경거리로 만드는

구나! 썩 꺼져!"

마지막 말은 사라의 얼굴에 들이대고 크게 소리쳤다. 사라는 눈물을 흘리며, 자리에서 일어나 중앙 통로에 서 있던 사람들을 마구 밀치고 지나갔다. 보덴슈타인과 피아가 그 뒤를 따랐다.

"계속하시죠." 안네 뵐레펠트가 목사에게 말하고 계단을 내려가 자기 자리에 다시 앉았다.

피아는 사라 코르브마허가 교회 문을 막 여는 순간 아이의 팔을 잡았다.

"놔요!" 사라가 화를 내며 소리쳤다.

"안 돼!" 피아는 사라가 불투명 호일 울타리 뒤쪽 구경꾼들의 시야에 들어가는 것을 막았다. 보덴슈타인은 제복 차림의 동료를 손짓으로 불렀다.

"왜 이러고 나타났어?" 그가 사라에게 호통을 쳤다. "뭘 하려던 거지?"

"요나스 삼촌이 리시를 죽인 것 같아요!" 사라가 다급하게 대답했다.

"네가 잘못 안 거야. 그것도 벌써 두 번째로 잘못 안 거라고."

"그러거나 말거나!" 사라 코르브마허는 눈을 번뜩이며 보덴슈타인을 쏘아봤다. "리시는 저랑 제일 친했어요. 그런데 멍청한 그 애 엄마가 저더러 장례식에 오지 말라고 했다고요! 웃기는 소리잖아요! 난 그런 걸 참지 않아요!"

보덴슈타인은 이 부끄러운 등장의 진짜 원동력은 모욕당한 허영심이라는 사실을 알아챘다. 이 아이는 리시 부모님의 슬픔이 추모객들의 눈앞에서 상처 입었다는 데에는 전혀 관심이 없었다. 교회에 반나체와 다름없는 차림으로 등장한 파랑 머리 여자아이는 마을의 집단 기억에 영원히 각인되어 몇 년 동안이나 화젯거리가 될 터였다. 누군가 이 장면을 분명히 휴대폰으로 찍었을 것이다. 이런 상황을 만날 때면 보덴슈타인은 자기가 타인을 살해하거나 다치게 하는 사람들을 상대하는 경찰이 아니라 동생처럼 농부나 산지기가 되어 나무좀 또는 무분별한 산악자전거 운전자들 때문에 짜증을 내는 편이 낫겠다고 생각했다. 그가 지속적으로 들여다봐야 하는 어두운 심연은 그의 삶을 은근히 음울하게 만들었다.

"이 아가씨를 집까지 데려다주십시오." 그가 동료에게 말했다. "부모님에게 넘겨주고, 부모님이 집에 없다면 호프하임 경찰서로 데려가세요. 바깥으로 교회를 빙 돌아가십시오. 사람들 눈에 띄지 않게 말입니다."

"알겠습니다." 순찰대원이 고개를 끄덕였다.

"아니, 왜 이래요?" 사라가 자기를 잡고 있는 피아에게 저항했다. "이건 불법 감금이에요! 나도 묘지에 같이 갈 거라고요! 날 못 가게 막을 수 없어요!"

"아니, 막을 수 있어." 보덴슈타인이 대답했다. "그들을 또 한 번 방해해서는 안 돼. 경찰이 너를 집에 데려다줄 거야."

"쌍!" 화가 난 사라가 쳇소리를 냈다. "더러운 짭새들! 내가 다 고소할 거야! 우리 아버지가 변호사라고!"

"아하, 그러면 방금 네가 한 짓이 범죄 행위라는 걸 아버지가 알려주실 거다." 보덴슈타인이 몸을 돌렸다. 피아와 그는 교회로 돌아가고 제복 경찰은 사라 코르브마허를 데리고 그 자리를 떠났다.

장례식이 끝났다. 녹음기에서 〈타임 투 세이 굿바이〉가 흘러나오고 장례업체 직원들이 하얀 관을 묘지로 이송하려고 옆문으로 밀고 나갔다. 가족과 친구들이 빌레펠트 부부를 가운데 세우고 밖으로 나갔다.

"우린 이제 뭘 하죠?" 피아가 물었다.

"묘지에 가서 매장이 끝날 때까지 기다리자고." 보덴슈타인이 대답했다.

교회가 점차 비었다. 두 사람은 바깥으로 나왔다. 눈이 살살 내리기 시작했다. 구경꾼과 기자들은 사라지고 없었다. 순찰차 두 대와 셈과 타리크가 타고 온 공무용 차량만 빼고는 광장이 텅 빈 상태였다. 보덴슈타인과 피아는 그 둘과 치안경찰 동료들과 함께 앞으로의 절차를 논의했다. 줄츠바흐 교외 묘지에는 출구가 두 개 있었다. 보덴슈타인과 피아는 장례식장에서 기다리고, 셈과 타리크는 멀 거리 주차장에서 보초를 설 예정이었다. 양쪽 모두 순찰차가 한 대씩 근처에 있고, 순찰대원들은 언제라도 개입할 수 있게 대기하기로 했다.

보덴슈타인과 피아는 시민회관 뒤편 주차장에서 공무용 차량을 빼서 묘지 동쪽 끝에 있는 장례식장까지 얼마 안 되는 거리를 달렸다.

"저쪽에 그 차가 서 있어요!" 피아가 빨간 푸조를 가리켰다.

"크리스티안에게 전화해서 견인차를 보내라고 해." 보덴슈타인이 말했다.

피아가 전화를 걸었다.

눈발이 거세졌다. 차 안은 추웠다.

"자네, 크리스토프와 함께 나미비아로 갈지 고민해봤나?" 보덴슈타인이 와이퍼를 작동시켰다.

"아직 제대로 생각하지 못했어요." 피아는 한숨을 내쉬었다. "일단 엄마를 위한 해결책부터 하나 찾아야 해요. 어쩌면 헤닝이 찾아낼 것도 같아요."

"자네 전남편이?" 보덴슈타인이 미심쩍다는 듯이 눈썹을 치켜세웠다.

"네. 헤닝 이모를 그 자녀들이 양로원에 넣었대요. 제 엄마 집을 어르신 주거공동체로 만들지도 모르겠어요."

피아는 그가 이 말에 뭔가 토를 달 거라고 생각했지만 보덴슈타인은 그저 "아하, 좋은 방법 같군"이라고만 말하고 유리창에 서린 김 때문에 시동을 걸었다. "1년 내내 야생 어딘가에서 그냥 앉아 있을 마음이 있어?"

"처음에는 아니었어요." 피아가 미소를 지었다. "하지만 그런 기회는 살면서 두 번 다시 없잖아요. 그리고 저는 어차피 그냥 앉아 있지도 않을 거고요."

"1년은 금방 지나가. 내가 자네라면 가겠어."

"그러면 반장님에게 남은 사람은 카이와 셈, 타리크뿐이에요." 피아가 고민했다.

"흐음, 지금 같아서는 가츠케 경위가 우리 팀을 계속 지원할 것 같은데."

"아, 정말요? 그렇다면 정말 좋겠네요." 피아는 깜짝 놀라면서도 마음이 놓였다. 카트린이 사망해 그러지 않아도 팀이 축소됐는데 그냥 간다면 동료들을 버리는 느낌이 들었을 것이다. "우리랑 잘 어울리는 것 같아요."

"응, 내 생각도 그래."

샛노란 견인차가 좁은 도로로 꺾어 들어왔다.

"아, 왔군." 보덴슈타인과 피아는 차에서 내려, 묘지 담을 따라 주차된 차들을 지나갔다. 그리고 견인차 운전사에게 비스바덴 범죄연구소 실험실로 가져갈 차를 알려줬다.

"차를 싣는 건 잠시 기다리세요." 보덴슈타인이 운전사에게 지시했다.

조문객들 일부가 묘지를 떠났다. 눈물을 닦고 걸어서 나가거나 차로 향했다. 그들의 삶은 계속된다. 점심을 먹고, 주말 장을 보거나 아직 준비하지 못한 크리스마스 선물을 사고, 오늘 저녁에는 어쩌면 크리스마스 시장이나 영화관에 갈지도 모른다. 하지만 라리사의 부모에게는 결코 12월 6일 이전과 같은 나날이 이어지지 않을 터였다. 더구나 오늘 이후에는. 오늘 보덴슈타인은 이미 운명에게 가혹한 시련을 당한 이 가정을 완전히 깨뜨려야 했다.

외르크와 안네 뷜레펠트가 가족과 함께 마지막으로 나왔다. 안네 뷜레펠트의 어머니와 언니, 언니의 남편과 함께였다. 그 뒤에 약간 거리를 두고 요나스 뷜레펠트와 그의 아내와 딸이 왔다. 일바, 그리고 사촌인 듯한 젊은 두 남자가 제일 끝에 있었다.

보덴슈타인과 피아는 입구에서 기다렸다. 이제 곧 해야 하는 체포만큼 힘든 체포는 드물었다. 물론 다른 장소나 좀 더 늦은 시기에 체포할 수도 있었지만, 지난 몇 주 동안 실패를 겪고 난 후라서 더는 위험을 감수하고 싶지 않았다.

안네 뷜레펠트가 고개를 들고 충혈된 눈으로 짜증스럽게 보덴슈타인을 쳐다봤다.

"우린 방금 딸을 묻었어요. 최소한 오늘만이라도 우릴 좀 내버려둬야 하지 않나요?"

"안타깝지만 그럴 수 없습니다." 보덴슈타인이 미안하다는 말투로 대답했다. "죄송합니다. 그런데 두 분에게 볼일이 있는 게 아닙니다."

"그럼 도대체 누굴 만나러 오셨죠?"

보덴슈타인이 일바 샤리튀아르를 바라봤다. 그녀는 지난번에 만났을 때보다 더 아름다워진 것 같았다. 매끈한 얼굴과 도톰한 입술, 검은 모자 아래로 빠져나온 숱 많은 짙은 색 고수머리. 일바의 눈길이 그를 향했다가 묘지 문 앞에 서 있는 순찰차와 자신의 빨간 푸조를 싣는 견인차를 빠르게 훑었다.

"일바 샤리튀아르." 보덴슈타인이 외르크 뷜레펠트의 큰딸에게 말했다. "12월 6일 저녁, 동생 라리사를 살해한 혐의로 당신을 체포합니다."

놀란 일바는 애도하는 딸과 언니 역할을 잠시 잊었다.

"돌았군요! 난 동생에게 아무 짓도 하지 않았어요! 도대체 왜 그런 생각을 하시는 거죠?"

그는 일바의 눈에서 죄책감이나 후회는 발견하지 못했다. 그 눈에 깃든 것은, 세심하게 지워버린 흔적을 자신의 어떤 부주의함 때문에 경찰이 발견했는지, 그리고 어떻게 여기서 빠져나갈 수 있을지 공포에 질린 채 머리를 굴리는 기색뿐이었다.

치안경찰관 두 명이 순찰차에서 내려 입구에서 기다리고 있었다. 요나스 빌레펠트가 입구에 서서 몸을 돌렸다. 안네의 어머니와 언니, 언니의 남편, 사촌들도 멈춰 섰다.

외르크 빌레펠트는 아내의 손을 놓고 망연자실한 표정으로 큰딸을 노려봤다.

"당신은 변호사를 선임할 수 있습니다. 자신에게 불리한 진술은 하지 않아도 됩니다." 보덴슈타인이 말했다.

"함께 가시죠." 피아가 일바의 뒤로 가서 팔을 뒤로 당기고 손목에 수갑을 채웠다.

"이봐요, 무슨 짓이에요?" 일바가 피아에게 고함을 질렀다. "난 아무 짓도 하지 않았어요! 아빠! 저를 믿어주세요! 제발 좀!"

외르크 빌레펠트는 큰딸을 여전히 노려보고 있었다. 원하지 않은 아이였지만 사랑하게 된 딸이었다.

"아빠!" 일바가 애원했다. 성모 마리아 같은 얼굴에 눈물이 흘러내렸다. "저를 믿어주세요! 제가 그런 게 아니에요! 저는 리시를 사랑했다고요!"

"아니, 사랑하지 않았다." 외르크 빌레펠트가 질식할 듯 꽉 눌린 목소리로 말했다. "너는 언제나 리시를 질투했지. 네가 원하는 건 뭐든지 내가 다 주었는데도."

"샤리튀아르 씨, 가시죠." 피아가 일바의 어깨에 손을 얹으며 밀려고 했지만 그녀는 저항했다.

안네 빌레펠트가 남편의 손을 잡았다.

"가자." 그녀가 부드럽게 말했다. "어서."

"아빠!" 절망한 일바가 흐느끼며 말했다. "아빠! 정말 죄송해요!"

외르크 뵐레펠트가 큰딸에게서 눈길을 돌리고 아내를 향해 말했다.

"그래, 가자."

그러고 아내의 팔짱을 끼고, 다시는 일바를 돌아보지 않고 그 자리를 떠났다.

* * *

그날 오후에 일바 샤리튀아르는 2019년 12월 6일 저녁에 이복동생을 목 졸라 살해했다고 자백했다.

사건 경과는 피아의 예측과 똑같았다. 리시는 교사의 차에서 내린 후에 새로 산 아이폰을 잃어버렸다는 사실을 금방 깨달았다. 엄마와 아버지가 집에 없었으므로 일바에게 가서, 휴대폰을 찾을 수 있게 니더회흐슈타트 전철역과 슈발바흐 난민 숙소로 데려다달라고 부탁했다. 일바는 처음에 가고 싶지 않았지만 동생이 너무나 심하게 졸라서 결국 그 고집에 꺾였다. 슈발바흐로 가면서 리시는 파바드 마흐무디를 만나 이야기를 나눴다고 말했다. 그 때문에 자매 사이에 말다툼이 벌어졌다. 마흐무디가 자기 가족의 믿음을 악용한 것에 대해 일바가 앙심을 품고 있었기 때문이다. 마흐무디와 이른바 성폭행 희생자라는 여자아이가 사실은 연인이라고―그것도 자기 집에 살 때부터 그랬다고 했는데, 당시에 일바는 그를 좋아했다―리시가 지나가듯 말하자 일바의 분노는 증오로 바뀌었다. 일바는 리시에게 속았다고 느끼고 동생을 비난했다. 어느 정도 타당성이 있는 감정이었다. 서로 말꼬리를 물며 다툼이 이어졌다. 마음이 상하고 화가 난 일바는 테니스장 주차장으로 차를 몰고 가서, 리시에게 당장 내리라고 요구했다. 리시가 거부하자 일바는 직접 차에서 내려 동생을 억지로 끌어내렸다.

"언니가 공부는 전혀 하지 않고, 졸업시험에 두 번이나 떨어졌다고 아빠에게 이를 거야." 리시가 일바를 위협했다. "그러면 돈도 전혀 받지 못하고 이 차도 내가 운전면허를 따고 나면 내 차가 돼!"

"그래, 해봐. 이 못된 고자질쟁이!" 일바도 화가 나서 대꾸했다. "그러면 나는 네 엄마에게 네가 파바드를 만났다고 말할 테니까. 네가 선생에게 푹 빠졌다는 것도 알리고. 매력적인 바이너트 선생에게!"

리시는 분노하여 고함을 지르며 언니에게 달려들었지만, 일바가 동생을 막으며 의도하지 않게 너무 세게 밀어버려 리시는 넘어지면서 주차장 포장석 모서리에 뒤통수를 부딪쳤다. 거의 순식간에 의식을 잃었지만 일바는 도움을 요청하는 대신 동생을 담요로 감아 차 트렁크에 넣고, 점점 더 거세지는 눈발을 뚫고 동물보호소로 차를 몰았다. 원래 그곳에 리시를 내려놓으려고 했지만 리시가 다시 의식을 차리자 일바는 아버지가 이제 더는 비용을 지원하지 않을 거라는 불안과 분노로 동생의 목을 머플러로 조르고 그 후에 성모상 처소 뒤편에 내려놓았다.

* * *

다들 회의실에 앉아 있었다. 창밖은 이미 어두웠다. 대중의 관심을 끈 두 건의 수사를 성공적으로 끝냈지만 아무도 기뻐하지 않았다.

카트린의 서류와 하벨카 판사의 엑셀 목록 덕분에 지역범죄 수사국 동료들은 사적 제재 집단의 모든 행위와 공범들을 추적할 수 있게 됐다.

"누군가를 살해한 이유치고는 너무 평범하지 않아요?" 타리크가 물었다.

"우리 같은 외부인이 보기에만 평범하겠지." 보덴슈타인이 이의를 제기했다. "일바 샤리튀아르는 평생 냉대받는다고 느꼈을 거야."

"놀랄 일도 아니에요! 아버지가 그 딸을 '사고'라고 표현했잖아요!" 피아가 고개를 저었다. "일바가 보기에 리시는 버릇없는 외동의 사치스러운 삶을 살았어요. 자기는 아버지가 다른 네 명의 동생과 모든 것을 나눠야 했는데 말이죠. 리시는 외국에서도 살아봤고, 멋진 여행도 다니고, 원하는 게 뭐든 다 얻었죠. 저는 일바가 왜 질투했는지 이해가 가요."

"그래, 지극히 인간적인 이유지." 보덴슈타인도 동의했다. "분노와 좌절이 너무 많이 쌓여서 죽이는 행위를 중간에 끝낼 수 없었던 거야. 동생을 트렁크에 던져 넣을 때 제정신을 차릴 수도 있었는데."

"리시는 너무 심하게 다쳐서 어차피 죽었을 거예요." 피아가 말했다.

"하지만 그랬다면 사망으로 이어진 사고였어." 셈이 말했다. "그런데 지금은 살인이야. 운이 좋다면 우발적 살인 판결을 받을 테고."

피아는 한숨을 쉬고 자리에서 일어났다. "보고서는 내일 써야겠어요. 아니면 월요일에."

"저도 집에 가서 내일 낮 12시까지 잘래요." 타리크가 하품을 하고 기지개를 켰다.

"아주 좋은 생각이야." 셈과 카이도 동의했다.

"반장님은 어떠세요?" 피아가 보덴슈타인에게 물었다. "주말에 좋은 계획 있으신가요?"

"보덴슈타인 농장 승마장에서 크리스마스 축제가 열려." 그가 미소를 지었다. "장애물 경주 막대기를 나르거나 운이 좋다면 글뤼바인 매대에서 일할 수 있겠지."

"재미있겠어요." 피아가 싱긋 웃다가 금세 진지한 표정으로 변했다. "가족에게 카트린에 관한 이야기를 하셨나요?"

"코지마에게만 했어. 그게 나아. 가족들이 안다면 나를 과잉 보호하려고 할 거야."

피아가 재킷을 입고 백팩을 들었다. 보덴슈타인도 외투를 걸치고 위부터 아래까지 글씨가 가득 쓰여 있는 화이트보드를 흘끗 훑어본 다음 회의실 전등을 껐다. "자네 부부는 주말에 뭐 하나?"

"크리스토프의 딸들이 와요." 두 사람은 복도를 따라 걸었다. "그리고 저는 이제 크리스토프에게 무슨 선물을 할지 알게 됐고요."

보덴슈타인은 그 말을 이해하고 니콜라의 사무실을 고개로 가리켰다.

"과장과 말해봤어?"

"아직 안 했어요." 피아가 멈춰 섰다. "그러고 보니 지금 말하면 되겠네요." 바로 그 순간, 과장 사무실의 문이 열리고 타냐 가츠케가 나왔다.

"좋은 저녁시간 보내세요!" 피아가 타냐와 보덴슈타인에게 말했다. "주말도 잘 보내시고요!"

"고마워, 당신도!" 타냐가 미소를 지으며 손을 들어 올렸다.

"나에게 볼일 있어?" 니콜라 엥겔은 책상 앞에 앉아 있었다.

"응, 잠깐 시간 돼?"

"물론이지. 들어와. 무슨 일이야?"

피아는 심호흡을 하고 단호하게 말했다.

"남편을 따라 나미비아로 가고 싶어. 2월부터 1년 동안."

"안식년이군." 니콜라는 독서용 안경을 벗고 머리를 비스듬하게 기울였다. "으흠."

"시기상 좋지 않다는 건 나도 알아. 카트린도 이제 없으니까." 피아가 주저하며 말을 이었다. "1년이 안 된다면 혹시 반년은 어떨까?"

"안 될 거 없지." 니콜라 엥겔이 살짝 웃었다. "강력11반은 다시 완벽해졌어. 가츠케 경위가 방금 나에게 여기 남고 싶다고 말했거든."

"아하!" 피아도 싱긋 웃었다. "정말 잘됐다!"

"내 생각도 그래." 니콜라 엥겔이 안경을 다시 썼다. "할 말 더 남았어?"

"아니. 그게 다야. 좋은 저녁시간 보내!"

"당신도." 과장이 말했다. "아. 피아?"

"응?"

"나가면서 문 닫아줘."

피아는 문을 닫고 아래로 내려갔다. 크리스마스까지 이제 나흘 남았다. 계단실을 나오니 현관에 모여 있는 동료들이 보였다. 보덴슈타인과 셈, 타리크와 카이, 타냐였다.

"왜 아직 여기 있어?" 피아가 놀라서 물었다.

"뭐 마시러 가려고." 카이가 대답했다. "우리 크리스마스 파티를 못 했잖아."

"당신도 갈래?" 셈이 물었다.

피아는 저절로 웃음이 나왔다. 카트린의 배신이 팀을 깰 수도 있었지만 오히려 반대로 작용했다.

"응." 피아가 대답했다. "당연히 가야지."

(끝)

감사의 말

이 소설을 쓰는 모든 단계에서 읽어주고, 도움이 되는 견해를 내고, 가끔 막히거나 나무만 보고 숲을 못 볼 때 자세하게 브레인스토밍을 해준 저의 자매 클라우디아 코헨과 카밀라 알트파터에게 이 자리를 빌려 고마움을 전합니다. 사랑하는 언니와 동생, 이 두 사람에게 열한 번째 타우누스 소설을 바칩니다! 어릴 때부터 두 사람은 제 이야기를 읽고 언제 어디서나 저를 도와줬습니다. 고맙습니다!

원고를 세심하게 읽고 전문적인 조언을 해준 제 친구 캐디와 카트린 룽에게 감사드립니다. 혹시 있을지도 모르는 법적 사실 묘사에서의 오류는 전적으로 제 책임입니다.

프랑크푸르트 법원 건물들을 전문적으로 안내해주신 비외른 쉬만, 인질 사태와 경찰 업무에 관한 유용한 세부사항으로 제 책을 더 사실적으로 만들어주신 슈테판 뮐러 경찰청장과 그의 아내, 책에 이름을 쓰도록 허락해준 학창시절 친구이자 이웃인 안네 뷜레펠트에게 감사드립니다. 이름뿐 아니라 도움도 준 타냐 가츠케에게 고마운 마음을 전합니다. 이름을 빌려준 필립 알트파터와 마르코 베제닉, 투르가이 카라만에게, 창고 위치를 제

소설에서 사용하게 해준 블루스카이 창고 운영진과 직원들에게 감사드립니다. 소셜 미디어와 청소년들의 최신 유행과 표현 방식, 요즘 학생들의 생활에 관해 유용한 정보를 준 조에 크뇌스에게 고마운 마음을 전합니다. 오래전, 제 첫 작품을 판매한 타우누스 약국을 언급하게 해준 가비와 수잔네 벨로티에게도 감사드립니다.

인내심으로 아름답게 협업하고 적시에 옳은 조언을 해주는 제 편집자 마리온 비허만에게 아주, 아주 많이 감사드립니다. 신뢰와 지원을 아끼지 않고, 보덴슈타인과 피아와 그 외 모든 등장인물을 사랑하는 울슈타인 출판사와 모든 직원에게 고마움을 전합니다.

제 에이전트 안드레아 빌트그루버의 우정과 지원, 신뢰에 감사드립니다.

또 물론 제 남편 마티아스 크뇌스에게도 고마운 마음을 전합니다.

조덴에서
2023년

참고한 글

연방공민교육국, 〈이주와 범죄 현상―경험과 최근 경향〉, 크리스티안 발부르크, 2020년 9월 25일

www.mediendienst-integration.de, 〈이민 사회의 범죄 현상〉

유럽위원회, 2018년 2월 8일, 〈독일로 유입되는 난민과 이 현상이 범죄에 미치는 영향〉

연방범죄수사국, 〈이민 관련 범죄에 관한 연방 상황―주요 진술〉

《법의학―수사 현장을 위한 기초지식 2》, 비르트/슈트라우흐, 범죄 수사학 출판사 하이델베르크, 2006년 개정판

〈독일이 그 정도로 빌어먹을 곳이라면, 당신은 왜 여기 온 겁니까?〉, 슈테판 찬트케, 리바 2020년

《경찰심리학과 범죄심리학》, 브리타 슈티허, 경찰학 출판사 클레멘스 로라이 박사, 2007년

《우리 사법제도가 실패하는 곳에》, 토르스텐 슐라이프, 리바 2022년

《내부 형사 변호》, 부르크하르트 베네켄과 한스 라인하르트, 베네벤토 2021년

《판결: 부당》, 토르스텐 슐라이프, 리바 2019년

《위기에 몰린 법치국가: 검사장이 경고하다》, 랄프 크니스펠, 울슈타인 2021년

https://www.haufe.de/recht/kanzleimanagementverfahrensdaueran geklagte-haeftlinge-aus-u-haft-entlassen_222_571620.html

TAUNUS
SERIES

작품 소개

타우누스 시리즈
각 권 소개

사랑받지 못한 여자

대가 없는 사랑을 베푸는 남자

사랑을 기만하는 여자

그리고 비극은 시작되었다

남편과 이혼한 후, 타우누스 강력반으로 복직한 피아 키르히호프 형사는 곧바로 첫 번째 사건과 맞닥뜨린다. 대쪽 같은 성품으로 인기를 모으던 부장검사가 자살한 것이다. 곧이어 미모의 젊은 여성이 전망대에서 자살하는 사건이 또 발생하고, 수사가 진행됨에 따라 두 사람의 죽음 뒤에 얽힌 검은 음모가 차츰 드러난다. 처음으로 호흡을 맞추게 된 보덴슈타인과 피아는 서로 삐걱거리면서도 조금씩 사건의 진상을 향해 다가간다.

사랑을 믿지 말라
그것은 삶이 네게 보내는 조소에 불과하다

세상의 빛을 보지 못하고 자비로 출판되어야 했던 타우누스 시리즈의 첫 번째 작품. 그러나 자비출판을 통해 소수 독자들에게 알려졌을 때부터 호평을 얻으며 넬레 노이하우스가 독일 최고의 미스터리 작가로 자리매김하는 데 기반이 되었다. 이어진 다른 작품들의 엄청난 성공으로 인해 정식 출간된 이후, 지금은 오히려 현지에서 시리즈 중 가장 높은 인기를 자랑하고 있다.

시리즈 다른 작품들과는 달리 비교적 단순한 구성으로 이루어져 있지만, 그런 만큼 인물과 이야기가 가지는 힘과 무게가 직관적으로 드러난다.

아름다운 여인의 죽음을 둘러싸고 벌어지는 스캔들. 정·재계를 뒤흔드는 검은 음모와 범죄 조직. 그리고 한 인간의 인생을 뒤트는 사랑.

첫 번째 작품부터 이미 작가적 가능성을 유감없이 드러내는 넬레 노이하우스의 필력 덕분에 읽는 이는 그저 이야기를 따라가는 것만으로도 거대한 비극에 짓눌리는 듯한 안타까움을 느끼게 된다.

시리즈의 다른 작품을 먼저 읽어온 독자들에게는 두 주인공의 초기 모습을 볼 수 있는 색다른 즐거움도 선사한다. 이제 막 콤비가 되어 아직 어색한 피아와 보덴슈타인의 모습이나, 이후 여러 고비를 넘기면서 다양한 관계로 엮이게 될 주변 인물들의 모습은 마치 타우누스 시리즈의 '프리퀄'을 보는 듯한 느낌이다.

너무 친한 친구들

나는 모든 유혹을 멀리하려 했네

꿈과 그리움, 외로움만이 나의 벗

오! 그러나 실재하는 모든 것이 나의 꿈을 짓밟는구나

월드컵이 한창인 6월 어느 날, 동물원에서 사람 손이 발견된다. 피해자는 고등학교 교사이자 도로 확장을 반대하던 환경운동가. 학생들에게는 영웅으로 칭송받았지만, 성적 문제로 그를 협박하던 학생부터 전부인, 시의원, 건설회사 대표까지 그의 죽음을 바라던 이 또한 너무나 많았다.

수상한 인물은 늘어만 가는 가운데 피아는 유력 용의자인 동물원장 산더와 미청년 루카스로부터 동시에 구애를 받으면서 객관성을 잃기 시작하고, 급기야 보덴슈타인으로부터 수사에서 손을 떼라는 경고까지 받게 되는데……

채워도 채워도 사그라지지 않는 온갖 욕망이 초래한 비극,
그 끝을 목도할 준비가 되었는가

2007년 크리스마스 시즌 당시 자비출판임에도 해리 포터 시리즈보다 더 많이 판매되어 독일의 대형 출판사 울슈타인이 작가를 주목하는 계기가 된 것으로도 유명한 작품이다. 실제 타우누스 지역에서 이슈가 되었던 문제를 바탕으로 도로 확장 계획을 반대하던 환경운동가의 죽음과 그 이면에 자리한 인간 욕망의 심연을 그렸다.

도로 확장 계획을 둘러싼 온갖 의혹을 파헤쳤던 파울리와 그의 마지막 행적을 추적하는 형사들의 이야기는 작품 배경이 독일이 아니라 이 땅이 아닌가 하는 착각마저 들게 할 정도로 우리의 지금과 닮았다. 작가는 이렇게 현실의 문제를 작품 속에 적극 반영함으로써, 단순한 '범인 찾기' 미스터리에서 한 단계 나아가 독자를 둘러싼 세상의 참모습을 보여주는 새로운 분위기의 사회파 미스터리를 완성시켰다.

그러면서도 사건을 풀어가는 피아와 보덴슈타인 반장, 그리고 주변 인물들의 에피소드를 적절히 안배한 것이 이 책의 매력이다. 2006년 6월 독일 월드컵 기간을 배경으로 선택한 작가는 어떻게든 경기를 보기 위해 조바심치는 벤케 형사를 통해 깨알 같은 재미를 선사하며, 아버지와 남편으로서의 고민을 안고 있는 보덴슈타인을 통해 인간적인 형사의 일상을 보여준다.

또한 피아가 동물원장 산더와 피해자의 제일가는 제자였던 재벌가 미청년 루카스로부터 동시에 구애를 받으면서 갈팡질팡하는 모습을 통해 여성 독자들의 시선을 사로잡는다.

깊은 상처

우리는 눈물과 고통으로 태어나

끊임없이 욕망하고 증오하다

마침내 죽음이란 파멸을 맞이한다

부유한 유대인 노인이 나치의 처형을 연상시키는 모습으로 총살당한다.
피아와 보덴슈타인은 사건 현장에서 피해자의 피로 쓰인 '16145'라는 숫자를 발견
한다. 경찰이 숫자의 의미조차 파악하지 못하고 있는 사이 두 번째 사건이 일어나
고, 역시 의문의 숫자 '16145'가 남겨져 있다. 마침내 두 노인이 모두 명망 높은 귀
족 베라 칼텐제의 오랜 친구라는 사실이 밝혀지면서 수사는 반전을 맞지만, 의문의
숫자 뒤에는 상상조차 못 한 깊고 어두운 진실이 입을 벌리고 있다.

세 노인의 죽음, 그리고 수수께끼의 숫자 16145
지워지지 않는 과거의 상처가 잔혹한 죽음을 부른다!

《깊은 상처》는 한 노인의 기묘한 죽음으로 시작된다. 잔혹한 박해와 2차 세계대전의 혼란 속에서도 살아남아 돈과 명예를 손에 넣었던 유대인 노인이 나치의 처형을 연상시키는 모습으로 살해된 것이다. 현장에서는 피로 쓰인 '16145'라는 수수께끼의 숫자가 발견된다.

이야기의 시작에서부터 드러나듯, 《깊은 상처》는 독일의 근현대사에 대한 넬레 노이하우스의 작가적 고찰을 담은 작품이다. 역사를 전공한 작가는 독일인이라면 피해갈 수 없는, 그러나 결코 잊지 말아야 할 어두운 과거를 수면 위로 끄집어 올린다. 그러면서도 시리즈 다른 작품과 마찬가지로, 비극은 누구나 맞닥뜨릴 수 있는 사소한 일들에서부터 시작된다.

일제 강점기와 군부 독재기를 겪고 친일파나 과거사 청산 문제를 여전히 안고 살아가는 한국의 독자들이라면, 이 작품이 지금 우리가 마주한 현실과 닮아 있다는 것을 금방 알 수 있을 것이다.

시리즈 중에서 가장 잔혹하고 어려운 사건과 수십 년의 세월을 넘나드는 장대한 구성, 그리고 저자 스스로 자신하는 치밀한 구성과 깊은 고찰까지 담긴 《깊은 상처》는 타우누스 시리즈의 팬들뿐 아니라 정통 미스터리를 좋아하는 독자라면 누구나 열광할 만한 재미와 깊이를 겸비한 작품이다.

백설공주에게 죽음을

차가운 비밀이 내리던 날
눈꽃처럼 아름다운 소녀가 사라진다

전도유망한 청년 토비아스는 고등학교를 졸업하던 해, 여자친구를 살해했다는 죄목으로 감옥에 들어간다. 10년 후, 형기를 마치고 출소했지만 마을 사람들은 그를 '살인자'라 부르며 마을을 떠나지 않으면 죽이겠다고 협박한다. 그런 그에게 위로가 되는 것은 죽은 여자친구와 닮은 소녀 아멜리뿐이다. 한편 피아와 보덴슈타인 콤비는 괴한의 공격으로 중태에 빠진 여인이 토비아스의 어머니임을 알고 그를 찾아온다. 살인 전과자와 형사들의 등장으로 마을에 알 수 없는 긴장감이 감도는 가운데 이번에는 아멜리가 실종되는데…….

**독일 아마존 베스트셀러 32주 1위,
2011년 해외소설 판매 부수 1위
미스터리 독자라면 '백설공주'를 피해갈 수 없다!**

2011년 국내에 출간되어 해외소설 중 가장 많이 팔린 책이 된, 타우누스 시리즈 중에서도 가장 사랑받는 작품. 출간된 지 몇 년이 지난 지금도 베스트셀러 순위에 꾸준히 오르는 강한 생명력을 자랑한다.

이야기는 여자친구 '백설공주'를 죽였다는 죄명으로 10년 동안 감옥살이한 토비아스가 출소하며 시작된다. 순전히 정황증거만으로 재판이 이루어졌던 데다 당사자인 토비아스조차 사건 당일의 기억이 마치 블랙홀처럼 텅 비어 있어 자신이 정말 살인을 했는지, 아니면 억울한 누명을 썼는지조차 알지 못한 채 마을 사람들의 괴롭힘을 당한다. 여기에 '백설공주'와 꼭 닮은 아멜리, 그리고 피아와 보덴슈타인 콤비가 11년 전 사건에 관심을 가지기 시작하면서 마을은 또다시 차갑게 얼어붙기 시작한다.

어릴 때부터 글쓰기에 대한 열정을 주체할 수 없었다는 작가의 말처럼 이 작품은 웬만한 책 두 권 분량을 너끈히 넘긴다. 그러나 독자는 지루해할 틈이 없다. 때로는 토비아스의 입장이 되어 그가 정말 살인을 저질렀는지 고민하고, 때로는 똑똑하고 정 많은 여고생 아멜리가 되어 11년 전 사건을 수사해야 한다. 거기다 아내가 바람을 피운다고 의심하면서 전전긍긍하는 보덴슈타인도 다독여줘야 한다.

그리고 드디어 피아와 보덴슈타인과 함께 사건의 진실을 목도하는 순간, 독자의 마음은 그리 유쾌하지만은 않을 것이다. 병적인 질투, 권력욕, 복수와 증오 등 인간 세상의 모든 추악한 이면을 함께 마주해야 하기 때문이다.

바람을 뿌리는 자

그녀는 항상 거짓말을 했어요

그러다 나도 거짓말을 하기 시작했어요

그건 다른 사람들에게 옮아요. 마치 전염병처럼

크리스토프와의 달콤한 여행에서 돌아오자마자 피아는 계단에서 떨어져 사망한 경비원의 참혹한 시체와 맞닥뜨린다. 겉으로 보기에는 단순한 사고처럼 보이는 사건이지만, 피아는 그 뒤에 무언가 숨겨져 있음을 직감한다.

피해자가 근무하던 풍력에너지 개발회사와 풍력발전소 건립에 반대하는 시민단체의 인물들이 얽히면서 풍력발전소를 둘러싼 거대한 음모가 조금씩 그 모습을 드러내고, 보덴슈타인이 용의자 중 한 명인 니카에게 반하면서 사건은 점점 복잡해진다.

풍력발전소를 둘러싼 거대한 스케일의 아귀다툼
속지 마라, 추악한 마음은 가장 아름다운 가면에 깃드는 법

풍력에너지 개발을 둘러싸고 전 세계적인 음모가 폭풍처럼 몰아치는 가운데, 사랑과 배신, 복수와 앙갚음 등 개인적인 동기가 서스펜스를 극한까지 몰고 간다. 거대한 스케일과 치밀한 구성, 개성 넘치는 등장인물로 무장한 이 작품은 타우누스 시리즈가 유럽에서 가장 사랑받는 미스터리 시리즈로 자리 잡은 이유를 다시 한 번 확인시켜준다. 서로 무관해 보이던 여러 조각들이 하나로 연결되며 섬뜩한 진실이 드러나는 순간, 독자들은 다시 한 번 뛰는 가슴을 억누를 수 없을 것이다.

이번 작품에서는 피아와 보덴슈타인뿐 아니라 읽는 이의 시선을 잡아끄는 개성 있고 매력적인 인물들이 다수 등장한다. 먼저 마을 최고의 인기인으로 동물을 사랑하는 순수한 마음을 지닌 리키가 있다. 그녀는 사건의 중심인 풍력발전소 건립을 둘러싼 갈등을 주도하는 시민단체의 일원이자, 유력한 용의자의 애인이기도 하다. 그리고 리키의 친구, 조용하고 수수해 보이지만 보덴슈타인이 한눈에 반할 정도의 매력을 지닌 니카는 리키와 더불어 이야기를 이끌어가는 축이자 사건의 열쇠를 숨기고 있는 인물이다.

두 여인과 더불어 다양한 개성을 자랑하는 인물들이 또 다른 주인공으로 활약하면서 이야기를 다채롭게 한다. 저자는 이 작품에서 악한 자, 혹은 선한 자 같은 평면적인 묘사가 아니라, 복합적인 인간의 내면을 섬세하게 묘사하면서 한층 더 성숙해진 모습을 보여준다.

사악한 늑대

강물 위에 인어가 떠오르면 나쁜 늑대가 나타난다

더 빨리, 더 빨리 뛰어

안 그러면 늑대한테 잡아먹힌다

어느 여름 밤, 강 위에 깡마른 소녀의 시체가 떠오른다. 처참하게 훼손된 소녀의 몸에는 죽기 전 받았던 학대의 흔적이 고스란히 남아 있다. 어떤 수단을 동원해도 신원을 밝혀내지 못한 채, 그저 '인어공주'로 불리게 된 죽은 소녀에게는 대체 무슨 일이 있었던 것일까?

그 와중에 유명 방송인 한나가 처참하게 폭행당한 채 발견된다. 겨우 목숨만 건진 한나의 몸에 남은 흔적은 어쩐지 죽은 소녀의 몸에 남았던 학대의 흔적과 닮아 있다.

차가운 밤의 강물 위에 인어가 떠오르면
나쁜 늑대가 본모습을 드러낸다

가녀린 소녀의 처참한 시체와 함께 시작되는 이번 작품은 초반부터 보덴슈타인과 피아, 그리고 정체를 알 수 없는 인물들. 방송인 한나, 그리고 피아의 친구 엠마 등 여러 시점에서 전개되며 읽는 이의 혼을 쏙 빼놓는다.

그러나 아무 관계도 없어 보이던 각 이야기들이 점차 톱니바퀴처럼 맞물리며 하나의 거대한 그림을 그려갈 때, 그것을 지켜보는 쾌감은 미스터리 독자들이 사랑해 마지않는 종류의 것이다.

《사악한 늑대》는 특히 작가 스스로 '지금까지 쓴 소설 중 최고의 작품'이라고 이야기할 만큼 높은 완성도를 자랑하며, 타우누스 시리즈 중에서 가장 방대한 분량의 작품이기도 하다. 이번 작품에서 넬레 노이하우스는 너무도 많은 소설에서 다뤘지만 잘못 접근하면 자극적으로만 보이기 쉬운 아동학대를 과감히 작품의 소재로 선택했다. 쉽지 않은 이 소재를 어떻게 소화했을까 하는 기대와 걱정에 대한 대답은 이 작품을 먼저 읽은 독일과 한국 독자들의 뜨거운 반응으로 대신할 수 있을 듯하다.

이렇듯 《사악한 늑대》에서는 작가로서 새로운 도약을 시도하는 넬레 노이하우스의 모습을 만나볼 수 있다. 특히 재미와 트릭에만 집중하는 미스터리보다는 깊이 있고 고급스러운 미스터리를 원했던 독자들이라면 열광할 만한 작품이다. 하지만 기존 '타우누스 시리즈'의 팬들도 걱정할 필요는 없다. 친근한 모습의 피아와 보덴슈타인, 그리고 작품마다 치밀한 구성과 반전으로 읽는 이를 감탄하게 하는 타우누스 시리즈 특유의 재미는 여전하기 때문이다.

산 자와 죽은 자

산 자는 벌을 받을 것이고

죽은 자는 원을 풀 것이다

한 사람도 빠짐없이

행복만 가득해야 할 크리스마스 시즌이 공포로 붉게 물든다.

개를 산책시키던 노인, 손녀 곁에서 요리를 하던 부인, 빵집 종업원과 학교 선생님

까지, 평생 나쁜 일이라고는 저지르지 않은 선량한 사람들이 '스나이퍼'의 총에 맞

아 살해된다. 재미를 위한 사이코패스의 짓일까?

피해자들에게 실은 어두운 과거가 있는 걸까? 오리무중 속에서 '스나이퍼'의 뒤를

한 발 한 발 밟아나가는 피아와 보덴슈타인이 결국 마주하게 될 것은 너무나도 깊

고 거대한 슬픔이다.

나는 산 자와 죽은 자를 가리러 왔으니
죄를 짊어진 자들은 두려움에 떨 것이다

시리즈 첫 작품 《사랑받지 못한 여자》로부터 10여 년이 지났다. 그사이 넬레 노이하우스는 자비 출판을 하던 소시지 공장 사모님에서 독일을 넘어 유럽을 대표하는 미스터리 작가로 우뚝 섰다. 그렇다면 과연 그녀의 글은 얼마만큼 성숙해졌을까? 《산 자와 죽은 자》에서 넬레 노이하우스는 완연한 '여왕'의 풍모를 보인다.

원래 작가의 장점으로 꼽히던 다양한 인간군상에 대한 이해, 쉴 새 없이 몰아치는 사건들, 치밀하게 안배된 복선과 허를 찌르는 반전이 그녀의 농익은 펜 끝에서 춤을 추듯 흘러나온다. 거기다 장기 이식과 사적 복수라는 민감한 사회적 이슈까지 훌륭하게 담아냈다. 작가 자신이 2012년 시한부 선고를 받고 심장 판막을 삽입하는 수술을 받으면서 경험하고 느낀 것들이다.

장기 이식에 얽힌 비극에 사랑과 복수라는 보편적 주제를 절묘하게 녹여낸 《산 자와 죽은 자》는 독일 독자들로부터 《백설공주에게 죽음을》 이후 타우누스 시리즈 최고의 작품'이라는 찬사를 받으며 역시 베스트셀러 1위를 차지했다. 하지만 추리소설로서의 완성도만을 따지자면 시리즈 그 어떤 작품보다도 뛰어나다. '스나이퍼'는 첫 장부터 등장하지만, 그가 누구인지를 찾는 것은 결코 호락호락하지 않다. 결국 범인의 정체가 밝혀지는 순간, 독자들은 쓰디쓴 배신감과 더불어 깊은 슬픔과 공감을 느끼게 될 것이다.

여우가 잠든 숲 (전2권)

불타버린 남자, 살해당한 할머니, 침묵하는 마을
42년 전 숲속에서 실종된 아이와 여우가
연쇄살인의 모든 비밀을 품고 있다!

어느 날 새벽, 숲속 캠핑장에서 거대한 폭발음과 함께 화재가 발생한다. 곧이어 신원을 알 수 없는 시체가 발견되고, 남자의 신원을 알아내기 위해 찾아간 동네 할머니 역시 살해된 채 발견된다. 범행 목격자를 찾는 사이 세 번째 살인이 연이어 발생하고, 보덴슈타인과 피아 콤비의 수사는 42년이라는 시간을 거슬러 수사반장의 어릴 적 소꿉친구와 애완 여우의 실종사건으로 이어지는데……. 과연 1972년 8월 루퍼츠하인의 숲속에서 무슨 일이 있었던 것일까.

조용한 마을을 뒤흔든 의문의 연쇄 살인
그 실마리를 쥔 42년 전 봉인된 상처가 열린다

시리즈마다 찰떡궁합을 자랑하던 보덴슈타인과 피아 콤비는 《여우가 잠든 숲》에서
도 서로에 대한 깊은 신뢰와 애정을 보여준다. 시리즈 첫 작품 《사랑받지 못한 여
자》로부터 10년이 지나면서 매력적인 수사반장 보덴슈타인은 세상을 알면 알수록
자신이 속은 것 같은 느낌에 시달린다. 끔찍한 사건과 얽히고설킨 관계 속에서 지쳐
가던 반장은 이번 사건을 마지막으로 1년을 쉬겠다며 휴가계를 낸 상태다. 다시 강
력반으로 돌아올지 말지는 모호하다. 이제 그들의 케미를 보는 것이 마지막이 되는
걸까? 안타까워하는 피아의 마음과 복잡한 심경으로 사건을 대하는 보덴슈타인의
멜랑콜리한 정서가 작품 전체에 깔려 기존 작품과는 사뭇 다른 느낌을 전한다.

작가는 매 작품 사건을 해결하는 형사로 등장하는 주인공 보덴슈타인을 위해 그의
개인적인 이야기를 담고 싶었다고 한다. 어느 순간 보덴슈타인에게 감정이 이입되
어 그와 함께 과거를 추적하는 여정을 떠나게 된다. 친구와 애완 여우를 잃은 아픔
에 함께 슬퍼하다가 트라우마를 극복하는 용기를 보여주는 그에게 박수를 보내게
된다. 그러나 좀체 범인을 특정하기 어려운 가운데 숨바꼭질은 이어진다. 마침내 정
체가 드러나는 순간 보덴슈타인이 터트리는 절규는 독자들에게 긴 여운을 남길 것
이다.

잔혹한 어머니의 날 (전2권)

10여 일이 지나 발견된 80대 독거노인의 죽음.

그리고 집 마당에서 발견된 의문의 인골들……

망자는 연쇄살인범일까, 아니면 또 다른 희생자일까?

오래된 저택에서 한 노인의 시신이 발견된다. 사건 현장에 파견된 보덴슈타인 반장과 피아 형사는 저택 뒤편의 견사에서 소름 끼치는 장면을 목격한다. 아사 직전인 개 앞에 사람의 뼈가 흩어져 있었던 것. 더 많은 희생자의 뼈가 발견되고, 검시 결과 모두 여성인 데다 어머니의 날 전후에 실종된 것으로 밝혀진다. 노인 홀로 이런 범행이 가능할까? 두 수사관의 마음은 바빠진다. 곧 5월이 시작되고, 어머니의 날이 다가올 것이기에…….

그녀는 이제껏 본 중에 가장 아름다운 존재였다
그리고 가장 사악한 존재였다

전작 《여우가 잠든 숲》이 수사반장 보덴슈타인의 숨겨진 과거를 담아냈다면, 이번 작품에서는 보덴슈타인과 찰떡궁합을 자랑하는 피아 형사의 은밀한 가족사를 만날 수 있다. 라이펜라트의 아이들이 집을 두려워해 속마음을 드러내지 않고 입을 다문 것처럼, 피아 역시 한동안 가족과 연락을 끊고 지낸 적이 있다. 가까운 관계일수록 상처는 주고받기 쉽고 충돌도 피할 수 없는 걸까? 가족이라는 울타리 내에서 자행되는 폭력으로부터 자유롭지 않은 사람은 피아뿐만이 아니었다. 수사의 중심에 서 있는 피아의 지극히 개인적인 문제가 연루되며 사건은 걷잡을 수 없이 긴박하게 휘몰아친다.

사망 후 10여 일이 지나 발견된 독거노인, 그리고 그 집 마당에서 발견된 인골들……. 《잔혹한 어머니의 날》은 강렬하고 파격적인 첫 장면부터 매우 인상적인 작품이다. 80대 노인의 고독사, 아동 학대 등의 문제가 사회적 통제의 실패와 패륜이라는 화두와 절묘하게 결합하여 우리가 살아가는 사회를 다시금 돌아보게 해준다. 서사는 이제껏 거짓된 삶을 살았던 한 여인의 깨달음과 얽히며 결코 예측할 수 없는 결말을 향해 내달린다. 빠른 속도감, 탄탄하고 밀도 높은 구성, 섬세하고 유려한 언어로 인간 심연에 도사리는 어둠과 공포를 자극하며 섬뜩한 사색의 기회를 안겨주는 것은 물론, 더 정교해진 스토리 구성과 풍성한 묘사, 수많은 캐릭터의 흥미로운 설정까지 더해진다. 《잔혹한 어머니의 날》은 작품을 펴낼 때마다 진화를 거듭하는 넬레 노이하우스의 미스터리 여왕으로서의 진가가 발휘된 명품 스릴러로, '역시 넬레 노이하우스'라는 감탄을 자아내며 팬들에게 만족감을 선사할 것이다.

영원한 우정으로 (전2권)

"그 친구들이 무슨 짓을 했든 간에,

제 삶을 구했어요. 그 대가도 바라지 않았죠.

그런 일은 영원한 친구들만 할 수 있는 겁니다."

유명 출판 편집자 하이케 베르시가 실종됐다는 신고가 접수된다. 하이케는 작품을 보는 안목이 높고 각종 방송에 출연해 이름이 잘 알려진 편집자였지만, 막강한 출판 권력을 휘두르며 구미에 맞지 않는 작품은 오만한 태도와 무자비한 독설로 비난해 많은 작가들은 물론 동료들에게도 미움을 사고 있었다.

설상가상으로 그는 30년 넘게 일한 출판사에서 해고된 직후였다. 사건이 미궁으로 빠지는 가운데, 하이케와 '영원한 우정'을 맹세한 친구들이 있었다는 사실이 밝혀지는데……

오랜 친구들 사이에 일어난 살인,
그리고 발견된 미완의 소설 원고
우정이라는 이름 뒤에 감춰진 비밀과 거짓들!

《영원한 우정으로》는, 작품 속 '영원한 우정'의 근간이자 '비밀'의 뿌리인 지식과 문학 권력을 향한 욕망을 둘러싼 복잡한 스토리를 효율적인 다층 구조에 담은 수작으로 작가, 에이전트, 편집자, 영업자, 발행인, 관리인 등 한 출판사를 이루는 다양한 인물들이 가해자, 피해자, 용의자, 목격자 등으로 등장하면서 피아와 보덴슈타인의 수사에 제각각 다른 이정표들을 제시한다. 강력11반의 브레인스토밍에서 자유롭고 유쾌하게 제기되고 토론되는 수많은 가설과 가능성의 실험과 폐기와 선택, 그리고 진실 아래 또 다른 진실이 층층이 드러나면서 반전에 반전을 거듭하는 역동적인 이야기 흐름은, 이 장편소설의 마지막 페이지를 넘길 때까지 집중력을 놓지 않게 한다. 더불어 사는 우리 삶에 대해 사색하게 하는 진한 문학적 여운 또한 《영원한 우정으로》의 빼놓을 수 없는 선물이다.

옮긴이 전은경

한국에서 역사를, 독일에서 고대 역사와 고전문헌학을 공부했다. 출판사와 박물관 직원을 거쳐 지금은 독일어 번역가로 일한다. 《영원한 우정으로》, 《폭풍의 시간》, 《리스본행 야간열차》, 《언어의 무게》, 《프랭키》 등을 우리말로 옮겼다.

몬스터 2

초판 1쇄 발행 2024년 10월 11일
초판 2쇄 발행 2024년 10월 30일

지은이 넬레 노이하우스
옮긴이 전은경
펴낸이 신경렬

상무 강용구
기획편집부 이다희 신유미
마케팅 최성은
디자인 박현경 신나은
경영지원 김정숙 김윤하

편집 박은경

펴낸곳 ㈜더난콘텐츠그룹
출판등록 2011년 6월 2일 제2011-000158호
주소 04043 서울시 마포구 양화로 12길 16, 7층(서교동, 더난빌딩)
전화 (02)325-2525 | **팩스** (02)325-9007
이메일 book@thenanbiz.com | **홈페이지** www.thenanbiz.com

ISBN 979-11-5879-244-4 04850
ISBN 979-11-5879-222-0 (전2권 세트)